牧马河畔

傅庆荣 欧浩然 著

山东文艺出版社

前　言

知识青年大规模地上山下乡，是我国一次前无古人的活动。几千万人轰轰烈烈地到农村去、到边疆去、到黄土高坡上去插队落户。

上山下乡的知识青年，基本上都是共和国的同龄人。生在新中国，长在红旗下。从小就接受爱党爱国的红色教育，从小就梦想做共产主义接班人。

这代人最能为国分忧。一声号召，几千万人在最短的时间奔赴边疆和农村，解决了国家的困难和就业压力。

这代人最不怕苦，不管多么艰难，他们依然摸爬滚打在最艰苦的地方。

这代人最知道艰苦奋斗，三年困难时期和插队时的缺油少盐，让他们养成了节衣缩食的习惯。

这代人最崇尚传统文化，把爱老扶幼、诚信善良的中华美德，继承发扬到了极致。

党的十一届三中全会，为这代人，重新点燃了圆梦的火光。电大、函大、夜大和自学，成了这代人填补知识的最佳课堂，为这代人报效祖国再次插上了翅膀。从边疆到内地、从工厂到矿山，从农村到城市、从地方到中央，这代人撑起了共和国的脊梁。

　　五十多年过去了，当年的知识青年都已是古稀老人。他们没有遗憾过去的困苦，而是把它作为美好的记忆。在当下老有所养、老有所医、老有所乐的金色年华里，这代人依然续写着精彩的人生。

一

公元 1968 年底，还有一个多月，新一年元旦的钟声就要敲响了。而在牧马河畔的清水湾大队，却像煮沸了的开水一样，山上山下，一河两岸，都在热议着一个破天荒的话题——省城里要来几十个学娃子，到清水湾落户当农民。有人惊奇地说："乖乖，这次来的都是中学毕业生。我们这地方从清朝到现在，总共也没出几个中学生。"有的说："听说还有女娃子中学生也来落户。"

村民们确实不知道，为什么一下子就下来几十个有文化的人。记得土改时，下乡干部最高也只有初小文化。大部分干部是土生土长没有多少文化的积极分子，被选拔培养成了干部。

清水湾确实比较偏远，紧靠大巴山脉的米仓山。大部分村民，就连县城也没去过。虽然到县城只有一百多里的路程，但到一趟县城，摇鞍动马的，怎么说也要三四天。而且路费是个大问题，吃饭倒可以带干粮，而住店总要掏银子的。

在这个小山村，村民们的收入是非常有限的。养点鸡下个蛋，一家老小都不舍得吃，要卖掉换取一点微薄的灯油和盐钱。而且按规定，鸡屁股下的蛋，只能卖给供销社；自家养的猪，一半要上交公家，剩下的一半才能留给自己。逢年过节，或者来了亲朋至友，村民们才舍得拿出一块肉来解馋。一般人家都是把肉腌起来，挂在灶房的房梁上，村民们叫它腊肉。有的人家腊肉挂上一年，也舍不得吃，只等到肥肉变得金黄透亮，瘦肉变成发黑发红的肉干，也是看得多，吃得少。

这次省城的几十个学生，到清水湾落户，村民们各种议论都有，但一致的意见是，学娃子们是响应毛主席的号召来的，我们村民们也听毛主席的话，当然是欢迎了。不过担心的还是不少。

说到清水湾大队，也算是个大村子，有十几个生产小队。各个小队情况都不太一样。清水湾靠近牧马河，背靠米仓山，山坡地远远多于河滩两边的平田坡地。在牧马河两岸，有几百亩水田，虽然大部分的田，都是只能种一季水稻的冬水田，但这里的小队怎么说每年村民们都还能分上两三百斤稻谷。而有的小队紧靠米仓山，出门上山，下山进门，沟壑纵横，仅在河谷间才有几小块水田，村民们一年能分上的稻谷最多也只有几十斤。

虽平坦但不富裕，可比起高山密林里的队，也算是地平水丰。尽管一个劳动日才得九分钱，但是村民们比上不足，比下有余，仍然乐在其中。由于人们都想往平川处走，牧马河畔娶媳妇也比大山里边的容易一些。清水湾大队靠近牧马河的几个队，人口规模像发面一样增长。

在大队开会时，支书详细传达了上级的指示精神，大队会计也反复念了上级的文件摘要，但各队的队长、会计们，还是领会不了，像煮稀饭一样，稀稀拉拉、黏黏糊糊不停地提着各种不清楚、不明白的问题和意见。确实，城里人到农村落户是个新鲜事，何况是这样全国大范围的上山下乡活动。

清水湾大队的支书是个见过世面的人，叫陈学文。1946年冬天，16岁的陈学文，随二叔陈守义从茶马古道出发，去四川走马帮时，到巴中就被国民党的部队抓了壮丁。原本家里希望陈学文能跟着二叔闯荡闯荡，学学本事，可谁知到了巴中歇脚时，生性好奇的陈学文，从马车店出来想看看新奇，就被莫名其妙地绑上了汽车。到了兵营，哭天喊地要回家的陈学文，还是被强迫穿上了胡宗南部队的军装。一年后在随队攻打延安时趁乱逃跑，被人民解放军俘虏，后来便参加了人民解放军。

入伍后，本来是穷苦人出身的陈学文进步很快，冲锋陷阵非常勇敢，很快成为机枪班班长，后来又成了一名光荣的共产党员。1949年陈学文在解放南京的渡江战役中身负重伤，在部队养好伤后，申请复员回到了牧马河畔的清水湾老家。土改时积极配合政府工作，是土地革命的积极分子，但因二叔的问题却不被工作队长看好。本来可以到县上工作的他，留在了清水湾，从此便担任支书，至今已有十几年了。

虽然离开部队十几年，但陈学友的军人作风没有改变，忠于党，听党的话是他的坚定信念。当公社开完知青下乡动员大会后，陈学文就第一个表态，表示愿接受下乡落户的学生，受到了公社的表扬。

在第一次传达公社会议精神时，陈学文不时地翻看着自己的小本子。说实在的，本来只上过几年私塾，文化不高的陈学文，实实在在肚子里没装多少墨水，他激动地用自己的语言尽量地向干部们传达文件的规定。

他清清嗓子，用机枪班长的口吻说："这次来我们大队的学娃子，叫知识青年，为什么叫知识青年呢？这是伟大领袖毛主席说的，知识青年到农村去，接受贫下中农的再教育，就是说让他们来农村，接受我们的再教育。为什么说他们叫知识青年呢？因为他们都是初中以上的中学毕业生，而且都是省城来的。我想问一下在座的大队、小队干部们，你们祖上到现在，有没有初中毕业生呢？当然我们家有，我二叔就是师范毕业的。"此刻大队会计干咳了两声，提醒道："我们现在说省城来的学娃子。"陈学文意识到自己跑题了："对对，我们说学娃子。"

陈学文对二叔是极其崇拜的。二叔不光有文化，还有胆识，有智慧，还有一手中医看病的绝活，在十里八乡是有名的老中医。

陈学文的父亲有四个弟弟，兄弟五个名字依次叫陈守仁、陈守义、陈守礼、陈守智和陈守信。陈学文的爷爷，以前是留着长辫子的私塾先生，在清水湾牧马河两岸也算是桃李满天下了，山里山外投在他名下读书的人，也有一些有建树的大小人物。他给五个儿子，以仁、义、礼、智、信的儒家信条起名，意思很清楚，要让他们有知识、有人品，做人上人。

而陈学文的父亲陈守仁，天生不爱学习，从小没少挨打、下跪受罚，但他忠厚老实，肯干活，就喜欢放牛耕地干农活，是村里出名的农活好把式。陈学文的二叔陈守义，自小天资聪颖，什么《三字经》《道德经》《百家姓》可说是倒背如流。打小儿，爷爷就把陈守礼、陈守智、陈守信几人的学业，交给他督促指导，因而二叔和三叔、四叔、五叔的关系非常亲密。

成年后，陈守义在学校接受了西学思想，就和三弟、四弟经常秘密参加一些聚会。再后来陈守礼和陈守智就离家出走了，有人说去了延安，有人说去了汉口，总之音信全无，二叔也只好和五弟回到了牧马河畔的清水湾。

　　清水湾自古就是茶马古道入川和北上关中的通道，北边有褒斜道，南有米仓道。二叔便组织起了三乡五里的壮汉后生，跑起了马帮生意，他北去过金周至、银户县，还去过野蒲城、刁渭南和大礼县，把关中的土布、泾阳的茯茶、兴平的大蒜等从关中运到汉中，再带上汉中的天麻、杜仲等中药一起运到四川，最远还到过云南。之后又把四川自贡的井盐、麻椒等运到汉中和关中，虽然风餐露宿，极其辛苦，但每次买卖收入还是很丰厚的，尤其是自贡的井盐，是人们的生活必需品。

　　由于二叔有学问，有见识，每次遇见兵匪总能化险为夷。他还是远近闻名的善人医圣，穷人看病，他的药铺简直就是白送药，他还偷偷地为当时的红军送粮送盐看病。在陈学文的眼中，二叔永远是那么高大可敬。

二

　　大队的会议开了几次。最后一次，才落实了一些安置知识青年的细节。按上级传达的精神，每个知识青年由国家提供二百多元的安家费和半年的粮食供应，每人每月四十二斤粮，半斤食用油。每个月每人有九元钱的生活费，在安置费中扣除，安置费其余的款项由生产大队管理，专款专用于知识青年的住房安置。当然修房造屋是完全不可能的，只能将村民的闲置房加以修缮，让知青们借住。除此还要购买他们所需的农具、灶具及基本的生活用品。

　　实话实说，按当时国家的财力，这确实是一笔很大的开支。二百多元，相当于当时二十五级国家干部半年的工资。最关键的是，半年后每个知识青年分配的口粮，要按村民一个半人分配，最高可分到五百二十六斤。这对村里来说，可是不小的压力。

　　村民中当然还是有些意见的，本来就田少粮不够的清水湾，呼啦一下增加了几十口人，无疑是在村民的口中夺食。况且清水湾几年来一直收成不好，一方面是由于天灾，连续几年都不是风调雨顺，另一方面，"割资本主义尾巴"在清水湾也没有消停过，公社革委会还组织了一个民兵巡逻队，每个小队都要抽调几个人，每天到公社指定的地方集合，防止影响生产的事情和经济活动发生。

大队最终决定，清水湾共有十二个生产小队，根据地理位置和人口分布，有四个队由于过于偏远，山高坡陡，暂不安排；其余的八个队中，三队地势最为平坦，安排八人，五男三女；其余的队按条件分配。全大队共计安排三十二人，男十九人，女十三人。

有的队长就说了，怎么不平均安排，男女一样多，这样成家也方便，省得挤占我们农村的女娃，村里又要多出几个光棍汉。

但各队担心最多的还是口粮的分配，眼下清水湾正值青黄不接的时候，村里有余粮的人家不多，城里来的学生能吃得了我们的苦吗？我们山里人，肠粗口燥，粗茶淡饭少油无盐也习惯了，城里学生细皮嫩肉的能咽得下去吗？

为了不拖延时间，陈学文摆起了支书的架势说："不争论了，也不讨论了。一句话，元旦过后，大队要去知青点上检查准备工作，谁没完成或完成得不好，我就让谁去公社说清楚。"

一句话吓得村干部们再没话说，姜还是老的辣。他下了死命令，但打了一巴掌，也得给个糖。他压低了声音说："凡是接收了知识青年学娃子的队，明年的公购粮任务分配时，我们和公社适当做些调整，这是公社焦书记亲口给我小声说的，大家哑巴吃馒头，心里有数就行了，不要满山野地扯山歌。"

眼看就要结束马拉松式的会议，陈学文又低声地说："还有一个问题，各个队长们要费点心去落实，学娃子们初来乍到的，有粮食没菜吃也是个大问题。现在各队都有集体菜地，不外乎是些白菜萝卜的，各队看着办，多分点菜，还可以搞一点边角地，一分二分的就行，让学娃子们种点菜。但这事不能乱说，满世界喊山歌，我们清水湾，也怕被割了尾巴当个资本主义典型。学娃子们是毛主席派来的，公社焦书记也说了，要活学活用毛泽东思想。我琢磨着这不会犯大错误，大家看着办就是了，不要把好事办成坏事。"

终于，安置知识青年的事情安排就绪了，陈学文松了一口气，他感到这次任务不亚于带领机枪班上战场。

元旦刚过，小山村清水湾，更加热闹了起来，无论是牧马河边洗衣淘菜的村妇，在山上打柴歇气抽旱烟的山民，还是半大小子丫头，都在议论着知青的话题。

村妇们说，听说城里的女人，一个赛过一个的漂亮，脸蛋那个水灵就像是白萝卜皮，一掐都能出水。听说城里人，那衣服穿得一个光鲜呀，晃人眼睛。

男人们说的和女人们不一样，他们羡慕城里人能坐上汽车，骑上自行车，听说"飞鸽"自行车、"永久"自行车驮上二百斤的物件，还能像飞一样地跑，又省劲又快当。

小小子们谈论的，当然是课本上知道的，城里有火车，有汽车，还有飞机。它们连草都不吃，人坐在上面就能走，就能飞。他们想要听听城里来的大哥哥们，讲讲坐汽车的威风，还梦想着长大后也要开汽车，坐火车，坐飞机。

小丫头们想的是城里姐姐们的长辫子、红头绳和彩色纱巾。这些书上或广播匣子里边听到的，让她们总是在梦里看见。

最让人想不到的是那些山村黄花妹子们，她们想的是能在男知识青年中相个对象，至少可以到省城去长长见识。如果能梦想成真的话，也可以走出大山，省得说亲拉纤的媒婆们，说来道去的还是东山后生西山郎，永远离不开大山深沟的话题。

梦在村民的脑海中浮现，不管他们是期待，向往，还是担忧，而这一天总会是要来到。

终于，清水湾大队部的打谷场响起了久违的锣鼓声。

前几年还经常听到敲锣打鼓，那是为庆祝经常出现的一些大喜讯或者传达最新的指示，就算是晚上村民们也要打起火把，在打谷场走上几圈。而今天的打谷场则显得很特别。

隆冬季节，嗖嗖的西北风，顺着米仓山的深谷盘旋刮下，山梁上的树木带着哨音，吹进了牧马河谷。牧马河滩上，还留着几天前积下的白雪，清澈泛绿的牧马河水，像彩带蜿蜒向东流淌。河边的冰渣子，晶莹剔透得像玻璃，映射着粼粼的波光。打谷场有篮球场那么大，平时空旷没有人影，而今天早早地站满了各队来迎接知青的村民。

中国传统的习俗在农村仍然在延续。女人们站在一堆，拉着张长李短的家常话。男人们凑在一起，比拼着老旱烟的烈呛。最闲不住的是半大小子丫头们。小子们也不怕冷，穿着空心的黑布棉衣棉裤，脚上清一色的是露着大脚丫子的单布鞋，或被脚丫子顶破的棉鞋，好像没人害怕寒风的吹刺，依然头顶上冒着热汗，嘴里吐着白汽，兴高采烈地追逐打闹。村上难得有这么个好机会，又有锣鼓，又有彩旗，又有全村各寨的老少爷们，简直比过年还要热闹。

说起过年，清水湾人是比较看重的。人们早早地就把养了一年的肥猪杀了腌成腊肉，还用黄豆做成豆腐、豆腐干或豆腐乳。家家户户的老人孩子，都盼着这个时候的到来。小孩子们还盼着能有新衣服穿，家境好的还能给孩子几分钱的压岁钱。

当然，今天是光热闹，没有口福，可是有眼福。人们能看看省城的人长啥样，穿啥样，说的是不是像戏台上一样的秦腔？

一大早就从各队赶来接知青的人，在寒风中一站就是几个小时。他们走到牧马河边，朝着河对岸张望，有的干脆走上架设在牧马河上的木板桥，再后来又返回打谷场。因为去公社迎接学生的大队长，还没有发出敲打锣鼓的信号，也就是说，学娃子们在公社还没有办好手续，还没有离开公社，还没有真正意义上的走向农村，没有真正意义上成为清水湾大队的社员。

三

其实，知识青年从省城坐上火车已经是几天前的事了。

1969 年元月 4 日下午的西安火车站，彩旗飘扬，红色横幅上写着"知识青年大有作为""农村是广阔天地"等标语。在寒风中，送别的人熙熙攘攘，站台上充满着伤感的抽泣声和说不完的叮咛话语。在拥挤的站台上，人们都在急匆匆地找寻着自己的亲人——孩子、哥哥姐姐，或是弟弟妹妹。他们在车厢外向里张望找寻。而车厢里，却洋溢着笑语欢声。

第一次出远门，第一次坐火车，第一次离开家，第一次到一个陌生的地方，当然还有许许多多的第一次，这就是知青专列里的年轻人。他们的目的地究竟是一个什么样的地方？未来将是怎样的未来？这些十八九岁，当然还有不足十八岁的青年人，听带队的老师说，他们将要去的地方，山清水秀，物产丰盈，还有一条美丽清澈的河，叫牧马河。

按理说，他们这个年龄应该还在课堂。但是，今天他们将和全国几千万同龄人一样，走向祖国四面八方的农村。他们不敢去看站台上，不忍看流泪惜别的亲人。他们在同学们的欢谈中，暂时忘记了离别亲人的悲伤。车厢里吼的、唱的、交谈的声音交织在一起，像奔腾的洪流，像喧杂的闹市，冲淡了车厢外离别的悲伤。

火车一声嘶鸣，车轮缓缓转动，站台上送别的亲人们，随着车轮也急速地移动着脚步。一双双手挥舞着，向车厢召唤着，车厢里也向窗外伸出了一只只稚嫩的手，向流着泪的亲人们招手挥别。

火车的轰鸣声，淹没了站台上的抽泣声。缓缓地，火车远去。站台上的人们，看不见了火车的影子；车厢里的知青们，也看不见擦泪惜别的父母，和那一直没有放下的双手。

高保民在靠窗的座位上，眼里一直泛着泪花。他五味杂陈的心绪，此刻不知道怎样才能平静。他是家中老大，下面还有三个弟弟两个妹妹，大妹十五岁，大弟十三岁，二弟十一岁，小弟和小妹都还不满十岁。

说起来，高保民是家中的顶梁柱。每天早上，他都要到火车站东天桥去拉车推坡，就是帮着那些拉煤送货上不了坡的人推车，每趟能挣一毛钱。生意好的时候，能推十几趟车，一天下来也能挣上一块多钱。

父亲也是干重体力活，每天都要拉车送煤。每天回家，父亲看着孩子们能吃上饭，心里也就平静了许多，喝上几两散装的高粱酒，抽上一袋劣质的、用纸卷成的大炮筒旱烟，将散了架的身子朝大通铺上一靠，也算是一天功成名就了。而作为老大的高保民心里却不是滋味。十八岁了，还只能干推坡的活，什么时候才能真正为家做点能解决困难的事。

高保民从小没少挨打，父亲的教育可谓是严苛残酷。受了别的小孩欺负，回来要挨打，做错了事要挨打，就连摔了跤、碰倒了桌椅板凳，也要向不会说话的桌椅赔不是。

在父亲眼里，做人要厚道，他常用三国时期的曹操和刘备的人生信条教育孩子。父亲从戏文里看到，刘备说，"宁要天下人负我，不要我负天下人"，所以刘备是仁厚明君；而曹操却说，"宁教我负天下人，休教天下人负我"，所以曹操变成奸贼。

父亲确实不容易。抗日战争还没结束时，爷爷奶奶就死于饥饿和病痛。十五岁的时候，父亲便随逃荒的人流，从河南到了西安，一路上多亏一户人家的照顾，有一口吃的没一口喝的，走了一个多月才算安定下来。在西安，父亲就和这户人家起早贪黑地干起了力工活，无论肩挑背扛的，总是起早贪黑地干，顺便再拾些破布烂板，一年后终于搭上了一间能遮风挡雨的房子。

在父亲的心中，满世界都是要感激的好心人，他说要没有好人帮助，就没有他的今天。从小家里穷，又经常受到水灾、蝗灾、旱灾的折磨，而且连年战乱，鬼子侵扰，能活下来已经不易了。

西安临解放时，父亲成家了，新娘就是带着他逃荒到西安的这户人家的女儿。在高保民的心里，最疼爱他的是母亲。从记事时，他总能看到母亲瘦小的身影忙来忙去，就没有停下来歇口气的时候。从纱厂下班回家，母亲就急着给孩子们做饭、洗衣补袜，到夜深人静的时候，她还在忙着给弟妹们纳鞋底，准备冬衣鞋袜。

母亲是一个人到车站给高保民送行的，只见她不停地用衣袖擦抹眼睛，盯着高保民上下反复地看，看得高保民在众多学生和家长面前有些不好意思。临行前，母亲掏出一个手绢，里边包着五块钱，硬是塞到了高保民的衣袋里，还反复叮嘱，要他照顾好自己，不要惹事。其实高保民是个内向的孩子，言语不多。长期的劳作，使他的肌肉像铁块一样凸起。

即便再也找不到妈妈的身影，高保民仍然看着窗外发呆。他想到父亲，明天谁来帮他推车送煤？自从街道组织了运输合作社，在高保民的记忆中，父亲从未歇过班，这都是为了一大家子人能吃上一口饱饭，过年能有一身新衣服。渐渐地，高宝民的眼眶里又装满了泪花。

这时坐在身旁座位上的徐星晗，给他递上一个烧饼说："保民哥，吃点饼吧，这是我奶奶烙的，香脆得很。"这时高保民才回过神来说："谢谢星子，我不饿。"然后又将视线移到了窗外不断倒退的树木和一晃而过的田野。

徐星晗是高保民的同班同学，这次插队能一起来，还是大费周折的。徐星晗的父亲在西安一所大学教书，是被打倒的"臭老九"，母亲是一所中学的老师。在小学三年级的时候，徐星晗成为高保民的同班同学。徐星晗是教师之家的孩子，聪明好学，本分老实，从不敢惹是生非，更不敢做任何出格的事。

刚转学那阵，班上同学让徐星晗回家偷钱偷吃的，徐星晗说啥不肯，就被班上的同学欺负，还打伤了脸，是高保民站出来帮了徐星晗，从此没有人再敢欺负徐星晗。徐星晗比高保民小几个月，因此一直把高保民称为"保民哥"。他认为只有保民哥，才是最亲近的人。

这次插队，徐星晗也想和高保民一起来农村，但他是"臭老九"的儿子，爷爷还是地主成分，政审是过不了关的，还是高保民去找了学校，找了居委会，总算给了个能教育好子女的名头，才批准下乡的。当然，只有下乡才是他唯一的出路。

车厢里突然传来哭声，而且声音越来越大。哭声感染了车厢里的人，女生们都哭出了声。女生里第一个哭的是叶长秀。当坐在一起的女生们，还在吟唱小曲时，叶长秀突然说："我想奶奶了，我走的时候，奶奶在病床上哭着说，'秀，我离不开你'。"叶长秀讲到这里，忍不住哭出了声。一时间，第一次离家的大姑娘们，止不住都喊起了妈妈、妹妹、爸爸。哭声很快充满了车厢。男生们惊奇地看着哭倒一片的女生，心情也顿时沉重起来，泪腺浅的男生也忍不住热泪盈眶。车厢里的年轻人不知道未来在哪里。

火车还在咣当咣当地前行，夜幕下晃动着未知的光影从车窗外飘过，凝重的气氛笼罩着每一颗颤动的心，让车厢里的年轻人不由自主地想起了家人、想起了未来。

四

　　叶长秀是家中的长女。她是个顾家的孩子，毅然扛起了照顾四个弟弟妹妹的重担。父母亲都是普通工人，一月的收入也只有六七十元，奶奶生病已经几年了，里里外外的家务事，叶长秀只能为母亲分担。停课的几年，叶长秀很少去学校，整天做饭、洗衣，照顾弟妹们，有空时就从街道领些纸盒在家糊，或者从街道领些石棉，在家门口纺，这样多少能给家里增加些收入。

　　纺石棉是个虽不用出大力、但很辛苦的手艺活，叶长秀的手脚麻利，每天能比别人多纺几两细棉。石棉的灰粉实在呛人得很，但也没办法，看着街道上家家门前都在不停转动的手摇纺车，不蒸馒头也要争口气的叶长秀，无论盛夏三伏还是隆冬三九天，都要抽空摇上一阵。奶奶的病，仍然没有好转，父母依然是每天早出晚归。但令叶长秀高兴的是，弟妹们一天天长大，自己也出落得水灵如花。有时候她一边纺着石棉，一边还哼着黄梅戏《天仙配》的曲调，想象自己就是七仙女，终有一日能找到牛郎。

　　谁也没想到，一直做梦当演员、当医生的叶长秀，却下乡当了农民，估计这辈子真要找个牛郎了。她越想越伤心，越想越止不住地流泪。她不知道火车还要开多远，更不知道自己的路要走向何方。

其实，满车厢的同学们的家庭条件基本差不多。大多是上辈人沿着陇海铁路走路西行，肩挑背扛从河南、山东、河北来到西安的。这些朴实憨厚的祖代农民，为了躲避灾害躲避战乱而逃至西安，大多数人家到西安后，在北郊铁路线附近安营扎寨、修房造屋定居下来。

在古城西安有个地方叫道北。道北的工厂不多，随着城市的发展，很多女同志进纱厂当了女工。而男人们因文化水平低，干手工业及重体力劳动的较多。这些人能吃苦，不怕累。他们虽然不懂多少大道理，但宽厚待人，乐善好施，传承了中原厚重的儒家文化，在西安有着良好的口碑。

叶长秀一家，也是这种良好习俗的传承者。叶长秀家的家规是很严的，什么长辈不动筷，全家不能吃饭，什么过年只能说吉利话呀，什么宁可饿死也不夺他人之食呀等等。中华民族几千年的美德，在这片土地上，发扬光大到了极致。

徐星晗问高保民："你知道汉中吗？"这个问题使膀大腰圆的高保民一头雾水，他看着徐星晗摇了摇头。徐星晗说："我听我父亲说，他去过汉中，那可是个物华天宝、人杰地灵的宝地。北有秦岭，南有巴山，一条汉江横贯其中，而且是一个有名的物产丰富的盆地，盛产大米，是中国少有的鱼米之乡。"

徐星晗有些兴奋地说："我父亲是研究历史的，说在历史上，汉中是兵家必争之地。当年刘邦为了躲避项羽杀害，于公元前206年为汉中王。《史记》上记载说，沛公为汉王，王巴蜀汉中。刘邦在汉中养精蓄锐，明修栈道，暗度陈仓，最终打败项羽，建立了西汉王朝。我父亲说，汉中因为有汉江而扬名，汉江又是长江的一大支流。因为有了汉江，才有了汉中，因为有了汉中，刘邦才为汉中王，因为以汉中为基地，刘邦才建立了汉王朝，因而才有了现在的汉民族、汉文化。所以汉中是中华民族的发祥地之一。三国时期，刘备当上汉中王后，才建立了蜀国，形成了三国鼎立局面；大军师诸葛亮，以汉中为基地，才五出祁山，北伐曹魏，留下了无数可歌可泣的英雄篇章。"

虽然这都是徐星晗从父亲口里听来的，但他在讲述时仍然神采飞扬，讲得头头是道，绘声绘色，听得高保民目瞪口呆。他第一次看到徐星晗如此博学，不禁刮目相看。

其实徐星晗这两年确实看了不少书。停课的两年，他不敢到学校去面对阶级斗争，在家待着不敢出门，以免人们指指点点。父亲只是反复说一句话，多读点书，最终还是会有用的。

徐星晗离家时行李很重。高保民说："你都带了些啥宝贝，这么重？"徐星晗悄声说："全是书，别大声，不要让别人听见。我害怕又把我当狗崽子给挑出来，回头你想看就看好了，但要悄悄的。"高保民会意地点点头。

车厢里终于彻底安静了下来，有的人开始闭目养神，但大多数人都悄悄地想着心事。想着未来，想着农村到底是什么样的？当农民到底会干些什么活？只知道关中农民一年种一季麦，秋天主要种些玉米高粱什么的，连大米是怎么长出来的，长啥样都不清楚。关中夏收秋种虽没参与过，但很多同学都去麦田里拾过麦，知道农民烈日下收割麦子的情景。

夜深了，只有火车还不知疲倦地在铁轨上前行，风驰电掣地行进在大山深处。

天渐渐放亮，车窗外出现了大山的影子，从一个漆黑的山洞穿过，又一头扎进下一个山洞。听说这是世界铁路建筑史上建造最艰苦的宝成铁路，也是行进在李白诗中"难于上青天"的蜀道上的铁路。

终于，天放亮了。火车缓缓停在了一个叫阳平关的车站。只见站台上站了很多人，有穿着军装的军人，有穿着中山装棉袄干部模样的人。只听见广播里激昂地反复广播着"欢迎知识青年"，也反复提醒大家，按上车时的编队集合，不要忘记了自己的行李物品。此刻，一车似睡非睡的知识青年才意识到，火车在这里停了，知青专列的使命结束了，意味着他们离农村也越来越近了。

大家以学校为单位，在指定的地点集合，只见一些围着大围裙，挑着担子的人，将一担担的馒头，送到了一排排的队伍前。一个干部模样的人，用铁皮喇叭高声对大家说着"汉中欢迎你们，你们是毛主席派来的知识青年"等等欢迎词，接着他说："现在按队列每人领两个馒头。我们这里条件比较艰苦，吃了馒头后，我们还要转乘汽车，希望大家能互相照顾，发扬团结友爱的精神。"

刚从火车上下来的同学们，看看四周的大山，山上还积满了白雪。山风在寒冬的早上，像刀子一样吹在脸上，同学们不由地缩起了脖子，搓搓已冻得有些僵硬的手，双脚还不停地在地上跺着。

馒头倒是热的，但吃了一半已经冰凉了。还有冒着热气的白菜萝卜汤，大家都希望能舀上一碗。然而在露天的风雪地里，汤刹那间已变得温凉。

稍事休息，一队队的知青拖着行李，来到几十辆大卡车旁。卡车少说有四五十辆，都撑着帆布篷。看着车厢，本来已经冻得透心凉的同学们中，突然又传来阵阵哭声，当然女生哭得最是撕心裂肺，有人哀求说："让我回去吧，让我回去吧！"

显然，哀求是没有用的。如果哀求有用的话，风雪可以停下来；如果哀求有用的话，霎时间大篷卡车会变成大轿车。如果……当然人世间没有如果。同学们哀求的哭声很快被冰冷的、有些斩钉截铁的声音所掩盖："知识青年要听毛主席的话，下定决心，不怕牺牲，排除万难，去争取胜利。"

大卡车编着号，依次排队出发了。每辆车都按目的地坐满了即将奔赴农村的知青们。风更加猛烈了，温度随着车轮的前行不断降低，车上的篷布也呼啦呼啦作响，像要被撕开一样。颠簸的车身后边，卷起了尘土，呛得满车厢的同学们睁不开眼。寒风伴随着呼啸声，冻得顾头不顾手的同学们，不由自主打着哆嗦，不由自主紧紧依靠在一起。这时候，男女授受不亲的戒律，好像也被所有的人抛在了九霄云外，只要能减少一些颠簸带来的痛苦，只要能增加哪怕一丁点温度，只要能减少一点呛得人喘不过气的灰尘。

有的人将衣服蒙在头上，有的将毛巾扎在头上，有的人干脆将背包解开，将棉被搭盖在数不清的身躯上。从车厢向后望去，汽车在弯曲的山间土路上盘行，在漫天的灰雾中穿行。

也不知道过了多长时间，车队终于停了下来。有人指挥着手让同学们下车稍微休息一下。这时，有人的手，冻得连车厢板都抓不住了，只能艰难地依靠其他同学上拉下接才下了车。到了厕所，僵硬的手连裤带都解不开，憋了几个小时的便溺，这时反倒更加奋进。苍天呀，你为何如此无情地折磨这些孩子呀。

五

休息的地方是沔阳县，一部分在沔阳插队的知青到达终点，其余的车还将继续前行。高保民和几百名同学，还有几个小时的车程才能到达。叶长秀和围坐在一起的女生又忍不住落泪。说实在的，除了流泪，她们还能有什么办法，来和天寒地冻的环境抗争；除了流泪，她们再也没有其他办法，来倾诉惆怅和痛苦；除了流泪，她们更没办法来舒展十八岁花季少女的心。

汽车又在山间公路上前行。过了沔阳县城，道路平坦了许多。听带队的人介绍，这已经真正进入了汉中盆地，向东几百里，北有巍巍秦岭，南有苍茫巴山，狭长的盆地包裹着万亩良田沃地，一条玉带般的汉江横贯东西，奔腾的汉江河水像琼浆一样，滋养着这片号称鱼米小江南的盆地。

汉中盛产大米，物产丰盈。西安每月每人供应的两斤大米也产自这里。离开了颠簸的盘山公路，同学们看着路边平坦的田地，看着寒风中村落里飘起的袅袅炊烟，心里畅快了许多，期盼自己落户的地方，也是这样一望无际的平川良田，也有吃不完的大米白面，可未知的地方究竟又会是什么样呢？

天渐渐地黑了下来，车队也终于停了下来，西城县到了。

县城的街道不宽，路灯闪烁着发黄的光，勉强能看见不多的行人，街道两边的商家店铺都已关门闭户。据说都是按照国家法定的作息时间开门和下班。

在来西城县前，有的同学也是做了功课的，尤其是徐星晗。他跟同学们说："三国时的五虎上将张飞，曾被追封西乡侯。西乡最有名的特产，是松花变蛋和牛肉干。说起松花变蛋，据说是用西乡特有的白皮松松枝烧的灰，拌上泥浆和调料，裹在鸭蛋上。一定时间后，变蛋上就有了像松枝花一样的图案，因而取名松花变蛋。那牛肉干，必须是当地的老黄牛肉才能制作，也是用白皮松松叶烧烤而成，味道极其鲜美。"

徐星晗的话，使本来已经冻饿难忍的同学们，不由得口水汹涌。徐星晗说到这里，停了一下，看了看不断咽着口水的同学们接着说："西乡的变蛋、牛肉干，确实是有独门绝技的，出了这个地界，味道是模仿不出来的。不过西乡沟河纵横，林木广饶，物种丰盈，青山沃土间，松柏遍野，不可能只用白皮松枝来加工变蛋和牛肉干的。"

有人问："这是为啥？"徐星晗晃了晃头说："白皮松可是西乡特有的国宝级珍稀树种，老百姓都把它像宝贝一样爱护，谁还舍得用它来烤牛肉干。"同学们闻听后，更渴望着能吃到松花变蛋和牛肉干，哪怕是一丁点儿。

一下子来了几百人，吃饭是个大问题。县知青办安排知青们在全县最大的国营饭馆吃饭。这里没有牛肉干，也没有松花变蛋。在那个凭票供应的年代，只有少数民族居民，才可以凭票定量买到牛肉干。晚餐照例是白菜萝卜炖豆腐和大米饭，大家争先恐后地拥上前去。

叶长秀端起碗，吃了几口，发现米饭里有沙子，她小心翼翼地吐掉沙粒，细细吞咽。高保民他们围坐在一起，同学中有人大声地喊叫起来："饭里有沙子怎么吃呀？"顿时，饭堂里一片叫骂声，继而变成了叫骂的浪潮。已忍受了一天的颠簸寒冷，怨气不由自主迸发了出来，有人高喊"送我们回去""我们不下去了"。顿时整个大厅里乱成了一锅粥，局势大有失控的苗头。

站在外边吃饭的同学，有的干脆把饭倒在了路上。这时，站在路边的一群小孩立刻围上前去，将地上的饭粒，小心翼翼地捡起来，装进随身携带的小布袋或小陶罐里。

看着此情此景，高保民一阵揪心的疼痛，他想起自己也曾有过的经历，在困难时期同样捡拾过剩菜剩饭。他眼含着泪，艰难地咽着带沙的饭菜，始终没有倾倒的念头。

这时，大厅里一位穿着毛领棉袄的人大声地呼喊："同学们，亲爱的同学们，我是县知青办的，我对不起大家，饭里有沙子，我们也没想到。但我要说，粮食是宝贵的，今天的事情，我们一定追查责任绝不姑息。但你们看见外面拾剩饭的孩子了吗？他们都是附近村子里的孩子，今年有很多地方粮食减产，现在正值青黄不接的时期，希望同学们谅解。"县知青办的人好像是个领导，他看了看黑压压的人群，进一步安抚一下情绪仍然激动的学生们说："我们已安排食堂重新做饭，请同学们稍微等待一会儿。"

话音未完，只听见"叭"的一声响，又一个摔碗的声音从人群中传来，接着人群中出现了激烈的叫骂声。

原来，一个不满饭菜的同学，将碗摔在地上时，正好摔到另一个同学的脚上，白菜萝卜的汤水，泼在了这个同学的鞋子和裤子上。接着，只听见噼里啪啦的挥拳打斗声，现场乱作一团。围斗的人越来越多，双方的帮手们也都投入了战斗，有被打倒的，有被打伤的，有鼓励叫好的，有拉偏架助威的，当然更多的是拉架劝解的。这时，高保民大声喊道："都住手。"这喊声如打雷一般，在食堂的厅堂回荡，这吼声在全体在场的人耳边振荡。刹那间，大厅安静了下来。

高保民挤进人群，拉开了撕斗的几个人，厉声说道："都还是不是同学？今天刚到西城，你们就想这样留下个好印象吗？谁能打冲我来，有本事的就不要窝里横。"高保民的话，刚健有力，掷地有声。这时，许多同学自发组成人墙，隔开了打斗的双方。

原来打斗的，大部分是振华中学的学生。事发时冲突双方各自的同学和一些平时关系比较接近的人都参加了打斗，从而由两人的口角变成两群人的恶斗。虽然打斗暂时平息了，但有被打破头的，脸上流血的，撕破了衣服的，找不到鞋子的，还有大堂里撞翻的桌椅，碎了一地的杯盘碗筷，饭堂一片狼藉。

学校带队的老师和县知青办的工作人员，都目睹了现场恶斗的情景，也查看了受伤人员的伤情。虽然有的人看起来血流满面，但实际伤势并不严重，关键都是年轻人，恢复起来是很快的。

这时，站在一旁显得很委屈的饭堂负责人走到知青办领导的面前说："今天的事情也不能怪我们，粮食是今天知青办送来的，我们是当成政治任务来完成的，粮食里有沙子我们也没想到。现在食堂被砸成这样，这都是公家财产，各位领导看该怎么办?"

"办个屁。"突然学生中又传出了叫骂声。"轰"的一声,委屈的同学们中又爆发出激烈的叫骂声。一下子,口水像要将食堂的负责人淹死,刚刚平息下的烈火又一次爆发了。受冻挨饿一天的同学们,怎么也想不到,离开西安温暖的家才一天,就变成了冷暖两重天。向来泪点比较低的女生中又传来阵阵哭声,这哭声迅速在人群中蔓延开来。除了激动的哭声、骂声、埋怨声,更有同学敲打桌椅墙壁的泄愤声,大厅里又一次混乱起来。几百人的场面,把食堂内外炸成了一锅粥,事态已在失控的边缘。

六

这时，一个扎着围裙端着一盆菜的中年妇女，高声说道："孩子们，我也是当妈的，今年我也有两个孩子去了偏远的山区插队了。你们离开家，离开大城市，离开妈妈，到我们这个小地方来插队落户，你们伤心，你们痛苦，你们咽不下有沙子的饭菜，当妈妈的能不心疼吗？我也心疼，你们的妈妈肯定也会心疼。孩子们，新的米饭做好了，米是我淘的，沙子我都仔细淘筛掉了，你们就放心吃吧，让你们的妈妈也放心吧。吃吧，孩子们。人是铁，饭是钢，有啥委屈也不要和自己的肚子过不去。吃吧，孩子们。"说着，中年妈妈落下了泪水，不停用围裙擦拭满眼的泪花。

看到眼前这么慈祥的妈妈，想起自己妈妈，同学中又传来了让人心酸的抽泣声。面对此情此景，饭堂里没有了叫骂声，没有了呼喊声，没有了抱怨声，更没有了喧闹声。同学们自觉地按秩序排起了队，接过了老妈妈递过来的饭菜，像从自己妈妈手中接过贴心贴肺的热饭热菜一样。同学们目谢着老妈妈，会意地点头向老妈妈致谢。看着满脸皱纹的老妈妈，同学们再没有更多的言词，只有一句话："谢谢妈妈。"

叶长秀从老妈妈手中，接过热腾腾的饭菜，不由想起自己的妈妈，自己离开家两天了，她现在一定还在为弟弟妹妹们缝补、浆洗着衣服吧。叶长秀在家时，灶台上的事全包，缝补、浆洗的事全做，为的是让妈妈多休息一会儿。

说实在话，纱厂女工的辛苦是有名的，一个人要看几台纱车，每天光来回走路，都能走上几十里。一双本来小巧玲珑、光滑如脂的手，被纱线划满了血口子，不得不用胶布缠贴起来。而贴了胶布的手，又不方便连接漏纱，不得已还得撕开胶布。到晚上回家洗衣做饭时，手指钻心地疼，而这疼痛，又深深刺痛着叶长秀的心灵。她发誓，以后绝不到纱厂当挡车工，要当医生，当演员，这一直是她的梦想。而今天，她却站在这陌生的食堂里，从此面对的将不是白大褂和舞台，而是高山和黄土地。未来，将是个想不透，更看不明白的未知数。而此刻，她只有默默地祝福妈妈，不要太辛苦了。

夜已经很深了，同学们都被安排在一所中学的教室里。教室里没有床铺，只有一条条用稻草编织的草垫子，一人一条铺在地上，同学们打开自己的行李席地而卧。两天的奔波，按理说同学们应该很快入睡，然而大部分同学还是无法入睡，睁着眼看着窗外漆黑的夜空，听着寒风嗖嗖的呼啸声，默默地想着心事，回忆着自己从小到大的酸甜苦辣的过往经历，思索着不知道的明天，路在何方。

按理说，来插队的同学现在都还是上学的年龄，高保民怎么也没想明白，为什么他们叫"知识青年"。有知识吗？其实只上了一年中学，充其量比小学毕业生多识了几个字，这也算是有知识吗？青年倒是名副其实。这次来插队的同学，大都是十七八岁的花季年龄，按中国传统属相，八成是兔年生人，属虎的或属龙的都是少数。还正处于思想不太成熟，梦想又最多的年龄。所以，在今天，他们在陌生寒冷的教室里，在以草垫为床的地铺上，怎么能安稳入睡呢？

而徐星晗却有些异样的想法，他仿佛闻见了稻谷草垫上散发出的谷香，仿佛看到了稻谷草上边沉甸甸的谷穗，回味着晚上无比香甜的大米饭。

平时对于吃这样纯的大米饭，徐星晗是从来不敢奢望的。在家里，每月仅有的几斤定量供应的大米，只能给有胃病的父亲熬点稀粥。全家人只是在过年时，才能吃上加杂有豆类的米饭。

父亲说，汉中好啊，天天都是白米饭，天天都比过年还好呢。真的，从今天开始，徐星晗就可以天天吃上白生生、香喷喷的大米饭了。想着想着，又觉得肚子不听话地叫了起来。

十几岁的孩子，别说是吃了一碗，就是吃了三碗大米饭，折腾了半夜也饿了。他不由地推了推睡在旁边的高保民说："哥，还有吃的吗?"高保民也没睡着，翻了个身说："我带的一点饼，昨晚在火车上已经吃得差不多了，剩的一点上午在汽车上也吃完了。我现在也觉得有些饿了"。

这时徐星晗突然抬起头，使劲用鼻子闻了闻，他悄悄地对高保民说："我好像闻到了一股牛肉味。你听，还有咀嚼的声音。"顺着声音，左边第三个铺上好像有些异常。穆平生用被子蒙着头，好像在吃东西。

徐星晗一翻身，压到穆平生的身上，猛地掀开被子，发现穆平生正在往嘴里塞着一块牛肉。说时迟那时快，徐星晗一把抢过这块牛肉，嘴里不由地嚷道："穆平生呀，你小子还吃独食！偷偷吃牛肉，也不给大伙分点闻闻腥。"

吃牛肉，算得上是一种奢侈了。只有过年过节才会限量供应，还只供应给少数民族居民。当然，穆平生是回族，有这个条件，但他在车上时说已经两月没吃过肉了，还大谈西安回民街上的腊牛肉、腊羊肉、羊肉泡馍、羊杂汤，说得人直咽口水，现在却在被窝里自顾自偷吃。

说起有牛肉，所有的人都坐了起来，一窝蜂地围在了穆平生的铺前。大家一下子掀开穆平生的被子，打开他压在头底下印有"红军不怕远征难"的书包。包里却没有牛肉，只有一条破毛巾和一些牙具之类，大家倍感失望，七嘴八舌地要求穆平生老实交代，拿出牛肉来。徐星晗将抢来的一块牛肉，紧紧捏在手心，自己根本不敢在这个时候独自享用。穆平生战战兢兢地又从衣服口袋里拿出一块牛肉，老老实实地向同学们交代了事情的经过。

晚上下车后，大部分同学被安排在了国营的食堂吃饭。大约有二十几个回民同学，被安排在了回民食堂吃饭。吃饭时，端上来一盘牛肉干，二十几个同学不由分说一抢而光。本来一人一块，每块有一两重，但有的同学没抢到，食堂只好又拿出一盘。这次是一人一块。好在穆平生第一次抢了两块装在了衣服口袋里，第二次又领到一块。同学们拿着牛肉干一咬，有些咬不动，饭店工作人员才说："这是我们西乡特产牛肉干，大家吃的时候，要细嚼慢咽，最好一缕一缕、一丝一丝地吃才有味道，越吃越香。"

西乡的牛肉干，大家都没吃过。甚至，说句过头的话，连见都没见过。听到这里，教室里像开锅一样沸腾。高保民说：

"夜深了，大家都小声一点，就这两块牛肉干，大家都尝一点就行了。狼多肉少，大家也别争抢，声音大了，让别的教室的人听见，我们连味都闻不上。"

征询大家的意见后，徐星晗借着教室外微弱的灯光，小心翼翼地将两块牛肉干分成十五份，每人拿着分到的一份，回到了自己的被窝里，细细地品味起美食。按照穆平生说的方法，每人都是轻轻地撕下一缕缕肉丝，细细地品味着，品味这从未享受过的美食。

的确，这是人间最美的享受，这是几天来最大的愉悦。可惜牛肉干太少了，有性急的同学，三下五除二地吞进了肚里之后才慢慢回味牛肉干的滋味，不停地吞咽着留有牛肉干香味的口水。这是一个无眠的夜，也是一个值得回味的夜。

七

清晨，广播喇叭里播放着《东方红》和《北京的金山上》。各个教室的同学们，懒洋洋地伸出双臂，听着广播里随后反复播出的，毛主席关于知识青年到农村去，接受贫下中农再教育的最高指示。

九点钟开始吃饭，同学们不知道这是早饭还是午饭。原来在西城，人们都是一天两餐饭，下午四点吃晚饭。就连机关单位也是这样，据说是为了节约粮食，城乡都一样。

同学们不知道今天有什么安排，但是不想到队上的意见，还是占了不小的比例。饭后同学们接到通知：今天自由活动，只有各个学校的领队和知青联络人，去县革委会知青办开会。通知一出，同学们欢呼雀跃。一天的时间，看看街景，逛逛市场，找找陌生地方的新鲜感。

早饭依然是白菜萝卜炖豆腐，大米饭里沙子少了许多。对于昨晚的事件，有人心里在打鼓。昨天晚上，县知青办的人虽然是好言相劝，悦色安慰，但最后仍留下一句话，要严肃处理闹事者，绝对要保卫"文化大革命"的成果，按毛主席的教导惩前毖后，治病救人。那么，怎么处理呢？

大部分的同学，好像根本没把昨晚打架的事放在心里，而是成群结队，前呼后拥地离开了教室，去陌生而新鲜的街市上逛逛。

长江是中国最长的河流，汉江是长江主要的支流之一，而这里有一条河，叫牧马河，是汉江主要的支流之一。同学们来到紧临城边的牧马河堤上，绿得发蓝的牧马河水缓缓流淌，水鸟在水面上盘旋飞翔。河边有人在洗衣服，用棒槌使劲地翻砸着衣物。河水冰冷，似乎只有不停地翻砸，溅起的水花才不至于结冰一样。冻得洗衣人，尽量不让双手浸泡在水里。

天依然阴沉沉的，顺河风仍在像刀子一样刮过。站在河堤上的人们，不由得打起哆嗦。

街道谈不上繁华，有卖菜的农民，背着背篓或挑着担的，把菜摆在地上的。有的山货土产也被摆地上在售卖，当然粮食、肉蛋之类的东西是看不到的，这些都由国营的商店或供销社、粮店统一凭票供应。县城里商店并不太多，日用百货自然比不上省城商店里卖的齐全。但在一个县城里，有几家国营商店，也是能满足需要的，因为人们到食堂吃饭要粮票，买布要布票，购买力有限，而紧俏商品在全国都一样。

叶长秀等几个女生在街上转来转去，也没有买任何东西。不是没有要买的，也不是没有看上的，而是钱对她们来说，太紧缺了。

叶长秀离家时，父亲给了她三元钱，一张两元的和一张一元的纸币。为此，妈妈千叮咛万嘱咐她一定要放好。女孩子的棉袄棉裤没有口袋，如果不提个包，连个放手纸的地方都没有。于是离家的前一天晚上，叶长秀找了一块长方形的布，缝在了棉袄里边，权当作贴心处的钱袋子。袋子还是上口小的倒八字形，防止不小心把钱弄丢了。她仔细地将三元钱折叠得整整齐齐，放在袋内。

妈妈过来，又给了她一张两元的纸币。叶长秀知道，家里经济条件不好，弟弟妹妹们又都处于长身体的时候。她更清楚，她在家还能纺石棉、糊纸盒，积少成多，每月也能有个十元八元钱的收入，帮衬着家用。她这一走，虽然弟弟妹妹们，也勉强能纺点粗棉，但手脚毕竟没有她利索，纺的质量等级也上不去，因此收入肯定没几个钱。再说，两个弟弟玩性大，三天打鱼两天晒网的，没个正形，因而她担心家中的开支会更加地拮据，再三推辞也不肯要妈妈给的钱。母女俩泪流满面地抱头伤心了好长时间，最后还是把这两元的纸币和三元钱放在了一起。一路上叶长秀不知道摸了几次才放下心来。

同行的几个女生情况也差不多，都是家中姊妹多，一家七八口人，收入也都是入不敷出。尽管节衣缩食地计划着开支，但每到月底还是非常紧张，总有那么几天就显得很吃紧。她们离家时，最少的才带了两元钱，多数人和叶长秀差不多，有十块钱算是最富有的了。

女孩子勤俭，尤其是家境困难的女孩子，更能体会到柴米油盐贵。她们平时怎么也不舍得花钱，只有过年的时候才换身新衣裳，鞋子也多是自己做。无论是穿衣服还是鞋袜，她们都非常小心仔细，生怕给穿坏了，划破了。日久需要打补丁了，女孩子们也是比画来比画去，既要干净大方，又要整齐美观。

在街上，叶长秀她们不约而同地看上了女式的尼龙袜。无论是厚实紧密的质地，还是五彩缤纷的花色图案，都让人爱不释手。但一双袜子要八角钱，女孩们又想买，又嫌贵，爱之不舍，又觉得囊中羞涩。那几块钱可是家里人从牙缝中挤出来的。在反复纠结，再纠结后，叶长秀果断地说："还是买吧，这么漂亮的袜子，在西安民生百货，也难得碰到。我在解放市场看到过，但就是没钱买，回家后还几次梦见穿尼龙袜了。这次能碰见，还是上海产的，买了吧，大不了以后再从牙缝里省出来。"

一箭射出，百箭齐发，七八个女生纷纷赞同。每个人都是反复地再反复地翻看袜子的质地，细心得像绣花一样，不放过任何瑕疵，最后又小心翼翼地掏出各自藏得比较隐秘的几元钱，买了使她们简直喜而忘形的尼龙袜。尽管腹中需要进食，但对于心爱之物来说，忍一忍饥饿又算得了什么呢？她们有对尼龙袜满意的喜悦，也有对钱心疼的苦闷，鱼和熊掌总是不能兼得的。

离开商店，风仍然刺着面颊，冻得发红的脸蛋，越发显得楚楚动人。一群穿着虽然简朴，但仍不失大气的青春少女霎时间成了县城街上一道美丽的风景线。不少人驻足在路边，观看着这群在他们心中，已经是十分花枝招展的天仙美女。她们的红围巾，她们英气十足的小辫，她们戴在头上使人心醉的蝴蝶结，以及她们走起路来前凸后翘的完美曲线，都成了路人品评赞誉的地方。这对在异乡街道上的姑娘们来说，无疑增添了她们的自信和勇敢，于是越发挺胸昂首，还哼起了河南豫剧《朝阳沟》的小曲，心中笃定：我们是省城来的插队知识青年，从今天开始，我们也是西城人了。

下午四点，晚饭开始了。除了白菜萝卜豆腐外，菜里还有了肉块，这对知识青年们来说是再高兴不过的事了。这时大喇叭里传来了通知，要求各个学校在晚饭后按单位分组召开会议，传达县革委会知青办的会议精神。晚上七点，各单位的领队和联系人，仍然在知青办会议室集合汇报。

听到广播，大家在猜想着会议的内容，猜想明天是不是要到队上去，猜想会怎么处理昨天的事情。还有人在猜想，是不是能送他们回西安去。当然所有的猜想，都没有眼下的大米饭和白菜萝卜豆腐炖肉来得实在。

经过昨晚的事情，今天吃饭时的秩序显然好了许多。虽然人头攒动，但仍然排了整齐的队，领饭的时间显然比昨晚要缩短了很多。很久没尝过肉味的同学们迫不及待地挑起碗里的肥肉塞进嘴里，然后狠狠地吸一口气，生怕肉和油流到嘴外。那个香呀，眼前的啥事都可以忘记。

八

　　晚上的会议是按学校召集的。西安振华中学的知青，被安排在两个教室中间的操场上。下午在县上参加会议的七八个人站在前边。学校带队的秦老师，仔细地传达了县革委会知青办的会议精神。与其说是传达，不如说是念知青办的文件。

　　首先是传达政治理论，伟大领袖的最高指示，知识青年上山下乡的重大意义，尤其提到了以阶级斗争为纲，严防阶级敌人捣乱破坏。一大段的开场白后，才是正文：一是昨晚打架，不是孤立的事件，是对毛主席上山下乡指示的态度问题。二是参与打架的共十一个人，分别是三个学校的学生，这十一个人，要在所在公社学习班认真认识错误，然后才能分配到队上；直接打架的两人，要认真写出检查，通过后才能分配到队上。三是不能认错改错的打架参与人，由县知青办集中办学习班教育后，作遣返原籍处理；学生家长和学校来人领回，并赔偿昨晚损坏公物的损失；这些学生的户口，暂由县公安局冻结，待两地政府革委会协商后，由公安局协处。四是凡参与打架的人员，认识错误后，由县知青办重新调整落户的生产队，原则上参与打架的人员，不能在一个大队落户。五是，明天早上八点开饭，九点准时出发去往分配好的公社。认识了错误的同学，还是好同志，公社就不再办学习班了。

通知一出，一片哗然。参与打架的几位同学，情绪显得格外激动，打架的直接责任人金志强更是带着粗口骂开了。这时秦老师和参加知青办会议的高保民等人靠拢过去。秦老师说："志强同学，这个处理实际上是宽松的。语气虽重，但实质还是轻的，有气也要忍一忍，认个错误是关键。"高保民说："大丈夫能伸能屈，不要和革委会作对。再说，如果僵下去，后果就不好说了。"

此时，同学们看到有戴红袖章的和穿警服的人在学校里走来走去，就都围了过去七嘴八舌地劝金志强认个错。高保民大声喊来徐星晗，让徐星晗帮金志强写份检查，这事就算翻篇了。

金志强的家庭情况也很不好。家中六个孩子，有五个是男孩。父亲是酱菜厂的酱菜师傅，说来五十多元的工资，算是不低的收入，但一家人花销，总是坚持不到下个月领工资。妈妈原来在街道工厂干活，后来孩子多，没办法只好辞工在家带孩子。

为了一家老小，金妈妈是非常辛苦的，一天到晚都没有闲下来的时候。金妈妈经常还要抽时间去菜市场捡些剩菜。幸好有会做酱菜的手艺，那些剩菜烂叶，经她的巧手腌制后竟成了美味。缝制一家人衣服鞋袜的家务活，全落在了这个瘦弱的女主人身上。但更让她难过的是大儿子金志刚，小的时候患小儿麻痹症，没有得到有效治疗而落下了残疾，双腿不能站立。好在他双手灵便，前些年跟着街道一个修鞋匠，学得了修鞋手艺，在街口摆了一个摊修修鞋，也算是有了糊口的本事。

难的是，每天必须有人将修鞋的工具箱搬到街口，晚上再扛回来。接送金志刚上下班的任务，自然而然落在了金志强的身上，无论天寒地冻，还是酷暑三伏，都要风雨无阻。

街上有些闲来无事的年轻街痞，有事没事总要去取笑骚扰金志刚。腿脚不便的金志刚，也只好忍气吞声。时间一长，金志强知道了哥哥常被欺负的事，这个忍不下半点窝囊气的半大小子，拼着命也要维护残疾哥哥的尊严，经常和街痞们打得你死我活。

渐渐地，金志强在街上有了些名声，三街两巷的年轻街痞，也不敢再骚扰金志刚。街上的一帮半大小子，逐渐聚在了金志强的身边，强哥长强哥短地呼唤不停，从而养成了金志强行侠仗义，好打不平的性格。

这次下乡也是迫不得已。家中适合下乡的，也只有金志强一人。不去是不行的，学校街道给金志强父母下了死命令，金志强必须下乡，否则政府的所有优惠待遇统统取消。另外，街道让金志强下乡还有另一层意思，当然是为了街道的清净和平安。虽然金志强天性好善，并不是好惹事之人，但围在他身边的各种人中，也大有爱惹是生非、胆大妄为的人，经常聚众骚扰居民，惹完事后又把恶账全部推到金志强的头上，折腾得金志强父母，三天两头给邻居街坊赔不是。

为此，金志强经常有口难辩，挨打罚跪也成了家常便饭。街道动员下乡插队时，金志强的父母满口答应，还给学校街道提出，不能让经常与金志强厮混的人和金志强在一起插队。

这次的饭堂打架事情，按说金志强也算是受害者，他莫名其妙被残渣剩饭泼了一身一鞋。一贯不愿先惹事的他，忍不住动了手。在同学老师的劝慰下，金志强想到不能再给辛劳的父母添堵，如果事情闹大被撵回去，连户口都没有了，真正成了无产阶级专政的对象。权衡左右，金志强低下了头，放开了一直紧紧攥起的拳头，诚恳地对秦老师和同学们说了声："对不起，我错了，我检讨。"几个一直为金志强担忧的同学，紧紧搂住金志强的双肩，他们不愿失去任何一个同学、街坊、朋友。

各个公社的知青名单公布了，与原来的名单略有些出入，仅对参与了饭堂打架的人员稍微做了一些调整。按知青办的人的说法，是减少一些不安定因素，将可能再次发生的打斗事件掐死在萌芽中，以促进知青群体的安定，维护知青与贫下中农一起团结进步的大好局面。

这次安排是以振华中学的同学为主，分配到三个公社，但同班是要打乱的，每个班都是分成四块进入各个公社，至于到了公社怎么分配，那就看公社的安排。哪些同学分配到一个大队，哪几个同学分在一个小队更是未知数。同班的同学，家住在一起的同学，关系要好的同学，都希望能在一个公社，一个大队，甚至在一个小队。大家心里都在打鼓，男生的意见是男生在一起，女生的意见是女生在一起，但这是不可能的。

在这个年代，虽然男女生同班，甚至在一条街上住，但受男女有别的传统观念影响，男女生基本上是保持一定距离，甚至连话也不说，见面连招呼都不打一个。男女生如果在一张课桌上，桌上都用粉笔或毛笔划上一条线，美其名曰叫"三八线"，双方互相敌视，谁也不能越雷池半毫。如若偶然不小心过线，男生必遭女生白眼；如果是女生越界，则遭遇的可能是尺子或铅笔的拍打。甚至有时书本不小心过界，恶劣的男生竟将女生课本扔在地上以示抗议。男女同学之间绝对是阵线分明。

然而插队落户，如若男女在一个队，一个知青点里搅一个勺，舀一锅水，那怎么相处呢？从性格上来说，女生仔细温柔，男生粗犷性野，习惯不一；从经济上来说，胃口不同，食量各异。因而男女生之间，都打着自己的小九九。大家都想不明白，究竟未来的知青点是什么样，自己会怎么样生活，会干怎么样的农活，会有怎么样的未来？这一切怎么也说不清道不明。

分配到各公社的名单公布后，没有分配到一个公社的同学，好像经历生离死别一样，道不完的长短，诉不完的衷肠，好像今天一别，今后就远隔千山万水，天各一方一般，女生们更是抱头相拥而泣。回想三天来的困苦，这时的泪水更如泉涌，而今一别，虽只有咫尺之路，但复杂的心情，实是难以言表的。离家与亲人相别有切肤之痛，而与从小相伴的发小相别更有刮骨之伤。虽说相见之日尚多，但想到几天来的伤感处，大家还是不由得落泪了。

几日如同几秋。从城市的大街上，来到乡间的小路上；从虽然贫寒但温暖的家，来到了寒风如刀的牧马河畔；从前日的笑语欢歌，到今日的挥泪致别，人生就像翻书一般，一页又一页，页页虽有故事，但情节则各有不同。几百名知青分配在一个区，都在牧马河畔。振华中学的知青主要分配在三个公社，上河公社、下河公社和河口公社，然后又像撒豆子一样，撒在了三个公社的几十个大队，近百个小队里。

九

牧马河发源自巴山北坡的米仓山下，由西向东蜿蜒而下，沿河两岸，阡陌纵横。山地起伏，丘陵绵延。越是到河上游，越是山高林深。牧马河被群山环抱，水在山间流，山在水中映，山水一色，景色如画。

清晨的霞光刚洒落在牧马河上，高音喇叭里就响起了起床的晨曲。知青们要到各自的公社了，从今天开始，知青们将和贫下中农们一起，上山下地，出一身热汗，滚一身泥巴，开始过上知青农民的生活。

搭着帆布篷的卡车，早早地停在了知青住宿的学校门口，按照编号依次排列，每辆车上还标注了公社名称，用大红纸贴在车厢两旁。吃过早饭的知青们，提着自己不多的行李，朝着各自的车厢走去，每个人都没有了来时激昂的心情，每个人脸上都像阴天一样，平淡得有些阴冷。还有多少话呢？又能说些什么呢？不同公社的同学们，只是默默地相互点头致意，没有语言。

汽车缓缓行走。这时的街道上，没有了来时的锣鼓声，没有高音喇叭的致词声，除了汽车马达的轰鸣声和车轮在地面上的摩擦声，一切都那么安静。

牧马河上有一条横架南北的大桥，桥头上标示着载重十吨的路牌。这是通往牧马河畔几个公社的唯一通道。过了桥后，道路越来越窄，汽车的速度也越来越慢，在不平坦的道路上，车后没有了盘山公路上的尘土飞扬，风也没有了那样刺骨钻心，只有车轮在路面上摇晃。

河口公社到了，四五辆卡车停在了路边，迎接学生们的队伍围了上去，其余的车继续前行。下河公社到了，照旧是欢迎的人群，迎着停在路边的卡车。仍有几辆车没有停下，还要继续前行，它的目的地是上河公社。

高保民、徐星晗、叶长秀、金志强等人乘坐的就是最后这几辆车，路越发地窄了。汽车又前行不到一公里，终于停下来了。上河公社是不通公路的，那就意味着，同学们还要步行才能到达。

路边，欢迎的人拉着十几辆架子车，老乡们叫"拉拉车"，和西安拉煤运货的人力车基本一致，不同的是这些车都只有平板，没有车斗。上河公社组织来迎接知青的队伍中，一名干部模样的人，热情地向同学们说了些欢迎话语，欢迎同学们到上河公社插队落户，一同建设社会主义新农村。他没有说接受贫下中农再教育的口号，也没有详细介绍上河公社山高坡陡、林深地凹的地貌风情，只是让同学们把行李放在拉拉车上，体弱的同学也可以坐在车上。其实，大家都能看得出来，路很窄，拉拉车过也不省力，两道车辙在路面上已成了两条深深的沟槽。虽然一路颠簸，但在公社干部的热情坚持下，几位女生还是难为情地坐在了车上。

寒冬的牧马河畔阴冷阴冷的，天空像一把巨伞，遮住了本应有的冬日阳光，整个大地罩在一片灰蒙蒙的雾气中。河两岸已没有了绿意，山也显得有些清冷，光秃秃的树枝间，不时有觅食的鸟儿在不知疲倦地飞翔。山上的柿子树树梢上有几个鲜红透亮的柿子，在没有了树叶的枝头随风摇曳，等待着饥饿的飞鸟，来品尝这冬日里的甘甜。

按村民的说法，果树上的果子，是不能都采摘干净的，一定要留下几个果子，让地上爬的动物和天上飞的鸟共享大自然赐予的美食，这可能就是朴素的生态平衡理论吧。

架子车队在艰辛地往前行走，不时换换拉车人，其余的人也都拉根绳子助力。这使高保民想起了自己推车的情景。前几天，他还是挣一趟一毛脚力钱的推车人，今天却是别人在帮他拉着行李，身份变换就是这么快。昨天他还是学生，今天他已经成为农民队伍中的一员。他的思绪又自然回到了一幅幅往日的画面中。他背着书包，他帮家里干活，他有时莫名其妙地被父亲以不听话为理由棍棒教训，他不知疲倦地帮着父亲，不，是帮着整个家里，一趟又一趟地推车拉车。他舍不得花一分钱，他知道家里生活的艰难，不容许他乱花一分钱。

父亲在他临走时，特别大方地给了他五元钱，只说了一句话："娃呀，穷家富路，遇到难处救个急吧。"一句话说得高保民眼眶里盈满了泪花。此刻他反倒觉得，是父亲的棍棒，是父亲整天布满阴霾的脸，让他明白了人生的道理，使他知道了心字头上一把刀，是"忍"字，使他练就了一副满是肌肉和力量的臂膀，更让他知道了如何做一个善良的、堂堂正正的人。

金志强默默地跟着车队走着，他一路上连听别人说话的心思都没有。几天来发生的事跌宕起伏，带给他的震撼太大了。

在家时，总有人围在他的身旁，强哥长强哥短地叫着，他帮别人打抱不平时，也吆三喝四地招呼调遣周边的小兄弟，他时常将自己比作梁山好汉，义气当先。但没想到，离家才两天，一切都变了，他变得不敢大声说话叫喊，变得不敢反抗。他窝了一肚子气，大有虎落平阳被犬欺的感觉。但回过头一想，在家时，自己最多就是在街头混混中有点名气，在别人的眼中，充其量也只是个混混，是个刺头。但他确实担心哥哥今后会再被人欺负，他再也不能帮哥哥扛修鞋的箱子了。

临离家前，妈妈哭着说："强子呀，希望你把胳膊上的肉咬一口，给妈活出个人样来，再也不要让人戳娘的脊梁骨了。"这句话，太刺痛金志强了。是呀，他已经成人了，已经十八岁了，再也不能是个街头惹是生非、人见人骂的小混混了。而今插队当了农民，也要混个有出息的农民样来，让人看看我金志强不是个扶不上墙的阿斗。

叶长秀坐了一阵车，觉得坐在拉拉车上比来时坐卡车还难受，坑坑洼洼的路面让车摇晃不止，她简直有些晕车的感觉。虽然是贫下中农热情的好意，但她坐了一阵还是坚持要下来，要和其他人一起步行。

虽然村民们说路程不远，但其实有三十多里的路程。当然对久居山村的农民来说，习惯了上工下工翻山越岭，当然不算远了，但对于刚离开城市的知识青年来说，这可算是小小长征路了。约莫走了十几里地，在临近牧马河的一片小树林边，只见一片开阔地与河滩相连，带队的村民说："我们休息一会儿，马上就有人送干粮来。"

当大队人马进入小树林，同学们看见牧马河在这里依山傍水地转了一个大弯，一片深蓝色的水潭跃然眼前，犹如一幅浓墨重彩的山水画卷，美不胜收。

村民们说，这个潭是牧马河上最大最深的潭，究竟有多深没人知道，也没人敢下去过。听说夜深人静时，经常从水中传来小孩的哭叫声，所以有人叫它孩儿潭，其实它叫回水湾。每每牧马河涨水发洪时，强大的水浪飞流而下，直接冲撞在河边的山崖上，水势受阻后，强大的水流折返后向下流去，久而久之，这里便形成了一个巨大而且深不可测的深潭。这里长年水位不减，且潭水靠着山的阴面，故而有许多阴森古怪的传说，使这一带的村民，越发对深潭感到神秘莫测。但凡遇到天旱或水患之时，往往有村民在这里插香拜祭，以祈神灵保佑风调雨顺。故而也有迷信的村民，每每走到这里时，总要合掌而立，念念有词一番，以告神灵，企盼平安。也有人，据说路过此潭后，回家诸事顺当。因而有人也叫它神水潭。

同学们此时确实感到又累又饿，便有人拿起茶杯舀来潭水。说来也怪，数九寒冬的，潭水居然不凉，反倒温而带甘，让人大呼神奇。

这时，公社派的通讯员，气喘吁吁地来到小树林，从自行车上取下一个大筐说："知青同学们每人两个核桃馍，晚饭公社已经在准备了。"于是大家呼啦一下围拢上去。

早就听说牧马河畔的上河镇的核桃馍做得很有名气，酥脆爽口，大家都迫不及待地吃了起来。核桃是米苍山上生长的，饱含油性，面是浅山坡的麦子打磨而成，由于麦子在地里生长的时间有七八个月，且早晚温差偏大，因而麦香筋足。加上野生的山核桃，核桃馍是外脆里酥，满口油香，是十里八乡出名的美食。

　　喝着神潭水，吃着核桃馍，知青们一身的疲劳顿感消退。原来大自然给予人们的，也有知足的天性。当然接知青的村民们没有核桃馍的待遇，他们自带的干粮五花八门，有蒸红薯，有煮土豆，也有苞谷面贴饼。但他们同样喝着神潭水，照样神清气爽，心情愉悦。

　　三十多里的漫山小道，一支长长的队伍，歇歇停停，从早上到天色昏暗，直到天际余光完全浸没在牧马河两岸的山间，终于到了上河公社。

十

上河公社在上河古街上。说是古街，也只有百十米长。街道是石板铺就的路面，约两米宽，两边房舍雕梁画栋，古香古色。听公社的人说，街上有一个供销社，卖些油盐酱等日用品，还供应一些农具、山货土产，当然收购也是供销社的一大任务。每逢农历一、四、七赶集日，三乡五里的村民们，都趁赶集时向供销社交一些山货土产，也就是鸡崽、鸡蛋之类的。村民们不舍得吃，交给供销社换点油盐灯烛钱。

除此之外，逢集时食堂才开门营业，核桃馍便是食堂的主营。因为乡里人、山里人口袋里没有闲钱，所以也很少有人进食堂里奢侈消费。带干粮是山民们的习惯，不管背的有多重，扛得有多累，有干粮就足够了。因为牧马河清澈的河水，可以让山民们敞开肚子享受它的清凉。

公社位于街道正中，算是这方圆百里最大的"衙门"，是最基层的一级政府，管理着上河公社五六个大队数千村民。

在村民眼里，这是个神圣而威严的地方。村民们赶集路过时，光是门口的几块大牌子，已足以让他们肃然起敬。

其实，公社的院子很小，工作人员也很少，只有五个人是正式编制，包括公社革命委员会主任兼公社书记，副主任兼副书记，武装部长，妇联主任，文书兼干事。编外的有信用社主任兼财经干事，一名通讯员兼管各种杂务事项，炊事员也是编外聘请的。人虽然少，但事情繁杂，每个人都要包一两个大队，还得经常下乡检查工作。

公社的工作事无巨细，公社辖区内的事务可以说是无所不管。有个曾在基层工作过的人，总结了十六个字来形容公社工作："天文地理，生老病死，生产生活，鸡毛蒜皮。"公社工作的辛苦，可见一斑。因而，公社里常常只有一两个人。

而今天，公社的干部，算是比较齐整的。因为今天要接待安置七八十名知识青年。这件事情，按上级要求，是压倒一切的中心工作。知青的大队人马到了公社，一下子把本来清静的小院挤了个水泄不通，很多人只能站在街上。架子车上的行李物品，也不敢轻易卸下车来，在等待着公社的统一安排。很显然，公社干部们也感到手足无措，毕竟他们从来没有接待过如此庞大的队伍。

以前即使召开公社的三干会，也就是每年春耕秋收之际，公社例行召开进行生产动员、安排重大任务的公社、大队、小队三级干部会议，参会的人员，也一律自带干粮，公社有时连开水都不能供应。而现在，来了七八十人，这些人不同于村民，虽说今后他们也是农民，但他们是响应毛主席号召来的知识青年，他们在没有安置到生产队前，一切都有变化的可能。公社干部们按照上级的指示，都是全心全意、小心翼翼地做好接待、安置和安抚工作，且细致入微地做好每一个细节工作。

公社的院子里早已烧好了开水，等待饥渴寒冷的知青们。干部们热情地招呼着客人们，嘘寒问暖十分亲切，同学们被热情感动，连声道谢。

这时，公社焦书记高声说："同学们，欢迎你们来到我们山区插队落户，今后我们就是一家人，大家有什么事情，有什么困难就到公社里来说。"说着一一介绍了公社干部和公社的大概情况，然后说，"今天已经晚了，我们先吃饭，饭后我们先安排同学们住下，明天一早吃完饭后，我们再具体分配同学们到哪个队，哪个村，详细情况我也会在明天早上介绍给大家。"

晚饭照例是白菜豆腐汤，但每人碗里有一片透明发亮的肉片。据说这是牧马河畔比较有名的腊肉，味道确实好极了。晚饭后，同学们在离公社大概半里路的小学校住宿，依然是在铺好稻草的地上睡。教室里没有电灯，连公社也没有电灯。苍茫的山岭和牧马河两岸，都笼罩在漆黑的夜色之中，偶尔看见远处有星星点点的灯影，那是附近村庄的人家窗户中射出的微弱的油灯光亮。

教室讲台上燃放着两支蜡烛，烛光一闪一闪的，烛泪在火苗中不断向下流淌，不由得使人想起"春蚕到死丝方尽，蜡炬成灰泪始干"的诗句。

教室里蜡烛不停地燃烧，烛泪不停地流淌。而寒冬里教室温度越来越低，夜色中山风一个劲儿不停地吹着口哨，吹得树枝唰唰作响。教室里的同学们，好像已经习惯了这种地铺生活，一个个蜷缩在被窝里，挤得紧紧的，以便相互提供一些温暖，来抗击无情的寒夜。

第二天早饭后，知青们集中在一间教室里。教室特别进行了布置，前后有两个火盆里燃着木炭，暖洋洋的。由于有几十个知青，教室里没摆课桌，只有一排排的条凳，大家拥挤着坐在条凳上，等待会议的开始。

这时同学们才注意到，教室的前方张贴着大幅的标语："热烈欢迎西安振华中学的同学们来上河公社插队落户。"在教室外，站了很多人，大概足足有百十人，他们是各大队派来迎接知识青年的村民和村干部。有几个大队，只来了几个村干部。这些大队山高路远，安置知青有些困难，因此未安排知识青年到这几个大队，但作为公社的头等大事，大队的干部都是要来参会的。他们打着火把，半夜就出发，天亮时就赶到了公社。

同学们交头接耳。命运将在今天，正式掀开神秘面纱，今天将是他们的人生的转折点。

公社书记大声说："知识青年同志们……"同学们听到这个称谓，都有些诧异。昨天晚上，书记的称谓还是同学们，今天的称谓变成了知识青年同志们。听到了这个称呼，同学们感到既陌生，又新鲜，会场立刻就安静了下来。

书记确实很有水平，他把毛主席的伟大教导和知识青年安家落户完美结合，声情并茂地宣讲了一番。而后，他郑重地说："经公社党委和革委会认真研究决定，由公社革委会委员、公社文书苏文革同志，担任插队知识青年的指导干事，全面负责知识青年的各项具体工作。现在由苏文革同志，详细谈谈全面安置工作步骤，并宣读各大队知识青年名单。"说完，教室内外一片寂静。

苏文革站了起来，习惯性地用手将头发向后捋了好几下，拿起了一沓纸张，开始了抑扬顿挫的宣讲。他的话把大道理又拔高了许多，把知识青年接受贫下中农再教育的必要性，又讲得更加深刻透彻。一个小时的理论宣讲，让与会者有些不太耐烦了。然而他宣讲的正是"无产阶级文化大革命"的理论，教室内外的人也只能认真地听。教室外边还有人拿着小本，一边不停地用嘴往手上哈热气，一边记上几个字，以便今后传达之用。

教室里的火盆中，火红的木炭越烧越细，一层又一层的炭灰掉落在火盆里，温度也在渐渐下降。好在教室里的知青在焦急地等待结果，没有人感到温度的降低。

许久，苏文革文书才喝了口水，清了清嗓子说："现在我宣读分配到各大队知识青年的名单。"话音刚落，教室里又一片安静。这个安静，仿佛只能听到教室里几十颗心脏的跳动声。这是一种期待的声音，这是一种无奈的忐忑的心跳声。

苏文革，约有二十几岁的样子。"文革"时毕业于农业学校，是根正苗红的贫下中农子弟，在"文革"中表现得极为勇敢积极，在各种活动中积极带头，立场坚定，斗志昂扬，因而成了学生中的佼佼者，也成了学校革委会的成员。去年，苏文革才被分配到县革委会农林组，继而又被分配到牧马河区上河公社任文书，当然公社革委会委员的头衔，是他光辉历程的延续。他分配到上河公社，还有另外一个原因——他老婆是上河公社清水湾大队人，他是为了照顾结婚不久的老婆。但他美其名曰到条件艰苦的上河公社。为表明他大公无私的革命精神，他还将自己的名字，从苏富贵改成了苏文革。

在农村，家中有一个公家人，那是很有面子的。因此自从他到了牧马河畔的上河公社，他老婆的弟弟简直可以说是一步登天了，这个平时好逸恶劳、游手好闲的农村小混混，摇身一变成了公社武装民兵连的一员，整天戴着个红袖章，神气活现地对村民们吆三喝四。

上河公社地处山区，条件艰苦，苏文革深知，到山区混上一年半载，在以后的升迁路上，也会是笔资本。

苏文革口若悬河地讲了个把小时，脸上越发油光发亮，几个蚕豆大的青春痘，这时突然奇痒无比，他不由自主地用指甲抓了抓，一个痘痘被抓破流出了血，但这全然不影响他的兴致，惹得底下有的知青，忍不住笑出声来，而苏文革全然不知下面在笑什么。

公社书记此时走上讲台说："现在我们休息一会儿，等会儿再继续开会，安排知青到各队的具体情况。"无形中给苏文革的尴尬解了围，知青们在下边小声议论，说还是公社书记有水平。

几分钟后，会议继续。苏文革严肃地说："这次来我公社共计七十五名知识青年，经研究决定，只有七十四名知青可以到各队，其中清水湾大队三十二名，柳树坪大队二十五名，枣树岭大队十七名，其余三个大队地理条件相对更艰苦一些，这次就不分配了。以上共计七十四名，还有一名是刚到县城就参加闹事、打架斗殴的金志强，根据县革委会要求，必须认真接受帮助教育后才能安排，否则按原则要求，退档由街道和家长领回。"

话音一落，底下的知青立马炸了锅，七嘴八舌乱成一团。这时几个同学围在金志强周围，防止他忍不住发火，使得现场更加混乱，局面更加糟糕，后果也会更加严重。

此刻，高保民站了起来："我是学校指定的知青联络人，在县里召开会议解决这件事时我也参加了，金志强同学也承认了错误，县里领导也明确了可以正常安排，怎么今天就突然变了？这个决定怎么和县上的决定不一样呢？毛主席说，惩前毖后，治病救人，而不是一棍子打死。如果公社是这个决定，我代表我个人，也代表振华中学来到上河公社的全体同学，绝不能接受。"说完，同学们情绪一下子激动起来，本来平静的会场，立刻混乱不堪。有的同学站起来，举起双手高呼反对，也有的同学走出会场，以示抗议，会议被迫停止。

公社为了尽快平息事态的发展，通知全体休息，下午继续开会，而各大队接人的队伍，也乱成一锅稀粥。有的说，还下队就打架，我们村子以后还不乱了套。有的说，谁还没点脾气，年轻人气盛，拌个嘴动个手，也不是啥了不起的事。

公社书记立即通知，各大队书记和知识青年联络人召开会议。会议召开前，公社书记和苏文革单独交换了意见。公社书记姓焦，名叫焦世民，在土改那年参加工作入的党，长期在基层工作，也在很多乡镇担任过基层领导，有丰富的农村工作经验。"文革"前任牧马河区的区委副书记，"文革"开始后遭到批判，去年才恢复工作。焦世民是因"三结合"进的领导班子，被任命为革委会主任兼书记。

对于上河公社的情况，焦世民是很熟悉的，提出三个大队接受知识青年，也是他考虑再三的决定。其余三个大队，地广人稀，山路崎岖，有个生产小队才有七户人，分别居住在几个山梁上，别说是知识青年，就是村民们出工干活也要翻山越岭。而且自然地理条件非常艰苦，根本不适合人群居。为此他在"文革"前就提出有条件地搬迁移民的建议，却由此在"文革"时给扣上了右倾的帽子，说他反对毛主席艰苦奋斗的教导。其实，了解情况且一心为民的农村干部们，都非常支持焦世民的建议，但迫于压力，敢怒而不敢言。

焦世民在和苏文革单独交换意见时说："原来的公社会议安排，没有提出这个知青的问题，你怎么就突然提出呢？县里不是已经作了决定，你怎么还要犯自由主义，违反县里的决定呢？"苏文革面色一沉，对焦世民厉声说："老焦同志，知识青年上山下乡，是毛主席的教导，是'无产阶级文化大革命'的胜利成果之一。我们不能忘记阶级斗争，要维护好'文化革命'的大好局面，就要抓住阶级斗争的典型，使知识青年上山下乡运动，能顺利开展下去。"

面对苏文革的上纲上线，焦世民再也忍无可忍了，他破天荒地拍了一下桌子，大声呵斥苏文革说："你是在破坏知识青年上山下乡，你是在歪曲毛主席的伟大指示！他们都是孩子呀！他们从大城市来到我们山区，是来搞阶级破坏的吗？他们都是刚从学校走出来的学生，有必要为此就给他们扣上一顶阶级斗争的大帽子吗？我现在不想和你谈论深刻的道理，我只想通知你，严格按照国家政策办，严格按照县里的要求办，如果再要出岔子，你要负全责。"

焦世民的话掷地有声，句句如铁。他的话，深深地刺到了苏文革，他低下了头，沉思了起来。

中午公社安排了简单的饭菜，但同学们好像都不饿一样，端着碗都不吃，用筷子把碗边敲得山响。几十双筷子在碗边的打击声，仿佛是交响乐中的打击乐，传出整齐的节奏，这是无言的抗议。

面对这有节奏的交响乐章，焦世民心急如焚，他脑中飞快地转动，在想如何安抚同学们的情绪。他知道，知识青年上山下乡的大政方针，不敢有半点疏忽和大意的，否则严重的后果是无法弥补的。他也端了一碗和同学们一样的饭菜，蹲在地上轻轻敲了两下饭碗，平和地说："同学们，天气冷，饭菜凉了对身体可不好。大家想不想解决问题呀，要解决的话先吃饭。"

焦世民像家人般的平和亲切，宛若寒冬中送来的温暖。同学们停止了敲打，用筷子开始了食物和牙齿的比拼。

一切如焦书记预想的一样，下午的会议很简单。焦世民宣布："同意高保民同志的意见，金志强分配在清水湾大队，清水湾大队知识青年三十三人，由高保民、叶长秀两位同学担任联络人。"

十一

　　清水湾大队的打谷场上响起了久违的锣鼓声，村民们从各个村子自发来到场院，急切地想看看新来的客人，城里人。

　　迎接知青的队伍，在牧马河的木桥边排成了一字长龙。知青们虽然没有背扛行李，但第一次走在只有一尺宽的木桥上，不免有些心惊胆战。村民们招呼着大家慢一点，不要急。其实不用说，大家都是格外小心。女同学们没有了往日跳橡皮筋时的欢快，而是紧盯着桥板，前拉后扶的，在桥上慢慢地，小心翼翼地移动着寸步。

　　冬天的牧马河水尽管很少，但潺潺的流水声，依然能有力地敲打桥上挪步人的心脏，河边的冰碴，仍然在刺划着桥面上人的神经。女同学们不知是害怕还是紧张，一张张被冻得发白的小脸上，都泛起了团团红晕，充满了青春的妩媚，散发出了动人的青春气息。她们成年了，是一群含苞欲放的花蕾。

　　三十三个男女知青，终于来到了打谷场上，村民们自觉地让开道，让同学们进入了打谷场的中央。本来打谷场就不大，村民们几乎站满了整个打谷场。三十三个同学和迎接他们的村民，加上行李物品，使打谷场更显得拥挤热闹。

　　妇女们挤在一块，停下了手上还拿着的各式活计，目不转

056

睛地盯着这些城里妹子和小伙。

人称队长娘子的三队队长媳妇，是个快人快语、心直气爽的人，她先开口说："你看看，你看看，城里的妹子就是不一样，你看那脸蛋粉嘟嘟的，你看那眉眼简直像画里一样，你看看那前边的胸挺得高高的，后边的屁股蛋子也翘翘的，真能把男人们迷死。"队长娘子的话音刚落，一个手拿鞋底的女人说："你也迷死个人呀，奶子有汤碗那么大，屁股比喂猪的盆还大，难怪才结婚几年就生了五个娃，都快把你的队长吸干了。"

另一个手里也拿着鞋底的女人，对着队长娘子说："你看那城里人，要条有条，要身段有身段，穿啥都好看。你看你的呢子大衣，穿在身上就像个麻袋片。"听到这话，队长娘子就拿鞋底去追打这个女人。霎时间，七嘴八舌的女人们更加热闹地拥在了一起。

一群半大的姑娘丫头们也站在一起，对女知青们评头论足，那个羡慕，那个向往，看着知青们的衣服、鞋子、梳成辫的头发、扎在发梢的头绳，眼睛就好像不够使，不停地夸赞着、品味着。

老爷们儿的话题当然和妇女丫头们不一样，直接就问男知青们一些想知道的问题，比如：火车是怎么跑的？吃饭不吃？坐在上边是不是和坐轿子的感觉一样？城里是不是都已经实现共产主义了？不是说共产主义就是楼上楼下，电灯电话吗？七嘴八舌地也喊成了一片。

其实有些问题，知青们也是很难回答的。除了一些机关单位外，其实还没有人住楼上楼下。电灯在城里倒是用上了，但电话只有机关有。而公用电话，满大街也找不到几部。城里确实也有些地方还不如农村，就说上厕所吧，一两条街上就一个公共厕所。早上起床，唯一排队的地方就是厕所，如果连续下几天的大雨，拉粪车清运稍不及时，厕所还会泛滥成灾，满街都会粪便横流。说起来，城里乡村各有千秋。

大队支书陈学文看着热闹的打谷场，向锣鼓手们摆摆手，做出了个停止的手势。随着锣鼓声的戛然而止，打谷场上所有的人也停止了交谈喧哗，齐刷刷地看向站在台子上的支部书记。

今天的陈学文是认真地收拾了一下自己，多日不刮的络腮胡子，刮得干干净净，脸颊上留下了似白似青的光亮。他头顶上戴着一顶军帽，这还是退伍时带回来的，上身穿着一件洗得发白、肩头上还补着一块浅蓝色补丁的旧军装，这也是退伍时穿回来唯一的军装。每逢重要的场合，陈学文都要精心打扮一下自己，认真穿戴上这标志着老兵身份的衣装，村民们已经熟悉了支书的这一习惯。

今天的场面真是非常隆重了。他清了清嗓子，挥了挥手大声说："今天是我们清水湾大喜的日子，今天毛主席的好学生，知识青年学娃子，来到了我们清水湾，从今天开始，这些学娃子就是我们大队的一分子了，各个队把学娃子们带回去后，要安排好他们的生活，不能缺粮、缺柴，不能缺……"陈学文不知道下面用什么词比较合适，于是干咳了两声说，"总之，各个队，各个村民，要把学娃子们当亲人，不管啥都要关心，报纸上、广播里都说了，我们要手把手地教他们砍柴、种庄稼。大队开会时都布置了，谁要是不按规矩来，就要处罚谁，具体的事情，由大队田会计来宣读。"

田会计是个五十多岁的汉子，是清水湾大队的钱粮师爷，他在大队当会计已经十余年了，待人谦和，办事认真，账目清楚，还多次受到了公社和县里的表扬。按陈学文的话说，可以没有大队长，但不能没有田会计。全大队的山林田亩，都装在他心里。只是前些年儿子娶了个媳妇，媳妇的娘家成分有点高，是个富农，因而这两年他经常受到一些莫名其妙的批评，上边几次有罢掉田会计的声音，但儿媳妇不是直系亲属，且村里上下齐反对，田会计才算是保住了位置。

但从此，田会计见人总像欠了谁的一样，低声下气地说话，生怕得罪了谁，犯了不该犯的错误。田会计站在讲台上宣读了知识青年到各队的名单："三队八人，男五人，女三人。名单是：高保民、徐星晗、张宝贵、刘西安、柴国庆、叶长秀、夏桂岚、江彩霞。请念过名字的八名学娃子同志到东边来，你们在最近的，就靠近打谷场的队，也是大队部所在的队，请你们和三队的村民们见面，由他们领你们回去安顿。"

八个人有些腼腆羞涩地走到了打谷场的东边。迎上来的是一个扎着两个羊角辫，约莫十八九岁的姑娘，她大方热情地和男生们扬扬手打了个招呼，与叶长秀、夏桂岚、江彩霞三人像老朋友一样，相拥在一起说："我叫陈秋玲，是三队的会计，也是记工员和妇女队长，我们队长这几天有事，安排你们的事情就由我来负责。"

陈秋玲大声地说："我也是知青，和你们不同的是，你们是城镇插队知青，我是返乡知青，和你们一样都是初中毕业的。看年龄我们都差不多，以后就叫我玲子，有事就说话，不要客气。"

陈秋玲是陈学文的大女儿。按陈学文的想法，就是砸锅卖铁，也要把几个娃供上学，成为有文化的人。家里五个孩子，二女三男，陈秋玲在河口中学上了一年学，学校就停课了，陈学文不想让秋玲在学校闲闹，就让她回村。去年陈秋玲当了队上的会计记工员，也算是里里外外一把手，地里活能干，上山下地都挑得起放得下，又有些文化，着实是父亲的好帮手，也是队上的顶梁柱。虽然是个女孩，但有文化、有知识、有见识，村里人人都夸。

陈秋玲从父亲那里，继承了踏踏实实做事、老老实实做人的作风，不管是男人妇女还是孩子老人，她做起事来总是公平在先，所以村民们没有说她不是的。从安排知识青年的住房床铺，到农具灶具，她想得很是周全。她说："虽然国家给了些钱，但好钢就要用在刀刃上。"所以男女知青分住的两间住房，一间是从她自己家里挤出的，一间是让二爷爷家腾出来的，厨房则是从一间放农具的房子挪出来的。一月，她让人补了墙，刷了墙，用土砸了地，就连灶台也是盯着让人砌的，自己还反复试烧了几次。上厕所是件大事，她把自家的厕所和二爷爷家的厕所都做了改造。

在农村，一般农户家的厕所都是和猪圈连在一起的，下面是厕所粪坑，上面用木料做个猪圈，架在厕所池子上，便于猪粪猪尿直接清理到粪池里，人上厕所就在另一边用木板架起个槽子。人畜共用，方便省事。

城里人可能不太习惯农村的这种方式。反正山里有的是木板木棒，陈秋玲就让人用木板隔开一道墙，用砖砌了几个便槽，看起来干净实用。她还和二爷爷家商量，男学生上他家厕所，女学生用自家的厕所，以免男女撞在一起，那是多尴尬的事情呀。

陈秋玲和知青们寒暄一阵后，便对村民们说："大伙扛上他们的行李，我们去知青的家，让他们先安顿下来，大伙有的是时间在一起聊天的。"

十二

知青点安排在陈家院子，也有人叫陈家大院，或者叫九间房。这是一座有五十多年历史的建筑，青砖黑瓦、宽敞又气派，门梁上有古香古色的浮雕图案，一字排开的九间房坐北朝南。陈姓的老太爷已经过世了，把院子留给了陈守仁、陈守义兄弟俩。院子的东西各建了三间厢房，是用餐之处。九间房的正南建一排简易棚落，这是当年陈守义跑马帮时的马棚。

陈家院子的兄弟俩，据说至今没有分家。解放前，陈老太爷将家中的田亩分给了兄弟二人。陈守仁没有文化，只能起早贪黑地在田地山坡上摸爬滚打，也没有积攒下银子，反倒因为婆娘常年生病，日子过得异常清苦。大儿子陈学文后来被抓了当壮丁，婆娘更是因此卧床不起，整整在床上躺了三年后咽气归西了。在这三年中，陈守仁为了给婆娘看病，可以说是倾尽所有。

二弟陈守义不仅识文断字，还懂中医会看病。虽然时常接济陈守仁，看病抓药也只是收个成本，但贫弱的家也经不住三年的折腾。最后，陈守仁只好将自家名下的坡地水田，悉数给了二弟陈守义。当然陈守义还是让哥哥陈守仁耕种，每年也仅象征性地收点粮食，但陈守仁仍然艰辛异常。

到土改时，陈守仁地没一亩，牛没一条，因此被定了个贫农的成分。而陈守义则不同了，哥哥的地全在自己名下，还有一些庄户人家因病致贫，迫不得已把一些薄田坡地，过户到了陈守义的名下。这样一来，土改时陈守义名下不仅有田地几十亩，还在镇上有药铺、杂货铺，在县城还有商号，因而被定了个地主的成分。

陈守义有四个孩子，三个都在外边工作，一个医生，两个教师，仅有最小的儿子在农村劳动，土改时十余岁，现在也已过了而立之年。

陈守义虽然是地主成分，但解放后被调查清楚了，他和两个弟弟当年都非常支持红军。据说两个弟弟都当了红军，还到了陕北，但解放至今未有任何消息，无法证明。好在一位中共做过地下工作的领导，给陈守义证明：当年他为红军伤员看病送药，为红军送粮送盐，还资助了不少银两。陈守义作为民主人士，后来还担任了县里的政协委员。

前几年退休后，陈守义才回到清水湾。牧马河地处米仓山区，缺医少药，陈守义这个远近闻名的老中医，就成了义务村医。陈守义乐善好施，轻微的小病伤情他手到病除，经常去山上采些根根草草的中药，让村民们能不跑远路去医院，更重要的是能不花钱或花很少钱，所以陈守义在村民心中有很高的威望。

知青点安排了两间房，东边一间给男知青当宿舍，西边一间给女生住。男生是五人，略显拥挤，而对女生来说倒算宽敞。西边的厢房里，给了知青一间厨房，倒是挺宽大的。除灶头外，还安置了个饭桌，摆了几只小凳，靠里墙整齐地摆靠着锄头、水桶、砍刀等一应农具。

陈秋玲想得比较周到，在供销社买了八个西安搪瓷厂生产的印花脸盆，在每个盆里摆了一只搪瓷茶缸和两只搪瓷碗，当然都是西安搪瓷厂的骆驼牌搪瓷。这让村民们看了好不眼热，因为这些东西平时农家是很少用的，也就是办个喜事过个节，才舍得用上一回。

为了安置知识青年，国家给了一些钱，但到了队上，就没有文件上说的那么多了。因为按上边说，知青的车马开销，饮食接待等等，当然都是从这里开支的。作为会计，陈秋玲可是一点都不马虎，每一笔开支都在单列的账目中清楚记录，绝不让知青们吃亏。

高保民、徐星晗等五个男生收拾好了床铺，与热情的村民们聊起了家常。高保民五人在村民的谈话中，了解了大概的情况。

三队在清水湾大队里，算是地理位置最好的队，南靠米仓山，北邻牧马河。因此队上有几百亩山林，在山与河之间也有不规则的水田二百多亩，是整个大队水田最多的队，还有几百亩的山坡地和旱地。

村民们把水田叫冬水田，意思是冬天田里仍然有水。俗话说冬水养田，只到初夏插秧时，才种上一季稻子，虽然是好田，但一季的收成也就几百斤稻谷，旱地和山坡地才是队上主要的收成来源。要种油菜，解决村民的吃油问题，要种玉米、土豆、红薯，解决村民们基本口粮。稻田虽然是队上人的主要希望，但除了公购粮以外，分给每人的稻谷也就二百多斤。

要命的是，三队的人口增长得特别快，妇女们生孩子比鸡下蛋还快。按农村人的说法，人丁不旺受人欺负，人丁不旺占不住口粮，人丁不旺香火不济。尤其是在鼓励生育的年代，人口的膨胀真是芝麻开花。农村城市一个样，哪家都是五六个、七八个孩子。俗话说只愁生、不愁养，尤其在农村，大的带小的，衣服缝了补，大的穿小了，给小的接着穿，所以不愁长不大。但农村的口粮是按人头分配的。三队的情况是，外边光鲜，实质是粪蛋蛋，一个劳动日十工分，去年的平均收入才九分钱，这使高保民他们不由得担心了起来。

徐星晗说："一年出工三百天，每天拿到十工分，全年的收入才二十七元钱，这还不饿死了。"一句话，让男宿舍里立刻安静了下来。

叶长秀、夏桂岚、江彩霞三人也安排好了行李，铺好了床铺。木板床是公社木器厂定做的，足有一米多宽，床板一寸多厚，上面铺了编织得还算结实的草垫子，再铺上自带的褥子床单，干净大方、整齐美观，看得满屋的村妇们目瞪口呆。

村妇们很自然地摸摸床铺，有的说，真好，睡在上面一定很舒服，比我结婚那会儿的床都好。也有的说，城里人就是不一样，看你们长得像花一样，来到我们乡下，真是委屈你们了。说着大家不由地将目光齐刷刷地投向叶长秀她们的脸上。

叶长秀是三人中个子最高的。苗条的身材越发显得两条腿修长挺直，红扑扑的瓜子脸上，镶嵌着一双水汪汪的大眼睛，忽闪忽闪的，就像会说话一般。难怪在学校时，同学们都说她是班花，虽然男生们都假装像君子一样，但还要不时地偷偷多看上几眼，这可能就是爱美之心，人皆有之的真谛了吧。

夏桂岚是标准的苹果脸，白里透红，嘴角天然带笑，腮上有两个浅浅的酒窝，是个天生丽质的美人。

江彩霞又是另外一种气质，别人看她时，总感觉到她不会笑，一副特严肃的姿态。她不光有完美的身材线条，前凸后翘，两条粗黑的辫子让人过目难忘，让人不由自主地要多看上几眼。有同班的男生说，江彩霞看起来像个假小子，其实她是真正的美人坯子，越看越耐看的那种。

看着三个像鲜花一样的美人，村妇们连连咋舌称赞。这时队长娘子进来说："你们不要眼睛长在人家身上拔不出来了，幸亏你们不是男人，要不这些花就被糟蹋了。你们别光说她们三个，咱们的秋玲，也是百里挑一的大美女。这下，陈家院子就有四朵美人花了，今后这个院子还不被男人们给踏平了？好了不说了，今天学娃子们的饭派到我家，大家散了吧，学娃子们都到我家去。"

十三

　　派饭是农村长期内存在的一种接待形式。因为农村没有集体的食堂或饭店，所以但凡有上边下来的人或远道而来的客人，就派到农户家去吃饭。有时上级派来的工作组或驻队干部，也都是轮流到各家吃派饭，规定是一天三顿饭，被派饭的农户给一斤粮票和三角钱的补助。

　　对村民们来说，很多人家是很愿意被派饭的。粮票在农村是个稀罕物，进个城、送个礼、买个点心，离了粮票，有钱也白搭。

　　但有的人家也很犯难，吃好的吧，拿不出来，吃差的吧，又怕村子里人笑话。尤其在这个青黄不接的时节，村子里家家户户都没多少余粮，且距离年关还有一个多月，能拿出点荤腥菜蔬，都是很困难的。所以，家家顿顿都是稀饭稀汤，招待客人实在是拿不出手。

　　陈秋玲和队长娘子商量，今天是队长娘子安排，明天陈家安排，后天学娃子们就可以开伙做饭了。至于粮票和钱，由队上记着账，来年分红的时候再算吧。

　　队长叫陈秋实，和陈秋玲也算是本家亲戚。有一个社会学家曾经说过，中国有六千多个姓，仔细推算，所有的人都可能成为亲戚。而在农村，很可能整村、整队的人都是亲戚，当然绝大多数是带皮不带肉。陈秋实和陈秋玲，就是既带着皮又带着肉的本家亲戚了。陈秋实到百里外的大河镇去换土豆种子了，家里就是娘子当家。

队长娘子招呼同学们坐下，端了一个大脸盆，里边放了满满一盆的面皮，但实际上是用大米做的米皮，也有人称它为凉皮。她又端上一个大盆，里边放着烫熟了的黄豆芽和土豆丝。陈秋玲帮忙摆好豆芽和土豆丝，放上面皮，浇上队长娘子刚炸出来、还飘着菜油香的油泼辣子，再撒上盐，按说还应该放点醋。

但在农村，在靠近米仓山的牧马河畔，醋是少见的。待过年节时，才会有人拉上酱油醋，逢集时在镇子里卖上半天或一天。平日里村民吃面皮，放的是浆水汤，这种不是醋而胜似醋的水，洋溢着一股自然的清香。

浆水菜是非常普遍的农家菜，家家户户都离不了。做浆水菜，要先将菜烫熟，然后放在缸里或盆里自然发酵，一两天后便成了上好的美食。浆水菜可做多种菜肴，也可与面食为伍，浆水菜的水，是非常好的饮品。每到天热，乡村里人以此来解渴消暑，功效奇佳，深受欢迎。

叶长秀调了一些浆水到面皮里，一尝还真是味道酸香，她高兴地对队长娘子说："我们今后就叫你嫂子吧，也希望你能帮助我们学会做浆水菜，做面皮，做农家饭"。队长娘子笑得胸口直颤，高兴地说："有你们这些弟弟妹妹，我高兴还来不及呢，今后嫂子把许多农家饭的绝活，都教给你们，就怕你们吃不惯。说实在的，我们牧马河的水养人，尤其是养女人，你们看我胖得都快走不动路了，也就是粗茶淡饭养的，我嫁到这个家时，还没有你们胖呢。"

说话间，陈秋玲又从厨房端来了许多碗，碗里盛满了加了豆腐的稀饭，老远就可以闻到浆水菜的酸香。陈秋玲说："这个饭保证你们都没有吃过，叫菜豆腐，和面皮堪称绝配。"说着又讲起菜豆腐的制作方法，是将豆浆、豆腐、大米和浆水菜通过特殊工艺加工成美食，说得大家惊奇不已，原来豆腐还能这样做。端着盛满菜豆腐的大碗，大家先仔细看了看，确实没有见过，更没有吃过，闻起来有一种特殊的清香，然后都轻轻喝了一口，又面面相觑。

第一次吃菜豆腐，真还有些不习惯，就像外地人去北京喝豆汁，第一口简直要吐出来一样。嫂子这时笑呵呵地说："菜豆腐这个饭，是我们招待客人必备的，你们头回吃，有些不习惯，保准你第二次吃的时候，能吃上两大碗。菜豆腐不光养人，还能祛火消暑。桌子上还有我自己做的红豆腐和小葱拌酱，就着菜豆腐吃，越吃越香，你们今后肯定会喜欢的。"说得大家都笑了，然后只听见吃面皮的吸溜声和喝菜豆腐的呼呼声。

高保民他们五个男生，都已吃了第二碗。面皮的香味和辣味，刺激得他们个个脑门儿冒汗。在这数九寒冬的天气里，凉的面皮和烫的菜豆腐，是知青们忘不了的第一顿农家饭。今后的日子里，他们将学会做农家活，吃农家饭，做农家人。

陈秋玲说："其实面皮和菜豆腐，我们从老祖宗开始已经吃了几千年，听说还是三国时期牧马河畔发明的。"听到这话，徐星晗抬起了头，一边咽着面皮一边说，"这是真的呢，我爸爸以前来汉中调查民风历史，还专门写了一篇汉中美食，其中就说了面皮的起源。"

说到这里，徐星晗用手背擦了一下嘴边的辣油，煞有介事地说："三国时期诸葛亮，能以汉中为基地六次北伐，五出祁山，就因为汉中是米粮川，粮丰民富，为打仗提供了丰厚的后勤粮草给养。西乡就是重要的粮草基地，张飞死后就被封为西乡候。而汉中至关中的宝鸡陈仓，路途遥远，运输的粮食，都先加工成能直接埋锅造饭的大米。在汉中加工大米后，就产生许许多多剩下的米头子，也称碎米子。有一天军士报告诸葛亮，运往前线的粮草都齐备了，只是后方的供应有些紧张。诸葛亮说，前几日不是看见仓库里，尚有许多麻袋粮食。军士们听后说，那是加工大米后的谷头碎米。诸葛亮便要求后方人员，都要以碎米为食。军士面有难色地说，碎米是不少，尚有去年的碎米在库房堆积，只是里边有谷头、稗子、碎石等杂物，无法直接食用。诸葛亮沉思片刻后说，'可磨浆取粉食之'。随后各地军政后勤，就开始磨浆取粉。牧马河边驻了一支后勤队伍，有一个厨师按诸葛亮的办法磨浆过滤后，准备烙成煎饼，因诸葛亮是山东临沂人，喜吃煎饼。诸葛亮说，不用做成煎饼，就地蒸而食之。这个厨师就放笼里蒸熟，取出后用刀切成细丝，像调凉菜一样用浆水一调，尝后味道美极了。随后诸葛亮就在三军推而广之。因此，面皮也只有汉中各地有，算是独特美食了。"

队长娘子听得目瞪口呆，觉得这些学娃子就是有文化，有见识，故事讲得让人能忘了活计，忘了吃饭。其他知青也听得出神，心想：面皮还有如此来历，看来牧马河畔真有故事。

陈秋玲说："牧马河的故事还多着呢，当年徐向前的红军部队从牧马河入川，之后红军二十九军就活动在牧马河两岸，打土匪，斗恶霸，和国民党的部队战斗。所以，我们这里可是红色根据地之一呢。"陈秋玲的一席话让大家肃然起敬。

十四

冬天天黑得早，牧马河两岸黑得更早。苍茫的米仓山，早早地将晚霞遮挡，留给人们的只是黑蒙蒙的夜色。天气又冷，牧马河畔的顺河风，更像哨子一样不停息地吹着，告诉人们赶快上床，还是被窝里暖和一些。一到天黑，整个米仓山上下的村落农舍都漆黑一片，村民们早早地窝在床上，为的是省下灯油钱。农民挣点钱不容易，能省就省，能不点灯就不点灯。

知青点的男女两间宿舍里却亮着灯。第一天住在农家小院里，知青们还在脑海里回想神奇的牧马河山村，谁也无法入睡。

男知青点里，知青们还在热议着村里的新鲜事。徐星晗则拿起了一本《三国演义》，凑近小油灯开始胡乱地翻看。柴国庆和张宝贵急忙凑过来。一看是古代小说，张宝贵便惊呼起来："小子，你还敢看禁书，不怕把你抓起来。"柴国庆则说："看你大惊小怪的，这是中国历史小说的经典，毛主席都看过呢。"

高保民则说："你们也别闹了，从今天开始，我们也算是牧马河的人了，大家该盘算一下，我们今后该怎么办？"徐星晗开口了，他用一种学究的口吻说："天下大势分久必合，合久必分，我们今天来到清水湾，那就有离开清水湾的一天。"

刘西安轻轻地哼了一声："简直是做梦娶媳妇，尽想好事。刚来了一天，就想着离开，别做梦了。"高保民则说："星晗说得有些道理，上面说的是让我们插队落户，接受贫下中农再教育，那我们接受好了，总会有离开的一天。不过，俗话说当一天和尚撞一天钟，那我们就该把钟撞响了。我可告诫大家，千万不要做出格的事，遇到事情忍一忍，也就过去了。人在做，天在看，你做了好事，别人总会记住的。我看清水河的村民还是很淳朴厚道的，我们每个人都尽量和村民们搞好关系，留个好印象，有困难村民们还能帮忙。如果有离开的一天，不指靠谁说我们的好话，也不至于让村民们说我们的不是。"

高保民停了停又接着说："金志强大家都看到了吧，县上已经放了一马。到了公社，那个姓苏的文书又抓住不放，真有离开的机会，有人故意使绊子就不好了。"

张宝贵说："那个姓苏的就是一脸的奸贼相，你看他看见女同学那个色眯眯的样子，准不是什么好鸟。"

柴国庆说："公社的焦书记看来是个好领导，待人谦和，处理事情果断有节，以后要多和焦书记来往，到我们真要离开时，也许他能帮我们说话呢。"

徐星晗这时说话了，他语气凝重地说："害人之心不可有，防人之心不可无，像姓苏的这种小人，大家可要防着他，不要招惹他，以免今后这家伙使坏。文书可是管着公章的，出门办事可是少不了他。"

高保民说："后天我们就要自己开火做饭了，我想我们明天应该和女生们合计合计，既然是在一个锅里搅勺子，丑话也得给大家说清楚，米面油柴大家都要合计着用，断粮了可就麻烦了。现在村上好多人家都接近断粮了，你们看今天嫂子家的几个娃子，都坐在里间喝菜糊糊，我们却吃着面皮，吃着菜豆腐。嫂子的男人还是队长呢，生活都不富裕。我是偶然看见他的几个孩子的，只是不好意思说出来，免得让嫂子脸上挂不住。"

徐星晗说："我们队上男的多，女的少，饭量肯定不一样，我的意见是和食堂吃饭一样，都定量。否则真像保民说的断粮了，那真是没办法的事。现在队上都缺粮，我们还有国家供应，每月四十多斤细粮，要是不计划的话，到时真没人能帮得了我们。"

高保民说："做每顿饭的时候，我们用的粮食要定量，每天的饭也要干稀搭配。在座的都是穷人家出身，有苦大家肯定都能受。关键的是没菜，我们解决吃菜也是个大问题，虽然集上有卖菜的，逢集时可以买，但钱呢？我算了一下，我们每人每月九元钱的生活费，买米和油大概要五元钱，点灯的煤油和食盐调料最少也需要一元钱，剩下三块钱只能用两元钱买菜，留一元钱不能用，要不万一谁有个小病小灾的没法应付。"

张宝贵说同意，其他几人也随声附和。高保民继续说："像砍柴、劈柴、担水这些重活，我们男的就不要再推托了。做饭的事我的意见是轮流，一人一天，洗碗收拾也是一人一天，我看大家在家都会做饭，我们也不是公子哥阔少爷，干点活累不着。"大家沉默了一会儿，又齐声附和同意。

高保民继续说："队上给我们分了一片山林，明天我们五个人都去山上砍点柴，在这里没有柴做不了饭。大家要没意见的话，我们明天与女生们商量一下，既然大家都是一起来的，相互照顾点，计较多了让人家看了笑话。"大家又东拉西扯一阵，才熄灯入睡。

女生宿舍也不平静。叶长秀三人，都坐在床上无法入睡，外边的风还在瑟瑟地刮，冷风从门缝中像刀子一样刮进屋内，吹得小煤油灯忽闪忽闪的。

第一次晚上没有电灯，第一次离开温暖的家而感受寒冷，夏桂岚坐在被窝里不停地抹着眼泪，江彩霞也眼圈红红的，叶长秀想起妈妈，想起病床上的奶奶，也忍不住哭出了声。一时间，油灯下三个颜容如玉的少女哭作了一团。

夜越来越深，风越刮越劲，寒冷的小屋似乎愈加地寒气逼人。下午吃饭时，三个人还不太习惯面皮和菜豆腐的滋味，吃得不多，所以不等天黑都已饥肠辘辘，在寒风中愈加强烈地感到饥寒交迫。又冷又饿，三人更加地伤心，无法入睡。

夏桂岚想起了前几天的夜里，送二姨她们上火车时的情景，不由得打了个哆嗦，忍不住又从眼眶中流下两行热泪。二姨早年参加革命，二姨夫曾经是部队的一个团长，后转业到地方当了局长。前不久，二姨和表哥从南京来西安，看望她们一家。

二姨家的条件很好。她是专门来告诉妈妈二姨夫快要重新工作的消息，还带来了南京的板鸭、盐水鸭等很多特产，还带了许多上海的各式糕点、糖果。姐妹多年不见，少不了叙旧，谈及伤心处更抱头大哭。当然，笑语欢声还是多于伤心落泪的。

二姨心情极好，整天拉着夏桂岚的手问长问短，还给夏桂岚送了一条大红围巾和一件大红毛衣，这让夏桂岚高兴得几天都无法入睡。夏桂岚几次看到二姨和妈妈谈话时，看她的眼神特别地温柔慈祥，总感到有些异样，但却不知道是怎么回事。

在二姨临走的那一天，谜底终于揭开。二姨拉着夏桂岚的手温柔地说："岚子呀，从你小的时候我就喜欢你，乖巧聪明，听话孝顺。我家的明子也很喜欢你，他比你大两岁，今年二十了。我和明子专门来看你还是他自己提出来的。我看你们已经老大不小了，按婚姻法，你们也到了该婚配的年龄，只是明子的爸爸还要落实政策。等几个月我把你接到南京，住上一段时间，也和明子多接触接触，增加一些了解。"

说心里话，夏桂岚也是打心底喜欢表哥的。高高的个子，天庭饱满，浓眉大眼，尤其是嘴角上长出的毛茸茸的胡须，更增添了男子汉的阳刚之气。表哥这几天可没少看她，眼神充满了温柔，充满了男性之气。那刺人的眼光，简直像利剑直刺她的心房，使人心跳气短得喘不过气来。

那天傍晚去火车站的路上，依然寒风凛冽。尽管天上飘着雪花，但夏桂岚围着二姨送的大红围巾，一点也不觉得冷。尤其是看到了表哥那犀利的眼神，夏桂岚不由自主地浑身发热，那是向往、是渴望、是期待，是少女情窦初开的兴奋。表哥拉起她的双手，那手是那样的温暖。夏桂岚感觉有一股电流传遍了全身。

从那天起，夏桂岚脑海中时刻有了一个影子，一个男人的影子，一个难以忘怀的影子，一个在未来将托付终身的影子。

而知青点的床上，没有了那股暖意，有的只是从米仓山顶上，顺牧马河吹来的寒风。夜越加冷了。忽然她好像想起了什么，拿起印有"红军不怕远征难"字样的书包，把里面的东西一股脑地倒在被子上，一点一点地翻找着。

忽然她破涕为笑，高兴地说："糖，这里还有一颗糖。"在饥饿和寒冷中，这颗糖给三个少女带来了无比的欢悦。糖是稀罕之物，不到逢年过节是买不到的，尤其是这糖还是二姨和表哥从南京带来的。

三双水汪汪的大眼睛盯着这粒糖。夏桂岚小心翼翼地剥开了糖纸，还下意识地在剥去的糖纸上舔了一下，才举起这寒夜中的希望，灯影下的快乐。她又从书包里翻出一个小刀，然后找了一张纸，认真地把纸铺在了放油灯的桌子上，把糖放在了纸的中央，用小刀小心地切成三份。刚切完，三个美丽少女，忘记了含蓄和矜持，一下放进了樱桃小口之中。顿时，一股甜蜜浸入肺腑，让少女们暂时忘记了寒风和饥饿。

小煤油灯是用洋铁皮做的，一根管子里插着棉线做的灯芯，没有灯罩，抗风能力就弱了很多。宿舍里，不停有山风从门缝和墙缝中刮进来，使灯火不停地忽闪。叶长秀三人仍然在灰暗的油灯下想着心事，想着伤感的往事，想着这两天的变化，更想着不可知的未来。

她们没有高保民宿舍里热火朝天的构想，更没有想到未来的出路在何方。难道就这样在牧马河畔的小山村里待上一辈子吗？难道以后真的嫁一个农民，像嫂子一样，二十八岁就生五个娃吗？叶长秀盯着不停闪动的灯火，不停地思索着、惆怅着、郁闷着、伤感着。

突然，她看到油灯爆起一朵灯花，那灯花像牡丹花一样绽放，像卖火柴的小女孩手上点燃的火柴，喷发出美丽烟花。她激动地叫夏桂岚和江彩霞赶快来看这不曾看见过的美妙情景。灯花爆出喜事来，莫不是真有什么好事要从天而降吗？

在这漆黑的冬夜，在这四面环山的牧马河畔，并不会有奇迹出现，寒冷和饥饿仍然困扰着她们。叶长秀叹了一口气。到农村的第一夜是这样度过的，没有电灯，没有火炉暖气，没有食物，连一口开水都没有。在这间屋里，她们甚至连一口凉水也没有喝到。

十五

这时响起一阵急促的敲门声，三人同时用手捂住了嘴，生怕发出一点响声。夜黑风高的，是谁来敲门？莫不是坏人？"长秀，开门，我是陈秋玲。"门外的人高声说。一听到是秋玲的声音，三人几乎是异口同声："是秋玲呀，我马上给你开门。"说着三人几乎又是一致地掀开被窝，坐在床边穿上鞋。江彩霞离门比较近，动作又利索，结果一打开门，三人都愣住了。

门口有一个火盆，火盆里架着几根烧得通红的木炭，火盆边放着几个红薯，陈秋玲手里还提着一个小水壶。三人惊讶地看着雪中送炭的陈秋玲，感激的声音都有些颤抖了。

陈秋玲有些气喘地说："我看你们的灯还亮着，肯定还没有睡，想着你们屋子里冷，下午又没有吃好饭，肯定也饿了、渴了，我就生了一盆火，你们暖和暖和，晚上睡觉也安稳些。"陈秋玲端着火盆进屋，将红薯放在炭火的灰下，把烧水壶架在炭火上的铁圈架子上。

房间里突如其来的一切，让叶长秀、夏桂岚、江彩霞三人立刻感到了春天般的温暖。用时髦的话说，是雷锋同志送温暖来了。这时三人眼中的陈秋玲，简直像仙女下凡。三人一齐上前，紧紧拥抱着这个山花美人，一句感激的话也说不出来。

还是江彩霞打破静默，眼眶里含着泪水说："我们被冷得实在睡不着，又渴又饿，又不敢出门。刚才爆出了灯花，很美很美，我们就念叨灯花开放贵人来，真想不到，你这个大贵人就来了，又送火，又送水，又送红薯，真不知道怎么感激你才好。"叶长秀、夏桂岚也不停地道谢。

陈秋玲被感谢得有些不好意思，她连连摆着手说："不用谢，不用谢，你们来到我们队，又住在我们家，我们就是一家人了，一家人不说两家话，以后就不要说客气话了，说了还见外。"说着倒像这里的主人一样，招呼大家搬来小凳，围着火炉拉起了家常。

陈秋玲家住在九间房的东面五间，她的爷爷奶奶都过世了，父亲就是大队支书陈学文，她还有四个弟弟妹妹。

住在九间房西边四间的，是二爷爷陈守义。以前他也不常住，总是住在县城里和镇里，这几年退休了他才住回来。到底是六十多岁的人了，陈守义平时不太下地。但他是个闲不住的人，时常上山去采些草药，花花草草、根根叶叶的，他都宝贝一样搬回家，天气晴朗的时候，还时常搬出来晒一晒、搓一搓。

还别说，自从他回来，村子里的人就没有在外边看过病。他是几十年的老中医了，看看人的面相，把一把脉就能清楚地知道病情。他不收钱，陈秋玲问过他，为啥连钱都不收。他说，乡里乡亲的，都是庄户人家，日子过得都紧巴，连吃点盐买点油都没钱，他不忍心收钱。再说，他现在闲时出去转转，活动活动筋骨，顺便就把药采回来了。他还开玩笑说，以前看病收不到钱，倒是收了几亩地契，有了地契又没收过租子，最后收了个地主帽子。陈守义的一番话让爷孙几个笑得前俯后仰。

二爷爷还有个绝活就是治疗跌打损伤，以前还给红军战士治过伤、看过病。每次说到这里，陈秋玲那张俊俏的脸蛋满是自豪和高兴。

夏桂岚看看陈秋玲说："玲子，你真美呀，我要是个男人，非要娶了你。"陈秋玲不好意思地说："你们三个才是美人坯子呢，谁要是把你们三个娶了，那才真叫天上掉下个林妹妹。"江彩霞止住陈秋玲说："你刚才说娶了我们三个，那不是要回到旧社会了，我才不会给谁当二房三房的。"

陈秋玲知道说话不严谨，让人抓到把柄，马上说："谁说要你们三个嫁给一个男人，我是说你们今后嫁给谁，就是谁的福气，谁让你们都长得像仙女一样，活脱脱像是从画里边走出来的。"陈秋玲的话说得三人心花怒放。在这个寒夜，小屋里顿时洋溢着笑语欢声，四个姑娘打情骂俏地说着一些闺蜜情话。

叶长秀盯着陈秋玲说："秋玲，你长得真是很漂亮咧，我一点不是恭维你，你看你白里透红，高挺的鼻梁和水灵灵的大眼睛，哪一点也不像农村山妹子，倒像是演员一样。"陈秋玲说："我们牧马河的水是养女不养男。你看女人们的皮肤，都是白细白细的。我妈年轻的时候，也是十里八乡的美人，当年嫁给我爸，是因为我爸是解放军，是英雄，当时回来时还有奖状奖章哩。"

陈秋玲停了一会，若有所思地说："我们大队还有一个返乡知青，是我同班同学，这次和我一样返乡回来了，她也真是个美人。听说最近提亲的人，连她家里的门槛都快踩断了，可她一个都不同意。"夏桂岚问："为啥?"

陈秋玲继续说："她叫焦玉红，是四队的。她回乡后，她的父亲在上山赶猎时把腿给摔坏了，现在虽然撑个拐能走路，但下不了地，干不了重活。她是家里老大，还有四个妹妹，大妹妹十六，二妹十四，最小的才七岁。因为农村得有男劳力，没有劳动力每年的口粮都分不回来，所以她就成了家中的顶梁柱，不干也不行。前几天我还碰见她了，她伤心地说，公社苏文书的小舅子看上了她，但她知道这个苏文书的小舅子，就是个狗仗人势的小混混。这个混蛋居然还到焦玉红家去威胁，真不要脸。"

江彩霞听后，气不打一处来，说道："我在公社时就看苏文革那家伙，不是个好东西，你看他盯着女生看时，那个色眯眯的样子，还一脸的大疙瘩，要多恶心就有多恶心。"夏桂岚说："什么大疙瘩，那是骚疙瘩。"叶长秀说："准确地说是，青春美丽痘，但长在他的脸上，要多难看有多难看，就叫他青春驴脸骚疙瘩。"说完，四个如花少女笑得花枝乱颤，少女们已经发育得高挺的胸部波涛起伏。

江彩霞拉着陈秋玲的手说："你都十八了，在农村该结婚了，你看嫂子十八岁头个娃都生了。老实交代，你有婆家了没有?"一句话把陈秋玲问了个大红脸。她连说："没有，真的没有，我不是没想过这个问题。农村不比城市，二十岁还没出嫁，人家就说是老姑娘了，结了婚一年还生不了娃，人家就要说是不下蛋的鸡。到我家提亲说媒的是有几个，但都让我回绝了。我学没上出来，也没混出个人样，就稀里糊涂地嫁人，成了生娃机器，我的心也不甘呀。"说着，眼泪从眼眶里不由自主地掉下来，顺着被炭火烤得越发红润可人的脸颊上流下。

江彩霞也激动地说："女人为什么就要成为生娃工具？我的婚姻我做主，绝不能随随便便地就嫁人了，要嫁也要嫁个我爱的人，嫁个真心爱我的人。"叶长秀手指在脸上划了划说："羞不羞，张口闭口嫁人嫁人，说得出口。"夏桂岚说："彩霞说得没错，我们终归是要嫁人的，就是不能太随便，要享受一下真正的爱情。"

叶长秀拉着陈秋玲的手问："那你有什么打算？"陈秋玲忽然尖叫了一声："红薯烤焦了！"她急忙用火钳从炭灰里边刨出几个表皮已经有些发黑的红薯，说："姐妹们，红薯熟了。边吃边说，壶里的水也开了，可以倒着喝了。"一席话说得姐妹们眉开眼笑。其实几个人都不时用眼睛看着炭火下边的炭灰呢，只是不好意思开口罢了。

陈秋玲喝了一口水，慢慢地说："我不想早早结婚，等几年看看还有没有出去或者再上学的机会，大的事情我不敢想，但我也不甘心文化没学到多少，就一辈子窝在这山沟里。即便以后嫁人我也想找个好人家，嫁到城里或嫁给军人，也不枉在人世间走了一回。"说着，眼眶又有些湿润了。

江彩霞说："秋玲你说得对，人也不该是天生就富贵或天生就受苦的，还是要奋斗，要找机会改变人生。我不相信我会在清水湾当一辈子农民，我不相信我就嫁在牧马河，为牧马河的人口增长做贡献。"

陈秋玲说："和你们一起来的有五个男生，如果将来要嫁人也不够呀?"夏桂岚点了陈秋玲一下说:"死妮子,说啥鬼话呢,我们插队来的八个人,虽然都是一个学校的,虽然家住得都近,但互相都没有往来。同学之间以后成家,在一起过日子的可能有,但都不会太大。事事总讲个缘分,没有缘分都是白搭。"

叶长秀接着说:"是的,人要讲个缘分。我们来到清水湾,只能说我们八个人有一同插队的缘分,到一个队落户,并不能说明我们以后就会找个同学成家过日子。这些事都还太遥远了,过一天算一天吧。"

十六

　　十八岁的少女情窦初开，对异性的向往和渴望，是由生理发育决定的。只不过青春少女的羞涩，战胜了对爱情渴望。

　　叶长秀想起在学校时，特别希望见到高自己两届的一个高大男生，每每看到在球场上奔跑的他，就忍不住停下脚步，目光随着他的步子而移动。当放学的时候看到他，她就会拼命地追寻他离开校门的方向；当看到他骑着自行车从身边经过，她又是那样地渴望能坐在他自行车的后座上，然后抱着他的腰，任他将车骑向何方。然而"文革"开始了，她再也没有看见过他的身影，甚至至今她都不知道他的名字。

　　在学校，男女同学基本上是互相不打招呼不说话的，要去打听一个男同学姓氏名谁，更是不可能的事情。至今，她有时仍然会回想他的身影。每每想起这些，叶长秀不自然地会口干心慌地搓搓小手，理理秀发，或干咳两声，以转移这种想忘而又忘不掉的回忆。

　　江彩霞在同学眼中是一个谜一样的姑娘，谁也不知道她的家庭情况，也不知她家住在什么地方，更不知她父母的情况。按说都是一个学校的同学，住得也比较近，就算没有交往也大概知道她家住何方，父母的大致情况。可江彩霞对家庭情况闭口不谈，同学们只知道她和奶奶住一起。江彩霞的奶奶，是建华纱厂已经退休的员工。江彩霞也是初一开学，才从外地转学来的，而且是学校校长亲自送到班上来的。

江彩霞很聪明，平时好像并没有认真听课做作业，但每门功课都是名列前茅。她说话不多，但言语锋利，话中常带辛辣之词，所以班上的女同学与她交好的并不多。

在男同学眼中，她是朵带刺的玫瑰，因而男同学也是敬而远之。她放学回家，也不和同学们走一个方向，所以同学们知道她情况的少之又少。但是学校的班主任和几个代课老师，待她都特别客气，这让同学们都很诧异，不过也只是认为老师喜欢学习比较好的同学。江彩霞本人，却有说不出的郁闷。花季少女，谁不想多几个贴心知己，多几个人可以倾诉衷肠、陪伴左右，然而她却无法向别人倾诉自己的苦闷和烦恼。

初一转学来和奶奶住一起，说好听的是陪伴奶奶，消除老人家的寂寞，其实她是为躲避家庭之祸，不得已而为之。她之前住在武汉，家中是三层的小楼，有做饭清洁的帮工，也有为父母开车的司机，有时还能看到穿军装的战士来检查安全。

记得五年级的时候，一家人到北京。听说父亲是被中央大领导叫去接见了，所以她就把天坛、北海、故宫等等好玩地方，尽兴玩了个遍，还爬上了长城。江彩霞在长城上高喊："毛主席说，不到长城非好汉，我今天是个好汉了！"

从北京回来的第二年，父亲经常被人叫去谈话。渐渐地，父亲在家的时间越来越少了。小学毕业后，妈妈跟江彩霞说："彩霞呀，家里近来有些事忙不过来，也没时间照顾你。你奶奶在西安也挺孤单的，她特别想念你，我们想让你到西安去上学，去陪陪奶奶。"

就这样，江彩霞来到了西安。后来听奶奶说，家搬走了。再后来，奶奶说，你爸爸妈妈不能来看你了，他们出差到很远的地方去了。再后来的两年，江彩霞经常只能听到奶奶的叹息声，也经常看到奶奶擦眼泪。但奶奶一看到江彩霞，又马上和颜悦色地，装作啥事没有的样子。

在停课的两年中，奶奶坚决不让彩霞到学校去，也不让她和同学们有什么联系。为此，江彩霞还和奶奶生气拌嘴，奶奶只是流着眼泪，还是坚决地阻止她离家半步。

这两年，江彩霞日子虽然冷清，但物质生活还是过得去，奶奶的退休工资也够两人的开销。奶奶教她绘画、弹古筝、刺绣。虽然这些江彩霞都不喜欢，但还是消磨了两年的时光。

前不久，街道学校动员上山下乡，奶奶为这事愁得多日茶饭不思，晚上也常常睡不着觉。街道里也有人对奶奶说，可以打个报告，说孙女要陪伴奶奶。但奶奶是明事理的人，她天天都要看很多的报纸，有时还把重要的文字，剪下来夹在一个专门的夹子里，不时地戴上老花镜反复地看。

终于有一天，奶奶做了几个菜，破例地拿出饮料，还给自己倒了一杯酒。奶奶破天荒的举动，让江彩霞不知所措，也不敢问到底发生了什么事。奶奶不停地给彩霞夹着她爱吃的红烧肉，一边说："彩霞呀，今年你已经十七岁了，翻过年你就十八岁了。十八岁已经是成年人了，奶奶不能把你绑在身边，我要告诉你一些事情，你要学会思考，学会独立分析，学会独立生活。"

奶奶端起酒杯喝了一口，一脸平静地对江彩霞说："我们这个家以前是个大家族，你对你爷爷可能已经没有什么印象了，十年前他病逝时你才几岁。你爷爷是个做学问的人，字写得好，画也画得好，结识的人也很多。早年他被国民政府安排做参事，是个名气大的闲职，从南京到武汉一直从政。但你爷爷和共产党的一些同志，一直私下有些交往。这事被国民党知道了，没少找他的麻烦。他和张学良、杨虎城也有些交情。蒋介石到西安被张学良、杨虎城扣留之前，杨虎城也曾跟你爷爷有过联系。但扣留蒋介石的时候，你爷爷正好不在西安，而是在武汉。后来国民党也没查出什么，就放过了你爷爷。之后，你爷爷就在武汉做些棉纱生意，办织布厂、纱厂，也在上海、郑州、西安开了一些工厂，尽可能地与政治远一些，可私底下又捐款捐物支援共产党。"

奶奶给江彩霞倒了点饮料，接着说："后来你父亲逐渐接触了家族的生意，也参与了一些支持革命的工作。全国解放后，你爷爷曾经被邀请去北京参加过一些会议，在武汉省政协也参加过一些工作。你父亲接管了家族的生意后，1955 年在公私合营时积极和政府合作，还被表彰过。但是你爷爷有个弟弟，一直在国民党军队工作，临解放时到了台湾。就在你转学来西安的前一年，你爷爷的弟弟突然派人到武汉，秘密地找你爷爷，后来这个人被政府当成特务抓起来了。当时你爷爷已经不在了，你爸爸成了替罪羊，而你爸爸根本就不知道这些情况。但审查总是有个过程的，所以你们家也搬了，你爸爸妈妈也被隔离了，到现在也不知道在哪里。这两年'文化大革命'，应该说他被隔离起来审查，这或许是件好事，否则他们也会有很大麻烦。但是奶奶相信，你爸妈是拥护共产党、拥护毛主席的，要不怎么还到北京去接受中央领导的接见。彩霞呀，你转学到西安对你来说也是好事，至少这两年你不知道这些情况，会免受很多痛苦。"

奶奶擦了擦眼镜片说："前不久有人来调查，说是在复查你爸爸的事情。奶奶相信共产党会正本清源，实事求是地对待历史问题。我今天和你说这些，因为你已经是成年人了，成年人就应该有自己的判断、思维、分析，你记住，共产党不会冤枉一个好人，你也要相信你爷爷、你爸爸都是为人民做过有益工作的好人。但你以后不要和任何人说起此事，你就是和奶奶相依为命的孙女。"

江彩霞瞪着水汪汪的大眼睛，聚精会神地听奶奶讲那些过去的事，宁神静气地回味着奶奶的每一句话。她想爸爸、想妈妈，多么想见到已经一千多个日日夜夜未曾谋面的亲人呀。她紧闭双唇，任由眼泪在嘴角滑过，而又滴落在胸前。她看着奶奶满是皱纹的眼角也挂着泪花，便轻轻地用袖口擦了擦自己的泪水，对奶奶说："奶奶，我都记住了，我已成年了。你不是希望我成为高尔基诗中的海燕吗？奶奶你放心吧。"

停了停，奶奶点点头继续说："彩霞呀，奶奶看了最近的报纸，也反复考虑了，你要报名去插队落户，奶奶不拉你的后腿。奶奶知道，农村肯定是比较艰苦的，但想想你爷爷、你爸爸他们受到的一些折磨，那又算得了什么呢？去吧孩子，你不要牵挂奶奶，奶奶挺得住，你也要挺住，全国上山下乡青年几千万，我孙女绝不会落在后边。"江彩霞认真地点点头说："奶奶，我听你的。"

十七

　　清水湾的天似乎亮得格外早，牧马河水缓缓地向东流去。可能是清水湾来了第一批有知识的农民，朝阳久违的早早从地平线升起，映照得牧马河水波光粼粼。晨光早早照射在米仓山上，把晨雾高高地托在了半山。山在雾中隐，雾在山中行。米仓山在寒冬中依然苍翠欲滴，山涧里飞溅着层层冰花，将甘甜的山泉水汇聚入牧马河中，使牧马河水像琼浆乳汁般滋润着两岸的千里沃野。

　　陈家院子的知青们，在陈秋玲家吃完早饭，便简短商讨了一下今天的劳作安排。为了明天知青点能顺利开火做饭，三位女生负责整理灶具，把粮、油、盐、米归置整齐。五位男生则上山去查看队上给知青们划分的柴山，并打些柴草，以备开灶时的烧火之需。两方面的工作都不轻松。

　　灶是新灶，锅是新的大铁锅，足足有二尺半大小。为了去除铁腥味，陈秋玲特意从二爷爷家的腊肉上切下一块肥肉，农民们称之为治锅。治锅首先要将铁锅烧热，烧烫，几乎到了烧红的地步，再用腊肉反复在锅里擦。

　　夏桂岚用了一根木棒，按陈秋玲的说法，在锅里按着肥肉不停地在四周擦磨。烧热的铁锅烧烤着猪肉，发出滋滋的响声，冒出一阵阵发白的青烟，冲起一股烧焦的难闻气味。江彩霞还不停地往灶头里添柴草，火苗舔着锅底，使锅内的猪肉越发的腾起臭气。逐渐地，猪肉变成了冒油的黑胶皮。

看着此情此景，陈秋玲说可以倒水了，但不能一下子倒进去，要慢慢倒，否则会炸锅的。叶长秀端起脸盆，小心翼翼地用碗舀了半碗水，徐徐地顺着锅边倒下。顿时，水在锅里沸腾了，冒出一锅的热气，这让锅台周围的人相互都看不清面目了。陈秋玲犹如指挥员一样，让叶长秀把水全部倒进去，锅里马上平静了。陈秋玲拿起用竹子做成的锅刷，开始用劲地刷擦着锅的四周。水逐渐烧开了，翻滚了，陈秋玲仍然在不停地刷，直到锅的每一个部位都被擦到。她说："擦得透彻，锅里才不会留下铁锈味，才不会有铁沫子残留。"陈秋玲把锅里的水倒掉再加水烧，再刷再擦，三个来回后，锅里烧的水已经清澈见底了，治锅才算大功告成。

之后，又清洗水缸、水桶、米缸、面缸等。缸倒是不小，水缸最少能装三担水，米、面缸也能装上百十斤米面。陈秋玲还一再叮咛说："农村的老鼠多，米面油一定要盖上盖子。"

叶长秀、夏桂岚、江彩霞分别挑水、烧水、清洗灶具碗筷杯盘。半天的时间，灶间总算初具模样。见切菜的大案板能有大半张床大小，叶长秀高兴地说："今后我们擀面是没有问题了。"

在队上安排的两个村民的带领下，高保民、徐星晗等五人向山上走去。陈家院子西边有一条从山涧流下的小溪。村民们说，这条溪是从山顶的青松岭流下来的，途经核桃沟、柿子坪、猕猴谷、枣树坝。山顶的涓涓细流、沿途指头大的泉眼，还有飞流而下的涧水，与山湾里的潺潺流水汇集，成为牧马河的重要支流。

溪水沿途，有几十户人家靠这条溪水生活。除日常饮用外，人们在房前屋后种点葱头蒜苗、浇灌辣椒香菜，也靠这溪水。可以说，牧马河养育了两岸万千百姓，这条溪也是清水湾的生命之源之一。

顺溪流而上，一条不宽的羊肠小道，与溪并肩，虽然七拐八弯，但避开了山岩陡壁，高保民等人走起路来倒也轻松自如。据说当年二爷爷陈守义的马帮队伍走的茶马古道，其中也有这条路。走的马队，不能离庄户人家太远，一则为了安全，二则万一有个三长两短，找个人招呼传话也方便。因此二爷爷走马帮时，和沿途的庄户人家关系极好，经常给山民们送点针头线脑，或者盐巴煤油的。为此，山民们感激不尽，少不了帮马队歇脚做饭，割草喂马。有时山民们卖不出山的山货土产，二爷爷也尽数收下付以高价。一来二去这条路上渐渐地人多了起来，小路也逐渐地宽敞了。因为有些难走的坡道土坎，山民们总会修修补补，所以这条路几十年来是越走越顺。

清水湾大队管辖着两座大山。越到山顶，野兽动物也就越多。以前队上还有打猎队，遇到灾年或每年二三月青黄不接之时，大队总要组织去山上打猎。一则可以增加一些队上的收入，给村民们多少分点肉食野味，二则可以在山上挖些陷阱，下些套子，布些铁夹之类的，有效防止野兽下山来祸害村户人家。每年到农户家缺粮少食时，下来找食的野兽也多起来，村里的鸡鸭猪羊也时常会被野兽祸害，最严重的时候，黑熊、狼、野猪、狐狸都下来过。

一路闲聊着，知青们不免感到有些胆战心惊。村民们说，给你们划分的柴山离村不远，也就七八里山路。顺山再上去是柿子坪、核桃沟，里边有大片的柿子树和核桃树，队上也组织人去采摘过，但由于路途太远，核桃柿子又卖不上价钱，所以队上也就不组织了。核桃柿子只能任其长了落，落了长。然而，核桃沟的核桃树一年比一年多，柿子坪的柿子树也一年比一年结得多，可惜也只能留给鸟兽采食了。

听到这里，柴国庆、刘西安、张宝贵三人来劲了，他们齐声说，太可惜了，太可惜了。张宝贵问："那大队就不想修条路，把核桃柿子运下来？"村民说："那是不可能的，有驻队的工作人员也上山去看了，去了当天都回不来。虽然只有几十里的山路，但七弯八拐的，路根本就没办法修，就是修，只为那一点核桃柿子还不够工夫钱。队上也说了，谁上去采摘归谁。但根本就没人去，一方面是因为路途遥远，另一方面，万一碰到野兽恐怕连小命也要搭上。

"前年冬天，大队去狩猎，差一点还出人命了。四队的一个姓焦的，要不是跑得快，就被熊瞎子给拍死了，捡了一条命回来，腿还摔断了，在家养了一年多。再说猕猴谷，山高沟深，满山的猕猴桃，据说有人看见过猴子摘果子吃，可人根本就没法去摘果子。按说山上的野生东西真不少，可又有什么办法呢？"

七八里山路不算远，但对没有走惯山路的知青们，也是一种挑战。上山之前，为抵御寒风，他们都将捆柴的稻草绳，像村民一样扎在腰间。砍柴的砍刀别在腰后，有模有样的，真像是上山砍柴的樵夫。不同的是，他们的棉袄有带四个兜的，也有带毛领的，看起来和村民的对襟黑棉袄很是不同，配上砍柴的家伙有些不伦不类，但这并不影响知青们初次上山的热情。

刘西安首先唱起了京剧《智取威虎山》中杨子荣打虎上山的唱段，紧接着张宝贵、徐星晗他们也附和地齐唱起来，柴国庆则是用嘴当锣鼓伴奏，一时间山谷回荡起悠扬的回声。还没等到达目的地，热汗已袭来，大家不约而同地解绳敞怀，加快步伐，砥砺前行。

米仓山的冬天是寒冷的，但米仓山冬天的景色也是别致的。山间羊肠小道旁的枯草，虽然泛黄发枯，但仍然绽放出缤纷斑斓的色彩。树枝上虽然枯叶凋零，但随风摇曳的枝条，仍然向春天的温暖招手。

带路的村民告诉高保民，一到开春，山上的树木就争相发芽抽枝，满地的枯草再次绽放绿意，百花也开始争相比艳，山景是非常好看的。人在道中行，花在丛中笑。高保民有一种进入仙境般的感觉，他期盼着春天的到来，期盼着核桃沟里累累硕果，渴望着柿子坪像红灯笼一样的柿子红遍万山，他向往着未来青山绿水间的诗情画意。

给知青划分的一片山林，足足有五十亩大小。徐星晗问："那这里的核桃柿子，如果成熟了也属于我们知青？"村民们肯定地回答了他。这里的一草一木知青们都有使用权，但是对于树木没有砍伐权。村民们可以砍掉枝丫，割去杂草，但也有保护林木的责任。

村民们介绍说，前些年大炼钢铁时，山上的树木成片被砍伐，弄得山里的水流不到村里，造成我们大队连年减产，人们吃不饱饭，那种苦日子多少年都翻不过身来。这几年山林没有了乱砍滥伐，山林也自然茂密了很多，水也清了，树也绿了，山也比以前雄伟了，连山上的动物都多了。我们在山上下的套子、设的夹子，时不时还能套住一些野味用来改善生活。不过你们上山的时候也要小心，因为一些套子夹子，连安放的人也找不到。经常有人上山砍柴误撞受伤，这可不是闹着玩的。这句话，听得几位城里人惊出一身的冷汗。

林中的枯枝败叶实在是太多了，不足一个时辰，一大堆柴草已然堆好在地上。张宝贵还在用力地砍树上一个稍大的枯枝，突然他发出一声撕心裂肺的惨叫，立刻把正忙着收拢柴草的人的注意力全都吸引了过去。只见张宝贵一屁股坐在地上，右手紧紧地握住左手在地上嚎叫。

高保民一个箭步冲到张宝贵身边，只见张宝贵的左手血流如注，他大声叫出声来："张宝贵的左手被砍伤了。"徐星晗几个人也迅速围拢过去。一个村民马上说，赶紧用绳子把手腕扎起来。说时迟那时快，高保民迅速解下自己的一根鞋带，扎在张宝贵的手腕上，以防止血流更快。

原来，张宝贵在砍树枝时，用力过猛，砍刀被树枝弹起。砍刀便改变方向，滑向紧抓树枝的左手，幸好砍刀没有刚上山时锋利，但已将张宝贵左手食指和虎口间，砍开一条一寸多长的口子。高保民立刻将张宝贵翻开的肉皮按在手指上，掏出手绢，紧紧地将手指包缠起来，然后说道："赶快下山送医院，否则手指会有危险。"

一个村民说："快一点送他下山去找陈二爷爷，他有办法，送医院太费时间了。"高保民听后立刻说："我和徐星晗现在立刻送张宝贵下山，其余人扛柴草回去。"说着就要背起宝贵。张宝贵龇着牙说："不用背了，我还能走。"随后一个村民扛起一捆柴草说："我先带路赶快下山，伤情不等人。"

十八

　　女生们的活计初见成效，厨房已经有模有样。叶长秀对夏桂岚、江彩霞说："我们再去趟镇上供销社买点盐和调料，明天我们就可以开张做饭了。"

　　突然外面传来急促的叫喊声，她们几个立刻奔出了厨房，只见高保民几个扶着张宝贵，张宝贵的左手举着，手上缠着带血的手绢。徐星晗急促地喊陈秋玲："赶快叫二爷爷给宝贵治治，宝贵砍柴时砍到手指了。"一时间几个女生脸上满是惊恐之色，陈秋玲看到此景也大惊失色。她说："快去二爷爷家，他现在正好在。"于是众人拥到了二爷爷的门口。此刻陈守义已闻声出门，看到捂着左手的张宝贵，立刻招呼进屋，并说："进来两三个人就行了，其余的人都在外边等候，屋子小怕碍事。"高保民、徐星晗、陈秋玲鱼贯而入，江彩霞大声说："我也去，以前我跟我姨在她医院看过包扎。"说着也进了屋。

　　只见陈守义取出一只药箱，轻轻地把张宝贵的手放在桌子上，众人屏住呼吸，目不转睛地盯着张宝贵的那只受伤的手。陈守义看着已经没有血色、沾满了血的手背和已经被血浸满的手绢，轻声对张宝贵说："孩子，忍着点，我看看伤口再给你处理。"随即吩咐江彩霞协助，轻轻解开带血的手绢。众人立时被眼前的景象惊呆了——张宝贵的左手食指上一大块肉皮已经翻起，连着虎口有很大的一个伤口，血水在解开手绢的一瞬间，又从伤口上冒了出来。

陈守义先用酒精棉花擦去伤口周围的血迹，取出一个小瓶，把一些白色的粉末倒在伤口上，连声对张宝贵说："孩子忍着点，这是我特制的止血药，可能有些疼，先给你包上。我再上趟山，给你采点药敷上。我看了这伤口问题不大，没有伤着筋骨，过个十天半个月就会好起来的。"虽然这是安慰话，但却格外暖心。

就在陈守义为张宝贵治伤的当口，门口已经聚了不少的村民。有的说，太可惜了，第一次上山就受伤，莫非是没选好上山的日子。有的说，上山是要敬山神的，不是谁都能随便上山砍柴割草的。听得出，在相对闭塞的牧马河畔，山民们还保留着迷信的思想。这时，匆匆赶来的陈学文大声呵斥："都回家去，不要在这胡嚼舌根子，学娃子们初来乍到，不会使工具是很正常的。谁天生就会干活？你们有本事，写个字念个报纸给我看看。"

陈守义包扎完张宝贵的伤口，走到门外对大伙说："没啥大不了的，只是皮肉伤，没有伤着骨头动着筋，都散了吧。"转身又对陈秋玲说："我给你一包草药，你去煎了给张宝贵喝，防止发炎发烧。我上趟山去采几味长肉的药，一顿饭工夫就回来。"

陈守义上山的行头很简单，一个小挖锄，一个小背篓。不过，他将自己平时用的一根一尺长的旱烟袋锅，换成了足有一米多长的烟袋锅。烟袋锅头上有一个硕大的烟锅，足有半斤重，是用黄铜铸的，烟嘴也是黄铜的，而烟杆却是红铜的，只见烟袋锅上下锃明瓦亮，一看就知道是老人家经常擦拭的心爱之物。

村里人都知道，只要陈二爷爷上山，准要拿上这根全铜的烟袋锅。据说这根烟袋锅，已跟了他有几十年了。其实知道的人都清楚，这是陈守义用来防身驱蛇的利器。

陈守义年轻的时候学过一些拳脚功夫，以防走马帮遇到危险。如果手里提个棍子，那没事也会找些事出来，所以几十年来，陈守义从来不拿棍子，却拿个烟袋锅，遇到些许小事，比木棍还顺手好使。硕大的烟袋锅足以把一条狗的狗头敲碎，平时还能抽烟解乏。再者，山里边蛇虫动物多，用烟袋锅当拐棍，敲打在山路石崖上，可以驱赶虫蛇。另外还有一个妙用，烟袋锅里的烟油，在危急时对消肿、驱虫蚊有奇效。

陈守义把这个烟袋锅当作心爱至宝，每天都要拿出来把玩一番，平日里还不时地当棍子，比画几下拳脚，既强身，又实用。难怪老人家身板硬朗，才思敏捷，口齿伶俐，耳聪目明。陈守义提上铜烟袋锅，向米仓山上进发了高保民、徐星晗紧随其后。

张宝贵喝完陈秋玲给他煎熬的中药坐在床上，左手的疼痛好像并没有减轻多少，他紧皱着眉头，痛苦地小声呻吟了几声，似乎以此来缓解左手的疼痛感。俗话说十指连心，当他刚才看到翻起的指头皮和已经见到的骨头的时候，着实吓了一跳。他还年轻，才18岁，要是因此而成了残废，那一辈子的梦想将会成为泡影了。其实他也没有高远宏大的梦想，他只是想早一点有一份能挣钱的工作，能减轻一下父母的压力，他也就心满意足了。

张宝贵的父亲在街道手工联社，专门修理人力两轮和三轮车，是个不怕吃苦、技术熟练、热心好善的技术工，很是受人的尊重。但是他的收入每月只有四十多元。母亲在街道一个小作坊，加工酱菜咸菜之类的，工资收入也不多。张宝贵家四个孩子，三个男孩，最小的是个妹妹，还只有七岁，刚上小学一年级。张宝贵在家是老大，平时承担着给全家做饭洗衣、照顾弟妹的重任，有时也让父亲给找一些推车拉货的活，挣点零花钱补贴家用。

张宝贵是个乖孩子，从小就听话勤快，从来不惹父母生气。今天手受伤后，他默默地沉思着。如果伤不能好起来，将来怎么办？如果父母知道了，又会怎么办？如果要长期治疗的话，药费又怎么办？张宝贵想着想着，不由得流下了泪水。有道是男儿有泪不轻弹，但此刻又有什么办法，他又怎能不考虑未来呢？刚下农村才一天，手就不能干活了，不光自己不能出工挣工分，还要成为同学们的负担。他们有什么责任？有什么义务来帮助照顾自己呢？人到伤心处，不免情绪失态，他拉起被子蒙住头，号啕大哭起来。

站在院子里的叶长秀、江彩霞、夏桂岚和陈秋玲，还在议论着张宝贵的伤情，一个个都显得格外伤感。她们从小到大也没看见过这么严重的刀伤。尤其江彩霞目睹了张宝贵手上皮翻骨露的情景，心里更是难受。给张宝贵用酒精清理伤口时，她那双纤纤小手一直在发抖，甚至在拿棉签蘸酒精时，连瓶口也对不准，绯红的小脸上，冒着细密的热汗。她与三人详细诉说了伤情，还担心地说："要是落下残疾，那怎么得了，他的家人还不心痛死呀？"突然听到男生宿舍的大哭声，她们不约而同地，将目光转移过去。

叶长秀闻声说："要不我们去看看他？怎么说都是一起来的。"其实，同队的八个人，相互之间都不太熟悉。就连叶长秀、夏桂岚和江彩露三个人，也是这几天才熟悉的，一路同行，又住在同一个宿舍，女生之间是容易磨合的。

但是男女有别，男同学和女同学从来都是井水不犯河水，老死不相往来，即使在班上收个作业、打扫卫生必须要说话时，也最多是"喂"一声，连名字都不叫的。此刻，本来不太熟悉的男女生，要去看望又能说什么？又能怎么劝？怎么安慰？一时间三个女生为难了起来。

正在这时，一个村民带着刘西安、柴国庆，三人扛着几捆柴到了院子。刚放下柴，柴国庆就大声问："宝贵的伤怎么样了？治了吗？"他的问话，也不知道问的谁？也不知道谁能回答。幸好陈秋玲打了圆场："左手的刀伤不轻，连指头皮都翻起来了，流了很多血。二爷爷给他止血包扎后，又带着高保民、徐星晗去山上采药了，后面要等二爷爷回来再说。我刚才把二爷爷给的中药，煎好让张宝贵喝了，他现在，"陈秋玲说着努努嘴继续说道，"他在宿舍，刚才还在大哭，看来疼得很厉害。要不你们进去看看，安慰一下。"说着，柴国庆、刘西安和背柴的村民，朝着张宝贵的男宿舍走去。叶长秀、夏桂岚、江彩霞和陈秋玲也跟着进了男宿舍，在女生们看来，如果不是张宝贵受伤，她们可能永远都不会进入男宿舍半步。

十九

张宝贵听到了杂乱的脚步声，停止了哭泣，还在被子里把脸上的泪水擦了擦。他掀开被子向众人点点头，点头的动作，僵硬而且别扭，红红的眼睛谁都能看得出痛苦和伤心，几个女生泪腺本来就浅，此时也是泪花盈眶。柴国庆上前安慰道："事情已经出了，只好忍一忍疼，陈二爷爷到山上采药也快回来了，他可是远近闻名的神医，他一定能治好你的伤。听陈秋玲说，陈二爷爷说没有伤着骨头、伤着筋，十天半月的伤就能好，你就安心地养伤，我们大家都来照顾你。"说着他向叶长秀、江彩霞她们望去，大家都没吱声。只听见陈秋玲说："柴国庆说得没错，二爷爷刚才给你上了止血止疼的药，又给你喝了防止发炎和消肿的中药，现在二爷爷和高保民、徐星晗他们上山给你采长伤口的药去了。今天幸亏治得及时，二爷爷说，也就是个十天半月的就能见好，你还是放宽心吧。"

其实，今天的事情对还没有进入角色、甚至还没有自己开伙做饭的知青们，打击是很大的。出师未捷身先死，是很不吉利的兆头，尤其是在这人生地不熟、缺医少药、缺柴少粮的小山村。这件事犹如当头一棒，狠狠地敲打在了每个知青的头上，给每个人的心灵蒙上了一层厚厚的阴霾。本来就接连几日泪水未停的女生们，更是人到痛处更伤心，泪水止不住地又流下来。

陈二爷爷陈守义，提着铜烟袋锅回来了。高保民背着背篓，徐星晗扛着小挖锄。一进院子，陈守义就大声喊陈秋玲，声如洪钟，陈秋玲应声奔出房门。陈守义吩咐她将专门捣药的石臼拿出来洗净，之后他又将背篓里的几味草药，逐一分类摆放齐整，取了一个盆，打满清水，清洗后沥干水分备用，一切有条不紊，麻利迅速。

陈守义拿出几味药，放在石臼用石槌有节奏地捶打，一时间石臼里的草药，变成了药浆。然后，他又拿起一味草药放在嘴里，闭上眼睛，慢慢地嚼起来。此刻陈守义仿佛在品尝人间美味，又仿佛在计算着飞逝的时间。大家不约而同地，屏气凝神看着陈守义微动的嘴角，也听到了他有节奏的咀嚼声。他的表情中，有微微的痛苦感，眉头不时地皱起又展开。

终于，他张开嘴往手心里吐出一团嚼碎的药团，取一只碗将石臼里的药浆和手中的药团调在一起，反复地搅拌再搅拌，还不时用筷子挑起来看看。大家都不知道他看的是啥，是颜色？是稀稠？是均匀度？有道是会看的看门道，不会看的看热闹，周围的人只是看看热闹而已，但大家都有一种从未见识过的新鲜感。治病也能这样治？中华医药真是神奇。

当陈守义将草药放在嘴里时，有人还好奇地询问，为啥不都放在石窝里一起砸？其实中草药的下药，有严格的先后顺序和炮制方法，一味草药在嘴里加工成浆，也因它对时间和温度的要求。当陈守义再次挑起一团药时，他不容置疑地说："快叫那受伤的娃过来。快！"他又加了一个"快"字。

高保民他们快速地将张宝贵扶出知青宿舍，来到陈守义权作临时诊室的房间，江彩霞、陈秋玲还是临时护理助手。当张宝贵坐在桌前，将受伤的左手放在桌上时，江彩霞已经有些熟练地解开伤口上的纱布，她的动作极其的小心温柔，但是张宝贵仍然显现出痛苦的表情。纱布一层层解开，露出了还带着殷红鲜血的手指，陈守义让江彩霞再次用酒精擦拭伤口和周边的血迹，清理伤口创面。待一切停当，陈守义轻轻地用镊子拨动原本翻起的手皮，尽量让它和原来的切口吻合，之后又撒上一些白色药粉，便让陈秋玲和江彩霞在伤口处，缠上一层纱布。然后，陈守义又取出一张很薄的油纸，把调好的草药膏均匀地铺在纸上，拉过张宝贵的手，轻轻地将带药的油纸，绕手指缠了一周，再用药膏大面积地涂抹在手背伤口处，一切是那么地有条不紊。

　　随着陈守义的精心操作停下来，他长长地出了一口气，指挥江彩霞包扎起来。不光是受伤手指要单独缠绕，手背及其他几个手指，也要包扎在一起，俨然是整个手臂都受了伤一样。陈守义说："三天后换药，不能见水，每天坚持喝药。"

　　一切停当后，他又从房中取出一个牛皮做的棉筒子说："现在是冬天，伤口不能冻着，你把这个皮筒子套上，保暖一些。晚上睡觉一定要注意不要把手压了，以免伤口没法愈合。"陈守义的话，像所有大夫叮嘱的一样，让人踏实。他又说："大家都先回去休息，等会儿到这里来吃饭。"

　　张宝贵的手包扎好了，站在门口的人们，也长长地舒了一口气。在这山村里，能得到这样及时的救治，着实让高保民、叶长秀几个知青感动不已。当然也有一些疑惑，没有缝针伤口能长好吗？陈二爷爷那奇特的草药膏管用吗？他用嘴来嚼碎草药会有细菌吗？

江彩霞洗完手，临出门时还闻了闻手背，是否留有血腥味或草药味。女孩子特别注重自己的手，干活之余总要细心清理一番。江彩霞的那双手平时就保养得很好，纤细修长的十指，白嫩如脂的皮肤，修剪的秀美齐整的指甲上还泛着自然的红光，真像戏台上说的大家闺秀。她粉白细腻的双腮上，自带着迷人的少女美丽的青春气息。

江彩霞出门后，发现大家都盯着她瞧，显得有些不好意思地说："怎么，不认识呀？以后大家都会熟悉的。"叶长秀马上说："彩霞你太美了，真迷人。"陈秋玲马上说："你们三个都是美人坯子，夸别人是在夸自己吧？"夏桂岚扬了扬脸上的小酒窝说："谁还不知道秋玲才是牧马河畔的一朵花，提亲的人都快把门槛踢断了。"通过两天的接触，叶长秀、夏桂岚、江彩霞和陈秋玲，仿佛已成了无话不谈的好姐妹。相互间的关系，十分友好融洽，无话不谈。

女生们的打闹调侃，倒使得几个男生显得有些尴尬。初来牧马河，初到清水湾，成为一个锅里吃饭的知青同伴，还真没有注意过几个女生竟然个个貌美如花，不由得眼中泛光，心慌意乱。男生们也都是 18 岁，青春的萌动，对异性的欣赏，已经不时流露在一举一动中，但他们没有想到的是，美丽的景色竟然是如此突然地呈现在眼前，还有些目不暇接、眼花缭乱的感觉。

还是高保民解开大家的尴尬说："都到厨房去，陈秋玲安排人去河口镇给咱们买的米面油，已经送到厨房了。咱们一起去归整归整，拾掇好了明天好开伙做饭。"

知青厨房经叶长秀三人和陈秋玲的忙活，已经有些初具模样了。装米面的大缸已擦洗干净，水缸里虽然还没加水，但也擦拭得瓦亮瓦亮的。高保民说："柴国庆和刘西安去提水，我和徐星晗准备柴火，你们几位女同学准备粮油，开伙做饭前争取结束一切准备工作。"大家都没二话，各自行动去了。

　　晚饭是在陈守义家吃的，但名义上还是在陈秋玲家，因为陈守义还戴着一顶地主分子的帽子。吃派饭，公社有明确规定，地富反坏右五类分子家不能安排。其实，陈守义是在县里医药公司退休的，虽然有顶帽子，但县里、村里从来没人把他当地主，再说他也不分村上的粮，不占村上的地。以前一直住在县城，是个有红顶子的民主人士，是为国家、人民和革命做出过贡献的人。

　　陈守义今天安排的饭，其实非常简单。一锅米饭、一锅红烧萝卜，但红烧萝卜的香味却非常诱人，飘着浓郁的肉香味。饭菜上桌，只见陈守义端出一碗腊肉，给大家碗里一人一块，红艳艳的肥肉透着亮光，瘦肉冒着油香，一下子把知青们的馋虫勾了起来。只见陈二爷爷说："家里就这一块腊肉了，今天张宝贵受伤了，应该拿出来补养补养，再说你们初来乍到，山里人也没啥招待的，你们就凑合着吃吧。"

　　其实看得出，陈守义是个生活讲究的人，虽然是烧了一锅萝卜，但比起县城食堂的萝卜，更有滋味，比起公社做得萝卜，更是强过千倍。张宝贵吃了两块肉，而且块头要比其他人的大点。陈守义只舀了没有肉的半碗萝卜，从床下摸出一个泡了中草药的酒瓶子，倒了半杯酒，独自坐到墙边的竹椅上，有滋有味地品起来，乐在其中。

二十

    冬日的清水湾，格外宁静。牧马河的流水，依然在太阳下反射着粼粼波光，山村的农舍中冒起袅袅炊烟，和冬日的云雾慢慢融合，围着米仓山缭绕。阳光懒洋洋地照射在山林中，已经凋零得只剩树干的林木，依然在朝阳的映衬下，呈现着富有生命力的模样。

    在队里的打谷场上，村民们聚集在一起，等候着队里派活。今天是知青们正式作为社员，被安排上工的第一天，知青们也都早早地来到了打谷场。由于队长还没回来，派工的任务依然由队里的会计兼记工员陈秋玲安排。她拍拍手，示意大家安静，她说："昨天知青中有个学生张宝贵，队上安排上山砍柴时受伤了，这事大家都知道了，他既然是我们队的社员，我们大家都要关心照顾他。今天也是知识青年们自己开伙做饭的第一天，那么我就安排一下：一是嫂子，今天开始帮着学生们熟悉做饭，帮助三天；二是学生们今天就不安排上工了，一起熟悉怎么做农村饭，同时照顾一下张宝贵，明天学生们正式开始上工，再安排活。在这要说一下，知青们到我们队，就是一家人，他们初来村上，缺东少西的，大家都不能生分了，各家各户有柴的，有红豆腐的，都帮衬一点，队上种的集体菜地里的菜，也给学生们分一点。各位长辈亲友们，不要说长道短的，坏了我们村的风气和名声，不然知道的人会说我们清水湾的人不厚道，不容人。好了，就说到这，其余的人还是上山修地整地，出工吧。"

农村的派活就这么简单，三言两语直奔主题。清水湾的人是远近闻名的淳朴宽容，民风清正，难怪三乡五里的人，婚配嫁娶都对清水湾竖起大拇指，因而清水湾的光棍，也比其他地方少很多。

嫂子来到知青点的灶房，对大家说："你们得先学会生火。我听说你们不管男女都会做饭，尤其是擀面条、包饺子，个个都是好手，我也帮不了你们啥，今后教你们做菜豆腐、蒸面皮还是没问题的；浆水菜是农村人离不了的，你们也要学会；城里人烧火用煤的多，我们农村没有煤，但山上有的是柴火。你们上山干活时，顺便也要割些草回来，当火引子，队上虽然也有些稻草，总是不够的。上山砍了柴回来，就要劈开砍短，以便放干才能烧，柴湿了烟大不起火，做不成饭。我给你们拿了个吹火筒，是用竹子做的。山上有的是竹林，砍一节竹子，把里边钻通了就能用了，生火时作用可大了，家家户户都离不了。"一席话，说得知青们心暖暖的。

其实冬日的早上还是挺冷的，虽然太阳出来了，寒风依然凛凛地顺河而刮，不由得让人缩手缩脚。大家围在灶台旁，一则看着嫂子如何添柴生火，再则也希望能靠近灶门，吸收些柴火的热量，倒也是一举两得的事。

火在灶膛里乐开了花，木柴熊熊燃烧，火舌猛烈地舔着锅底，一小会儿工夫，锅里的水就烧沸了。女生们赶快用脸盆把锅里的水舀出，用热水好好洗一洗这几天脸上的尘垢，顺便也清洗一下换洗的衣袜。当然男生们没有如此讲究，在清水湾的溪流边，一两下就把脸脖抹过了。高保民默默地看着嫂子的每个步骤，心中荡漾着另一种打算。

农村人每天吃两顿饭，只有在农忙时，才在晚上加一餐饭。知青们也就入乡随俗，在城里的早饭和中饭之间，看时间的话大概九点到十点吃早饭。

知青点的第一顿饭是叶长秀操作的，还从陈秋玲家借来一杆秤，用碗量了米和面，分别称了称，以便定量下锅，知青点都是年轻人，胃口好饭量大，尤其是缺少油水，如果不能米面定量下锅。做到有的放矢，那么缺粮的日子也就不远了。而且稀稠要搭配，光吃干饭，总有一天会没饭吃。

知青点第一天的饭，叶长秀便量入为出，舀了三斤面，按每人两碗水，搅成了疙瘩汤。又将嫂子端来的浆水菜炒香，倒入疙瘩汤中，这第一顿饭也倒也是香气四溢，吃得八个知青热汗直冒，尤其是嫂子给端来的红豆腐，吃起来更是香辣可口，整个知青点洋溢在一片欢乐之中。

清水湾大队几个队的知青点，都是同一天开伙做饭。但九队的知青点格外的热闹，定好了日子，金志强在赶集时，就通知了同班的同学及要好的发小们，让他们这两天来他队上吃油泼面。

对于离开了城市，到了农村的小伙伴们，油泼面比鸡鱼大肉等硬菜还具有吸引力。在缺油少盐的年代，即使在省城西安，吃油泼面也是一种奢侈——严格的粮油定量和粗粮细粮搭配供应，让油泼面所用的材料，着实成了精细之物，在城里也不是经常能享受的。

当然金志强的想法，并不单纯是要和同学聚一聚，这一路从离家到县里、公社里遭受了一系列波折，他也有通过聚会苦中作乐的想法。但他忽略了一个细节，就是同队有五位知青，并非同班好友。接待的主人却是整个知青点，金志强也没有和其他的知青商量，只说是有几个同学来队，想吃油泼面，大家也没有反对。虽然不是同班同学，怎么说也是一个学校的，几个同学来，大家自然热情接待，以油泼面这一简单的美食来尽地主之谊并不过分。

中午时分，其他公社和其他大队的几十个同学，陆续来到了九队的知青点，反倒同是清水湾大队的三队知青没有来。

九队的两位女同学，是做面的高手，一边扯面，一边和面，一边往碗里捞面，又放上辣椒面葱花姜末之类的调料，浇上滚烫的菜油，一碗碗香喷喷、令人垂涎的油泼面，已然是大功告成。

流水线一样的操作，几十人的需求，使知青点的碗筷都不够用，连喝水的茶缸也当成了碗。几位主人先招呼着客人，自己只能闻香而不能享受。

第一轮的空碗已经回到了锅边，又一轮机械式地操作开始了，还有人急等着吃第二碗。大约过了两个小时，原本是主人的知青们，才端上油泼面。但是，葱花姜末辣椒之类的调料，已所剩无几。更要命的是，几个知青定量每人每月四两的菜油，已经见底。

两个女生，看着精光的油瓶，看着见底的调料罐，眼泪不由得滴落在面碗之中。她们的泪，不是因为自己最后才吃上饭，也不是心疼已经空了的面袋。而是不明白，今天是为了什么？是为了吃饱喝足的同学们不断地夸奖着油泼面的美味，不停地夸赞九队的同学重情重义？

两个男同学看到女生们的异样，虽然还在强装笑容，心情大致也和两个女生接近，往后知青点的日子可怎么过？再说几十口子人暂时还没有离开的意思。金志强却不合时宜地说："下午我们吃大米饭。那在西安也算是稀罕之物了，谁家能天天吃上不掺和杂粮的白米饭？只是知青点只有萝卜，大家将就着，以后大鱼大肉的硬菜伺候各位。"

在众人东一句西一嘴的闲聊海吹之中，下午饭的饭口临近了。金志强自觉地吆喝了几个男生，抬了半筐萝卜去沟渠里洗了。九队的知青主人们，也勉为其难地将二十多斤大米放进锅里。农村做饭和城里有些不同，先在锅里把洗净的米煮到七成熟后，再用竹子编的筛子将米盛起，滤过米汤，放在锅里慢火煮熟，这样的米饭清香可口，即使没菜或是只有辣椒腐乳咸菜下饭，也是十分的美味爽口。米汤刚刚控出锅，急不可待的同学们便一扫而空，很多人还没有尝过这充满米油清香的汤汁。

灶头上烧了一锅萝卜，女生们将油瓶倒过来，希望滴上更多的几滴，但实在是瓶干油尽，也只好将萝卜下锅，没有调料只有盐，没有酱油只有水，煮熟萝卜、盛好米饭，也只能分成两拨吃饭。第一拨人似乎都吃得很香，第二拨人有些望眼欲穿，虽然有二十多斤的大米下锅，但对于能吃铜也能吃铁能消化钢水的年轻人，弄不好第二拨人只能空见锅底了。最后只能将锅底铲得山响，因为这种饭会结出厚厚的一层锅巴，第二拨人好不容易端上了碗。

热热闹闹的一天过去了，九队的同学们坐在冰冷的知青宿舍里，谁也不说一句话。说什么呢？大家一个共同的担心是，今天是集体开伙的第一天，已经把所有人十几天的口粮吃完了。这半年是由国家定时定量供应的，没有了粮油，这一个月怎么过？

二十一

清水湾的公鸡打鸣声，划破了小山村的寂静，朝阳也徐徐从地平线升起，小山村又开始了平静的一天。叶长秀轻轻地拉开宿舍门，只见一盆热水放在了门口。这是谁送来的？她回头向房内已经起床穿衣的江彩霞、夏桂岚轻声叫道："你们看，谁放了一盆热水，还挺烫的。"

看看门外，陈家院子里空无一人，她招呼江彩霞把热水端进屋，夏桂岚看了看说，这是咱们知青的脸盆，看来是男生们送来的。在寒冬数九的天气中，用热水洗脸，无疑是大家特别需要的。本来她们准备起床后，去沟壑小溪边洗漱，现在有一盆热水在门口，一股暖暖的热流，不自然地在心里流淌。她们三人急速地倒空尿盆，去完厕所，将热水分而洗之，边洗边感激着送热水的同学。

知青点的小日子，从今天开始，在温暖中启程了。叶长秀三人洗漱停当，去厨房一看，铁锅还是热的。她们面面相觑，眼光不由自主地看向男知青宿舍。

高保民端着一盆洗过的水出门了，看到了三个女生，不好意思地说了一句："水还热吧？徐星晗他们到沟边洗脸去了，我给张宝贵擦了一把。他昨晚没睡好，看来是发烧了，今天再让陈二爷爷给看看。"听完高保民的话，叶长秀她们没有搭话，只有叶长秀"嗯"了一声，算是回答了。

高保民接着说："我想征求一下你们的意见，今天要出工了，做饭的事我们每天两人轮流，一男一女。张宝贵看来这个月都指望不上了，我们还得照顾他。除过做饭外，担水劈柴之类的重活，都由我们男生来做，没有安排做饭时的女生，就多操点心，照顾一下张宝贵，你们看怎么样？"叶长秀看看夏桂岚、江彩露，微微点点头算是作答。江彩霞、夏桂岚虽面有难色，但看到叶长秀点了头，也就微微地点点头。

要说做点事干点活都没问题，但照顾张宝贵，对女生们说是勉为其难的。不熟悉是一方面，本来女生们见到男生，都不交流说话，现在谈照顾，怎么个照顾法呢？一下子双方都沉默了，沉默得好像时光在这时凝固。

三队上午男劳动力都去麦田锄麦，就是把麦苗间的土块打碎，除去杂草，这算是个细心活。女劳力则去平整土豆地，为春天种土豆做准备。随着一声吆喝，男女都扛上锄头，分别下地了。早上出工男女分开，其实这样安排是符合农村特点的，今天要整的麦地是较远的地，而种土豆的地则很近，便于女人们早一点回家做饭，男人们下工后，也能吃上一口热乎的饭食。

今天土豆地里的活，比较简单，只要将大块的泥土用锄头打碎，再用锄头把地刨平即可。对农村人来说，这是件非常简单的事，但对叶长秀、夏桂岚和江彩霞来说，还是有点难度的。从没有使用农具干过活，使起来总感到不顺手，锄头在其他农村妇女手上，灵巧得像针线一样，锄头不停翻转，敲砸土块、刨平土地，非常得心应手。而叶长秀她们砸几下都砸不碎一块土块，渐渐地三人落后其他人一大截子。

农村的上工是集体劳动，像部队出操一样，站成一排。村里的妇女们都是干农活长大，一边手脚不停，还一边有说有笑。大家都心中有数，所要干的活宽窄面积不用丈量，也能把持得不差分毫。农村是按劳取酬，多劳多得，按工记分，所以谁也不会多干，也不会少干自己分内的活计。

男劳动力一个劳动日，满分工分是十分，得是干活熟练的把式级别的能得十分，差一些的评的工分就少一些，还有拿六七分的，也就是半大小子的分值。女人们满分则是八分，标准与男劳动力一致，虽然在有些活计上，女人们的手快动作利索，男劳动力可能都比不上，但男权思想根深蒂固，要农村达到同工同酬是不可能的。一天的劳动虽然不繁重，但要机械地反复一个动作。就这样，高保民、徐星晗、柴国庆和刘西安几人，虽然拼尽了体力，每个人都出了汗，但总还是比村民们慢了一大截子。更让村民们不屑的是，一些弱不禁伤的麦苗在他们的锄头下被判了死刑。村民们不断地帮助和提醒，使他们深感难为情，他们想加快速度，又力不从心，手中的家伙又不听使唤，一上午下来，不由得感觉到，农活实在不好干。

叶长秀她们三人和男知青们有一样感觉，不同的是，她们纤细的小手，被锄把打磨得有些红肿。为了防止锄头不听使唤，她们也学女人们一样，不停地向手心里吐口水，以加大手对锄把的摩擦力。然而，一上午的劳作，已经使她们的手掌上有了钻心的疼痛感，随之而来的是双手红肿起了水泡，看着这双从未变过色的手，女生们眼睛又像手心一样泛起了红光。

一天的劳作下来，可以说是人人精疲力竭，按村民们的说法，这是农村最简单、最轻松的活计。但对第一天干农活的知青们，已经算是很重的体力活了。一天活干完，能挣几分工分，还要等队委会综合社员的意见评定。

张宝贵的精神状态不太好，同学们都上工了，自己却待在宿舍。别人都搭手干活做饭，自己却饭来张口，还要别人照顾，因而有了不小的愧疚感。他不想拖累同学们，他想到了回家，但他又很快打消了这个念头。回家？怎么回？没有路费是小事，要怎么走？到了家还要家里照顾，又让谁来照顾？再说回家后要去医院，又哪来钱治疗呢？

打消了回家的念头，一个新的想法又冒上心头。虽然陈守义老先生尽心尽责给治疗，时间长短且不说，如果今后留下个后遗症，又该如何是好，那自己不就残疾了吗？那又怎么来帮助家里，来报答父母呢？张宝贵疑心生烂鬼的想法，是很正常的。家里条件不好，自己现在这样，还要别人照顾，不考虑是不可能的。

中午陈守义给张宝贵搭了脉，又给开了一副草药。之后的几天，陈守义又去了趟山里。张宝贵喝了几服药后，伤痛和情绪都有了些好转。

连续几天出工，叶长秀她们三人的记分簿上，每天都有了6分的记录。可是手上却有了几个血泡，细皮嫩肉的小手也粗糙了许多。好在陈秋玲用针给她们挑破，还在血泡的地方贴上了胶布，不断地安慰她们，过几天就会好的。那口气和陈守义安慰张宝贵的口吻，是那样的相似。然而叶长秀、江彩霞和夏桂岚三人仍是无比的伤感。

叶长秀想，尽管在家里时，也整天干家务活，帮衬家里纺石棉、糊纸盒，但从来没想到过，自己的双手会血泡盈掌，想到伤心处，不免又想起妈妈、奶奶和弟弟妹妹们，想着何时能回到虽然简陋，但却温暖可人的家。

算时间，离春节还有月余，江彩霞在自己的小本上，勾画着时间，算计着到家的时光。夏桂岚却想着表哥，他现在在干什么呢？如果看到她满是血泡的手，肯定会紧紧地握在手心，像过电一样给她传递使人心慌神乱的热情。

二十二

　　张宝贵的手，到了换药的时间，陈守义小心地、仔细地查看了一番。江彩霞解开纱布后，陈守义用镊子一点一点地剥去残留在指头上的药渣，微微点点头，对张宝贵说："孩子呀，伤口处愈合得很不错，指皮合缝得也挺严实，我说的十天半月看来没有问题。"随即又像上次一样，在石臼里捣药，用嘴嚼药浆，然后没有半点马虎地在伤口处涂抹药膏。

　　江彩霞好像也比初次包扎纱布熟练了许多，俨然像正规医院的护士，目不转睛地在手指上缠绕纱布，她的小嘴不时张开、合拢，像在做十分精细的手工活一样。她丝毫没有感觉到，一双眼睛在目不转睛地盯着她那俏丽的面庞。张宝贵仿佛第一次见到江彩霞那俊俏的脸蛋，第一次看到她那会说话的眼睛，第一次看到她那扎成两条小辫的秀发，她的一举一动，都是那样使人陶醉。

　　刚受伤的那天，也是江彩霞为他缠绕纱布，但那天强烈的疼痛感，使他没有一点点精力注意到美女的举手投足。而今天，疼痛感大大减退了，也不发烧了，双眼便不听使唤地在少女身上打转，那颗年轻充满活力的心脏，也在剧烈跳动。他不由得耳热面潮，浑身不自在地打了一个哆嗦，受伤的手也不由自主地在桌子上抖动了一下。江彩霞立马大叫了一声："哎呀！这是怎么啦？"她猛地抬头看看张宝贵，还以为是她操作不小心，让张宝贵痛苦了。

江彩霞一抬头，看到张宝贵那张发红的脸庞和那火辣辣的眼神，仿佛明白了什么一样，突然高声说："手都伤成这样了，也不老实一点，真不像话。"说得张宝贵委屈满满："我不过就是看了一下，又怎么不老实了。"一个向来老老实实踏实本分的小伙子，被少女责骂后，也感到羞愧难当。

站在边上的陈守义，却没有注意到发生了什么事情，关切地问咋回事。江张二人互相对视的一刹那，江彩霞那能伤人的目光，向张宝贵狠狠地瞪去，张宝贵无地自容地低下了头，连声对陈二爷爷说没事没事。纱布一缠完，江彩霞就站起来，快步走向门外，头也不回，招呼也不打一声，弄得在场的人丈二和尚摸不着头脑。

张宝贵回到宿舍，受到刺激的心脏，仍然在剧烈地跳动。他的面庞更加的发红发烫，身子也不由自主地抖动了起来，他感到莫名的心慌意乱。从小到大，他从来没有过今天的感觉，脑子里满满地浮现出江彩霞那迷人的秀发，那白里透红的脸蛋，那双水汪汪的大眼睛，那灵巧纤细的小手，那轻盈的像小鸟一样的步姿。总之，满脑子都是江彩霞无可挑剔的身影，他使劲用没受伤的右手，狠狠地在大腿上拧了一下，但隔着厚厚的棉裤，无疑是隔靴搔痒。越是想不去想江彩霞的俏丽身姿，想得越是强烈。他下意识地去掉套在左手上的皮筒，抬起左手闻了闻，没有闻到江彩霞缠绕纱布时留下的余香，只闻到了浓浓的草药味。他轻轻地用右手指在左手上一弹，一股剧烈的疼痛，终于驱赶走了江彩霞的影子，他不由得叹了口气，又陷入了一种莫名其妙的思绪之中。

高保民、徐星晗、刘西安、柴国庆几人，工分都被评定为八分，这个分值，只是队里妇女的劳动日工分。陈秋玲对他们说："这个工分也是暂时定下来的，今后你们掌握了农活技巧，自然也会升为十分的。"其实他们四人已经很满足了，虽然都想干好，但是手上的锄头就是不争气，好好的麦苗，还没来得及发育成熟，就命丧他们的锄头下。

徐星晗拿着工分本翻看着，他自言自语地说："今天又挣了七分二厘钱，够分一斤粮食的了。"一句话勾起了其他几人的反应，刘西安说："队上去年才九分钱一个劳动日，今年我们就是出满勤，按三百天算，也只能挣二千四百工分，徐星晗给算算是多少钱？"徐星晗说："不用算，我早就盘算过了，只有二十一元两大毛。我们的定量标准最多是按一个半人的口粮五百二十六斤，一年下来口粮钱，按每斤毛粮四分钱的话，加上分的菜籽钱，每人还要给队上交大概三元钱，这就是我们的实际劳动所得。"

高保民说："一个劳动日的价值这么低，我听队上人说，主要是没有副业收入。这里背靠大山，又不通路，没啥好挣钱的。虽然靠山也靠水，平地良田还比其他队多一些，但仅靠种粮食，是不会有大收入的，如果能把核桃、柿子运下山，收入肯定会多一些。"

刘西安接话说："几十里的山路，一个往返就要几天，如果能运下来，队上早就想办法了。"徐星晗说："这都是远水不解近渴的事，再说现在政策是割资本主义尾巴，宁要社会主义的草，也不要资本主义的苗，我看你们也就不要想没用的了。"

徐星晗的话一说完，大家顿时安静了下来，只有煤油灯在滋滋地响，不时爆出一个灯花。大家不由得都凝视着这间小屋闪烁着的唯一亮光。

咚咚咚，一阵敲门声惊动了看灯花的各位。高保民想，这会儿了谁还敲门，随口问了声"谁"，外面传来了陈秋玲的声音："是我们。"知青的门"吱呀"一声打开了，原来是陈秋玲和叶长秀站在门口。陈秋玲说："听县里广播说，过两天可能有大雪，二爷爷提醒你们，准备些柴草菜盐啥的。明天正好是上河镇集，你们也去准备一些，同时上山去砍点柴，家里常备粮草，心里就不慌。二爷爷要我提醒你们，一定要注意安全。"

叶长秀接着说："就听秋玲的，正好要买些煤油和盐，如果有酱油啥的，我们也买一点。"陈秋玲说："这个月你们还有十二块钱，我也拿过来了，你顺便买点菜，防止下雪了啥都没有。"叶长秀说："我们来是给你们说一下，趁着天还不太晚，准备一下工具。我们几个女的，明天就到集市上去一趟，你们看还有啥要买的，我们一并置办回来。"

陈秋玲接过话说："还有一件事，西坡沟沿上陈老四家，过几天要娶媳妇，给我说一定要请你们。而且你们还要帮忙，因为女方是大河山里的，可能娘家来的人少，要你们几个女的当一回娘家伴娘。实际上接亲这件事，在我们这里也兴男方家出伴娘的，正好长秀三人加上我四人就当一回伴娘。你们几个男的也不能闲着，明天长秀她们去集市上买点红纸，你们帮忙写几副对子，噢，就是对联。我们这地方文化人少，写个对子都要到上河街上去请人写。二爷爷说，你们都是知识青年，写个对子啥的，手到擒来，我就应下来了。你们看还需要啥，像笔呀墨呀的。"

屋门口的说话声，屋里的人都听得清清楚楚，说到要请他们一起去参加婚礼，徐星晗几个马上来了劲。不管怎么说，也能吃点肉了，几天来天天吃萝卜，胃里早就犯糙了，没有一点油水。

徐星晗马上高声说："毛笔我带的有，还没试过水呢。就是要买一瓶墨汁，要大瓶的，写对联费墨水。"陈秋玲说："那好，陈老四家还说，请你们给剪几个喜字就更好了。"叶长秀说："行啊，我们几个女的包了。"说完，陈秋玲和叶长秀便离开了。

叶长秀她们一走，男知青宿舍马上热闹了起来。对于结婚这种事，屋内的五个年轻小伙子，没有不感兴趣的，好奇感和新鲜感让他们马上在屋里议论了起来。柴国庆说："听长辈们说要想成为男人，结婚以后才算，女人也是一样的。"徐星晗打趣地说："我们什么时候才能真正成为男人呀。"刘西安说："等着吧，我们知青点是五个男的，三个女的，明显的狼多肉少。即便是要结婚的话，不是有两匹狼要饿死了？"

徐星晗马上说："打住啊，要算也就你们四匹狼，我不参与呀。我想以后当和尚，去西天取经，也感受一下九九八十一天的艰险和七十二难，指不定到了女儿国，还成了驸马。我不和你们争啊，现在算是郑重声明。"

高保民说："星子啊，你个口是心非的家伙，刚到队上时，你眼睛都直了。跟我说，看来看去只有我们队上的三个女生最漂亮，哪一个看起来都像电影演员。亏你还说要当和尚，你就是真正的一匹狼，饿狼。"徐星晗说："我说的是实话，但我想说的原因是，兔子不吃窝边草，我也就让贤当一回柳下惠，把美味留给你们这些饿狼吧。"

刘西安看了看高保民说："保民，我看你和叶长秀最合适了，再说你又很关心体贴她。每天早上早早地就烧好热水，给她们送去放在门口，人家可都是挺感激你的。你看叶长秀看你那眼神都放光。"高保民说："少在那里放些少盐没油的屁，都是一个队上的西安学生。我看了看，我比你们都大好几个月，也算是大哥了。我可没有你们那么多的花花肠子。"

此时，坐在床上的张宝贵一声不吭。他在想着江彩霞那迷人的侧脸和小燕子般轻盈的步伐，他在想江彩霞那灵巧的小手和带有芳香的秀发。一时间，他不想参与室友们的调侃嬉笑，无疑，江彩霞已深深地印在了他心中。

二十三

清晨的清水湾，仍然呈现在一片宁静祥和之中，白霜铺满了房前屋后田坎地边，寒气不依不饶地袭扰着陈家院子。叶长秀早早地打开房门，习惯地将一盆冒着热气的水端进房间。她心里着实感激这位憨厚朴实的同学，不知从啥时候开始，叶长秀改变了对高保民一众男生的看法，也不像刚来的几天，总是"喂喂"的称呼，有时也直呼其名了，这对叶长秀实在是个不小的进步。

从上小学开始，她从来不和男同学一起走路、说话，即使上课不得不面对男同学时，她也是严守课桌上的"三八线"，绝不会越雷池半步，即便是门口一起长大的男生，她也从不主动和他们打个招呼谈个闲话，真正是一个贞洁烈女的形象。

叶长秀草草收拾了一下，连雪花膏也没在手上涂抹就对夏桂岚、江彩霞说："今天男生们上山砍柴，我们得赶快去给他们弄点干粮，饥荒也不饿砍柴工嘛。"说着出门向厨房走去。

灶膛里余火还未完全熄灭，她向灶膛里放上柴火，好让柴火预热，然后拿起面盆，狠狠地从面缸里舀了几碗面，熟练地加点盐和水搅拌起来。摊饼对叶长秀来说，是再拿手不过了。随着夏桂岚、江彩霞的搭手，一张张喷香的饼和一锅热气腾腾的疙瘩汤，便呈现在八位知青的面前。

虽然张宝贵手上伤还未好，但他也不能饭端在床边才张口。他经常跟大家说一些亏欠的话，以表感激，但大家并未对他另眼相待，毕竟他是为大家砍柴而伤。只是江彩霞从那天后，连看他一眼的工夫都没有，甚至在微笑时看到张宝贵，立马晴天转阴，虽然同学们不知就里，但也装着没看见罢了。

男生们收拾停当上山了。叶长秀、夏桂岚、江彩霞一齐上阵，不一会儿灶房也收拾得有条不紊。江彩霞拿了一张小纸片，记录了今天要去集市上采买的物品，私下里还盘算着买一点女人的用品。毕竟在农村不太方便，也不能像村里的女人一样，用布垫或将稻草灰装在布袋里使用，那多不卫生呀。

说起上厕所，是江彩霞最感不爽的事。农村的厕所，虽然在她们到来前进行了改造，但早上仍然人满为患，经常会有男女相遇的尴尬。尤其是村民们都不舍得用手纸，所以连土坷垃、残土墙上都是粪迹斑斑。有时候"大姨妈"过后，连卫生带都不好意思到外边晾晒，因为村民们会指东道西地议论。江彩霞遇到几次难为情的场面后，对于赶集也是格外上心和期盼。

每到上河镇逢集日，三乡五里的乡亲们，都要去集市上转转，或买些油盐酱醋，或拿山货土产换点零用钱。虽然集市上物资并不丰富，但人头攒动的乡间集市，也是异常的热闹。有些乡民逢遇熟人，免不了谦让一下烟袋，聊上几句乡间日月，再买上一点急需的物品，回村里也有了集市见闻的谈资。

叶长秀、夏桂岚、江彩霞三人虽没有粉黛侍候，但毕竟是去街上，免不了也要略加收拾。一出陈家院子，三人光鲜亮丽的身姿就让村民无不抬眼相望，即使不认识的村民，也要无话找话地说上几句，打个招呼，也好仔细地瞧望一下城里学生的风姿。三人从清水湾唯一的小路向牧马河边走去。一路上三人嬉笑着，不时哼上两句电影歌曲，轻快得像出笼的小鸟，连走带跳地向古镇走去。

今天的牧马河格外地欢快，河水依然清澈地流淌，只有一尺宽的木板架在木马墩上。牧马河桥也格外繁忙，桥南到桥北，或桥北到桥南，都要排队等候。还有喜欢管事的村民，热情地当起了临时交通指挥员，南去的下桥后，北来的才能上桥，因为在桥上，是没法面对面错行的。叶长秀她们站在桥头等待着。也有急性子的村民索性脱了鞋子，背着背篓涉水过河。当然，这是要有勇气的，河水虽然不深，但这可是数九寒天的牧马河。水边上的冰碴子，像镜子一样在河边闪光。

约莫一个小时，叶长秀、夏桂岚、江彩霞三人，终于来到了热闹的集市，只见地上摆着萝卜、青菜、葱头、蒜苗之类的新鲜菜蔬，也有笋干、豆腐干、核桃、木耳之类的山货土产。在街市中段，还有一个用木头架起来的架子，上边挂了一片膘肥肉厚的猪肉，引得所有人都驻足观看。当然只能是看看，购买是需要肉票的。叶长秀三人也挪不动脚步了，如果能买上几斤那该多好，久不吃肉，让她们不自觉地咽着口水。

集市并不长，基本与古镇的街道吻合。转了一圈后，她们还是去了镇上唯一的供销社，因为只有这里，才能满足她们的购物需求。三斤酱油，两斤醋，五斤食盐，两斤煤油，都在一间房里完成了交易，当然不能忘记了写对联用的红纸和墨汁，更不能忘了为"大姨妈"准备的必需品。对于她们三人来说，有失望，农村集市的物资太单调匮乏了，想买点女孩子用的东西，如雪花膏之类的都没有；但也有收获，毕竟来清水湾后，第一次赶了一场相对热闹的大集市，也了解了一些民风民情。好在想要的东西均已备齐。

她们刚要出商店，就碰见了和金志强一个队的叶长秀的同班同学庄丽娟，她也是来集上买煤油的。叶长秀见到庄丽娟，两人高兴地拥抱在了一起，两人在拥抱中都泛出了泪花。尤其是庄丽娟，好像是孤苦伶仃的人遇到知音一般，居然泣不成声，把旁边站的夏桂岚、江彩霞也感染得眼圈发红。

叶长秀不断地责怪庄丽娟："也不走动走动。听说你们队上开灶时，大宴宾客，也不邀请我们。"一听这话，庄丽娟更是哭声再起，她哭着说："再不要提那件伤心事了，我们知青点现在快断粮了。我们那先后就来了有四十多人，一下就吃掉了几个人一个月的口粮，油也吃得点滴不剩。我们现在只能盐水煮萝卜，整天喝稀饭，再过两天怕是稀饭也喝不上了。"说完，泪如雨下。

夏桂岚、江彩霞在同来的路上，与庄丽娟也较为亲近，虽不在一个班，相互也说得来，便对叶长秀说："要不请她们到我们队上去一天，我们一起也好交流交流。"叶长秀当然没有意见，与庄丽娟同来的女生则说："我得回去，几个晚上油灯都没有煤油了，我得带煤油回去，免得晚上又要摸黑。"说完别过。

叶长秀、夏桂岚、江彩霞与庄丽娟一起，提上刚买的东西回队了。听了庄丽娟的哭诉，几人的心情都格外沉重，她们队上五个人，下半月无粮无油，可怎么过日子呀？

知青的粮油是按月定时才能购买，再说现在还是青黄不接之际，农民们的日子也不好过。有一些困难户，还等着国家的救济粮过年哩。知识青年有国家细粮供应，不可能再向上级申请救济粮吧？

叶长秀问庄丽娟："那你们打算怎么办？到下个月还有半个月，没粮吃又不能抢、不能偷的，你们队上五个人吃饭，总也得想想办法才是吧。"庄丽娟擦了擦眼泪说："我和刚才的女生商量了，我们要和男生们分灶，我们就是煮点萝卜，放点盐也能凑合。他们三个男生则说要吃干的，吃一天算一天。有两个说没有吃的了，就上队长家，队长解决不了就上公社，我看不是办法。金志强倒是不发表意见，可能是在县上和公社受过挫折。再者，别的队的同学来，基本上都是他邀请的，他说实在没粮食就当行者，走乡串户把同学们吃了的给吃回来。我们听了也觉得寒碜人。我想别的队的情况也好不到哪儿去，我们清水湾的条件虽然不太好，但有的队条件还不如我们。都是年轻人，整天缺油无肉的，凭的就是一点粮食，有的男生一天能吃三斤米。说实在的，我有点熬不住了，想回家，在家里就是吃糠咽菜喝稀汤，也比现在这样好。"说着，庄丽娟又是一阵泪如泉涌，说得大家难受，听得大家伤心，哭得大家痛苦。

说着、哭着、伤心着，也不觉得四五里地有多远，说话间到了陈家院子。有道是三个女人一台戏，现在四个同命相惜、同病相怜的女生在一起，更是道不完伤感痛苦之情。对庄丽娟队上现在的窘境，叶长秀、夏桂岚、江彩霞少不了安慰劝说，但对分灶的事，都闭口不谈。才到队上半个多月，就闹着要另起炉灶，确实是让人难以启齿的事，但以她们的现状，又能有什么更好的办法呢？

二十四

正当叶长秀准备叫夏桂岚开始做饭时，院子里传来了高保民等人的说话声，看来上山砍柴的人回来了。看他们高兴的样，知道今天准是平安而归。自打今天高保民他们一离开陈家院子，叶长秀就像有心事一样。上次张宝贵受伤，她就祈祷今后上山再别出事了。大家平安到家，到了知青的家，她悬着的心才总算放下来。他们几个今天都干了重体力活，自然要让他们好好歇息一下，女生们也理所当然地应该做好饭菜慰劳他们。

今天赶集，买回来了辣椒面、酱油和菜，叶长秀就想，今天好好给他们做一顿油泼面，同时也感谢一下陈二爷爷、陈秋玲他们的关心帮助，说着就准备和面揉面。

说话间，高保民提着一只野兔走了进来说："今天的运气真好，半路上打了一只野兔。今天咱们就好好改善改善，打打牙祭。"正说着，叶长秀拉着庄丽娟说："你们看来客人了，正好有肉招待。咱们今天吃油泼面，也慰劳慰劳你们几个上山砍柴、还打了野兔的功臣。"高保民看看庄丽娟，大方地说："欢迎欢迎，听说你们开灶时挺热闹，油泼面招待四方宾客，今天我们也是油泼面，不过还有野兔子，看来要比你们的还要丰盛了。"说到这儿，叶长秀、夏桂岚、江彩霞几个都是面面相觑，庄丽娟倒是面露难色，说话间眼圈已经泛红，再听下去，保不齐眼泪就会掉下来。

江彩霞引开话题说："你们打了个兔子，我们都是属兔子的，今天倒是兔子吃兔子了。"一句话说得大家都现出了笑容，但这笑容中意思不同，想法各异。不知道啥时候陈秋玲到了灶房，她提起兔子说："还挺肥的，你们不会剥兔皮吧？我帮你们收拾收拾，马上就可以下锅。"

夏桂岚、江彩霞也从来没有见识过剥兔皮，也高兴地对陈秋玲说："我们也帮忙。"随即陈秋玲回家，取了一把细长弯刀，提着兔子向沟壑边走去。不仅是夏桂岚、江彩霞，就连徐星晗、刘西安、柴国庆也不嫌累，一起跑来长见识看热闹了，只有高保民留在厨房和庄丽娟、叶长秀继续问长问短。

平时高保民说话很少，而今天却有一句没一句地话多了起来，也可能是有个客人庄丽娟在场，所以和叶长秀说起话来，也就没有了任何顾虑。说到庄丽娟队上五个知青现在面临的困难，高保民对叶长秀说："要不咱们就帮一下他们，借给他们十斤米，帮他们解决点暂时危机。"高保民说完，叶长秀便抬头盯着高保民的脸说："说借多难听，送给他们十斤米也没啥问题，可是我们点上有八个人，得听听大家的意见。"庄丽娟见状，也不好意思地说："困难我们自己克服，你们的好心，我庄丽娟领了。"

晚饭确实很丰盛，有一只野兔，还有难得一吃的油泼面，这两样饭食都不是天天能吃到的稀罕物。陈秋玲给陈守义端了一碗油泼面，还客气地说："兔子肉，我们山里人可是常吃的。别看我爸是村支书，打猎可是一把好手，不光枪打得准，下套子、放夹子，逮住的野物比别人都多哩。"

野兔子肉是和萝卜一起红烧的，今天买的酱油也好，不仅红艳艳地上色，还使兔子肉和萝卜香味四溢，色香俱全。九个人围在知青灶房的桌子旁，吃得那个开心，可能是下乡以来最难忘的了。

吃着吃着，只见柴国庆对着庄丽娟问道："我说庄同学，你哥哥是不是叫庄百胜？是不是在电机厂上班？"庄丽娟惊奇地看着柴国庆说："是呀，你怎么知道？"柴国庆说："我哥哥和你哥哥是同学，现在都在电机厂当学徒，两个人关系很铁的，我哥哥叫柴国忠。"庄丽娟放下碗，对柴国庆说："你哥哥经常去我家，和我哥哥关系可好了。没想到在这儿遇上他弟弟，真巧呀。"庄丽娟有一种他乡遇故知的感觉，尤其是现在自己的知青点缺油少粮已经快到了揭不开锅的境地，一下子遇到了这么多的亲友故朋，眼泪也不自觉流了下来。

柴国庆看到此情此景一时手足无措。一个女生当着这么多同学的面，与自己谈话时竟然热泪盈眶，这让第一次近距离和女生说话的他感到无比尴尬。他不知所措地摸了摸头发，又搓搓双手，还是找不出适当的话语来劝慰庄丽娟。

还是徐星晗会说话："我说庄同学，兵来将挡，水来土掩，自古都没有什么迈不过去的坎。不就是缺点粮少点油吗？民国十八年天气大旱，千里江山颗粒无收，饿殍遍野，尸骨成山，老百姓不是也挺过来了吗？"他一副学究似的架势谈古论今，帮大家又扯开了话题。

高保民拍拍徐星晗的头说："有野兔子吃，还谈饿殍，就不怕把你撑着。"接着说，"我的想法是，大家都是知青，我们先借给他们十斤米，解决几天是几天，好歹下个月的定量就快下来了。"

柴国庆这时大方地说："还借个啥劲，干脆送给他们算了。就是多给几斤也没事，大不了我们吃稀点，也不能看着都是一个学校的同学喝西北风。"说完他左右看看正在吃饭的男男女女，好像希望他们都能表个态，支持他的提议。

看着大家的神态，叶长秀说："我支持柴国庆的意见，给他们十五斤米，平均下来每人也不过两斤。有不同意的也正常，这个粮食，算我叶长秀个人借的，大不了我让家里给寄点粮票，还给大家，不让大家为难。"

高保民说："我同意。"徐星晗也举了举手表示赞同。江彩霞说："这个意见，刚才我们已商量同意了。"在座的只剩下刘西安、张宝贵。张宝贵内疚地说："我这一阵子全靠同学们的帮助，否则这只不能干活的手，可能就保不住了。你们的意见我都同意，以后同学们说啥，我都同意。"

高保民像是总结一样说："刘西安在刚才已经提出帮助，他早就同意我的建议。庄同学今晚就不要走了，虽然只有几里地，但天黑地洼的也不好走。明天让柴国庆带上米送你，也顺便替我们大家，向你们队上的知青问个好，今后有啥事就吭一声。"

徐星晗又接过话阔论起来："就是，没有过不去的火焰山，当年唐僧西天取经，孙悟空用芭蕉扇扇了几下，就把火扇灭了。"刘西安打趣地说："别卖弄芭蕉扇了，现在要有个火焰山，哪怕让我们暖和半个小时也好。整天冻得像冰棍一样，腰里扎根绳子都不暖和。"嬉笑中，庄丽娟渐渐地舒展了眉头，也和女生们窃窃私语一些私房话了。

二十五

　　天气预报看来还是准的，从牧马河向米仓山看去，天阴得像锅盖一样，扣在牧马河畔上。阴冷的风顺着山根，沿着河岸由西向东，像刀子一样地刮去。本来已经没有多少黄叶的树枝，在寒风中使劲抖动，人站在屋外像是在冰窖里一样，冻得伸不出手。

　　柴国庆今天全副武装，一顶棉帽把耳朵和脸包了个严严实实，还特意把棉袄里的毛衣，扎在了棉裤里，以免寒风入侵。他扛着十五斤大米，陪庄丽娟到她队上去，以友好使者的身份进行一次援助之旅。临行时，叶长秀、江彩霞、夏桂岚紧紧地拉着庄丽娟的手，仿佛娘家人送女出嫁一般，道不完地闺蜜话，别不完的少女情。庄丽娟还戴上了叶长秀给她的口罩，以抵风寒。

　　外边的风越刮越来劲，走到顺风处，不用力气人也像被推着一样，不由得不加快步伐。逆风处便顶着风，要使劲地迈着双腿，一步一步地艰难前行。

　　柴国庆和庄丽娟到了牧马河的木板桥边，桥板像要随时被风掀起来一样，忽悠忽悠地上下摇动，好在桥板在牧马墩上用钉子钉着，否则随时都有被掀翻的可能。庄丽娟小心翼翼地踏在桥板上，拼命地想走稳一点。但风的力量使她左右摇晃迈不开步，柴国庆在后边一直给她打气鼓劲，让她看着桥板，尽量压低身子，步子不要迈得太大。关心的话语，使庄丽娟感到格外的温暖。但脚下的桥板和双腿就是踏不在一个节拍上，使庄丽娟不由得冷汗直冒，好不容易走到桥板与桥架的连接处，庄丽娟蹲下身子，大口喘着粗气，嘴里还不停地说："我害怕，我不敢走了。"

望着还有一大截的桥面，柴国庆再回头看看已经走过的桥面，他们已走到了木桥的正中，下面就是川流不息的牧马河水。柴国庆有点进退维谷的感觉，他想背着她过桥，又一想不成，初次见面就要背上人家，弄不好要落下占人家便宜的闲话。又一想，这桥上是不能背的，稍有不慎，就会两人一同掉下桥去，他只好安慰庄丽娟说："别怕，休息一会儿，我们慢慢过，要么我在前面拉着你，先在桥墩上再歇一会儿。"可能是庄丽娟心情渐渐平静的缘故，抑或是柴国庆安慰起了作用，庄丽娟站了起来说："我们慢慢走吧。"

到了庄丽娟的知青点，已经是中午时分了。桥上耽误了一会儿，过完河天上又飘起了雪花。快到知青点时，要过一道山梁，虽然谈不上山高沟深，但山路格外湿滑，稍有不慎，有就地丈量山坡的可能。柴国庆在庄丽娟的指引下，一步一摇地来到了知青点。

这是一个不大的院落，也就两三户人家，依山而建，房后是片茂密的竹林。虽然是冬天，竹林仍然郁郁葱葱，苍翠挺拔，风景依然如画。柴国庆看到此景，不由得感叹："比我们那风景还好呀！"听到说话声，金志强走出了房门。他看到柴国庆便高兴地说："是国庆啊！真没想到你能来。"

金志强和柴国庆也是在县城认识的，相互间虽无深交，但也无恶怨。在公社时，柴国庆曾为金志强仗义执言，故而金志强深有感激之意。这时其他男知青也出来了，金志强介绍说两个男生叫王大柱、赵明礼，女生叫何素华，大家各自点头致意。

进入房间，柴国庆就直言快语地说："昨天庄丽娟到我们队上，你们的情况我们也知道了一些。大伙合计着先给你们送来十五斤米，你们先凑合几天。好歹没有几天，下月的定量就可以供应了，粮是少了点，是我们一点心意，就别嫌弃了。"金志强连声说："谢谢！谢谢！还是一个学校的同学亲呀！"

王大柱、何素华也连声称谢，只有赵明礼阴着脸说："你们队上八个人，为什么偏偏是你送庄丽娟回来呀？"一句话说得柴国庆无言以对，不知道这个赵明礼是何用意？自己顶风踏雪到你们队上来送粮食，你却问这莫名其妙的话。

庄丽娟用眼神狠狠地瞪了赵明礼一眼说："我哥和他哥是铁哥们儿，就是这层关系。他给我们送米来，你爱吃不吃，不吃就饿着。"金志强马上出来打圆场："还是我们走动少，不熟悉，今后多联系。都是一个学校的，回去代问其他同学好，谢谢他们的救命粮。下次我还要专门去你们队上，感谢高保民他们在县上、在公社给我的帮助。常言道，滴水之恩当涌泉相报，我一定会报答你们的。"

柴国庆看到话不投机，便要借故离开说："下雪了，路不好走，以后我们再联系吧。"金志强说，我送送你，便和王大柱一起，把柴国庆送过山梁。庄丽娟站在门口，含情脉脉地目送柴国庆离开。

两天两夜，雪下个不停，忽而是鹅毛大雪，忽而又是米粒般的雪针。清水湾知青点的房前屋后，都被大雪严严实实地覆盖了。近处的村庄白茫茫的一片，只有房顶上的炊烟袅袅升起。远望米苍山，则是一片银装素裹，层层叠叠的山林，穿上了洁白的盛装，像待嫁的新娘婀娜多姿、美不胜收。

高保民和徐星晗正在商量为陈老四家的陈二狗写对联的事情，叶长秀、江彩霞、夏桂岚则在比比画画的，琢磨喜字的裁法，好歹答应下来的事，总要完成得像模像样。再说天下大雪，正好可以打发在家的时间。

二十六

在牧马河流域，有一个很特殊的职业，一个一河两岸村民们离不了，又惹不起的职业。每每村民们有大事小情，这些人都会被敬为上宾，村民们当面少不了恭维备至，但背地里也有人骂她们口是心非，这个就是媒婆。

自从人开始聚居，媒婆这个行当就开始兴起。此地媒婆除了说媒拉线，还兼事算卦拜神一些迷信活动。在华夏广袤的大地上，可以说媒婆无处不在，各显神通。

在牧马河两岸，有一个特殊的风气——即便是自幼两小无猜的青梅竹马，成年后两相情愿，恩爱有加，到了谈婚论嫁之时，光有父母之命也还是不行的，必须得有媒妁之言，才能算是名正言顺。这自然给媒婆提供了良好的从业环境和条件。陈二狗的婚事，也多亏了媒婆的巧舌如簧才成全。

陈老四家境确实一般。前些年修房时，计划好三间瓦房，但后来实在无力了，只好两间上瓦一间盖草。陈老四两口常年体弱多病，不能下地挣工分，家里只靠着陈大狗和陈二狗下力干活。前年大狗分家单过了，家里的壮劳力只剩陈二狗一人。虽然陈二狗只上了小学三年级就辍学在家务农，但人勤劳本分，深得村民好评。可他一人也挑不起常年生病的二老和三个弟弟妹妹的生活，家中经常是缺油少盐。

但陈二狗遇见了一个好媒婆。媒婆怕他家穷，近处的姑娘容易打听到实情，就远在百里外的大河坪山里，给说了一门亲事。大河坪，虽然名为坪，却是四面环山，坪底也不过是块地势稍缓的丘陵。

姑娘家条件也很平常，不过这姑娘天资聪慧，是村里出名的一朵山茶花。水灵可人，心灵手巧，虽然只上了个小学毕业，但是学会了种茶、制茶。每每逢集，她的茶色正味甘且有泡劲，销路自然是奇好了。她不想一辈子窝居在山里，只想嫁个平川的好人家，靠勤劳靠手艺，过上几天舒心的日子。

这媒婆还真有天分，她把牧马河清水湾，说得像苏杭一般，小桥流水，良田万顷，茶果飘香，沟壑纵横，山清水秀。自古这里是满山茶园的茶马古道，乡风清明，民风淳朴，是远近闻名的小江南水乡。至于陈二狗，她介绍大名陈二林，身强力壮，是能挑得起放得下的农家好手，勤快好学，乐施好善，木匠瓦工样样能干。总之，媒婆把能想到的溢美之词，都翻腾了出来，还特意说陈二狗家养了两头大肥猪，每头猪足足有两百多斤重。一头上交国家可卖不少钱，另一头就等着宰杀办喜事带过年。说得女方家那叫一个高兴呀，婚事也就这么定了下来。

对于陈二狗家，根本就没有什么可挑剔的了。按陈老四的说法，只要是个女人，屁股大能生娃就行，就是满脸麻子也会放光彩。

陈二狗抓破脑袋也想不到，媒婆竟给说了个如花似玉的俏丽佳人。他去女方家时，看到姑娘后的惊奇之相，如傻子一般，娘家人只当他人老实、怕见生，也没有究其所以，于是好日子就定在农历腊月初八。

在高保民、徐星晗、叶长秀、江彩霞等一干知青的精心布置和指导下，陈二狗的新房也算入眼，村民们看过直举大拇指，说城里人就是不一样，还是有文化的人有见识，随便一整就像公家的会议室一样气派。

其实村民们根本就不知道公家的会议室到底长啥样，只有大队干部去过公社的会议室，回来形容得高大气派，所以村民们想象大概有气派的像样房子，都像公社的会议室。

腊月初八的清晨，寒霜仍然覆盖了牧马河畔，清水湾的陈家院子格外喜庆，树枝上两只喜鹊，从东飞到西地欢唱，好像连鸟儿也知道，陈二狗要从陈家院子迎娶新娘。

按照当地的习俗，如果新娘家在远方，要提前一天，由娘家舅舅或者姨，将新娘送来，安顿下来。第二天婆家到双方同意的地方娶亲。当然还有很多的乡俗民风，在左右着迎亲的仪式。

尽管公社一直宣传，要移风易俗地办理婚丧嫁娶，但在牧马河畔，村民们只知道老先人们留下的规矩。所以村民们都早早，赶到陈家院子来看热闹，来看后山里飞来的金凤凰。

叶长秀、江彩霞和夏桂岚是今天的伴娘。第一次作为伴娘，的确还有些不好意思。陈秋玲说："伴娘只需要从迎亲的地方，陪着新娘子走到婆家新房就行了，也不会按老的规矩披红挂彩。咱们乡里人，从来没有为难娘家人的习惯，再说我和你们一起当伴娘，有什么好怕的。到时候我们都收拾收拾，也用红纸抿抿嘴唇当口红，给脸上涂点当胭脂，这地方倒是有这个讲究，图个喜庆。再者，你们几个也帮新娘收拾收拾，她可是主角，打扮得要让人们一眼就认出来。要不然你们几个这么漂亮，到时候不要让他们把人弄错了。"说的几个美少女都掩口而笑了。

随着一部手提式收音机里放送出的革命歌曲，一队人马向陈家院子走来。按以前规矩，新媳妇是要坐花轿的，而今有规定，不让坐花轿，只能走路，也不让吹唢呐敲锣打鼓，所以用收音机代替。

在村民们看来已是扫兴了不少，但是迎亲队伍中，几个穿着红袍、红马褂的人，却格外醒目，引人注意。还有一个穿着红袍，脸上画着双彩，像戏剧里丑角一样画着白鼻梁的人，引起看热闹的人的哄然大笑。

高保民等几个知青也是第一次看到如此奇特的迎亲队伍，忍不住捧腹大笑起来。徐星晗说："这和关中娶亲太不一样了。"高保民问身旁的村民："那个画白鼻子的好像不是新郎陈二狗？"

村民说："当然不是，这是他爸，今天他爸才是主角。我们这里兴的是，娶儿媳时老公公要背儿媳妇进家，意思是当家的认可儿媳妇，从此她就是自家人，儿子无权将儿媳妇撵出家门。这是自古的古法，老祖宗留下的，谁也不能破了的规矩。"

走在前面还有一个穿马褂的，是陈二狗的哥哥，他也要背一背弟媳妇。进家门入新房的时候，才是陈二狗背。也不知道今天的媳妇是胖还是瘦，是光脸还是麻子。如果胖，怕是老公公还背不动呢。以前新媳妇可以坐轿子，老公公只背儿媳妇下了轿子就放下了。现在可要背一阵，如果陈二狗多几个哥哥的话，轮换着就轻松了。

还有两个背着用红纸包着的铁铲的半大小子。村民们说，这是今后新娘子的小叔子，拿铁铲的意思是帮嫂子铲灰。这个习俗在其他地方是骂人的。无论是公公背儿媳妇，大伯哥背弟媳妇，还是小叔子帮嫂子铲灰，其他地方都认为是乱伦丧礼的事。但在这里，小叔子背铁铲是要帮嫂子干活的意思，长兄为父，长嫂为母，小叔子见嫂子必须听话，恭敬。

徐星晗说："各地方的讲究不一样，风俗也千差万别。就说关中的习俗也有很多种，像武功娶媳妇不是中午十二点前，而是半夜三更前要把新娘子娶到家，要让新娘新郎在洞房里等待天亮。也有的地方说法叫开红。我到现在都没搞明白，为什么要在三更前娶回家。"柴国庆在旁笑笑说："小屁孩，等长大了，你就啥都明白了。"

陈家院子里挤满了人，迎亲的队伍开始向陈家院子的堂屋里喊话，三声呼请新娘子出门。然而陈家院子里，就是不见新媳妇出门。门口的鞭炮又再次噼里啪啦地响起，一把一分的硬币被抛上了天空，引得看热闹的小孩子们一阵疯抢，再次三声呼请。

终于陈家院子的堂屋门打开了。穿着红袍满脸红彩、画着白鼻梁的陈老四，立即上前高呼："我的儿媳妇儿在哪里？我们接你回去。"这时，从堂屋里，鱼贯而出五朵红花，叶长秀、江彩霞、夏桂岚和陈秋玲，今天都打扮得格外光鲜亮丽，合体的花衣，大红蝴蝶结，粉白的脸庞上黑黑的大眼睛，她们还用红纸抿了嘴唇，使整张脸更加光彩照人。四人拥着新娘。

新娘也格外的娇艳动人。五朵金花出门的一刹那间，围观的村民们顿时高呼了起来，他们被眼前的五位美丽仙女所震撼，也被这前无古人的阵势所折服。

当众人眼花缭乱分不清新媳妇是谁的时候，陪新娘来送亲的姨说话了，她拉着新娘的手说："这是我外甥女，叫吴玉花，今天我就把她送到你们陈家了，今后你们要好好待她。"说完，媒婆走上前拉着吴玉花的手说："姑娘，放心吧，陈家都是忠厚人，好日子还在后边呢。"同时对陈老四说，"他四叔，该起轿了。"

陈老四看着美艳如花的儿媳妇，一时间还没回过神，言语结巴地说："是哩是哩，我的儿媳妇起轿。"于是做了一个半蹲的姿势，等儿媳妇爬到背上以便起轿。虽然没轿，但老规矩中还是叫起轿。吴玉花看了看姨，女人点点头努努嘴，她又看了看四个美女伴娘，有些难为情地趴在了陈老四的背上起轿了。

二十七

陈二狗的婚礼可谓是风光无限，有了四个美女做伴娘，村民们看热闹看的是目不暇接。他们看新娘子很美，但四个伴娘却是美中透着洋气，无论是合体的衣着，还是走起路来昂首挺胸的神态，都是牧马河两岸没有见过的。

高保民和村民们挤在一起，他也吃惊地发现，同队的三个女生，竟然是如此的婀娜多姿光彩照人。他看到叶长秀那迷人的眼神，微红的双唇，高挺的鼻梁，那舞步般的身姿，他迷茫了，像是哥伦布发现了新大陆，一种从来没有过的青春萌动，在他心灵深处升腾。原本他每天早上给女生们烧热水，并没有什么特别想法，但现在他倒觉得自己是动机不纯，是想讨好，是故意接近女生。他原来的确觉得自己是知青点年龄最大的，照顾女生也和照顾自家人的妹妹一样，心里坦然明亮，而现在他觉得自己的行为变得轻薄，他微红着脸，尽可能不去看叶长秀那能使人看了发醉的脸。

张宝贵今天也来到了看热闹的人群中。他想结婚这种好事，要是天天有就好了，至少可以饱餐一顿带肉的美食。从受伤后，他这是第一次出陈家院子。凭着陈守义高超的医术和精心的治疗，昨天换药时伤口处已经愈合结痂，陈守义自信满满

141

地说，再有个三五天也就可以拆掉纱布完全好了。张宝贵心里着实深深地感谢这位乡间神医，感谢他高超的医术和仁厚的医德。这要是在城里，还不知道要花多少钱，伤也不一定能好得这么快。家里人到现在也不知道他受了这么严重的伤害。

在迎亲的队伍中，张宝贵发现今天的江彩霞更是貌若天仙，怎么看她都是这一群女眷中最漂亮的。在他眼里，江彩霞就是天底下最美的姑娘，他不由自主地又像放电影一样，回忆着江彩霞给他包扎时的一举一动，仿佛又听见江彩霞给他清理伤口时的呼吸声，似乎又看到江彩霞扔掉棉签，甩手而去的神态，又看到江彩霞用那清澈如水的大眼睛狠狠瞪他的情景。那是多么迷人的一双黑宝石呀！要是每天都能多瞪他几眼多好。可是从那天后，他连和江彩霞狭路相逢照面的机会都没有了。

每当同学们都出工后，他一个人在宿舍，满脑子里净是江彩霞那挥之不去的影子，有几次还有了些身体上的反应，让他坐卧不宁，寝食难安。今天他可以盯着江彩霞看，跟着她移动的身影看，他想着那一天江彩霞骂他几句也好，总能找个说话的机会，听听她那银铃般的声音。

在送亲的队伍中，夏桂岚很仔细地观察着新娘子的一举一动，看着新娘子在村民们呼喊声后的反应。她脑海中有种感觉，仿佛今天就是她出嫁的预演。自从表哥上次和她近距离接触后，这个男人身上的汗味、体香，都成了她挥之不去的深刻记忆。他的手是那样的温暖有力，他的胸脯是那样的宽厚结实，他那高亢的男中音，带着强有力的磁性。她多么渴望再能见到他，她幻想着头靠近他的肩头，享受一下女孩子都渴望的踏实安全；她渴望着趴在他的胸前，倾听他那带着有节奏的心声，她想告诉他："今天我做了伴娘，明天我想做你的新娘。"

叶长秀今天显得格外引人注目，但她根本不在乎村民们的目光，她注意的是知青点同学们的关注。自来到清水湾，男生们好像根本不在乎她的存在。在学校时，她好歹在班级里也算班花。但是在这里，有夏桂岚、江彩霞，就连返乡知青陈秋玲都是如花的美少女，好像她叶长秀在这里，根本就算不上出众、漂亮，她仔细地搜寻着男生们的身影，终于她看到了高保民那高大的身影和那张总是带着微笑的娃娃脸。他根本就不像知青点最年长的大哥，倒像涉世不深、不懂人情世故的毛头小子。他一直都不关注自己，现在他也是东张西望，四顾热闹。反过来想，高保民为什么要关注她一个人，他每天早上烧来的热水，又不是她一人享用。再有可能，他根本还不懂男女之间的事，而她也没有向他明确发出过信号。想着想着，她的脸不由自主地泛起了红晕。

高保民这时好像也已经看到了她，她向着高保民点点头示意，高保民也回答似的点点头。各自又回到各自的沉思当中，猜想着对方，反问着自己。

陈二狗的婚事总算热热闹闹地举行完毕了，知青点的八个男女也算不虚此行，老公公背儿媳妇的风俗，小叔子替嫂子铲灰的深解，让少男少女们着实开了眼界。当然最重要的是，今天不用吃水煮萝卜，也不用刷锅洗碗，还解馋地饱食了一顿婚宴，不光品尝了八碟子八碗的乡村美食，还喝了几杯鹿龄特曲酒，真是要多滋润有多滋润。

更重要的是，三个女生光彩照人，小小地展示了一下英姿，就让村里村外的村民们为之倾倒，也让高保民他们几个男生神魂颠倒。只有徐星晗不解风情地说了一句话，差点让叶长秀她们几个背过气去。他说："你们今天化的妆完全可以演出了，化妆后谁都好看。"她们狠狠地瞪了他一眼，夺路而去。高保民在徐星晗头上拍了一下："会不会说话？爱美之心人皆有之，再说我们队上的几个女生个个都长得不错，说句好听的你会死呀。"

二十八

还有十几天就是农历春节了，公社通知要移风易俗过新年，也鼓励知识青年不回家，和贫下中农一起过个欢乐的革命年。通知一来，知青点就炸锅了。叶长秀、夏桂岚、江彩霞好像早已商量好了一样说："谁不回家我们管不着，反正我们要回家，后天就走。"话音一落，徐星晗立即说："我也要回!"柴国庆、刘西安、张宝贵也齐刷刷地举起了手。

高保民这时说："我和大家都一样，早就想回家了。今天我们全体知青意见一致，等会儿我就向陈秋玲说一声。明天去粮店再买点大米，我的意见是每人背三十斤米，多了也背不动。"徐星晗说："想多背你有吗? 能背三十斤大米就很不错了。"几个女生还在生徐星晗的气，没好气地说，同意高保民的意见，明天准备准备，后天出发。

听说知青们要回家过年，陈秋玲就跑过来和叶长秀、夏桂岚、江彩霞她们拉家常。提起回家，她们真有些归心似箭。虽然离家时间不长，下地干活也才一个多月，但对家人肯定有一日不见，如隔三秋的感觉。虽然她们现在是插队知青，连户口也迁到了清水湾，这里才是她们将会长期生活的地方。

如同上班工作的人一样，计划好回家，就该计划好返回清

145

水湾的时间。一时间叶长秀、夏桂岚和江彩霞又陷入了不可名状的沉思。她们的心里多么想一到家就再也不回牧马河了。但又一想，家虽然是温馨的港湾，可她们在城里已是没有了户口，没有粮食配额，长期居留，如同黑人黑户。在一切都需分配的年代，城里也只能是她们短暂停留之地。想到这里，伤感之情油然而生，她们越是想家，就越是伤心。想到返程，更是伤感不已。

江彩霞打破了这种伤感的氛围，她擦了擦泪眼说："我们总不能用这种心情回家吧，革命烈士悲壮赴义都是昂首挺胸，我们该比他们要幸福多了。我们要高高兴兴回去，雄赳赳气昂昂地再回来。我看这没啥大不了的，最多也就是当一辈子农民。今后也嫁个农民，让子子孙孙世代都当农民，也没什么了不起的。中国有六亿农民，他们能过我们也能。"一番大义凛然的慷慨陈词，把叶长秀和夏桂岚逗的破涕为笑。

陈秋玲打趣地说："没想到江彩霞还是天生当演员的材料，如果彩霞上台演江姐的话，肯定会得奖的。你们看她说起话来，抑扬顿挫有板有眼的，真像舞台上的角色。"江彩霞也毫不客气地说："本姑娘从小就喜欢演出。可没想到，演来演去，还是像《朝阳沟》里银环一样当了农民。"

说起豫剧《朝阳沟》，陈秋玲哼了几句。叶长秀说："秋玲，你唱豫剧真有些跟不上调，我们唱起来，可是比你强得多了。"叶长秀看了看夏桂岚和江彩霞，对陈秋玲说："豫剧是河南地方戏，是用河南方言演唱的。我们来清水湾的同学，绝大部分都说河南话，还有不少同学本身就是河南人。秋玲可能不知道吧，我们学校在西安铁路北边。大部分同学的家，也住在铁路北边，因此那一片叫西安道北。"

在西安道北，大部分人都说河南话，就连西安至郑州的铁路沿线，也是以河南话为主。据说西安市有三百万多人口，河南籍有四十多万，说河南话的人不低于两成。就算不是河南人，只要住在道北一片，也都说河南话。叶长秀看了一眼夏桂岚继续说："你看夏桂岚是河北人，徐星晗是山东人，我们在一起，都说河南话。江彩霞是湖北人，说河南话也是字正腔圆，唱豫剧中银环的唱段，好听得简直能迷死栓保。"

江彩霞见叶长秀扯到自己，挺受用地推了叶长秀一下，接上叶长秀的话说："我很喜欢豫剧，也爱唱几句。能唱好豫剧，与说河南话有直接关系，像秦腔就是陕西话，湖北汉剧就是荆楚话，所以我们唱豫剧有语言优势。"

夏桂岚接着说："《朝阳沟》在西安豫剧院演出了很长时间，再加上拍成了电影，可以说在我们这一代，就没有不会唱上几句的人。"

陈秋玲听得更是兴起，不由得说："那你们就唱上几句，我很喜欢听，也让我学学。"说着，叶长秀就唱了起来："亲家母，你坐下，听我来说说知心话。"夏桂岚也接起来就唱："亲家母，你也坐下，我们拉拉家常话。"江彩霞不由自主地加入了演唱行列。三人对唱，二人合唱，一人清唱，清水湾的女生宿舍俨然是豫剧大舞台，一段段优美的豫剧唱段，伴随着清亮优美的声音，随着有板有眼的节拍，悠扬地传了出去，不时夹杂着陈秋玲的叫好声和掌声。

有社会学家研究过河南陕西的人口迁徙。在汉唐时期，都城的东西迁移，在文化上奠定了两省同根同源的基础。加之大规模的人口强制迁移，使豫陕两地形成了高度的人文融和。陕西的朴素豪放海纳百川品格和河南的质朴忠厚品格，都是宝贵的黄河文化的沉淀和发扬。所以两省文化之间你中有我，我中有你。就连秦腔和豫剧，也是在相互学习影响中发扬光大。

不远处的男生宿舍里，男生们正热闹地讨论着回家的行程、路线和步骤，突然被百灵鸟般的歌声所感染。他们停止了讨论，竖起耳朵认真倾听着这熟悉的节奏和旋律，于是男生们忍不住走出房间，又不由自主地走到了女生宿舍的门口，近距离听着。

就在女生宿舍歌声稍微停顿的当口，徐星晗扯着嗓子唱起了《朝阳沟》中栓保的唱段，紧接着柴国庆、刘西安也合拍唱起。女生宿舍里停下了歌声，几个人互相对视着，惊奇地听着门外边栓保的唱段，随即哄堂大笑起来。

叶长秀知道是男宿舍的同学们在唱，起身走到房门口，听了一下忍不住拉开房门，看到五位男生齐刷刷地立在门口，还动情地手舞足蹈，边唱边比画。叶长秀的出现并没有影响他们的情绪，他们反而更加认真、更加起劲地唱着，大有栓保与银环对唱的架势。

当栓保的词唱完，叶长秀又接上了银环的唱段，真的对唱上了。夏桂岚、江彩霞也马上附和上来，形成了银环的女生小合唱，这个小合唱更加的悦耳动听。刚一唱完，陈秋玲作为唯一的观众，立刻拍手叫好说："想不到你们都会唱，还都唱得这么好听。如果你们能组织个宣传队，村里边肯定会很欢迎的。自从你们来到清水湾，我们这里好像比以前更有生气了，有你们真好。"

一句话说完，知青点的男生女生们，突然感到有些尴尬。男生们自从来到清水湾，和女生们同住一个陈家院子，但从未走进过女生宿舍。像今天站到女宿舍门口也是少见的，就连每天早上给女生们送热水的高保民，也一直是放下就走。

叶长秀看着门口的男生们，让进屋不好，不让进去也感到不好。正在两难的时候，高保民说："虽然现在天已黑了，但如果大家不感到累的话，趁着都在，我们确定一下回家的方式和返回的时间。我考虑了一下，后天是腊月二十日，我们一早动身出发，到县城汽车站可能要走一天的路。明天男生们去一趟河口粮站，争取每人回家的时候，能带上三十斤大米作为到家的口粮。我感觉每家每户粮食都不会太富余。过了正月十五，我们就返回清水湾。虽然我们在西安住得都不太远，但毕竟联系起来还是不太方便，干脆现在就定下来正月十六动身返回。如果有人要晚回来，我也不反对，都由自己安排，但最好能互相打个招呼。"

高保民看看男生，又朝女生们看看，欲言又止。叶长秀就说："有话就直说吧。"高保民说："再一个就是，到县城后，只能坐公共汽车，贰元捌角钱一张的车票也挺贵的，不买票就上不了车，而且每天只有一班车。当然有便车更好，可以省下些钱，我知道男同学们连公共汽车的票钱都凑不够，别说是买火车票了。因此我的想法是，无论怎样也要凑够公共汽车的票钱，到了铁路上，不管是客车还是货车，能坐一段是一段，离家也就近了一段。"

其实，回家对于每一个知青都是渴望的，但回家的路费是摆在每一个清水湾知青面前不可逾越的难题。从西安离家时，男生们从家里带的都只有几块钱，一个多月的零星开销，基本上都已所剩无几。尽管在山沟里买东西不方便，但一些日用品也是必不可少的，再说男生们在逢集时，忍不住会买个烧饼吃碗凉皮。而女生们的情况，也好不到哪去。

就像高保民说的，到县城坐公共汽车几乎是唯一的选择。能搭上顺道拉货的卡车的概率微乎其微。但到了铁路上就不一样了，有川流不息的货车，也有南来北往的客车，能扒上客车，至少可以乘坐一个区间或者几个站。再说客车查票也是有规律的。铁路上的人说过，遇到查票时就躲，运气好的话，还是能混过去的。运气不好就会被撵下车，但前门撵下去，再从后门上来，坐一段算一段。

高保民他们刚才在男宿舍议论最热烈的，也就是这个话题。只要到了铁路上，他们便不担心了。而最让他们担心的是，到县城后，凑不齐公共汽车的票钱。几个人商量来讨论去，也没有一个好的办法。

在知青中，最发愁的还是张宝贵。虽然他的手基本上好了，但还不能干活用力，像扒火车这样需要灵巧力气的事，对张宝贵来说还是有难度的，弄不好把伤口撕开就糟糕了。于是有人就提议，能不能和女生们商量，让女生们凑凑，帮张宝贵买上火车票。虽然从最近的火车站到西安，慢车票才不到五块钱，但对他们来说，简直是天文数字。

正当他们还在一筹莫展地商讨时，传来女生们唱豫剧的声音，他们暂时停下了争论。现在又提出来，大家顿时鸦雀无声，都陷入了深深的焦虑之中。

听了高保民的情况介绍，陈秋玲也感到事情的严重性。她想了想说："这确实是个大问题。明天我趟去大队，看能不能从你们的生活费中先预支一点，就当是预支点粮油款。"

知青们的生活费，是由公社直接划拨的，就是预支，也只有三元钱。如果能预支，那么公共汽车的票钱就能解决。陈秋玲说："至于张宝贵的事，我明天再向上边反映一下。可能不好办，公社本身就反对知青回家，倡导和贫下中农一起过大年。但是我想，问题总是会有办法解决的。"

其实女生们也面临着回家路费的问题。叶长秀离家时带了五块钱，尽管连肥皂都没买过，但牙膏、尼龙袜也花掉一些，现在只剩下三块钱，夏桂岚剩了四块钱，两人坐公共汽车是没有问题了。钱对于江彩霞当然不是问题。临走的时候，奶奶给了她二十元钱，而且日常用品奶奶都给她准备了，所以她一个多月基本没有花钱，还是二十块。

钱壮英雄胆。所以说起回家，江彩霞感到无比轻松。听到叶长秀、夏桂岚的情况后，她沉思了一会儿说："反正坐火车是碰运气，我们也就试一试。实在不行要补票时，两个姐妹的票钱，我先借给你们。我们女生可比不了男生，车到山前必有路，我们姐妹可不能丢下任何一个人不管。"

回家的准备工作，可谓是紧锣密鼓。每人三十斤大米，已从粮站买了回来。大家都开始用各自的方式打包。由于有近百里的山路，每个人只能把所带的大米以及随身物品，打成背包背在身上。这样既方便山路行走，也能感觉轻松一些。

现在大家都焦急等待着陈秋玲的到来，虽然她说只能给每个人争取三元钱，但对几个人来说，可以解决回家的主要难题——公共汽车票钱。如果没有这笔钱，那么回家的希望，就可能成为泡影。

　　高保民他们男生的计划很清楚，只盼着能到铁路上，只要能看见火车，回家的梦想基本已经实现。最焦虑的莫过于张宝贵，他既担心钱没着落，也担心自己会因为手伤成为大伙的累赘，影响大家的回家之旅。

二十九

　　冬日的牧马河畔，好像夜幕降临得特别早。叶长秀、夏桂岚和江彩霞三人，不仅收拾好了自己的行装，还给所有知青每人烙了一个葱油饼，这样在路上的干粮就解决了。至于水嘛，牧马河的水，清澈洁净，没有污染，完全是解渴佳品。再不济，山路上有的是没有融化的雪，吃口干粮就口雪，也能体验一下红军过雪山的滋味。

　　当天空最后一丝余光淹没在米仓山下的时候，叶长秀突然听到陈秋玲急促的脚步声。这脚步声也惊动了高保民他们，只见五个男生匆忙走出房门，向叶长秀她们宿舍奔去。

　　陈秋玲气喘吁吁地说："总算解决了，公社信用社主任，快天黑才回来。给你们每人领了三元钱，只能解决这么多了。"高保民带头连声不断地感谢，徐星晗咧着嘴笑着说："你可是救苦救难的活菩萨观世音下凡，在下这厢有礼了。"说得大家都笑了起来。

　　陈秋玲接着说："我在队里给你们称了十六斤黄豆，已经让二爷爷给你们炒好了。带在路上饿了吃上一口，顶饿得很呢。当年二爷爷跑马帮，干粮只有炒黄豆，人饿了也吃，骡子马饿了也喂，放十天半月也不会坏，顶用得很。我还从队里拿了点化肥袋子，虽然不好看，但打在包袱外面又耐磨又不怕脏。你们需要的话，我这就给你们取来。再就是二爷爷听说你们要回家，也没啥东西让你们带的，只有他烟熏的豆腐干。每人带一块，东西虽少，这可是我们清水湾的特产。吃的时候用水一泡，洗干净后放在肉锅里一煮，比肉都好吃，别提有多香了。"

陈秋玲一连串的话像机关枪扫射出来一样，知青点的少男少女们简直高兴坏了，这为回家铺平了一条星光大道。大家鸡啄米一样点着头，不断地说着谢谢，弄得陈秋玲不好意思地抿起嘴来笑个不停。

牧马河畔的夜，寂静得没有一丝声响。只有牧马河的潺潺流水，仍然在不知疲倦地流淌。在这个宁静的小山村，人们没有钟表，只有公鸡的打鸣声，告诉人们到了丑时或是寅时。白天则是靠地上太阳的影子，丈量着时间的早晚，判断该劳作或者该下工吃饭了。

要回家了，高保民的宿舍里，好像没有人有困意，几个人已在畅想西安过年时的景象和鞭炮的声音，只有柴国庆好像有些心事。他和高保民商量了，九队的庄丽娟、何素华和金志强三人和他们一起走，也有个照应。

自从上次庄丽娟到他们队上后，柴国庆好像莫名其妙地多了一份牵挂。庄丽娟是他哥哥朋友的妹妹，论关系也只是八竿子打不着的认识而已。然而，当柴国庆到了庄丽娟的队上，遭遇了赵明礼的抢白后，他反而强烈地意识到应该关心、帮助以至于爱护庄丽娟，生怕她被人欺负，他甚至有了一种怕宝贝丢失的感觉。

邀请金志强一起回家，是高保民叮嘱柴国庆的。高保民认为，金志强是一个外表强悍，但内心很善良的人。在县上和公社受到的打击，是很伤自尊的事。但金志强还是听了高保民的劝说，一忍再忍。再说，在来的火车上，金志强把唯一的烧饼分给了一个不太熟悉的同学，只因为他对金志强说："兄弟还有没有，我今天上火车前都没有吃饭。"当时很多同学都听到了，却没一个人主动拿出干粮。

高保民知道，同学们互相不太熟悉，粮食又都紧张，不肯拿出来给别人也是情理之中的事。而金志强看看那位不太熟悉的同学，又看看手里刚咬了一口的烧饼，迟疑了一会儿，把烧饼咬过的一边掰了下来，剩余的大半个烧饼递了过去。他看着那个同学狼吞虎咽地吃着烧饼时，自己则咽了咽口水。

一路上金志强再也没有吃过东西，也没有向别人伸手。当别的同学吃东西时，他有意看着窗外，或者向车顶东张西望，看得出他是在转移饥饿的注意力，可见金志强是个可帮、可助、可交、值得关心的善良人。

当鸡叫第三遍的时候，知青们都已齐整地做好了出发前的准备。高保民蹑手蹑脚地来到女生宿舍门口。叶长秀她们刚做好了一锅汤面条，正准备叫大伙一起吃了好赶路，恰好和迎面而来的高保民撞见，叶长秀立即说："叫男生们都来吃面条吧，吃完我们就趁早出发。"

这太意外了，高保民他们已经做好了一路上吃黄豆就雪水的准备。本来女生给他们准备了一个大饼，可夜里在激动地闲聊时，五个人都忍不住吃去了大半。他们认为反正有黄豆，饼吃在肚子里还省得背。看来男生和女生在过日子上的区别还是显著的，甚至是泾渭分明了。

当东方吐出一线鱼肚白的时候，清水湾的知青们就踏上了回家的路。一个多月前，他们是走着牧马河的木板桥来的。这时，他们又踏上了牧马河桥上的木板，虽然桥没变宽，但完全没有了来时过桥战战兢兢的感觉，连叶长秀、夏桂岚、江彩霞三人走在桥板上也是步履轻盈。来到农村不光锻炼了精神体力，也锻炼了胆识。

金志强、庄丽娟、何素华，还有王大柱、赵明礼，都在桥北边的空地上等他们。柴国庆连看都不想看赵明礼一眼，径直走到金志强的身边，把庄丽娟他们一一介绍给高保民等人，唯独没有介绍赵明礼。王大柱看看赵明礼脸上有点挂不住，就说，他叫赵明礼，也是我们一个队的。柴国庆则说了声，"好像不认识"。气得赵明礼差点背过气去。

十三个人的队伍迎着朝霞出发了。到县城有两条路，一条是能过架子车的大路，到了河口就是能过汽车的大马路了。另一条路则是小路，一般说来，村民们到县城都愿意走小路，虽然路不太好，还要翻两座山，但路程却近了二十多里地。简单商量一下后，大家一致同意走小路。

初来队上时，虽然他们也走了三十多里路，但行李是接他们的村民用车拉着，就连过牧马河的木桥时，行李也是由村民扛着。可现在，每个人都背着比来时行李重两倍的大米和物品。来的时候是空着手走平坦的大路。但现在，是撑着竹竿木棒当拐杖，走在崎岖的山间羊肠小道上。不同的是，一个多月上山下坡、餐风冒雪的劳作，已经使他们的体力和耐力，有了很大的增强。

一行人在崎岖的山间小道上，缓缓地、小心翼翼地、艰难地前行。脚踩在湿滑的雪地上，人像失去了重心一样东倒西歪，弯弯曲曲的山路，要不断地抓紧路边的树木，借力前行。

　　大概走了有十几里地，夏桂岚首先瘫坐在山路旁一块大石头上，上气不接下气地说："累死我了，我要歇会儿，不嫌累的就先走吧。"叶长秀、江彩霞、庄丽娟几位女生也喘着粗气说："歇会儿，太累了。"确实，一个多月前还是城里姑娘，虽然现在变成了山妹子，毕竟时间太短，适应度有限。

　　叶长秀知道，夏桂岚有些不舒服。偏偏要回家了，她"大姨妈"又来走亲戚，躲都躲不过去。叶长秀关心地扶了扶夏桂岚，江彩霞知道内情，也走过去小声地安慰夏桂岚。夏桂岚跟叶长秀低声说："我想上厕所，纸都湿透了，有些磨腿，特别难受。"江彩霞四下看了看，这荒山野岭的，哪有厕所，只能因地制宜解决问题了。她便高声说："喂，男生们听着，你们先走吧，在山顶上等我们，我们歇会儿去撵你们。"徐星晗好像没有听懂女生们的意思，大声说："我们也歇一会儿，歇好了我们一起走。"叶长秀显然有些怒了，她严肃地说："咋这么讨厌，让你们在山顶等，就在山顶等。那么多废话，要是不听，我们就散伙，各走各的。"

　　高保民一听叶长秀的话有些怒气，立即感觉出话中的味道，立即高声说："兄弟们，咱们走吧，在前边等她们就行了。"高保民一众男生一走，夏桂岚、江彩霞她们马上舒了一口气，随即各自选择地势，就地解决急需之事。有道是，进门三步急，出门一身轻。男生们解决内急，往往很简单，而女生们就要稍微谨慎麻烦一些。这在中国儒家伦理道德观上，还是有严格戒律的。

女生们终于走到了山顶，男生们正东倒西歪地靠在山上，吃黄豆的吃黄豆，吃饼的吃饼，山里人称作打尖。叶长秀她们赶到后，也寻找适合地方打尖充饥。叶长秀问庄丽娟："你们带干粮了吗？"庄丽娟不好意思地说："没带，本来是要烙饼的，但没有面了。他们男生在队上苕窖里偷了点红苕，每人带了两个煮红苕，凑合着回家就好了。"江彩霞吃惊地说："这可要两三天哩，你们怎么能扛得住？"说着掰了半个饼，递给庄丽娟和何素华。庄丽娟不好意思地推让了一番，也就接下了，眼里不由得又泛出了泪花说："我也没想到农村这么苦。我也不知道上辈子造什么孽了，受这份罪。"叶长秀安慰道："快别说了，大家都一样，过了这一阵就会好的。"

高保民见金志强掏出一个红苕在吃，连忙掏了一把黄豆递过去，打趣地说："兄弟加点料，吃了走起路来有劲。"实际上高保民见江彩霞给庄丽娟饼时，已经看出个八九不离十了，但也不好说穿。又问金志强："到了县城坐公共汽车还是搭便车走？"金志强说："能搭便车当然好了，但估计希望不大，这条路上车本来就少。最保险的还是坐公共汽车，但买车票的钱还有些不够，去了再说吧。坐火车根本没钱买票，只能扒火车，反正有的是力气。"说完看了看王大柱和赵明礼，他们也只低着头，一句话都不说，看来都有难言之隐了。

三十

　　十三人的队伍越走越慢，休息歇气的次数也越来越多。崎岖的羊肠小路在山间盘旋，夏桂岚走起路来，只能咬着牙，靠撑着竹竿缓慢前行，叶长秀和江彩霞走在前后，不时还要推她一下，拉她一把。她们都是女人，明白遇上这种日子是很受罪的。其实叶长秀也走不动了，她的脚上已经磨出了一个血泡，走起路来钻心地疼。但在这荒山野岭的地方，也只能拼死往前走了。

　　庄丽娟和何素华走了一路，眼泪就没有干过。叶长秀她们还有干粮，她们连干粮都没有。江彩霞说坐火车大不了补票，可她们哪有钱来补票呀。没有吃的，没有钱，这一路可怎么能熬得过去呀。想着想着，眼泪就止不住地往下流淌。

　　夜幕好像有意和知青们过不去，提前降临在了羊肠小道上，路更加难走了。终于，远远看见县城里一排排闪烁的路灯，大家总算是看见了希望，看见了光明。

　　叶长秀、夏桂岚、江彩霞、庄丽娟和何素华几个女生，相互搀扶着，拉扯着，迈着抬不起的双腿，缓慢地艰难地向前移动着。此刻背在背上的行李，显得格外的沉重。一路上，几次都恨不得扔掉不要了，可又怎么可能舍得这金贵无比的大米。

想着回家后，让爸爸妈妈、爷爷奶奶和弟弟妹妹，吃上香喷喷的大米饭，扔掉的念头立刻消失得无踪无影，咬着牙硬是挺过来了。

县城汽车站终于到了。只有三间房大小的候车室，一盏带灯罩的门灯散发着昏暗的亮光。借着灯光，一群人立即取下背上的行包，靠墙边胡乱地扔在地下，也不管是否干净，都像听到口令一样，齐刷刷地靠墙坐在了背包上。终于可以坐下喘口气了。

高保民放下行李后，叫上徐星晗和刘西安说："我们去看看有没有水，再顺便拣点能烧的柴火，生点火暖和暖和。看天亮还早哩。"高保民一行去了后，夏桂岚迫不及待地问厕所在哪里，江彩霞立即响应。叶长秀说："等男生们回来，我们问问再去。先坐一会，你们看咋样？"夏桂岚也只好点头作罢。

在这一路上，夏桂岚可以说是饱受折磨，几十斤重的背包，八十多里的山路，加上女人生理上的不便，折磨得她连死的心都有。幸亏有江彩霞、叶长秀的陪伴安慰，要不然真挺不过来。

高保民回来后说："自来水管已经冻住了，水是没有了。候车室后边是停车场，一边停着三辆公共汽车，另一边停着几辆半挂货车。停车场没有围墙，最南边有个厕所。我们拣了几块木头，先点着火大家暖和一下。"

拣来的木头碎块带着寒霜的潮气，怎么也点不着，他们只好在地上拾了一些废物杂草，还是只出烟不出火。徐星晗四周张望一下说："你们看那电线杆上和墙上的废标语，都被风吹得掀起来了，我们几个去拣点回来。"柴国庆则看着大家当拐杖的竹竿和木棍说："这些东西已完成了它的使命，丢了也没用，用来生火还能再立新功。"

火终于点燃了。随着火焰的升腾，大家自觉地围着火堆，伸出了一双双冻僵的手。一股暖流顷刻间，传导到每个人的全身。这时柴国庆走到庄丽娟身后，轻声对她说："饿了吧，给你点黄豆，对付对付。"说着不由分说，抓了几把炒黄豆，塞到庄丽娟的手里。江彩霞扭头看见，做了一个怪笑，立刻又伸出右手食指在嘴边轻嘘一声，示意不要说话。庄丽娟脸一红，双手接过黄豆，好在火光照在脸上，看不出脸是害羞的红，还是火光映衬的红，反正大家的注意力都在烤火取暖上。

徐星晗看着火堆说："听说草原上的烤全羊，就是在这样的火堆上，架上一只羊。烤熟了后，用小刀切一块直接塞嘴里，再喝一大口马奶子，那叫一个香呀。"说完还咂咂嘴，像刚吃过一样。徐星晗的一席话，立刻勾起了这群又困又乏、又渴又饿的人对美食的无限渴望和遐想。

金志强想起香气逼人的羊杂汤，满碗的红油上，漂着几根碧绿的香菜，那叫一个解馋过瘾；江彩霞想起奶奶做的牛肉馅锅贴；庄丽娟渴望着家里刚出笼的粉条豆腐菜包子；柴国庆想着吃一碗羊肉泡馍；叶长秀则想着妈妈亲手包的酸汤水饺。一时间，每个人脑海里浮现的全是美食。

刘西安咂咂嘴，对徐星晗说："你放了一个草原屁，害得我现在更饿了。"其实，大家现在都是很饿很饿。叶长秀轻轻地拍了拍夏桂岚、江彩霞，示意她们去厕所。庄丽娟、何素华也应声站了起来。叶长秀拿出电量已经极度不足的手电筒，大家一起向停车场边的厕所走去。

偌大的停车场里没有几辆车，三辆公共汽车停在候车室后面，显得格外孤单。出于好奇，江彩霞走到公共汽车边上，好像要看看车内设施。走到车门口，轻轻一推车门，车门竟应声开了。空荡荡的车厢显得格外的宽敞，座椅也格外的齐整。

江彩霞像是发现新大陆一般，立即小跑撵上叶长秀，轻声说："姐妹们，公共汽车没锁门，我们等会儿到车上，还可以躺一会儿，又能遮寒风还挡潮气。"说完几个女生不由得齐刷刷地看向公共汽车。

车里确实很宽敞。她们把行李托付给高保民他们看管后，便悄悄上了公共汽车，一人占了一排，把身上的棉衣紧了紧，把帽子朝头上压了压，整个人就彻底地放松了。尽管车里仍然很冷，但是这里无风无寒气，能躺能坐，已经让人心满意足了。

夜很静，只有寒风在吹呀吹。坐在早已熄灭的火堆旁的人，依然保持着烤火一样的姿态。公共汽车上的姐妹花，实实在在地享受着卧铺一样的待遇，感到格外放松和惬意。约莫过了两个小时，何素华轻轻推了推叶长秀说："你的手电筒借我用用，我想上趟厕所。"叶长秀说："手电筒快没电了，要是小解就在车边解决得了，半夜三更的谁看呀。"何素华说："我有些肚子疼，想到厕所去。"庄丽娟欠欠身说："我陪你去吧。"何素华说："不用。"说完就轻手轻脚地走下公共汽车，向厕所跑去。

从厕所出来，一身轻松的何素华，急忙向公共汽车走去。突然一个低沉的声音喊了声："站住，干什么的？"何素华一惊，马上镇定地说："我是要赶早班车的。昨天坐这车时，有东西忘记在车上了，我想去找找。"说着朝没人的公共汽车走去，同时打亮了手电筒。手电筒发出微弱的亮光，她推开车门走上去。何素华想，这人可能是车站的值班人员，不能把他领到姐妹们躺的那辆车上，而要把他领到没人的车上，装着找一下东西后，到候车室前的火堆边去，引开车站人员的注意。

可当何素华上车用手电筒在座位上晃了几下时，那个男人紧跟何素华上了车，借着昏暗的光线，那个男人恶魔般的伸出两只手，向何素华扑来，还低声强硬地说，小丫头放老实点。何素华立刻警觉到，碰见了坏人，下意识地朝后退了两步。但恶魔步步紧逼过来，公共汽车上向后退是没有退路的。何素华想，拼死也不能让坏人得逞，她举起手电筒，用尽了全身的力气，狠狠地将手电筒向恶魔头上砸去。只听见当一声，手电筒的玻璃碎了，发出清脆的响声，随即手电筒彻底熄灭了。

就在这一刻，借着车窗外微弱的光亮，何素华看见这个恶魔的身躯，在车厢里重重倒下，发出了一声沉闷的撞击地板的声音。何素华一大步踏过去，像是踏在了肉垫上一样，她什么也不顾，跳下公共汽车，一路奔向候车室前边去。快跑到火堆时，她脚下就像被东西绊了一下，整个人重重地摔在地上，手电筒啪的一声摔了出去。

这声音惊醒了高保民、徐星晗、金志强等人，高保民连忙拉起惊魂未定、气喘吁吁的何素华。何素华上气不接下气地说："坏人，有坏人。"高保民扶她坐在一个背包上，安慰道："你慢慢说，到底发生了什么事？"何素华稍微镇定后，才将事情的原委说了出来。话音刚落，高保民他们几人怒火中烧，立即让何素华领他们去找。

到了那辆公共汽车上，早已做好了抓坏人、为民除害准备的几个人一看，啥也没有。徐星晗掏出火柴点着后，在车厢地板上，发现了一摊血迹和手电筒玻璃的碎片，被何素华打伤的恶魔已经逃之夭夭。高保民、何素华等人的举动，也惊动了躺在另一辆车上的叶长秀、江彩霞等人。弄清事情原委后，女生们不免有些后怕，没想到回家的路，如此坎坷，如此艰辛。同时又为何素华临危不惧、勇斗歹徒的举动赞不绝口。

早上七点，赶车的人已验票坐在了车上，连过道里也站满了人。可能是公共汽车太旧了、太老了。驾驶员又加水又加油的，很长时间过去了车还是启动不了。驾驶员又叫来同行帮忙摇车，折腾了好一阵，发动机好像要罢工一样。驾驶员显然生气了，说："这车坏了，今天可能走不了。"话音刚落，车上立即炸了锅，谩骂的、责备的声音此起彼伏。随车的售票员也很无奈，她不停地给乘客们说着好话安慰着。

坐在前排的高保民、叶长秀们更是心急如焚。昨天披星戴月地赶了几十里山路，就为了赶上这趟公共汽车。如果再耽误一天，临近春节不说，干粮和钱已所剩无几。正在大家焦急之时，一辆货车停在了客车前边，挂好绳，拖着坐了一车乘客的公共汽车，吃力地在停车场里转了一大圈。终于，公共汽车发出了震耳欲聋的吼声，发动机终于发动了。车上的人一片欢腾，总算不用再等上一天了。

车缓慢地上路了。严冬的早上，寒风依然鼓足劲地吹着，天阴得像是要下雪一样。公共汽车顶着寒风，顽强地在不宽的道路上爬行。坐在车上的人，也渐渐放松了紧张的情绪。车里说话的人少了，人们裹紧了棉衣，眯上了眼睛，趁此机会打个盹，缓解一下早起的疲劳。

　　这时车厢里弥漫着汗臭味、酸腐味和呛人的旱烟味。江彩霞被呛得直咳嗽，她几次都想打开车窗玻璃，让新鲜空气吹进车厢。但稍开点缝隙，刺骨的寒风又像刀子般的刺进来，引来车厢里人的阵阵反对声。江彩霞只好关上车窗玻璃，忍受着呛人的怪味刺激。

三十一

　　汽车在公路上摇晃，乘车人也随着汽车的颠簸而摇晃。中午时分，汽车终于到了略阳火车站。下车后，知青们顾不上看看城市的街景，也无暇顾及腹中空空的肠胃，一干人立即来到火车站的候车室，查看火车的运行时刻，查找开往西安方向的列车。看来看去，只有傍晚才有两趟路过列车。

　　高保民对大家说："时间尚早，看看有没有便宜一点的饭食，大家填饱肚子再说。我和徐星晗、柴国庆三人去铁路上看看，要是有西安方向的货车，我们也要上，这样至少可以省些车票钱。刘西安和张宝贵看着行李，大家轮流吃饭，但不要再东跑西跑，到时找不到人的话，就自己想办法吧。"说完准备起身。金志强站起来对高保民说："我也和你们一起去看看吧。"

　　略阳火车站是个大站。站台上有几节车厢装货，火车头在忙碌地与货车车厢编组。高保民见一个穿着铁路制服的人，忙上前去客气地说："师傅，我们是插队知青，想回家又没钱买车票，你看能不能帮忙查看一下货车，搭我们一程。"铁路工人看看他们几个，没好气地说："天天都有大队人马，自称是西安知青。要坐车，我看你们还是去坐客车吧，这里没有开往西安的，最多也只能到凤州。货车编组后才能知道去哪里。最近上面有通知，货车上不能坐人。"

徐星晗依然一脸笑容地贴上去，不断地求爷爷告奶奶。常言说，棍棒不打笑脸人。看到徐星晗一脸诚意的样子，铁路工人态度缓和了许多，说："真要扒火车，前边三节车厢就是到凤州编组的，最后到宝鸡，能不能顺利，只能看你们的运气了。不过要快，马上就要开车了。"说完顺着铁轨扬长而去。

高保民、徐星晗、柴国庆、金志强几个人听后，高兴地在铁路边上跳了起来。终于男男女女、大包小包地奔了过来，大伙你推我拉的搬上行李，爬上了装着一厢箱子的闷罐车，坐在木箱上才松了口气，静等着开车笛声的长鸣。

火车开车后，好像就没有停的意思，一路向前飞奔。坐在车厢里的木箱上，舒服极了。虽是闷罐车，却少了许多风寒。坐在箱子上的人，渐渐地开始眯起了眼睛，享受着火车铁轨与车轮碰撞出的美妙乐曲，闭目数着火车进山洞又出山洞的次数，感觉坐火车竟如此的妙不可言。

车渐渐减速、再减速，最后慢慢地停了下来。听徐星晗说，这节车厢是到宝鸡的，因此所有人都没有下车的打算，静等着列车再次启动前行。

高保民轻轻推开车厢的车门，只见一大片密密麻麻、排列整齐的火车轨道，在灯光下闪烁出条条亮光。他听到车厢外有人说话走动，还不时传出铁锤敲击车轮的当当声。声音越来越近，忽然听有人喊叫说："这节车怎么没关门？来检查一下，货单上说这个车厢很重要，谁这么马虎，出了事谁负责？"

听到说话声，高保民做了一个不能说话的动作，车厢里顿时鸦雀无声，但车厢门还是被打开了。车下的人用强光手电筒往车厢里一照，便大声喊叫："车上有人，有很多人。"说话间，车下便有人用对讲机给调度室通报了情况。

高保民暗暗叫苦，怎么这么倒霉，还是让人查到了，早知道停车时就应该下去，等开车时再上来。还没等高保民想出办法，车站上跑来了一队人，其中还有两个军人。

这时一名军人到了车上，用手电筒挨个照了照车厢里的人，又照了照车厢里的木箱，严肃地厉声问道："你们都是干什么的？"

高保民上前恭敬地向军人报告说："解放军同志，我们是西安在陕南插队落户的知识青年，过年了要回家，但没钱买票，只好搭货车便车了。"军人听后很严肃地说："都下去，在站台上排队，等我们查清情况后再处理。"

这是命令，不允许有半点的含糊，军人对其他铁路员工说："先按货运单严格检查货物数量和完好情况，核对后立即报告。"说完有两个铁路员工把高保民他们带进了一间铁路站房，军人又说："你们都登记一下名字，再写明扒车原因、住址、成分。等我们将货物检查后再说吧。告诉你们，不要想跑，出了危险责任自负。"

约莫半小时光景，军人进来了。他先看了看登记名单，所有的人在成分一栏填的都是工人或贫下中农，这是徐星晗的杰作。军人看了看说："货物还算完好，不过你们中间有一个人要留下。有一个箱子被人在上面撒了尿，尿已漏到箱子里了。谁撒的尿勇敢承认，其他人就可以离开。"

话音一落，大家都感到吃惊。是谁在箱子上撒尿了？也太不知廉耻了。但男男女女十几个人在一个车厢里，撒尿竟然一点动静都没有听见？安静了几秒钟，高保民站起来对军人说："这根本不可能，我们共计十三个人，八个男的五个女的，如果谁要尿的话，也不可能当着大家的面，这也太不知羞耻了。我敢对毛主席发誓，我们绝对没有人往箱子上尿尿。也可能是装箱时有人尿的，跟我们一点关系都没有。"接着大家七嘴八舌地喊起冤枉来。几个女生说着话还挤出了几滴眼泪。

军人一下子感到为难了，他想了一会儿说："这样吧，这件事就不追究了。过一小时有一趟路过的客车，你们准备一下去赶这趟车吧。"说完话，大家像是受到大赦一般，同时喊起了"解放军万岁"。同学们的情绪感染了人民子弟兵，他也有些激动地说："同学们去坐车，一定要注意安全。"同时招呼门口的几个军人说："给同学们去弄点开水，让他们热乎一下好去坐车。"当同学们喝着开水，浑身顿感温暖。虽然只是一杯开水，同学们已感到了久违的幸福。

一列由成都开往西安的列车，徐徐进入车站。站台上等车的人蜂拥挤向车门。其实车上早已是人满为患，连车门口也挤满了人，但强烈的回家欲望，驱使着同学们勇往直前。当人们还在车门前拥挤时，徐星晗、柴国庆、刘西安看到有一个车窗打开了，车厢里的人还伸出头向外张望。徐星晗三人立即朝车窗冲去，柴国庆一个鱼跃，半截身子已经趴在了车厢里，徐星晗把柴国庆双腿一推，柴国庆全部身子就进入了车厢，之后他返身开始拉刘西安。当刘西安进入车厢后，徐星晗赶忙喊还在车厢门口挤的叶长秀等人。也是同样的动作，同样的姿势，五位女生和行李都被从车窗塞了进去，一阵激烈紧张的穿窗行动，终于在列车开行前结束。

高保民等人也全部进到了车厢里。行李堵住了过道，人们有骑在行李上的，有靠在座椅背上的，有爬在小桌上的，连挪动一下脚的空间也被塞得严严实实。但无论怎么说，总算是上了到西安的火车，大家心情也是格外的舒坦。叶长秀想找一个座椅下面的空间，将行李塞进去，但座椅下面早已实实腾腾地塞满了行李。

在中国，春节是最神圣和隆重的节日，不管路途有多遥远，也要千方百计回家去过一个团圆年。中国人也最讲人情，不管条件有多艰苦，也要给亲人们带去一些特产礼品。春节前在火车上拥挤的人们，哪一个不是盼着回家，能吃上过年的饺子，能吃上团团圆圆的年夜饭。所以不管火车有多拥挤，无论天气有多寒冷，回家的动力都能战胜一切艰难险阻；无论车厢里气味多难闻，烟草味多么的呛人，车厢里的人们都能忍受。

江彩霞靠在一堆行李上，每当有人要从过道中穿行，她都不得不左靠右倒地让人挤过去。但她只想早点见到奶奶，能给奶奶做上一碗香喷喷的大米饭。她被挤压碰撞得无比难受，但又能算得了什么呢？

高保民他们几个男生，被挤在靠近厕所的车厢连接处。车上的水早已没有了，没有冲刷的厕所溢出了阵阵恶臭，熏得人有作呕的感觉。徐星晗一边捂着鼻子一边打趣地说："现在车里是五味杂陈，乌烟瘴气。"高保民小声说："忍着点吧，不要白吃萝卜还嫌辣，总算是挤上车了。"

这时，车厢里边开始了不平静的吵嚷声，高保民转过头一看，几个穿制服的列车员和铁路乘警开始查验车票了，便对大家说："坏了，开始查票了，怎么办？"徐星晗立刻对着挤在过道里的叶长秀、江彩霞喊话，传递了这一消息。江彩霞说："没票我们就补票，但是绝不能下车，一路走来太累了，再下车的话，还不知道啥时候才能到家。"

庄丽娟为难地说："我看来要被赶下去了，要补票我的钱也不够。"叶长秀说："我们是从凤州上来的，凤州到西安可能不到四块钱，我们还是相互凑一凑。我们不比男生，再说夏桂岚还不舒服。"江彩霞便问："你们现在都有多少钱?"叶长秀说三块五，夏桂岚说三块二，庄丽娟说我们两人加起来五块一毛钱。江彩霞说："车票如果是四块多钱的话，我先借给你们。要补票时我先付，过一会儿你们把钱都给我。"庄丽娟感激地泪眼哗哗地说："过年回来一定还给你，太谢谢你了，彩霞。"

叶长秀她们五人的主意已定，而高保民几个肯定是不能补票的了，没钱是硬道理。刘西安说："到时候实在不行只有下车，下去了再上来呗。"徐星晗说："好主意，坐一站算一站，谁让咱们是穷光蛋哩。"高保民说："我们还是要帮一下张宝贵，凑足钱让他补票，否则下去上来地折腾，他的手可能不行。"

张宝贵一直不说话，他眼睛不时地在看着江彩霞。在他看来，江彩霞斜靠在座椅背上的姿势，还是那么优雅好看。突然听到高保民说出要帮助他的话，他内心又激动又感动。他恨透了这只不争气的手，虽然伤口愈合了，但还是不能吃劲，走低上高的都要靠别人帮忙，就连背包上肩，自己都感到吃力。看着高保民动员大家凑钱，他不禁热泪盈眶。

查票的列车员们走到了高保民的身旁，高声地喊着，都把车票拿出来，查票了。喊话声中充满着不可反抗的严厉。高保民客气地说："列车员同志，我们几个是西安知青，从凤州上来的，没钱买车票，是不是……"没等高保民说完，列车员说："又是知青，有钱就补票，没钱补票就下车。坐车买票天经地义，没票都统统下去。"

　　当列车员走到江彩霞她们身边时，江彩霞主动对列车员说："我们是凤州车站上来的五个人，本来要去补票的，但太挤，挤不过去。"列车员说："那好，等会儿跟我们过去补票。"然后清点了人数，继续向里边车厢走去。

三十二

秦岭车站到了，这是秦岭上最高的火车站，四面环山。黑幕将四面的山遮挡得严严实实，只有一排排冰冷的铁轨，仍然排着整齐的队伍，在寒夜的灯光下反射着光芒。铁轨上几个火车头，在鸣着长笛、吐着白气、繁忙地在前后移动。

高保民他们七个人，随着下车的洪流被挤下了车，在站台上等待处理。车站的工作人员，让所有没买票的人，去一间像会议室一样的大房间，讲明是办学习班补车票。凡补过票的人就可以离开了。这时人群突然乱了起来，趁着黑夜，大概有一半人逃跑了。车站的工作人员大声喊别跑、别跑，但逃跑的人显然速度更快了，转眼间就没有了人影。

高保民四面看看，总感觉少了人，他招呼徐星晗、柴国庆、刘西安和金志强，问他们谁看见王大柱和赵明礼了。徐星晗跑前跑后找了一圈，也没发现两人的踪影，估计他们俩是跟刚才逃跑的人群跑了。高保民搓了搓冻得有些僵硬的手说："我们还是要找找他们。"

秦岭上实在太冷了，皑皑白雪完全覆盖了四面的群山，山风还一个劲地吹着，冻得站台上的人直跺脚。

秦岭车站的工作人员，根本无心理会这些无票乘车的知识青年。每天都有无数的西安知青，在这里被从列车上撵下来，补票简直是不可能的事。再说谁家没有下乡落户的知青？

车站上的工作人员看这些知青怪可怜的，所以他们对知青乘车，也是睁一只眼闭一只眼。遇到比较不太拥挤的车，还主动喊叫知青们赶快上车，早一点离开车站，让车站也清静一些，好管理一些。实在没办法的时候，站上有了货柜车，车站也会让知青们上去，只要离开秦岭车站就好。

高保民和金志强说："我们去找找王大柱他们，在这人生地不熟的深山里，出个事情就不好了，怎么说也是一同出来的。"高保民吩咐柴国庆、刘西安看好行李，便与金志强、徐星晗在站上从东走到西，从西走到东，尽管喊声不大，但回声不小，可哪还有王大柱、赵明礼的踪影。

这时柴国庆悄悄对高保民说："刚才听站上人说，马上就要开那列货车，有两节车厢是空的。我们不行就先到宝鸡再想办法。"高保民听后挥挥手，大家会意地背起行包向货车走去。

长长的货车做着运行前的准备，火车头冒着白色的蒸气，在等待着出发的命令。高保民们一溜小跑来到车厢边上，一个像《红灯记》中李玉和一样的中年男子，提着信号灯站在车尾，静等着站台发出的指令。高保民非常客气地对中年男子说："师傅，我们想坐车，能不能捎我们一程到宝鸡？"中年男子面色平静地说："是知青吧？那就到守车上去，不要影响我工作。"高保民简直不相信自己的耳朵，是不是听错了？中年男子说："还愣着干啥，快上去，车要开了。"高保民他们应声从守车的扶梯上去，直愣愣地站在舷梯上。中年男子显然有些生气了说："进去。"几个人才确认没有听错，走进了温暖如春的货车守车。

车开了，中年男子脱下帽子挂在衣帽钩上，回过头指了指守车煤炉上冒着热气的水壶说："水刚开，你们喝点水吧。别乱跑，两个多小时就到宝鸡了。"说完他打开了行车日记，在上面记着、画着什么。高保民盯着中年男子看了一会儿激动地说："师傅，谢谢了。"中年男子叹了一口气说："下乡不容易呀，我的两个孩子今年也下乡了，一个在宝鸡千阳，一个在汉中南郑，孩子们受苦了。"一句话说完，中年男子眼圈有些发红，说话声也有些哽咽，说得高保民泪眼汪汪。

天终于放亮了。东方的一缕曙光射进了守车，高保民他们在温暖的守车里，终于安静地睡了一觉。这一觉虽然短暂，但是那么的祥和宁静，那么地舒心解乏。他们爽快地舒展了一下胳膊，发现中年男子仍然保持着上车时的姿势盯着窗外。他终于回过头对大家说："孩子们，准备下车吧，快到宝鸡了。喝点水，穿好衣服，外边很冷。"这是一个父亲的心声，这是父辈对子女的关爱，虽然言语朴实，没有舞台上那样华丽的辞藻，但却充满了人性的关爱，这就是中华民族代代相传的美德。

宝鸡是个交通大枢纽，南来北往，西去东来的列车，都要在宝鸡转停。高保民他们坐在温暖的守车里到了宝鸡，回家也就更近了。他们高兴地迎着朝霞晨露，迎着冬雪寒风，在铁路线上狂奔。几天疲于奔命般的回家之路，让他们更急切地想闻到家里小米粥的香味，尝到馒头夹咸菜的美味，感受到家的温暖气息。

站台上人潮涌动，到处都是提着大包小包、扛着行李的回家的人。站台上仍然寒风冽冽，站台下的铁轨间，仍然积雪残存。等车的人在翘首期盼回家的列车快点到来。

一列由成都去上海的列车，终于进入了车站。灵巧的徐星晗和柴国庆没有带行李，很机巧地就挤上了车。高保民、金志强、刘西安迅速把行李举过人头递了进去，金志强和刘西安也顺车边挤上了车。

高保民正要挤上车时，突然一声惨叫，使他停下了上车的动作。原来一个中年妇女带着的一个七八岁小女孩，被发疯一样的人流挤倒，压在人群中。高保民意识到小女孩的危险，他拼命地推开人群，大声呼喊着，生怕上车的人踩踏小孩，但后边的人在用力地推搡，无奈之下，高保民使劲用肩扛着车厢，艰难地把小女孩拉了起来，避免了一个悲剧的发生。

就在这时，车站工作人员和执勤解放军战士跑了过来，拉开了拥挤在车厢门口的人，坚持要凭票上车。高保民被生生挡在了车厢外。要是没有小女孩摔倒，高保民已经上车，要是他不推开人群救出小女孩，他也能挤到车上，如果有钱买张车票，那么他也能上车。

然而，高保民只能眼睁睁地看着列车在缓缓地启动前行。他只能看着徐星晗大声地呼叫和招手，只能看着金志强、柴国庆、刘西安期盼的眼神。

就在列车已经开出十几米的时候，高保民突然快跑起来，追赶已经在行驶的列车。他跑着跑着，一把抓住了车门边的一个把手，他再加速，另一只手又抓住了车门的另一个把手，脚稳稳地踩在了车厢门外的踏板上。他只有一个念头，抓紧、再抓紧。

列车在不断地加速，寒风像刀子一样刺在他的脸上，双手被冻得僵硬麻木，整个身体像掉入冰窖一般。但他的意识还很清楚，抓紧、再抓紧。如果一松手，整个人将会粉身碎骨。他在坚持，他在忍耐，他在与死神抗争。

就在他意识到了极限，到了崩溃的边缘，就在他体力已经完全无法再支撑时，就在他与死亡只有一线距离之时，车厢的门突然打开了，一只有力的大手拉住了他，将他猛地拉进了车厢。

意识已经有些模糊的他，慢慢睁开眼睛。他首先看到的是一顶军帽上的红五星，一个意念一下闪入脑中：解放军救了他，是人民子弟兵救了他。他看了看闻声赶来的徐星晗、柴国庆、刘西安和金志强，对救他命的解放军吃力地说了声："谢谢。"一向很坚强的高保民，眼睛里一下充满了泪花。被吓坏的徐星晗等也都是热泪盈眶。高保民轻轻说了声："终于可以到家了。"

三十三

初春，牧马河水依然不知疲倦地流淌着。清澈见底的河水中，像线一样细小的鱼儿开始在水中游戏。太阳光温柔地照射在河面上，河水荡出玲珑剔透的涟漪，春天的气息从这里走向大地。

清水湾的春节是平静而祥和的，村民们把猪肉腌制成腊肉，挂在房梁上，等待着一年两季丰收的季节。对于清水湾的村民们来说，过年只是一年中劳作的开始，谁家也不能在过年的几天里，就把一年的希望挥霍殆尽，细水长流的生活方式，浸入世代传承的基因，造就了清水湾小山村淳朴踏实的民风民俗。

过年期间，清水湾最热闹的地方，是在打谷场架起的秋千旁。无论老少男女，都要在秋千上荡荡，以期盼来年好运连连。据老年人说，以前清水湾过年时有社火，有高跷和龙灯彩船，走乡串村的演出也是很热闹的。自从前几年提出移风易俗过革命化春节后，清水湾冷清了许多。孩子们只能盼着多吃点腊肉，围在灶台边上不肯出屋。放鞭炮也是农村家家户户必备的过新年节目，以驱鬼除邪，辞旧迎新。但经济收入有限，家家户户只能象征性地放点。大多数鞭炮，被小孩子们拆开一个一个地燃放，以延长新年气氛的时间。春节虽然家家都不出工下地，但大人们也都在盘算着一年的生计。

大年初三，陈学文就招呼了大队的一班人在家吃腊肉，喝点酒。但他实际目的是，商量怎样能让队里的收入提高点，也好在过年时让男女老少都穿上新衣，多少有点零花钱。

过去的一年，清水湾在平静中度过，平静得家家户户都缺油少盐。家家户户为了省下一点灯油钱，都早早熄灯上床，因而人口倒是不断地增长，人均收入却在不断下滑。

陈学文大胆地提出了一个想法，各队要在不违反政策的情况下，发展副业，希望不要再出现一个劳动日还不到一角钱的情况。陈秋玲说："我们队上的知青们曾提出一个大胆的设想，要修路发展果木经济。他们在参加完陈二狗婚礼后，又提出利用陈二狗新媳妇种茶、制茶的技艺，发展茶叶经济。我看知青们不光给我们农村带来了文化，还带来了一些新的思想。"

陈学文沉思了一会儿说："我们清水湾，自古就是茶马古道的起点，现在却是既没有茶也没有道，如果再坚持只向粮食要发展的路子，肯定是不行的。粮食要种，要花大力气地种，但那些靠天吃饭、等天下雨才能长出粮食的荒坡地，还是要找些能挣钱的门路才行，不光种茶，还可以种些中草药，种些果木。还可以上山采药，要多找一些挣钱的门路。"

一顿饭，清水湾各队的队长们，心里像点了一把火，靠山吃山，靠水吃水，有着绿水青山，清水湾的日子却像清水一样清淡，这种局面一定要改变改变。

过了十五，算是年已经过完。高保民和徐星晗几个男生不约而同地离开了西安，叶长秀、江彩霞、夏桂岚也约好一同回到了队上。

叶长秀希望和高保民他们同时来队，毕竟男生可以担负起一些较重的体力活。虽然她们很少和男生们交流，但在这个知青点，有了男生的存在，知青点增加了不少阳刚之气，个别好事的村民在有男生们的场合时，说话都客气了许多。因为在中国、在牧马河畔、在清水湾，男人们还是顶梁柱，再漂亮能干的姑娘媳妇，在家里也只是陪衬，男尊女卑的大男子主义处处不在。

　　在村里，有些女人时常抱怨，男人们只把她们当成生娃的工具，好像女人整天只能干家务活，并不把她们当成是一家的主妇。有的男人还恬不知耻地说，母鸡就是下蛋的，娶个媳妇就是让她生娃，天一黑上床不生娃干啥？生他十个八个也不嫌多。然而女人们操持着家务，操心着男人和娃儿们的衣食穿戴，还得看着婆婆的脸色。最要命的是，家中时常缺粮少油，娃儿们难免有个头疼脑热，能把女人们愁出病来。

　　清水湾每年分配的口粮，还能勉强过活，但柴米油盐酱醋茶哪一样没有钱也是不行的，而清水湾家家户户缺的就是钱。在家里养点鸡鸭，天天都要数数有多少个蛋了，硬是不舍得给大人小孩吃上一个半个，都指望逢集时交到供销社，换点煤油盐醋等最急需的东西。

　　村妇们一年到头最发愁的事情，莫过于想给全家人添置点衣服。可不说要布票了，就是最便宜的布料，也没有钱买。只好老大穿了给老二，老三老四接着穿，新三年，旧三年，缝缝补补又三年地凑合。就这，有时连打补丁的布都没有。一到冬天，全村到处跑的半大小子们，脚上穿的鞋子大都已是大脚丫子顶出鞋面，腿上的裤子也短了一大截盖不住脚腕。

听村上的人说，大人小孩、男人女人从来都不穿内裤，一到天黑上床，都是光着身子睡。难怪村里有些女人埋怨男人不是人，一晚上折腾得她们睡不了安稳觉。

叶长秀她们刚到队上时，女人们扎一堆拉家常，少不了粗话脏话连篇。听不下去的男人们说女人们，满嘴嚼粗话不怕噎着喉咙、呛着嗓子，说出来的全是裤腰带下的话。

队长娘子二嫂子说话更硬，她说："别看男人们白天都是大老爷们，晚上睡觉恨不得给婆娘跪下，还好意思说风凉话。"陈秋玲跟叶长秀她们说："当着你们的面，还有些放不开，村里结过婚的女人们在一起都是这样。"

江彩霞倒是见怪不怪。听奶奶说，纱厂的女工们也是这样，说起粗话脏话来，一套一套的连草稿都不打。遇到两个泼辣一点的女工吵起架来，八代人的亲属都要遭殃，骂人的话更是不堪入耳。

叶长秀对全村的男女老少都不穿内裤有些接受不了。陈秋玲说："农村条件都差，实实在在是穿不起，全家上下都穿内裤，那要多少布呀？再说农村大部分时间都睡光席，竹子编的竹席很磨裤子，村里人说穿不坏都给磨坏了。当然根本原因还是穷，如果不改变农村的贫穷，要改变落后就是空话。看着电影里的人家，连地板都要拿布擦拿布拖，而我们这里有些人家，有裤子穿已经是不错的了。以前还听说有的地方，一家人只有一条裤子，谁出门谁穿。你们看我们村子里，没有补丁的衣服裤子有几件？除非遇到出门做客、串门走亲戚的场合，人们才会翻箱倒柜地将压箱底的衣裤拿出来穿上一次，平时补丁衣服能洗干净已经是不错的了。"

三十四

农村农活看节气。虽然年过完了，但没有多少农活，即使干活也是集体下地磨洋工。站的时间、说话的时间比干活的时间多。故而队上要到农历二月二日龙抬头，才开始有模有样地安排农活。

陈秋玲年前已经被宣布是妇女队长，所以叶长秀、高保民他们几个知青一回来，陈秋玲就想和知青们好好合计合计队里发展。新官上任三把火，在缺少文化的农村，新知识、新思维、新埋念是农村最缺少的，她毕竟是初中毕业，能与知识青年很好地商量达成共识，同龄人同样的知识水平总是好沟通的。

清水湾有山有水，气候湿润，四季分明，具有得天独厚的天时地利条件，清水湾的村民生性忠厚淳朴，待人接物谦和善良，又能吃苦耐劳，也具有了人和的优势。高保民、徐星晗他们也议论过多次，这样的天时地利人和，为什么一个劳动日才九分钱？分析来分析去，只有一个结论：没有副业收入。

在牧马河畔，又能发展什么样的副业呢？陈秋玲在大队召开的会议上，听到父亲也就是大队支书陈学文说的话，启发很大。热情再好，激情再旺，革命口号喊得再响，农民依然受穷。抓革命促生产的根本目的，应该是让农民致富，口头革命不是真革命。

陈秋玲叫来了叶长秀、高保民等几个人，同时叫来了二嫂子和陈二狗的媳妇吴玉花。她说："今天请大家来，是想请新嫂子吴玉花来给我们说说种茶、制茶、卖茶。我们清水湾有千年的种茶史，前些年还有人种过茶，后来因为以粮为纲，当作资本主义的尾巴给砍掉了。国家提出农林牧副渔全面发展，种茶其实也是符合政策的。我们悄悄地搞一点，先做个实验，看能不能在种茶、制茶上走出一条路子。"

陈秋玲看了看高保民等几个知青，又看了看吴玉花，接着说："现在我们队的工分才值九分钱，社员们辛苦一年，到头来也只能吃口饭，添个衣服买个油盐酱醋都没钱。我想只要符合国家大政策，先摸着石头过河，看看在茶叶这个副业上，能不能增加一些收入。我看别的地方副业也都搞起来了，我意思是不能让村民们再受穷了。穷并不光荣，谁家娶个媳妇嫁个闺女，都希望对方富裕不受穷。不过目前我们这个范围很小。为啥要叫上知识青年呢？因为他们有文化，思想新，接受事物快，我们先搞个试验，弄一小块山坡地试种一下，摸索出道道来，再给大伙打招呼。这个事情也不要大张旗鼓地满世界吆喝，悄悄地搞出苗木来再说。成不成都是两可的事情。"

陈秋玲的一番话，其实说在了大伙心坎里。清水湾按说是个山清水秀的好地方，有山有水有平地有林地，村民勤劳踏实肯下苦、肯出力，全村上下关系和谐、民风淳厚，粮食分多分少，村民们自认为是命中注定。村民中也没有几个有花花肠子的，只要有一口饭吃也就知足了。

但是村民们也非常眼热其他队，一个劳动日值几毛钱，年底还有个盼头，给大人小孩置办个新衣服。有的人家还领着全家，偶尔去趟县城开个洋荤。清水湾离县城虽不足百里，但是大多数人，压根就不知道县城是个啥样，认为县城也就像牧马河古街道一样，石板路，路边有房子，逢集时有人卖菜卖肉。村民们最大的愿望，就是能赶个集吃上点猪头肉，喝上一碗自己酿的米酒，根本不知道外边的世界有多大。

　　村支书陈学文回村十几年了，他坐过汽车、火车，去过大城市。至今村民们还经常问陈学文，汽车长啥样？吃不吃草？火车是个啥家伙？有多大力气？因为有的村民从小到老，都没有走出过清水湾，更别说见汽车火车那些洋玩意了。

　　小孩子们倒是知道的不少，汽车、火车、飞机、轮船的都知道，但多数还只是在书本上看到的图画，有多少孩子做梦也想坐火车、汽车、飞机、轮船，但仍然只能停留在梦中。孩子们加入少先队，唱起少先队队歌，做梦也要成为共产主义接班人。但他们根本想象不出来共产主义究竟是啥样子。

　　老师也讲不清，只是描绘着一幅非常壮观的蓝图：天上有飞机，地上有汽车火车，海里有轮船。至于海是啥样子？有多大？老师也没见过。在乡村教孩子们读书的老师，绝大部分是初中毕业后，就到了乡村小学担任民办教师。除了上课外，还要下地干活挣工分。外面的世界有多大，他们也讲不清楚。

　　至于电灯电话，老师用初中物理上的一点原理来讲，根本无法满足孩子们的好奇。老师们只能说，声音就是这边拿起听筒，跟别的地方拿听筒的人说话，声音是靠电话线传递的。

　　不久孩子们中就传出一个电话快的故事：一个农民的儿

子，到外地去工作了，父亲想念儿子，就给他做了一双新鞋。听说电话很快，以为可以把鞋子给儿子捎去，他便将新鞋拿上，走了几里地，看见有根电线杆，就爬上电线杆，将新鞋挂在了电线上，高兴地回家了。第二天去挂鞋子的地方看时，发现新鞋不见了，而在电线上挂新鞋的地方，挂了双草鞋。他就更高兴了，心想儿子走的时候是穿的草鞋，电话就是快，儿子不仅将新鞋收到，还把草鞋给电话回来了。

其实他在挂新鞋的时候，一个穿草鞋的农民从路边走过，看到他挂上新鞋后离开了，就爬上电线杆，将自己的烂草鞋挂在了电线上，穿着新鞋高高兴兴地走了。这个故事的两个主人公都高高兴兴，一个高兴的是电话的快捷，一个高兴的是草鞋换了双新布鞋。

老师听到这个故事后，跟学生们说，电话是把双方的声音变成了信号再通过线路传输的，不能把东西挂在上面传递。学生又问老师，打电话是什么感觉？老师只好说，我也不知道啥感觉，我没有打过电话，公社里有个电话机，老师在公社里见过别人打过电话。

在清水湾，人人渴望知识，孩子们尤其渴望知识。

三十五

种茶园的事，知青们都很高兴。在家时，家家户户多少都有点茶叶，用来招待客人。逢年过节家里也会泡上一壶，隆重地让家里人尝尝味道。虽说味道有些发苦，但怎么说也是中国历史悠久的提神醒目佳品。徐星晗高兴地说："好哇，今后分不到钱，分上一点茶叶带回家也好哇。"

按队上的安排，知青点分了两分菜地。为了不扩大影响，菜地离村子较远，离队上的菜地也有一段距离，靠近山坡，距离清水湾的河沟有数十丈远，浇水也倒方便。

队上的试验茶园，靠近知青菜地，大约有两三亩，紧靠山坡。往年，这些地是玉米地，由于只能靠天吃饭，天不下雨也收不上几粒玉米，往往是投入大于收成，出工干活的路又远，队里早就有意将这块地给荒了，想种成果树苗木林，但政策又不允许。

这次要种茶树，队上的几个干部众口一词要试试，大队支书陈学文也是大力支持。只是这块地，浇水是个大问题，特别是育苗阶段，每天都得看管浇水。因此，浇水看管的活，便派给了高保民等几个知青去做，他们同时也可以顺便把菜地给料理好，早点种些菜，也不再受没菜吃的日子了。

春天的脚步，轻轻地踏进了清水湾的土地。草渐渐绿了，树渐渐绿了，牧马河水也欢快地流淌着，滋润着两岸的阡陌沃土，米仓山上浓密的林果树木，也将整个山峰装扮得苍翠欲滴。

吴玉花确实是把种茶的好手，她带领几个知青在几亩山坡地上培育的茶树苗，已齐刷刷地蹿出了幼苗，翠绿的叶片像张开了的稚嫩双手，沐浴着大自然的阳光雨露。看着自己的劳动成果，叶长秀兴奋地轻轻抚摸着片片幼芽，像产房护士一样，爱抚着刚出生的小宝宝。

她突然想，如果能把浇水的问题解决了，那该多好呀。每天人挑肩扛挑水浇灌，费力耗工。而且他们的菜地，也离不开水。她的话，立刻引起了高保民的响应。高保民对徐星晗说："我们的地离水沟不近，如果能把沟里的水引过来，那将省多少事呀。"说着他招呼徐星晗、柴国庆、刘西安、张宝贵几人先放下水桶休息一会儿，顺着水沟观察，看能不能将水引过来。

徐星晗说："要引水的话，首先要看落差，要是靠自然落差的话，得引半里地也不止。如果有个水轮泵就方便了，利用水的自然冲击力，使水轮泵转动，抽上水来。以前听我父亲说过，一些农村在没有电的情况下，利用水流的落差，采用小型水轮泵可以解决一些用水问题，但是这得有钱，没有钱是办不到的，听说水轮泵是很贵的。"高保民说："你先写信给你父亲，问问情况再说吧。"徐星晗爽快答应。

春天的脚步似乎在牧马河畔走得特别快，山绿了，草绿了，树绿了，站在牧马河边向米仓山望去，满目绿翠，桃花粉红的花蕾含苞待放，梨树像待嫁的新娘披上了一层薄薄的白色婚纱，柳树抽出翡翠般的牙条迎风摆动。

江彩霞今天心情格外好。一大早，妇女队长陈秋玲就安排全体知青去平整菜地。当然对社员们还是说，知青们和吴玉花陈二狗夫妻去整治茶园、浇水施肥。整治茶园是个借口，实际是让吴玉花、陈二狗帮助知青们去收拾菜地，这样既帮知青们尽早种上蔬菜，同时又能掩人耳目。在这个年代，有自留地是绝对不允许的，何况农民们都没有自留地。除此，陈秋玲还可以名正言顺地为知青们记上工分。

工分是社员们的命根子，分粮、分菜、分柴、分草，都是以工分来计算的。知青们还达不到全劳力的工分，这样到年底，一个人还养不活自己，知青们脸上不好看，队上的干部脸上也是挂不住的。陈秋玲听了父亲陈学文的话，明里暗里总是帮衬着知青们。虽然知青们都长得人高马大，毕竟在城里生城里长，肩挑背扛的农活还是欠些火候，也没有社员一样的力气。

三十六

　　上到山坡，陈二狗从河沟里，挑起满满一担水，脚下生风，一二百米的距离，气不喘水不洒，轻轻松松地就是一个来回。知青中高保民算是最有力气的，以前在家也天天挑水，但从沟里挑起一担水，待到地里也洒了不少。论速度，陈二狗三个来回的时间，高保民只有两个来回。徐星晗就更不用说了，水从沟里担到路上，只能半桶半桶提上来，等陈二狗挑完三个来回时，徐星晗连一个来回也没有挑完，水还洒了不少。

　　看着挑水的热闹劲，江彩霞也不由得心头一热，想试一试自己的身手。她抢过刘西安从沟渠里提的半担水，挑了起来，刚走了几步就有些气喘吁吁，但她仍然咬着牙，紧紧抓着扁担一摇一摆地朝前慢行。桶里的水像是有意和她作对，在桶里来回翻滚晃荡。但她的动作确实还是挺优美的，大有豫剧《朝阳沟》里银环的舞台挑水动作之意。好不容易将水挑到菜地，可不敢说桶里还剩了多少水，但对江彩霞来说，已是成就满满。

　　毕竟第一次挑水，毕竟第一次挑这么远的路，毕竟给自己的菜地浇水。她小心翼翼地用马勺将水浇到地里，心里那个高兴、那个滋润，仿佛菜地里已满是绿油油的菜蔬瓜果，仿佛已经尝到了菜的美味。浇完水，她扬起头，用双手抹了一下脸上的汗珠，顺势向后撸了一把秀发，长长地舒了一口气，红扑扑的脸蛋上顿时洋溢出少女特有的微笑。突然她感到肚子里咕噜了一声，有些内急，她左右看看，只见吴玉花和叶长秀、夏桂岚还在地里撒着菜种。高保民、徐星晗几个顺着沟渠，找着引水口。这里男男女女的，着实没有合适方便的地方。

吴玉花看江彩霞的模样，早猜到几分内情，指了一下山坡说："姐妹们，跟我到山坡上去玩玩。"此话一出，叶长秀她们立即响应，三下两下在水桶里洗去手上泥巴，胡乱在身上擦了几下，便一溜烟地向山坡上跑去。陈二狗见状不知道几个女人跑啥，便喊了一嗓子说："你们去山上捡钱呀，跑得那么快！"吴玉花狠狠地瞪了他一眼说："少放那缺油少盐的屁，女人们的事你操的狗屁心。"江彩霞是跑得最快的，她到山坡找了个背光的地方，尽情舒畅了一番。

俗话说，进门三步急，出门一身轻，江彩霞很快就轻松了许多。她抬起头找叶长秀她们几个时，眼前的情景让她惊喜不已。不远处，有一大片郁郁葱葱、层层叠叠的竹林，在微风的吹拂下，竹林像海洋的波涛一样起伏荡漾，片片翠绿的竹叶上还挂着珍珠般的水珠，苍翠欲滴；在竹林的根部，齐刷刷的笋尖破土而出，拼命地向上冒出翠绿的芽尖。江彩霞第一次近距离看到竹海和竹笋，第一次看到如此壮观而美丽的竹林，她惊得下巴快要掉下来。好不容易从美景中缓过神来，她扯开嗓子，用银铃般的声音对着山林呼喊叶长秀等人的名字，顿时山谷间飘荡起了悠扬的回声。

其实，叶长秀她们几个在竹林的另一边，恰好也为这初春的竹海美景陶醉，然后便迫不及待地用手扒着、挖着竹笋四周的泥土。吴玉花说："竹笋长得很快，一个星期便长成竹子。现在挖出来是笋，无论炒着吃、烧着吃都好吃，尤其是和腊肉一起红烧，那个味道简直美得能香掉牙齿。"

江彩霞和大家汇合后，吴玉花也从山下取来了铲子锄头，四姐妹便对着竹笋开始了进攻。为了美味，为了香掉牙齿，当然更重要的是江彩霞她们自从回队后，就没有再吃过新鲜蔬菜，每天吃饭不是东家的红豆腐，就是西家的浆水菜或腌咸菜。张宝贵和其他人从西安带来的十几斤大头菜也坚持不了几天了。再说知青点八位壮士，每日里还要和农民一起日出而作、日落而息，营养不足的身体已经严重透支了，眼前的竹笋，无疑给她们的生活注入了生机。

吴玉花看着她们饥渴的模样，忍不住心疼地说："今天多挖点，我回去让二狗从家偷一块腊肉给你们，那个美味保你们永远不忘。"江彩霞听后激动不已，今天轮到她做饭，能做腊肉炖竹笋，那简直是一种享受。说着、听着、想着，江彩霞不由得咽了一下口水，当她脸红地意识到自己的动作时，她看到叶长秀、夏桂岚也在咽口水，放下心来。

下山路上，四姐妹载着满满的收获，别提有多高兴了。江彩霞用两只袖套，提了满满两袋竹笋。叶长秀干脆脱掉了外套，包了一大包抱在怀里。虽然是负重下山，江彩霞的步履仍然轻快得像飘，她看到路边的桃花李花花蕾，兴奋地忍不住唱起了《朝阳沟》银环的下山的唱段，叶长秀、夏桂岚她们也随声附和。

歌声荡漾在米仓山间，引的高保民几个，注目着几位从山上飘下来的仙女，好奇地盯着四姑娘娇美的面容和身姿。江彩霞看到张宝贵色眯眯地盯着自己看，便没好气地说："你们这群狼，没看过仙女下凡，看什么看，姑奶奶们有什么好看的？"说的一众爷们儿目瞪口呆，连陈二狗站在边上也是直咽口水，被吴玉花骂了一句："狗改不了吃屎。"被抢白的陈二狗只好扬起了头朝山上望去。

一行人走进陈家院子时，院子的老核桃树上，两只喜鹊在树杈上不停地欢叫。一行人心花怒放，可能是种上了菜的原因，也可能是意外收获了竹笋的原因，又或是下午陈二狗就能从家里偷来腊肉，好用腊肉烧竹笋解解馋的原因，更可能是经江彩霞一句话的点拨，高保民他们找了引水办法的原因。

在山上，江彩霞看着高保民这些大老爷们站在沟渠边来回走动、一筹莫展，说了一句，搭个渡槽不就解决了，红军长征过草地时，不就是搭个渡槽解决了水源吗？一句话点醒梦中人，徐星晗大呼一声："咋就没想到这个办法呢？山上有的是竹子，把竹竿打通，接起来不就能把水引过来吗？"陈二狗听后说："不用竹子，山上有的是棕树，把棕树心子掏空，搭渡槽又耐用又结实。"

说起陈二狗，他在清水湾也算个能人，虽然小学都没念完，但泥水活、木工活样样能干，村里村外修个房、搭个圈的都请他去帮忙，所以手艺越来越好。陈二狗说："只要你们几个搭个手，我回去想一想，保准把水引到茶园去。"

喜鹊的叫声没有停的意思，大家的心情也是前所未有的好。叶长秀、江彩霞、夏桂岚推开宿舍，大吃一惊，原来喜鹊叫是来贵客了。已经在屋里等她们回来的庄丽娟站起来，四个花季少女一下拥抱在一起。

三十七

从西安回来后，庄丽娟一直想来看看几个姐妹，当然也来看看几位关心帮助自己的男生。在没有粮吃时，是他们雪中送炭送来粮食；在回家时，是他们一路关心陪伴；当没钱买车票时，又是他们无私解囊相助，才使她能顺利回到温暖的家。

庄丽娟的心里，充满了无限的感激之情。大家都是知青，命运的丝带将知青牢牢地拴在了一条乘风破浪的航船上，形成了不是亲情胜似亲情的特殊情感。

每每想到这些，庄丽娟就想流泪，当然也更想见到他们，亲口向他们说声谢谢。然而谢谢两字，也不能完全表达那些深刻和感激。

庄丽娟满含热泪地拉着江彩霞、叶长秀、夏桂岚的手，久久也不肯放松。江彩霞接过庄丽娟还带着体温的两块多钱和一包大白兔奶糖。打开纸包，每人先剥了一个放在嘴里，一股浓浓的奶香和甘甜顿时沁入心脾。

刚刚劳作而归的江彩霞们，眼下重要的还是动手做饭，以免影响了下午出工。庄丽娟拿起一个装得鼓鼓的书包说："你们也很久没吃菜了吧？我今天要来你们这里，金志强昨晚知道后悄悄出去，偷了些菜，我也不知他偷的啥菜，他让我一定带给你们。"说着掏出书包里绿油油的叶菜。油光发亮的菜,绿得诱人,这无疑又给大家增添了一分喜悦。

叶长秀站到门口大声喊:"喂,做饭啦。"随着喊声,男生们鱼贯而出。在这个知青点,从来没人喊名字,也没人见面打招呼问候,男女同学之间见了面,也只是"哎"或"喂"一声,多余的话一句没有,据说很多知青点都是如此。男生们不进女宿舍,女生们更不进男宿舍,唯一的交集就是厨房。

江彩霞分出一半大白兔奶糖递给高保民,扭头说了句:"你们谢谢庄丽娟吧,是她给你们的。"庄丽娟马上站了出来说:"也没啥东西,过年一个亲戚从上海捎来的,也没舍得吃,捎给大家,感谢回家时你们一路上的照顾。"还没等她话说完,高保民手上的糖就被五匹饿狼撕抢开来放入嘴里。

徐星晗美滋滋地微微闭上眼,享受地摇头晃脑,突然他睁开眼,对着刘西安和柴国庆说:"糖甜吗?"两人点点头。"好吃吗?"两人又点点头。徐星晗严肃地说:"又甜又好吃的大白兔奶糖都吃了,你们还不赶快谢谢人家庄丽娟。"说完左右看看,倒是自己忍不住先笑了起来。随后女生们也笑了起来,弄得庄丽娟老大不好意思。柴国庆和刘西安装作没事人一样,自顾自地只管吃着大白兔奶糖,一脸陶醉。

江彩霞为了打破尴尬,大声说:"这是丽娟给咱捎来的菜,说是金志强昨晚上偷的。赶紧,该挑水的挑水、该洗菜的洗菜、该劈柴的劈柴,不要光想着大白兔奶糖的香甜了。"俨然是管家在分派家丁干活。今天是江彩霞当值做饭,所以她理直气壮。江彩霞对庄丽娟说:"今天一起吃面吧,还要谢谢你的菜。"庄丽娟也不客气地说:"我来擀面,也让你们看看我的手艺。"说着卷起袖子和江彩霞一起和起面来。

194

不知啥时间，徐星晗凑到庄丽娟跟前玩笑道："哎，回去给金志强道声谢，下次有什么鸡呀肉的，也给我们弄点。"忽然他悄声对庄丽娟说："怎么，今天那个叫赵明礼的尾巴没有跟来？"庄丽娟听后生气地说："那家伙就跟狗皮膏药一样，今天还真跟了来，不过没过牧马河的桥就站住了，太讨厌了。"徐星晗说："没关系的，在我们队上你有两个保护神，他们完全可以充当护花使者，看谁还敢欺负你。"

一句话说完，庄丽娟顿时红了脸。江彩霞、叶长秀、夏桂岚大感不解，几个人环视一圈明白过来，说的是柴国庆和刘西安，不由得看着庄丽娟前俯后仰笑起来。

在回西安的路上，柴国庆和刘西安，确实对庄丽娟尽可能表现出呵护之情。但两个人都是护花使者的话，就有二虎之争的意思，今后的关系就有些微妙了。庄丽娟红着脸说："净胡说，我有什么护花使者，还两个，不把我撕了呀，今后你们再不要开这种玩笑了。我求你们了。"

其实庄丽娟确实对他们二人都有好感，但真正令她内心萌动的还是柴国庆。这次来这里也是为了看看他，多了解一些。但少女内心的私密想法，怎么能让别人知道呢？大家笑了一阵，庄丽娟的面也擀好了。

庄丽娟不光人长得漂亮，水汪汪的大眼睛像是会说话一样，身材苗条，皮肤白皙，尤其是那鼓起的胸部和甩在脑后的两条又黑又粗的大辫子，任谁也会多看几眼。而且庄丽娟心肠也好，回家时被人讨厌的赵明礼遇到困难时，庄丽娟还说服大家帮他。庄丽娟的手还巧，那面条擀得真叫一个好，摊在案子上条理分明，薄厚匀称。

叶长秀盯着庄丽娟看了一会儿忍不住说："别听他们男生

瞎胡闹。不过，你要真看上谁，你说出来，我们姐妹几个给你保驾，今后就嫁过来，我们也多个亲戚。"一阵打趣之后，江彩霞也将庄丽娟带来的菜炒出了锅，就等着烧水下面了。

江彩霞看着绿油油的菜，忍不住夹了一筷子放在嘴里，想先尝尝鲜味。菜刚到嘴里，江彩霞急忙一个箭步奔出厨房，在院子边上大口呕吐起来，女生们吓得惊慌失措，站在院子里正在说笑等饭吃的几个男生，见状也立即奔了过来。

高保民急促地问叶长秀到底发生了什么事。叶长秀说："彩霞炒好菜后尝了一下咸淡，就出现这种情况。"高保民说："莫不是菜有问题？"这时陈秋玲也闻讯跑来，她闻了闻炒好的一大盆菜，觉得味道有些怪怪的，拿筷子蘸了一点汤汁放在嘴里，顿时感觉苦涩难耐，同时立刻有恶心呕吐之感。陈秋玲干呕了几下，捶着胸说："菜你们先别吃，我让二爷爷看看。"

二爷爷到底是见多识广，他闻了闻、看了看便笑起来说："你们这菜肯定又是偷来的吧。这不是菜，是烟叶。长老了就是我们抽的旱烟，但幼苗时长得绿油油的，和菜是分不大出来的。闻这味道，这烟叶长老了一定是好烟叶。看来这盆菜你们是不能吃了，幸亏你们还没吃，要是吃了你们都得中毒，一两天都缓不过劲来。"

庄丽娟听后，吓得一句话都说不出来，急得直流眼泪。高保民见状说："庄同学送来也是好意，只是不认识。我们今后得多学点知识，种好我们的菜地。"柴国庆立即帮腔说："就是，金志强连夜去偷菜，黑灯瞎火的谁能分得清是菜还是烟叶，再说面也好了，不吃菜我们也能吃下去。"紧接着大家都对庄丽娟安慰了几句，万幸大家平安无事。

三十八

种茶的山坡地有五十多亩，坡度很大，是完全靠天收成的天落地，天不下雨，种的庄稼连种子都收不回来。高保民对徐星晗说："你要引水的话，看能不能把这些地的用水都解决了，今后扩大茶园就不愁水源了。"徐星晗睁大了眼睛看了看高保民，沉思了片刻说："你想法够大胆的，这要多少水才够用呀？"高保民说："我们搭好渡槽后，不是白天晚上不停地在流水吗？"徐星晗问："水存哪？"高保民说："挖水塘呀，活人还能让尿憋死？"

徐星晗欲言又止，他脑中在急速思考着。修水塘可是个很专业的技术活，没有金刚钻，是不敢揽这个瓷器活的。徐星晗对高保民说："这活我怕干不了，还是请个人吧。"高保民和徐星晗的对话，立刻引起了柴国庆、刘西安的注意，柴国庆说："你先试试，好歹试试才知道。"徐星晗看看四周说："那就赶鸭子上架，做不好大家不要怪我。今天下午我们现场丈量一下。"说完他又对陈二狗说："二狗，你有长尺子吗？下午带来量量地。"陈二狗闻声答道："放心。"

下午，骄阳明媚，瓦蓝如洗的天空没有一丝云彩。徐星晗有模有样地找了块木板，又找了几张纸用图钉钉在木板上，

197

现场勘察绘图准备一切就绪。他先画了张地貌实景图，山水房舍跃然纸上，地块林木了然醒目，活脱一幅山水画卷，在场的人看了无不惊叹。徐星晗画的第二张就是数据图了，只见陈二狗拿着丈地的木尺来回比画，柴国庆、刘西安忙前跑后，叶长秀、夏桂岚跟着丈量复核数据，江彩霞记录。吴玉花看着一群人行云流水般的操作，相得益彰的配合，内心激动无比，她仿佛看见了流淌的清泉，仿佛看见了青翠碧绿的茶苗。她深深地意识到，农村太需要文化了，需要这样有知识的年轻人。

傍晚的陈家院子格外地热闹。明月无私地把碎银子撒向大地，徐徐清风仍然给初春的牧马河畔带来了阵阵寒意。自从知青们回队后，每天晚上都有很多村民来到陈家院子闲聊，仿佛这里是清水湾的文化活动中心，不但能长见识，还能看看城里来的俊男靓女。而今晚来到陈家院子的村民格外多，陈秋玲把家里能坐的凳子全搬了出来，仍有很多人站在院子里，但这并不影响村民们的情绪。

村民们听说了学娃子们要挖水塘的事，都很好奇。队上这片山坡地，还是十几年以前开荒造出的地。每年种这块地时，全队的劳力都得担水浇地，而只要连续两天太阳暴晒，庄稼苗就又旱了，村民们叫苦不迭。

前些年也有驻队干部提出修个水库，但怎么盘算也得不偿失，以后就再无下文了。这次知青学娃子们大胆的想法，自然引起了村民们的好奇和关注。面对村民们的好奇，陈秋玲拍拍手说：“今晚村上的老少爷们儿都来了，都操心这事，我看让高保民说说设想吧，大家的事大家合计着来。”说完向高保民招招手，让他介绍情况。

高保民腼腆地站起来，摸了摸头，不知从何说起。他拉起徐星晗说："让徐星晗先说吧，我来补充。"面对满院子的村民，徐星晗结结巴巴："我，我真的不会讲话。"刘西安说："就你的嘴皮子最利索，放开胆子说吧，别扭捏了。"徐星晗说："那我也不知道从哪里说起？"陈二狗急了，说道："你就从江彩霞提出搭渡槽开始吧。"

徐星晗清了清嗓子说："我们看到几十亩地浇不上水，怪可惜的。高保民提出了引水浇灌，江彩霞提出了搭渡槽，都是好主意。我们这两天勘察了一下，想先把水利用渡槽引到坡地上，再靠山边挖个水塘蓄水，这样就能解决浇地问题。关于在坡地上怎么浇水，刘西安和柴国庆想出了好主意，让他们给大伙说说。"徐星晗又把皮球踢给了刘西安。

就在刘西安和柴国庆互相推托时，徐星晗带头鼓起了掌，接着满院子的人都一起热烈鼓掌，刘西安不好意思地站了起来。他不敢看满院子的人，心慌意乱地一句话都说不出来。徐星晗面对一脸无助的刘西安说："你平时嘴皮子比我还利索，就说挖沟吧。"刘西安总算清醒了，他说："我们想搭渡槽把水引过来后，在坡地上挖一些排水沟，就像小学生的作业本一样，在坡地上形成浇灌网，想怎么浇就怎么浇，反正清水沟里有的是水，还白天晚上不停地流。"说完话，刘西安急忙坐下。

高保民站起来接着说："刚才他们说了引水、浇水，我说一下蓄水，如果有个水塘，那么这块坡地就能旱涝保收了。"一阵热烈的掌声响起，这是清水湾村民发自肺腑的掌声。掌声刚一停息，村民七嘴八舌地议论开了，都夸赞学娃子有知识、有见识。

陈秋玲站起来拍拍手要村民们安静，她说："今天来的社员比社员大会还齐整，今天就算是一次社员大会吧。既然大家都同意，我们上报大队后就开始干，现在正好还没有进入大忙季节，活也好安排，谢谢大家了。"

三十九

现在在清水湾，再没有比挖水塘更大的事情了。这件事也传遍了牧马河两岸。一大早，高保民、徐星晗一众知青和陈二狗便来到坡地上划地放线，作开挖前的准备。只见地边的一块大石头上，坐着一位满头银发的老太太。

老太太有七十多岁，头上围着黑色的布帕，脸上的皱纹写满了沧桑。看得出，老太太还是个爱干净的利索人，黑布的斜襟大褂干净平整，小脚上合脚的黑布鞋没有一点灰垢，扎在裤子口的绑腿带上还能看见花纹。

陈二狗看见老太太，急忙上前说："这不是杜家婆婆吗，你老人家坐这里干啥？当心受凉了。"杜老太太拿起拐杖在石头上敲了敲说："听说你们要在这块地里挖水塘？"陈二狗忙说："是呀，这块地常年缺水，种的庄稼连种子都收不回来，没办法呀老人家。"杜老太太听后，用拐杖狠狠地在石头上敲了几下，斩钉截铁地说："这个水塘不能挖，谁要挖就把我这把老骨头给挖了。"陈二狗一脸无奈地对知青们说："那我们就先回去再说吧。"

杜老太太是个五保户，还是个受人尊敬的烈属。早年，杜老太太家是做小买卖的，杜老太太也读过几年书。她有个哥哥，1946年在四川被国民党特务杀害了。她丈夫是入赘到杜家的孤儿，一直跟着哥哥做事。哥哥被杀害后，丈夫回来报信，并把家从二里坝搬回了清水湾，就住在荒坡地上面的沟渠边，丈夫在1947年也神秘失踪了。后来，她坚决地让人把唯一的儿子带走参加了解放军。1952年，儿子在抗美援朝中牺牲了。至今村里人都不知道杜老太太的全名，户口簿上写的是杜陈氏。

杜老太太不让队上挖水塘的事，像风一样传遍了牧马河畔。杜老太太为什么不让挖？也传出了许多版本的故事，村民们从不缺乏想象力。有人说那片荒地是杜家祖坟，也有人说杜老太太的男人就埋在坡地里。总之，这件事引起了公社领导的高度重视。

陈学文被公社领导找去谈话后，感到有些头大。公社肯定了挖水塘的做法，符合农林牧副渔全面发展的政策，是好事。但杜老太太的事情处理不好，那可是关系烈属的政治问题。最关键的是，公社要求必须搞清楚，杜老太太到底为什么不让挖。

陈秋玲和叶长秀、夏桂岚、江彩霞接受了访问杜老太太的任务后，去镇上买了些礼品，但四个人都不知道怎么对杜老太太做工作，怎么样才能让老太太解开心结？

春天的牧马河畔，万物竞秀，百花吐芳。但早上的清水湾，晨风中依然能感到阵阵寒意。陈秋玲和叶长秀一行四人踏上了重任之旅。她们刚走到坡上，便见一个老太太坐在路边的大石头上，手里拿着块手帕不时地擦着眼睛，从老人家红肿的眼眶可以看出，老人家已经哭了很长时间了。

陈秋玲见状，急忙上前拉着老人的手说："杜婆婆呀，这么冷的天，冻坏了身子咋得了啊？"江彩霞立即脱下外套，披在了杜婆婆的身上，叶长秀和夏桂岚也围了上去。一时间，四个青春少女给老太太揉肩的、搓手的、捶背的都忙活起来，反倒是杜老太太不自在起来。她急忙说："使不得，使不得。"

杜老太太看着江彩霞、叶长秀和夏桂岚，问陈秋玲说："她们三个面生得很。"陈秋玲说："她们都是西安来我们清水湾插队落户的学生，现在是我们队的社员，就住在陈家院子，今天我们来看看你老人家。"杜老太太说："多好的女娃呀，真是难为你们了，农村苦呀，你们受累了。"说着又拿起手帕擦了擦眼睛，一句话说得几个人也差点流下眼泪。

杜婆婆又问江彩霞："挖水塘是你们学娃子提出来的？"江彩霞听到问话，不知如何回答，紧张得心脏都快冒出嗓子眼了。她看看陈秋玲，又看看叶长秀和夏桂岚，希望有个救星能出来解围。然而几个人都红着脸，一句话都不说。江彩霞自己给自己壮了壮胆说："我们看着坡上没水，打不出粮食，心里急，就想出了这个办法。"江彩霞说完，大家都没有人再接一句话，空气仿佛凝固了一般，只有习习凉风，仍然在不识趣地吹。

杜婆婆长长地叹了一口气说："都是我那死鬼男人害的，死了还要折腾活人。"说完又连续地叹息。叶长秀看看陈秋玲说："这里有些冷，我们还是扶杜婆婆回家吧。"杜婆婆听后站起来说："好吧，回去我慢慢说给你们听。"一行人扶着杜婆婆小心翼翼地往家走去。

杜婆婆的家，就在坡地往南几十米的山坡上，两间瓦房是几年前政府出钱给翻修的，干净敞亮，一间偏厦是厨房圈舍，也修得整齐实用。院子不大，但干净平整，有八九只鸡在院子边的竹林里刨食。杜婆婆让陈秋玲她们坐定后，说几句感谢送她回家的客气话后便言归正传说："我不是胡搅蛮缠的人，我感谢政府、感谢共产党，是国家养活着我。这几天我也想了很多，人要知恩图报。我把事情的根根底底给你们讲讲。"

四十

　　杜婆婆娘家原本是比较富有的，丈夫家的老屋就在现在住的地方。丈夫 15 岁的时候父母都不在了，就在杜家帮工当学徒。

　　"民国二十九年我们结婚，他是上门女婿，就随我们家姓杜了。我只有一个哥哥，是个在省城上过学的读书人。

　　"民国三十三年，我哥带着他到四川做生意，把家里的钱都掏空了。那时候我唯一的儿子才三岁，长年见不到我男人。直到民国三十五年，一个大冬天的夜里，我男人急匆匆地回来，要我们连夜搬家，说我哥哥被国民党杀害了。

　　"第二年，我男人的朋友来找我说了三件事：一是说我男人可能回不来了。我当时就想，可能和我哥哥一样不在了，但我总希望他还活着。第二件事就是我们娘俩可能被追杀，我男人希望来的人把我们带走。我想来想去，最后让来的人把我儿子带走参加了解放军。解放后，我一年能收到儿子两三封信，我高兴呀，儿子有出息了。

　　"我男人的朋友说的第三件事，就是和你们挖水塘有关。他说给我们娘俩儿留了个罐子，就埋在荒坡地大石头前一丈远的地方，我也不知道真假，也不知道里边是啥东西，我就只当是我男人埋在那里，只当是一点念想，所以我经常去那里和他说说话。"

杜婆婆一边说一边擦着眼泪："前几天我不让你们挖，是怕我最后一点念想也没有了。现在我想了，你们挖水塘也是为集体的事，你们就挖吧，如果真挖出个罐子，还要麻烦你们找个地方把它埋了，给我留个和我男人说话的地方。"

杜婆婆抽泣着说完话，又不停地擦眼泪。江彩霞、陈秋玲、叶长秀和夏桂岚也一直陪着杜婆婆流泪。她们听得出，杜婆婆用朴素的语言，讲述了这片红色土地上，革命先烈可歌可泣的悲壮故事。

清晨的荒坡地上，人们早早地来到了地边，人多得可以用人山人海来形容。公社的全体党委委员和公社干部、各个大队的支部书记、清水湾大队的全体小队以上干部、清水湾三队的全体社员都到了。公社要召开个改造荒坡的现场会，为的是在全公社推动农林牧副渔业全面发展，所有参会人员和三队社员一起义务劳动挖水塘。

公社焦书记考虑再三不让提挖罐子的事。如果挖不出罐子，如果挖出的罐子带有迷信色彩，如果调查落实后事情与杜婆婆的话有出入，那就会造成不好的负面影响。再者现场会是为了帮助清水湾挖好水塘，改造荒坡地，起到正面的推动作用。

而挖罐子却是村民们最关心的话题，三乡五里的村民早早来到坡上，希望找个能看清楚的好位置，能看到满罐的真金白银、奇珍异宝。因而看热闹的比参会的人还要多。

杜婆婆今天穿着更加肃穆，黑布大襟衣服和黑布裤干净平整，黑布帕帕严实地包裹着满头银发，小脚上的黑面白底鞋黑白分明，大红袜子在脚腕上格外醒目。杜婆婆今天表情特别凝重，二十几年与她相伴的谜底就要揭开，她默默地在心里告诉自己男人不要怪自己，换个地方，再好好地说说话。

一阵鞭炮声响过，挖水塘的工作开始了。按照高保民、徐星晗、陈二狗他们提前用石灰放的线，水塘靠山边开挖，宽两丈，长六丈，深五尺。当然，如果还没挖出罐子的话，可能还要挖得更深一些。

一百多人的劳动场面热火朝天，有些看热闹的村民也加入了运土的行列，工程进度出奇的快。本来需要几天才能挖完的工程，多半天已初步成型。然而，还是没有宝贝罐子的踪影。一直陪伴杜婆婆左右的江彩霞和叶长秀也非常着急，已经被问了几次确切位置的杜婆婆也有些说不清楚了。她再次含糊地说："来人就说的是这地方。"

就在人们焦急期盼时，有人突然叫喊："这里好像有东西。"随着声音，公社焦书记大声叫陈学文说："你找几个人亲自挖，千万要小心点。"说着要求所有在水塘里的人全部上去。

坡地上安静了，安静得好像四周没有人一样。水塘四周排成了厚厚的人墙，人们踮着脚，屏着呼吸，睁大了眼睛，生怕错过了一直期盼的瞬间。杜婆婆终于长长地叹了一口气，然而她的心又更加忐忑不安了，究竟里面会有什么？

终于，高保民和徐星晗在土里刨出一个黑罐子，轻轻地清理了罐子上的泥土，把罐子小心翼翼地端到焦书记面前，等待他的决定。焦书记说："还是杜婆婆拿主意吧。"杜婆婆说："让学文给拆开吧。"陈学文看看杜婆婆，又看看围观的人群，最后把眼光定格在焦书记的脸上。焦书记微微向陈学文点点头。

罐子不太大，最多有排球大小。擦去泥土后，罐子显出了黑亮的釉光。罐子口沿上，用很细的麻绳一层又一层地扎着很多层油纸，防水做得很好。打开油纸，陈学文让杜婆婆看罐子里面有啥东西。杜婆婆看了看，好像啥也没有，再仔细一看，好像有个纸包。她看着陈学文犹豫了片刻，颤抖的手终于伸进了罐子。

就在杜婆婆把手伸进罐子时，几百双眼睛，一齐盯着她的每一个动作，等待她取出深藏地下几十年的神秘物品。杜婆婆的手越发颤抖了，眼泪不断线地流淌。她慢慢地从罐子抽出手，手里一个像书一样的小纸包呈现在众人面前。围观的现场顿时喧闹了起来，陈学文向众人摆摆手，现场立刻又安静了下来。

只见杜婆婆取出一块洁白的手绢，让江彩霞铺在地上，又轻轻地把纸包放在上面。杜婆婆抬起头，用手帕使劲地擦了擦眼泪，对江彩霞说："姑娘，你帮我拆开吧，难为你了。"江彩霞也没想到会接到这样的委托。面对黑压压的人群，江彩霞满脸通红。她看看焦书记和陈学文，他们都点点头表示支持，陈秋玲拉拉江彩霞的手说："那就拆吧，小心点。"杜婆婆也不断地点头鼓励，江彩霞鼓起勇气，慢慢开始拆解。

江彩霞知道，这不是一般的纸包。这是丈夫给妻儿留下的寄托，这是妻子对丈夫的唯一念想，这也是妻子幻想丈夫还活在人间的希望。江彩霞一点一点地、小心又小心地剥开一层又一层的油纸。五层油纸完全揭开后，呈现在所有人面前的是两样物品：一块还有些光亮的银圆，还有一张叠得很整齐的纸。杜婆婆擦着眼泪说："把纸打开吧，不管说啥我都受得住。"江彩霞轻轻地打开压在银圆下的纸张，看了内容后，她激动得脑门上流出了热汗，她顾不上还在痛哭的杜婆婆，直接将纸用双手交到了焦世民书记的手上。这不是丈夫写给妻子的情话，也不是留给妻儿的银两票据，这是一张证明。

焦书记反复地看了几遍内容后，慢慢地走到杜婆婆面前，满眼泪花向杜婆婆深深地鞠了一躬说："杜婆婆，这是一张你丈夫的证明信。我想代表公社党委把这个证明当众念一下，你看行吗？"当焦书记向杜婆婆鞠躬时，杜婆婆又错愕又不安，她听焦书记说要读丈夫的证明，立刻同意。

焦世民站在杜婆婆的身边大声说："这是杜婆婆丈夫的身份证明，我在这里念一下。证明，杜陈山同志于民国二十七年五月二十三日，被批准自愿加入中国共产党。并转交来党费贰块银圆。特此证明。中共陕南特委，证明人，汉江（手印）。民国二十七年七月十三日。"焦书记念完后，转身对杜婆婆说："这个证明我还要带回去落实一下，你同意吗？"这时杜婆婆已经哭得死去活来，她断断续续地说："都交给政府吧，罐子还是给我埋了吧。"陈学文马上说："杜婆婆放心吧，我来安排。"

焦世民对在场所有人大声说："我们牧马河两岸，是有革命传统的红色根据地，我们每个人，都要牢记革命先辈们的光辉历史，继承和发扬他们的革命精神。现在我提议，向革命先烈的亲属，向受我们尊敬的杜婆婆鞠躬致敬。"

四十一

经过大队同意，高保民带着几个知青与陈二狗一起上山砍棕树。陈二狗选中几棵树后，高保民几个七手八脚，不到半天工夫便将几棵树砍倒抬下了山。陈二狗熟练地画线掏树心，高保民便和徐星晗、张宝贵三人选择高差较大的位置，按照陈二狗的安排，在河沟里拣出一些大的石头，将高处填得更高，使水流形成了湍急的落差。柴国庆、刘西安给陈二狗打下手掏树心，做河沟里架槽的木架。一时间六个人工作的场景，还真有了些工地的模样。虽然知青们没有做木工的经验，毕竟年轻有把子力气，又有知识，经陈二狗点拨，工程的进度还是令人满意的。

天空渐渐地暗了下来，高保民他们仍然没有停下来的意思。突然山坡上传出一声惨叫，把众人都惊呆了。陈二狗马上说："可能是放牛的春喜娃出事了。"高保民说："大家快上山救人。"高保民和其他同学二话不说，快步向山坡上奔去。好在只有不到半里路，几个人说话间到了坡上，只见放牛的春喜倒在坡上，嘴里还不停地发出惨叫声。

高保民一把抱起春喜，春喜哭着说："蛇，有蛇咬了脚。"高保民一看，只见孩子脚脖子上有几个黑点，从黑点里冒着发黑的血。

春喜是队里陈富川的儿子，今年也就八九岁年纪。陈富川是队上的贫困户，八十多岁的母亲不仅双眼失明，还长年有病。陈富川有两个哥哥，一个前几年修水库放炮开石时被炸死了，还有一个在队上组织上山打猎度春荒时，被黑熊给伤了，腿上留下了残疾，至今还靠拐杖走路。家里只能靠陈富川挑大梁。队上为了照顾陈富川，给他分配了一个养牛的活，也可以多挣点工分。

春喜是陈富川唯一的儿子。上面两个姐姐，都还没有成年，辍学在家每天出工干活做家务，春喜还有两个妹妹。春喜娃每天放学后，第一件事就是放牛，顺便打些猪草。而放牛只能到山坡上，这里水草丰盛，牛容易吃饱，队上几家人放牛也都在这里。

春喜是光着脚上山的。队里有许多人家的孩子，春天后无论天晴下雨，都赤着脚，不是他们不爱穿鞋，而是家里穷，穿不起鞋。按大人们的说法，半大小子费鞋，一双鞋踢腾一个月就前边大脚趾出来，后跟脱了鞋底。

高保民看看春喜的伤口，脚脖子向上已经开始发肿，他意识到是毒蛇咬的，得赶快送医院。按照他知道的常识，必须先把腿扎住，免得毒液上行。他大声喊："谁有绳子，快、快、快!"徐星晗立即解下脚上的解放鞋鞋带递给高保民，其实他们几个知青穿的都是解放鞋，只是徐星晗的反应比较快。高保民用力地扎紧了春喜的小腿，两根鞋带扎了两道，防止毒液上窜。

扎完带子后，高保民抱起春喜娃，就要下山。只见春喜指

211

了指说："还有牛、猪草。"高保民说："国庆、西安你们两个牵牛背猪草，其他人收拾工具和我下山救春喜。"说着已大步流星地冲下山坡直奔队上。他知道，要是到公社医院还有很远的路，还要过牧马河，要耽误很长时间。回队上去找陈二爷爷，老爷子肯定有办法，再说江彩霞初来队上的时候，说过她有治蛇毒的药。

高保民抱着春喜快步下山，一路上越来越感到沉重，而他咬咬牙，顾不上满头流淌的热汗，快步冲进了陈家院子。张宝贵冲在前边，边跑边喊陈二爷爷。陈二爷爷坐在房前院子里刚装了一袋烟还没点着火，便见一行人心急火燎地冲进院子。

高保民大声说："二爷爷，春喜娃被蛇咬了，快救救他。"二爷爷急步迎上前去，看到春喜的腿上扎带子以下的部位已经肿得很大，意识到这是山上的蝮蛇所咬。二月二龙抬头的时节后，万物复苏，现在过了惊蛰节气，山上冬眠的蛇也开始活动。春天的蛇，经过一个冬天的冬眠，毒性也是最大的时候。陈二爷爷急急地跑回房取出看家的工具，准备给春喜娃先放毒清洗，这时陈秋玲、江彩霞、叶长秀、夏桂岚她们也闻讯赶了过来。

只见二爷爷小心地用酒精棉，擦了擦春喜带着黑血的伤口，用锋利的手术刀，轻轻在春喜伤口处划开一个十字，刹那间一股带着腥臭的污血，从蛇咬的几个牙印处流出，陈二爷爷随即给春喜扎下几根银针，然后又轻轻地按压肿胀的腿部，血越流越快，渐渐地黑血变成了红血。陈二爷长长地出了口气说："秋玲给我把药箱拿来，我先给他上点药，等会我再上山去采点。"

这时被惊得目瞪口呆的江彩霞，好像才醒过神来，她对二爷爷说："我来的时候，带了两盒蛇药，你看能用上吗？"二爷爷说："是纪得胜蛇药吗？"江彩霞说："我也记不太清楚了。"叶长秀急促地说："你先拿来让二爷爷看看。"江彩霞便大步跑回宿舍，她连同装药的书包一起拿了过来。

书包是江彩霞的宝贝，只见她急急忙忙一件一件地往外拿，一不小心连女人用的卫生带也掏了出来。她脸一下子红到了耳根。徐星晗见状说："这是啥东西，也没见你拿出来过。"叶长秀恶狠狠地瞪了徐星晗一眼说："这是给你的口罩，你戴不戴。"紧张严肃的气氛，立刻轻松了许多。

江彩霞红着脸，终于在书包底下找出一个用手帕包起来的小包，里边有感冒药、止泻药，还有两盒蛇药。她急切地递给二爷爷，二爷爷看了看盒子，面露一丝笑意说："是纪得胜蛇药，春喜娃有救了。"说着叫陈秋玲端一碗清水，给春喜灌下两片药，又将一个小盘子倒上水，放上几片药，压碎，搅成糊状。这时夏桂岚端来一盆水，按二爷的吩咐，给春喜洗了脚，江彩霞又用酒精棉，给春喜娃清理了创面，一干人的配合相当顺畅。二爷爷这时让江彩霞将调好的蛇药，涂抹在春喜的伤口。一切都是那么的自然、和谐。二爷爷说："再等十几分钟吧。"便让春喜娃躺在二爷爷的竹椅上，慢慢地，春喜睁开了双眼。二爷爷说："药已经起作用了，春喜没有危险了。"

高保民他们抱着春喜下山后，刘西安背上春喜的背篓，柴国庆牵着牛，二人一前一后准备下山。柴国庆问刘西安："你骑过牛吗？"刘西安说："在公园里骑过马。"柴国庆说："你看书里边写的，牧童骑在牛背上，吹着笛子，多么有诗情画意呀，我也想骑上牛试试。"说着一个鱼跃爬在了牛背上，可还没等骑上去，牛一惊，猛地蹿出几步。可怜柴国庆重重地从牛背上摔了下来，正好有个大石头，腿与石头激烈地产生了一次亲密接触，疼得柴国庆龇牙咧嘴，大呼小叫，一旁的刘西安则笑得前俯后仰。

柴国庆艰难地站了起来，一看自己唯一能穿出门的裤子，撕开了一个大口子，一时间恼怒气愤涌上心头，他捡起地上一块大石头猛地朝牛屁股上砸去。牛遭到重击，晃了一下身子，东摇西晃地朝前奔去。突然前蹄一个踩空，一头栽到路边的沟渠里，只听见重重的一声巨响，伴随着牛的一声哀鸣，沟渠里溅起了丈余高的水花。顷刻间沟渠里的水被牛堵住，聚高的水又翻过牛背向下流去。

看到此情景，柴国庆吓得头皮发麻，他不由自主地跪在地上，号啕大哭起来。他根本没想到，一时的好奇心竟然惹下了惊天大祸。刚到农村时，公安就抓了一个致残耕牛的农民，那人打断了一条牛腿，据说被判了两年有期徒刑。现在一条活生生的牛，死在了自己面前。对于农民来说，耕牛就是最重要的生产资料了。刘西安见状也没法劝，他只好说："你在这里等着，我去队上叫人。"说着背上春喜的猪草背篓，飞一般地向队上跑去。

四十二

陈家院子里热闹非凡，春喜被蛇咬的消息，像长了翅膀一样传遍了清水湾，知青学娃子救了春喜的消息，也传遍了牧马河两岸。前来看热闹的、慰问的、好奇的人，挤满了陈家院子。有很多人想知道，春喜娃是怎么被救活的。因为在米仓山上，植被茂密，林深竹幽，山上的蛇自然是少不了的，常有村民被蛇咬，不是不治丧命，就是留下残疾。村民们怎么也想不到，竟然是城里来的学娃子救了春喜的命。

当然最为激动的是春喜的父亲陈富川。他听到消息后，立刻带着全家人来到陈家院子，当看到春喜已经可以站起来时，四十多岁的汉子竟然泪流满面，春喜的娘和两个姐姐也哭得泪人一样。山里人不会说客套话，见此情此景，更是语无伦次，反反复复地就一句话："你们是我家的恩人，你们是我家的大恩人。"

陈富川夫妻就这么一个宝贝儿子，一心想让儿子春喜光耀门庭、传宗接代。要不是知青学娃子救了他儿子，他死的心恐怕都会有。山里人实在，淳朴，没有几句客套话，陈富川拉过媳妇和女儿们，齐刷刷地跪在了高保民他们面前。高保民、叶长秀、江彩霞他们几个人一时不知所措，急忙上前扶起陈富川

215

一家。

陈富川一把拉过只知道伤心动情的媳妇说："你个傻婆娘，别光顾着哭，赶快回家把房梁上的那块腊肉拿来，记住把那坛子红豆腐也抱来。你看学娃子们累了一天，到现在连饭都没吃，你看家里还有啥能吃的，都拿过来，我这条老命给学娃子我都愿意。"说完，只见陈富川媳妇和两个女儿拔腿就朝家跑去。看热闹的村民中，有些人也说要回家去拿些吃食，不能饿着学娃子们。

站在边上的陈二爷爷、陈学文和陈秋玲几个眼圈也红了。江彩霞、叶长秀、夏桂岚她们本来眼窝就浅，见此情况早已是满眼泪花。高保民、徐星晗、张宝贵几个也是手足无措，不知说啥好。他们心里，真正感受到了清水湾的可爱，感受到了清水湾村民的可爱。村民们淳朴憨实的品行，实实在在地给知青们上了生动的一课，教会了他们做人，教会了他们感恩，教会了他们怎样迈出今后人生的脚步。

就在人们还沉浸在激动的情绪中时，只见刘西安背着春喜的猪草背篓，急匆匆地挤进人群，走到高保民跟前说："大事不好了，牛摔死在沟里了，柴国庆还在沟边等着呢。"高保民一时没回过神来，他再一次问刘西安："你说啥？"刘国庆再次说："牛摔死在沟里了。"高保民听后，惊得下巴都快要掉下来了。

陈学文也听到了刘西安的话，急忙走过来问："是咋回事？"刘西安说："我和柴国庆赶着牛回家，天也快黑了，国庆就赶得有点急，牛却不肯走，慢腾腾的像散步一样挪着脚步走。国庆就抽了它一鞭子，牛快走了两步，但前蹄踩空到沟边的松土上，一头就栽了下去。现在还在沟里，我们下去看时已经没气了，我们也拉不动，我就先回来报信。"

刘西安当然避重就轻，他故意没有说骑牛和用石头砸牛的情节。然而牛死了，刘西安和柴国庆同时赶牛，死活都是脱不了干系的，再者他也是有意想保住柴国庆，怎么也不能说是因骑牛砸牛而引起。打死耕牛，可是要判刑的大罪呀。

陈学文二话没说，但到底是村支书，他估摸肯定有隐情，但学娃子初来乍到，也不能一棍子打死，便吩咐陈秋玲说："安排十个壮劳力，带上绳子杠子，我们先把牛抬回来再说。"说完又对着满院子议论纷纷、七嘴八舌的村民们说："都不要瞎吵吵了，这头牛本来就是头病牛，在队上也干了八九年的力气活了，去年秋天后就再不能下力了，死也是迟早的事情。现在我再次说句狠话，谁要再吵吵，我可就不客气了。先把牛抬回来再说。"

四十三

陈学文在整个大队，威望是很高的，不光因为他是退伍军人，又当了十几年的村支书，关键是他大公无私，任何事情先人后己，一碗水端得平。他在村里大事小情都和村民们商量着办，从不武断。但是他认准了的事，只要符合大多数村民的利益，他又刚毅果断，九头牛都别想拉得动。

除此之外，陈家是大姓，整个大队没有谁家不和陈家沾亲带故的。陈二爷爷，又是个德高望重的杏林高手，多少乡亲在他的手下消了病除了灾，而且多少人看了病连药钱都没付。所以陈二爷爷在村上简直就是神一样的人物。再者，陈秋玲初中毕业担任妇女队长后，婆娘们的家长里短、是是非非的事，减少了八成，村里村外的姑娘媳妇没有不说陈秋玲好的，就连一些生了一大堆娃的婆娘们，也生怕陈秋玲嫁到了外村，她们就少了一个主心骨，一个贴心人。

一袋烟的工夫，村上十几个壮劳力，带着绳子杠子等家伙，汇集在陈家院子。对于抬扛这些大牲口，清水湾的人可有的是办法。每年陈学文组织打猎队上山围猎，不管多大的狗熊、野猪都能给抬回村里。但这一次不一样，是一头牛死在水沟里，而且路边离沟底还有一丈多深，所以村民们准备的家伙就得更加称手上劲了。

随着陈学文低沉有力的一声"走了"，一支打着火把的队伍出发了。像往常上山围猎一样，村民们到场目送着自家的丈夫后生出征。不同的是，以往上山围猎，婆娘们都生怕上山的人出点意外，伤筋动骨。而这次是在村边的坡上抬死了的耕牛，女人们一点不担心丈夫儿子们的安危，反倒有些高兴，明天就有牛肉吃了。

清水湾人日子是平静的，但生活也是清苦的。每年春上青黄不接的时节，不要说吃肉了，就连干一点的饭食，也只能留给下苦力的男人们，家家户户都没有多余的粮食，只能干一顿稀两顿的凑合，连平时喂猪的糠皮麸子有的人家也煮进锅里。但清水湾从来没人喊穷喊苦，家家都过这样的清苦日子，能说给谁听呢？即使上边给点救济粮、救济款啥的，也没人争没人抢。

谁困难，谁有灾有难，村支书陈学文肚子里有一本账。村民们知道陈学文不会照顾亲戚，所以也没人上大队、去公社喊天哭地。所以清水湾平静得就像牧马河静静流淌的河水一样，年复一年的平静。

宛如长蛇的火把队伍到达山边时，那头劳作下力八九年的耕牛，仍然躺在沟渠中，庞大的身躯严严实实地堵住了正在流淌的溪水。牛的身前形成了一个不小的堰塞湖，从山上流淌下来的涓涓细流，在堰塞湖聚合后，又翻过牛背形成不少细细的瀑布向下流去。

陈学文下到水里，仔细察看了牛在沟渠中的情况，他惊奇地发现，牛屁股处有一块皮已经破了，而且破口处应该流了不

219

少血。这是怎么破的呢？他宁可相信是牛摔到沟里时扎破的，也不相信是被人用钝物砸破的。他微微皱了皱眉头，没有说什么。他内心在激烈地斗争着，如果是人为的伤痕，那么问题会非常严重，弄不好就会毁了一个人的一生。他不断地飞快地转动着大脑，他暗暗地咬咬牙想："无论如何也要保住知青学娃子。"

忽然他的脑海里又灵光一现，这不是头病牛吗？年前已经不能下力干活了，看了几次兽医也不见好转。公社兽医不是也说这头牛怕是不能再出力了，言外之意是这头牛已经不行了？他想了想怎么向公社报告，怎么自圆其说，保护学娃子。他要连夜去找兽医对个口径，以免节外生枝，事情会糟糕得没法收拾。

村民们站在沟渠上，借着十几个火把的亮光，人们齐刷刷地盯着支书陈学文的脸，等待他发出指令。陈学文看出了大家的意思，摆摆手说："下来几个人，把牛腿捆上，在沟渠里插根杠子，架上滑轮，把牛拉上去。"别看村民平时只干扛锄把的农活，干起这种还带有机械原理的活来，一点也不手生，三下五除二，七手八脚的几下，就把牛从沟渠中吊了起来。哗啦一声，堰塞湖不见了，哗哗的流水又恢复了平时的姿态。

牛被滑轮绳索缓缓地拉了起来，在接近路面时，路上的人一齐用力，至少有四百斤的庞然大物，又被缓缓地拉到了路上，缓缓地放在了地上。有一个村民借着火把的光亮，发现了牛屁股上的伤口，大声喊了起来。陈学文狠狠地瞪了他一眼说："我早看见了，是摔下沟碰的"。村民看着支书像要冒出火的眼神，吓得吐了吐舌头，去干其他活了。

陈学文喊了声："前后架起杠子，四个人一齐抬。前边的火把照好路，起来放下都要听口令，夜里路不好走，注意脚下，要一口气抬到场院里。晚上再安排两人看守，防止野物抢食。明天早上我从公社回来就剥皮分肉，社员们也增加点荤腥，把春耕的活计干好。"随着陈学文的一声令下，山边上的火把又形成了一条明亮的火龙，慢慢向山下移动，移动。

四十四

半夜了，陈学文敲开了公社兽医站站长的门。说是站长，其实兽医站只有一个姓唐的兽医。他一关门，兽医站就关门，他一回来，整个兽医站也就回来了。唐医生下队去才回来，屋里还亮着灯，好像是准备吃饭。

陈学文推门进去，顺手从衣服口袋里拿出一瓶鹿龄特曲瓶装酒。在牧马河两岸，不是过年过节或婚丧嫁娶，一般是不会喝瓶装酒的，更不可能喝鹿龄特曲这样的好酒。

唐医生看着陈学文放在桌上的鹿龄特曲，不由得咽了口唾沫说："这都大半夜了，莫不是你们队里的牲口又遭病了？你也让我喘口气。我去后山回来刚进门，连水都没喝上一口呢。"陈学文笑了笑说："今晚让你喝两杯，明天还要请你吃牛肉呢。"唐医生说："你让我做梦吧，牛是宝贝疙瘩，我可不敢有那口福。"

陈学文撬开鹿龄特曲的酒瓶盖，熟门熟路地拿起两个玻璃杯，每个杯里倒了大半杯酒，又从口袋里拿出一个纸包往桌子上一摊，油亮油亮的油炸花生米露了出来。唐医生什么也顾不上了，抓了一把花生，端起酒杯就猛喝了一口，又把花生米倒进嘴里，大口地咬嚼起来。等把花生米咽下，端起酒杯准备喝第二口时才说："花生下酒，越喝越有，绝配呀。"说着又喝了第一口。

他美滋滋地品味着美酒美食，仿佛眼前根本就没有陈学文这个人，好像美酒和花生米都不是陈学文带来的，直到两口酒下肚，才斯文地拣起一粒花生米慢慢品着说："这一天一个队地蹿，把我这把老骨头都快累散架了。来，大支书我们走一个。"说着端起酒杯敬陈学文。陈学文说："才30出头的年岁，就说是老骨头，谁不知道你回家时如狼似虎，看见大姑娘小媳妇就凶光四射的。"说着与唐医生碰了碰酒杯喝了一口，唐医生则举杯一饮而尽。

说起唐医生，陈学文是最清楚他的根底的。他当过两年兵，回来后陈学文发现这小伙头脑灵光，学啥像啥。正好公社开会要选一个人学兽医，陈学文便推荐他去学习。

在农村，兽医也好歹是吃公家饭的。后来唐医生就成了真正的兽医，而对推荐他吃上公家饭的陈学文，当然恭敬有加，十分感谢。陈学文拿起酒瓶，给唐医生倒上酒，与他再次碰杯后才说："去年我们队上的那头老黄牛，在你这看了几次，也不见好，肚子越来越大，但力气一点没有，从去年秋天到现在就没下过一点力。今天下午在坡上回来时，栽到沟里死了，我想请你去看看，明天一早好给公社汇报。我们已经将牛抬回来了，你看是吃牛肝呢还是牛肚，任你挑。"

唐医生睁大了眼睛看着陈学文说："死了？""死了。"陈学文答道。唐医生若有所思地说："病死了好说，这摔死了就有些麻烦。不过你放心，我会给你出死亡证明的，但在公社你们怎么说？我就无能为力了。"

陈学文说："到公社我会说的，要不今晚你去看一眼？"唐

223

医生说："今天我就不看了，明天我一大早过去。这事你最好给书记直接说，完了我证明！这事不就结了，来，"说着对陈学文举起酒杯，"干了。"陈学文一仰脖子，放下酒杯说："天太晚了，你早点休息。"说着拉开门，消失在夜幕中。

天还没亮，陈学文就出门了，他急促地行进在牧马河畔。他知道，去公社要早，迟了公社领导们又下队走了。到了公社，炊事员刚做好早饭，陈学文看了看还是老三样，玉米糁子稀饭、馒头和咸菜。与炊事员打过招呼后，知道书记不在家，只有苏秘书在。

这时苏秘书还在洗脸，并用水将头发抹湿，再用梳子仔细地将头发梳得溜光水滑，然后在镜子前照来照去，直到感觉纹丝不乱时，又在脸上涂抹了一点百雀羚雪花膏，才算梳妆完毕。

陈学文站在院子里，反复思考着怎么向苏秘书汇报。按理说，陈学文是公社的党委委员，苏秘书还不是党委委员，但苏秘书毕竟是坐镇公社机关的公家人。他也知道苏秘书是鸡蛋里挑骨头的主儿，任何事情在他的眼里都有阶级斗争。也不知今天是福是祸，苏秘书又会找些什么麻烦。

其实陈学文也感到头大，昨晚将牛抬到场院后，他就让陈秋玲叫来了高保民、叶长秀，因为他们是知青联系人，又叫来了刘西安和柴国庆，仔细了解了事情的原委。刚开始，刘西安和柴国庆都一口咬定牛是自己前蹄踩空摔下去的。但陈学文却反复地让他们把牛屁股上的伤口说清楚，并暗示他们，只有说清楚才能保住他们。最后柴国庆哭着讲述了事情的原委，陈学文听后感觉和自己的猜想一致，也想好了保护学娃子的方式，才半夜去找唐医生。

四十五

苏秘书终于走出了房门，他看了看陈学文说："陈大支书一大早来公社，想必有重要事情吧？"说完，走进厨房端起一碗玉米稀饭，手上拿一个挺大的蒸馒头，慢条斯理地喝着，吃着，不时地还从碗里挑出细微的玉米渣扔在地上，静等着陈学文向他汇报。

陈学文见状，也笑着说："不急不急，也没什么大事，等苏大秘书吃完我们再说。"说着又在院子里边走动着，若无其事的东瞅瞅西望望。直到苏秘书放下碗筷，陈学文才跟随苏秘书进了房间。

苏秘书进房坐在办公桌前，也不让座便说："陈大支书，说吧，有什么事？"说完起身自顾自地泡了一杯茶，丝毫没有谦让陈学文的意思，又正襟危坐在自己的办公桌前，静等着陈学文开口。

说真的，苏秘书对陈学文有意见，意见还很深。有几次苏秘书对陈学文提出要去知青点看看，陈学文都委婉拒绝了。陈学文知道苏秘书的花花肠子，就是想去接触女知青。他第一次到清水湾知青点，就热情地拉着叶长秀的手不放，叶长秀挣也挣不脱，当着大家伙的面，叶长秀尴尬得面红耳赤，还是陈学文打岔才解除了危机。从此，陈学文就故意不安排苏秘书去各队知青点，尤其不让他和女知青接触。

在陈学文的心里，女学娃子刚长大成人，脸皮薄涉世不深，而苏秘书有家有室，不能给苏秘书这种人创造机会祸害女学生。就这样，苏秘书见了陈学文，鼻子不是鼻子，眼睛不是眼睛的，总找清水湾的茬。但陈学文行得端走得正，群众威望又极高，苏秘书也只好来个君子报仇十年不晚，等待机会伺机报复。

陈学文终于开口对苏秘书说："我们大队三队有头牛，去年下半年一直生病，看了很多次也不见效。最近一段时间连草也不好好吃，走起路来东摇西摆的，昨天傍晚在坡上吃草回来时，前蹄踩空摔到沟里摔死了。我这不一大早就过来向领导汇报，再就是向公社申请再给拨一头牛，拨头小牛也可以，请领导研究研究。"说完一个劲地给苏秘书点头赔笑。

苏秘书听完，一拍桌子说："你放了个灯草屁，死了牛说得比吹了根灯草还轻。这个事情要认真调查，看是不是阶级敌人在搞破坏，是谁放的牛先关起来再说。"陈学文一听知道事情有些麻烦了，便说："牛是春喜娃放的，他在山上被蛇咬伤了，高保民几个学娃子把他救了，两个知青学娃子帮孩子赶牛时牛摔死的。"陈学文在给苏秘书讲原委时添醋加油地说了许多知青学娃子的好。

但苏秘书油盐不进："不管是谁，只要是破坏农业生产资料都不行，都要严肃追究责任。"说着喊来炊事员说："你先跑一趟，叫几个民兵到清水湾三队去，协助调查耕牛死亡的事。武装部长不在你就去叫几个人，我现在就去清水湾。"

说完，苏秘书喝了一口茶，提起自己象征身份的公文包，也不给陈学文打招呼，直接出了门。陈学文忍气吞声紧随其后，直奔清水湾而去。

公社炊事员接到任务后，也心领神会。他知道苏秘书是想让他去叫苏秘书的小舅子，这种不出力挣工分的美差是轮不上别人的。

四十六

　　苏秘书和陈学文，一前一后到三队场院时，场院里挤满了人。唐医生已赶到现场，仔细看了牛的情况。只见苏秘书一脸严肃地挤进人群说："乡亲们都散开点，不要影响调查。"说完弯下腰要仔细地看已经死去的牛。刚要看时，却见几双穿着带带鞋、花尼龙袜的脚，他下意识地抬起头，看是叶长秀几个女知青，顿时满脸堆笑地上前拉着叶长秀的手说："谢谢你们呀，听陈支书说你们救了春喜娃，真不愧是毛主席的好知青呀。"

　　对于苏秘书一脸严肃一下变脸满脸堆笑，在场人都惊得不知所措。叶长秀想不能让苏秘书节外生枝，也就微笑着说："救人是应该的。最大的功劳是二爷爷、江彩霞、高保民他们。"苏秘书一看脸颊微红的江彩霞，眼睛突然放光彩，眼前这个江彩霞竟然美得像仙女下凡一样。他直接过去紧紧地拉住江彩霞的手，又是一阵肉麻的吹捧，说得江彩霞脸都红到了耳根子。

　　就在苏秘书拉着女知青手寒暄的当口，陈学文给高保民耳语说："一定要咬住牛是自己踏空摔死的，切记。"高保民立即给其他几个人耳语一番。

　　终于苏秘书松开了江彩霞的手，又干咳了一声说："耕牛

228

是我们农民的命根子，我们要认真调查事情的原委。实事求是是毛主席教导我们的工作方法，我们不会冤枉一个好人，要是有坏人破坏，我们也绝不留情，一定要严肃处理。"说完，才又认真看牛的情况。当他看到牛屁股上的伤口时，满脸严肃地说："牛是头朝下摔下沟的，屁股上的伤是怎么回事？这是砸伤的，竟然连皮都破了。"陈学文立刻上前说："这是摔下去时，碰到石头上伤的，昨晚在现场我认真查看过。"

苏秘书根本不听陈学文的解释。就在此时，苏秘书的小舅子带着四个壮汉到了现场。苏秘书心中一阵窃喜，又满脸严肃地说："当事人是谁，站出来。"柴国庆、刘西安从人群中站了出来，苏秘书大声说："为了调查清楚，民兵们先把他们两个带到公社去。"话音刚落，几个人蜂拥而上，还准备用绳子将两个人捆起来。现场顿时一片混乱，高保民猛然冲上前去，挡在苏秘书的小舅子等几个人面前，大声吼道："这还有没有王法？"

听到如雷贯耳的声音，几个手持绳索的人登时吓了一跳，又齐刷刷地看着苏秘书，等待他下最后的命令。高保民一声怒吼，叶长秀、江彩霞、夏桂岚、徐星晗、张宝贵几个人也站在了刘西安、柴国庆的前面，清水湾的乡亲们也都拥了过来。顿时场院中形成了两个鲜明的阵营，一方是知青和乡亲们，另一方则是显得势单力薄的苏秘书和其小舅子以及四个带来的人。庞大的知青和乡亲队伍，慢慢地向前移动着脚步，渐渐地将苏秘书几人围了起来。

苏秘书一看大事不好，脸立马阴转晴地微笑着对乡亲们说："我只是说叫他们去公社配合调查。"说着转过脸对他小舅子几人假模假式地说："这是人民内部矛盾，谁让你们捆人的。"说完，又抬起头看向站在场院最边上的陈学文，高声热情地喊道："陈支书，过来我们商量一下吧。"

陈学文这时才和唐医生走了过来。唐医生说："我检查过了，确实是因病体虚弱而摔死。再说这牛已经九岁了，也该淘汰了。从我几次给它看病的情况看，这头牛可能肚子里长东西了。如果不出我所料的话，可能长了瘤子，也可能长了牛黄。如果是长了牛黄的话，这头牛可就值钱了。"说完，转过头笑嘻嘻地看着陈学文，意思是说，该你说话了，你对我的表现还满意吧？

陈学文也不管苏秘书脸上复杂的表情，对着准备解牛的几个人说："那就先把牛解了，再看看是不是真的像唐医生说的有牛黄。"说完才对苏秘书说："领导，你看怎么样，你来决定吧。"苏秘书一脸的无奈，看着黑压压的人群，他也不敢犯众怒，只好摆摆手说："就这样办吧。"说完头也不回地走出人群，径直向公社方向走去。他小舅子几人见状也跟了上去。他小舅子凑上来说："姐夫，我们该怎么办？"苏秘书头也不回狠狠地说了句："成事不足，败事有余，都给我滚回去。"说完扬长而去。

四十七

　　清水湾的村民们笑声一片，像是在庆祝一场战斗的胜利。经过这一次，村民们和学娃子更近了，更亲了。学娃子救了春喜娃的事情也广为流传，而且越传越邪乎，居然说学娃子们在山上徒手抓蛇，把一条蛇活活掐死，救了春喜娃。

　　牛被解好了，村民们不关心牛是长了瘤子还是牛黄，因为这些东西都是不能下肚的。村民们关心的是能分到多少牛肉，关心的是队上会将牛头和下水煮一大锅，家家户户都能喝上牛杂汤。

　　高保民总算是松了一口气，而当事的柴国庆、刘西安则更是犹如大赦，惊魂未定。事件总算平息了，没想到一时的好奇，竟然闯下了如此大祸，要不是陈书记的宽容保护，真还不知道会是什么结局；要不是乡亲们的大度帮助，真不知道那个油头粉面的苏秘书，会下什么样的黑手。

　　牛肚子里还真像唐医生说的那样，掏出一个碗口大的、黑乎乎的硬东西。村民们不知道这个像石头一样的东西到底是个啥，急忙叫来陈学文和唐医生，不过他们俩也没见过。唐医生虽然是兽医，但也只是半路出家，哪见过什么肿瘤、什么牛黄。他只好说："不要把东西碰坏了。洗干净了，我送到县上

231

去检查检查再说吧。"

清水湾的人们，家家户户喜笑颜开地按人分到了牛肉，虽然每人只能分到八两牛肉，但在这青黄不接的春季，对于过年才能吃上肉的人们来说，也足以让大人小孩高兴上好几天的。尤其是牛的头、蹄、下水煮了两大锅，连汤带水的萝卜白菜牛杂汤，也让村民们吃得兴高采烈。

人们都知道那头牛不能干活出力，迟死不如早死，还给队上减轻了放养的负担。当然分肉是少不了公社和唐医生的。唐医生也算不贪心，没要肉，只要了一个牛肝，说是煮了慢慢下酒。给公社送去了五斤上好的牛腱子肉，外加一副牛百叶，这在农村也算是很重的礼了。毕竟对于县官不如现管的公社领导，那可是不敢得罪的。夸张点说，在他们手上有着天一样大的生杀大权。

陈学文还想让公社再给调拨一头牛，哪怕是小牛崽也好呀。说起来是调拨，最终还是要花钱的。但说到花钱，耕牛可是严控物资，任何人私下贩卖交易都是违法犯罪行为，是要坐牢的。谁敢触犯大罪，后果极其严重，所以没有调拨就是花钱也买不来。

高保民、叶长秀他们知青点，按村民一个半人的指标，分得了十斤牛肉，还另外送了四个已经把肉剔了个精光的牛腿骨。这可是个好东西呀，几个月都没沾过荤腥的年轻人，对队上的老老少少十分感激，感激他们不仅在柴国庆、刘西安致死耕牛的事上没有追究，反而还特别照顾。村民们说："学娃子们救了春喜娃，就是将牛肉都给学娃子们吃了，也不算过分。"牧马河畔的村民们，向来都是知恩图报，民风如同米仓山一样淳朴厚重。

自从学娃子救了春喜娃，清水湾的好事一件接着一件。被唐医生送到县上的那个黑疙瘩经鉴定，是一块一等品级的牛黄。牛黄是按照克来计价的，这个重量达八百多克的牛黄，竟然每克的价钱是三角钱，村民们别提有多惊喜了。

当然村民们不知道克是什么计量单位，只知道一斤多重的黑疙瘩竟然值二百多块钱。除此之外，县上还特意奖励给队上一头半岁的小公牛。既然是奖励，当然不用再花钱去买。队上得到这个让人喜不自胜的好消息，也毫不犹豫地将牛再次分配给春喜家放养。

不仅有钱和牛，县上还奖励给队上 2000 斤尿素化肥的指标，那可是队上一年多的指标了，比给几百块钱还要重要。有了这些化肥，今年的丰收也有了保证。不仅如此，县上还额外给了 500 斤救济粮的指标和 30 尺的布票。看着这些让人眼馋的奖励，其他村的村民们反复掰着手指头算着、议论着，但谁让他们队上的牛长不出宝贝呢？

清水湾的村民们说，这都是学娃子们带来的，学娃子们是福星。其实高保民、叶长秀他们清楚，他们是什么福星？明明是增加了村民的负担，八个人硬生生地要从村民嘴里分走十二个人的口粮，这一年最少就是六七千斤粮食呀。再说，他们刚到农村，肩不能挑，背不能扛，农活不会干，村民们却只记住了学娃子们的好，没有记学娃子们的不好，这就是善良的清水湾人。

高保民几个学娃子的事，尤其是救人的事，不仅广泛流传，也引起了公社的重视。公社决定召开个座谈会当众表扬一下，当然也是为了通报一下知青们几个月来的情况。参会的主要是各大队的知青代表和知青联系人、各大队的支部书记。高保民、叶长秀、江彩霞都参会，他们既是联系人、代表，还是受表扬的人，高保民还在会上作了发言。

但与此形成强烈对比的是，公社汇总的一些数据，让高保民、叶长秀、江彩霞三人在会上如坐针毡。全公社各大队共有知青一百多人，几个月中，知青间发生打架五次，知青和农民打架三次，各队丢失的鸡鸭共有二十多只，农民告发知青偷菜的事情超过一百次。竟然有个队的知青为了偷杀一条赶山的猎狗，用烧饼把狗引诱进房后，下套子套住吊在房梁上，企图用乱棍打死。谁知狗没打死，四个知青反被狗追咬，幸好几个人没被狗咬伤，狗也逃了出去。

会上，作为公社知青总联系人的苏秘书，当然没有放过这次表现的机会，大讲特讲了一些阶级斗争的理论，展现了一下优秀的口才天赋。然而公社焦书记总揽全局，还是侧重表扬了知青的好人好事，把偷鸡摸狗的事轻描淡写地归结为知青们还没有适应艰苦的生产生活环境，归结为各大队在生产生活中对知青关心不够，又特意表扬了清水湾大队村民们，关心帮助照顾知青生活，使知青们融合在村民中，展现了新型的村民与知青们的和谐融洽关系。

四十八

  五月的清水湾仍是往日的祥和平静。吴玉花和高保民等人种的茶园也初见模样。由于渡槽日夜不停将水引向山坡，以往只能靠天吃饭的几十亩坡地上，已形成了连片的茶园，行行洼洼青枝绿叶，长势喜人。按照吴玉花的设想，明年春天就可以采摘一些春茶了。同时，茶园里又育种了好几亩茶苗，已有其他队的人来联系购买茶苗了。如果每棵苗能卖到一分钱，几亩茶苗就能卖上几百元，那真是一笔可观的收入。

  多少年来，这些坡地上只能种苞谷。年景好的时候，每亩地也只能收上百十斤玉米。如果遇上旱年，有时候连种子都收不回来。虽然同是清水湾，但清水就是上不了坡，照顾不到这些靠近山根的坡地。所以全队劳动日只值几分钱，出的力大，下的苦多，但还得看老天爷的脸色。

  搭好渡槽后，虽然渡槽流的水流小，但是日夜不息地流淌，新挖的水塘也蓄满了水。山脚下的这些坡地，终于得到了清水湾清水的滋润。茶园有了可靠的水源保证，高保民他们的菜地也得到了保证。一个多月的时间，菜地的青菜翠绿翠绿的，可以下锅了，茄子辣椒也陆续开始摘吃，黄瓜西红柿更是在菜地里摘下来就能吃，那绝对是新鲜水灵没有一丝的污染。

每天高保民、叶长秀都安排人去采摘，知青点从此告别了无菜可吃的境况。有时菜长得太快吃不了，叶长秀还给二爷爷、春喜家等村民送去，就差赶集去卖了。

遍地金黄的油菜花，已经脱去了它美丽的外衣，抽出一个个饱满的油菜角，只等着收割日子的临近。亮油油的麦苗已经抽穗，尖刺般的麦芒，像是锋利的金针，在保护着麦粒的成熟，看来今年的清水湾夏粮丰收在望。

经过半年多的习作劳动，高保民他们几个男生已经适应了劳动的环境和方式，劳动工分经过重新评定，除高保民为每个劳作日十分工以外，其余的徐星晗、刘西安、柴国庆和张宝贵每人每天也上调到了九分半。他们对此很满足。队上说夏种夏收后，根据情况还要再行评定。

叶长秀、夏桂岚、江彩霞三个女生，这次评工分，都被评为每天八分工。妇女们众口一词地说："这三个女娃子长的水灵漂亮，干起活来麻利快当的很。才半年的时间俊秀的脸都晒黑了一层，真是难为了城里的美人儿了。再说她们不光心灵手巧，干活不输给村里的婆娘们，个个还心地善良，我们不能亏了这些妹子们。"

叶长秀她们拿到了妇女的全工分，这是她们做梦也不敢想的，论力气还比不上半大小姑娘，论农活技巧，那更差得不是一星半点。江彩霞倍受鼓舞地说："以后看我们的，一定不输给队上的大姑娘小媳妇们。"

清水湾的作物基本都是一年两季，只有少数的冬水田是一季稻子。冬天就灌满水养一个冬天，这种田一则是土质决定，二则是水源的限制，三则村民们说是多阴少阳，种一季稻还能有个好收成，种两季会得不偿失。因此队上每年最先整治的就是冬水田，之后才是麦田、油菜田和种洋芋的地块。

平整冬水田是个技术活，全队的男劳力都下田去，平整犁过的田块和修整田埂。高保民他们几个这是第一次下田，被牛深翻过的冬水田，泥烂水深，一脚踩下去漫过膝盖，且水凉如冰，一脚踩下去浑身感到透心凉，这时他们才体会到冬水田的真正含义。

村民们下冬水田时，都是套上黑棉袄，腰上扎根稻草绳，虽然腿上有点冷，但身子还是热乎的。而高保民他们几个人，仗着年轻火气旺，只穿了两件衣服下田，一会工夫，几个人冻得上牙打下牙，还有点"筛糠"。村民们见状，忙让他们出来，干点平整田埂的活，以免冻感冒了。

第一次下水田，高保民他们感到很兴奋，毕竟这是水稻田，马上他们就要和村民们一样分粮，而且白生生的大米是由自己参与种出来的，虽然浑身冷得打哆嗦，但内心却感到，这才是真正的农民。

四十九

夏收开始了。土豆，村民们也叫洋芋，据说是几百年前从波斯传到中国的，是中国人几百年离不了的食物之一，既可以当菜烧，也可以当主食充饥。

清水湾有一种饭食叫洋芋蒸饭。是将大米煮到半熟时，用竹筐控去米汤，再将土豆放在锅底，上面放上煮好的米，然后慢火蒸熟。出锅后那叫一个香呀，即使没有菜，就着红豆腐或辣酱，村民们也能连吃三碗。

在挖土豆的地里，一锄头下去，狠狠地一提锄，一大堆的土豆就连根挖起。今年清水湾土豆的收成也格外的喜人，个头大的土豆比成年人的拳头还大。村民里有严格的分工，男劳力挖土豆，女劳力拣土豆，半天工夫，大片的土豆堆成了一座座小山。

土豆收获的当天，村民们就在地里，挑回分到户的土豆。丰收对任何人都是喜悦的，无论是大人或小孩，无论是男人或女人，面对小山一样的丰硕成果，自然高兴得话也多了起来。

队长娘子，大家都叫嫂子，在歇气的当口，看到大女儿抱来还吃奶的小儿子，高兴地在小儿子脸上亲了一口，便掀起衣服，露出硕大的奶子，将奶头塞进小儿子的嘴里，全然不顾男男女女的目光。她看到小儿子小嘴不停地吮吸，听到小儿子迫不及待的下咽声，高兴地享受着母亲的兴奋与自豪。

　　她转过身，对坐在自己身旁的吴玉花问道："咋的，都半年光景了，你那肚子还不见动静？"说得吴玉花满脸通红。在农村，传宗接代的观念在家庭中是占第一位的，半年肚子还没大起来的媳妇是要被笑话的，要么是男的不行，要么是女的不能生。嫂子又说："是二狗不行？"吴玉花摇摇头。"是你不能生？"吴玉花还是摇摇头。嫂子又说："那到底是咋回事，给嫂子说，嫂子帮你。"

　　吴玉花看着嫂子一脸的真诚，低声说："二狗太厉害了，你要是让他一下，他让你一晚上都没法睡觉。我们订了个约法三章，每月只让他碰两次。我想我还年轻，过几年再要娃吧。"嫂子说："你个傻女子，在我们农村，比不了城里，结婚就要生娃，生的越多越好，有个娃就有一份口粮，有了娃你在家说话都硬气。"吴玉花说："我嫁到清水湾，有点上当的感觉。以前只听媒人说的天上地下的都好，谁知道嫁过来，大冬天的连个褥子都没有，一张床单铺在凉席上，哪还有心思干那事。其实二狗人也不错，聪明手巧，但我就是提不起劲来。"说完又看了看坐在地里和一些老爷们聊天的二狗。嫂子也看了看二狗，回过头来和吴玉花说："嫁汉嫁汉，穿衣吃饭，以前二狗家条件是一般些，我看要不了多长时间，你们就会比别的人家过得要好。你有种茶技术，二狗身强力壮又会木匠泥瓦匠，你说呢？再说了，嫁鸡随鸡，嫁狗随狗，还是赶快生个娃吧。"

　　叶长秀、江彩霞、夏桂岚坐的离吴玉花不远，吴玉花和嫂子的对话她们也听得清清楚楚。要放在刚来的时候，她们肯定听不下去的，但现在，听得多了，最多也就是微微脸红一下，反倒是思索起了自己。

夏桂岚的内心是最不平静的，她不知道远在南京的表哥现在怎么样。她在内心深处，不时地深深怀念那双温暖的大手，还有那带毛茸茸胡须的、有温度的嘴唇。每每想起来，她都会脸红心跳，恨不得立刻长上翅膀飞到他的身边。

嫂子的话又说起来："女人嘛，就是要依着男人，他一天晚上就是来个几次，有什么关系，你只当是享受了。他天天都来，说明他爱你，这有什么关系呢。俗话说拔了萝卜窟窿在，我就享受生娃坐月子的感受，你个瓜女子，尽早吧。"说完又狠狠地看了陈二狗一眼。

其实陈二狗早就注意到嫂子在和自己媳妇说话，还不时看自己，想必她们在说自己的坏话，便想着要报复嫂子一下。他起身走了过去，有话没话找话地对嫂子说："嫂子给侄子喂奶呀，侄子肯定吃不完，你看那两个小山一样的奶子，大人怕也吃不完哩，晚上回去还得喂我哥吃些吧。"

嫂子在队上是有名的快人快语，是嘴下从不留情的主儿，她立马说："好你个臭二狗呀，是不是在家里玉花没让你吃饱，你想着在外边打野食吃？你要是饿的话，嘴张开嫂子给你挤一点。"说着就准备去揪陈二狗的耳朵，二狗闪身离去。嫂子给小儿子喂完了奶，起身把小儿子递给女儿，把衣服大襟放下整好，转过头对玉花说："回去把二狗子再饿他几天，看他还贼头贼脑的不。"

陈二狗以前挺腼腆的，见人说话都脸红，自从结婚后就加入到了成熟男人和女人的队伍，粗话脏话听多了也就习惯了。不时还会开几句打情骂俏的玩笑，实乃近朱者赤，近墨者黑。

陈二狗听完嫂子的话，嬉笑着走到嫂子的身后，抓住嫂子的裤子狠狠地往下一拉，嫂子硕大肥满的屁股和双腿精光光的露了出来。

二狗这一拉，嫂子的大腰裤全部落在了脚腕子上，村民们的目光齐刷刷地落在了嫂子毫无遮拦的光鲜之处，嫂子反倒不慌着提裤子，对大家说："看什么看，没见过呀，你们都是从这里边出来的呀。"说完不慌不忙地提起裤子，把大腰裤子在腰上一扎，还是不慌不忙地说："玉花呀，你们家二狗可是学坏了呀，你得回去管教管教，没大没小的。"

说起大小，在清水湾，和长辈不能开玩笑，和晚辈也不能开玩笑，但小叔子和嫂子是没大小的，可以放肆，但在伦理之内，玩笑怎么开都不会犯忌。所以二狗才敢和同族的嫂子开如此荒诞的玩笑。不过，陈二狗的举动，让高保民、徐星晗几个人大受刺激。

在中国儒家思想千年的引导下，男女有别，男女授受不亲的观念根深蒂固。在学校时，男生和女生连话都不说。高保民他们下乡半年了，男生和女生甚至相互连名字都没有直呼过，对于青春期的少男少女，性可以说是禁区中的禁区。

今天嫂子的春光大泄，让这些男生们看见了无限神秘的禁区。毕竟是未婚青年，他们怎能不热血沸腾，怎能不内火中烧。平时大大咧咧的男子汉，此刻也是面红耳赤，低头不敢出声。

此刻，柴国庆仿佛看到了庄丽娟俊俏的身姿，那高高的胸脯和挺翘的屁股，不禁一阵心慌。一直暗恋江彩霞的张宝贵，也在低头沉思想入非非。

事情的变化往往在一刹那。村民们还没有从刚才的精彩一幕中缓过神来，只见几个村妇婆娘慢慢向陈二狗靠近，突然抓住陈二狗。陈二狗一直在观察和注意着嫂子的动向，而根本没有提防其他妇女的进攻。

实际上嫂子早已用眼神传递了报复的信号。几个女人一下子把陈二狗按倒在地，嫂子急速地走上前去，一把扯下陈二狗的裤子，顺手扔到一个土豆堆上。

陈二狗根本没有想到，报复来得如此迅速。如果是几个老爷们对打，陈二狗未必就能让人占便宜，但对同族同辈几个兄弟的婆娘，他只有招架之功，却没有还手之力。说时迟那时快，嫂子根本就没有留情的意思，她上前一把抓住陈二狗的小兄弟，嘴里还不停地教训说："让你不老实，让你还敢欺负嫂子。"一群妇女也趁势在二狗身上乱掐乱挠，一时间陈二狗哭也不是笑也不是，不断地求饶讨好，但妇女们根本就没有停手的意思。这时候只有一个人的求饶才有用，这就是吴玉花。

众妇女又把陈二狗折腾了半天，嫂子大声对吴玉花说："玉花，你看该怎么办，听你的。"很明显，这是给陈二狗台阶，也是给自己台阶。

吴玉花早已羞得满脸通红，说道："嫂子呀，你大人有大量，我替二狗求你了，你就饶了他吧！"嫂子听后大声对陈二狗说，实际上也是对全村在场的人说："我就喜欢玉花妹子，今天看在她的面子上暂且饶了你。各位媳妇们，大家听好了，今后有欺负咱们姐妹的，今天就是榜样。"说完一点头，众婆娘才放开陈二狗，吴玉花赶快把裤子扔给陈二狗让他穿上。

陈二狗受了教训，也使知青们大为震惊。尤其是叶长秀、江彩霞、夏桂岚三个女生，更是双手捂脸不敢直视。直到嫂子说："快站起来吧，要分土豆了。"她们几个才缓过神来。

五十

　　大队里分土豆、红苕、菜等沉重物品，一般都是现收现分，不按工分，只按人头。现场估产后，按全队的人数计算就地分了，每五斤土豆或红苕折算一斤细粮。

　　这天分土豆，对高保民他们八个人来说，是第一次分配到自己参与种植的粮食。按规定，知青按一个半人分配，八个人按十二个人计算，这次每人五十斤。

　　高保民招呼徐星晗、刘西安、柴国庆、张宝贵几个男生往回背土豆，好在土豆地离陈家院子只有一里多，每人用背篓背两趟，也就轻松地将六百多斤土豆背回去了。

　　在地里分配，有些土豆难免带些泥土。于是叶长秀、江彩霞、夏桂岚三个女生负责清理。这个是个细活，一不小心碰伤土豆，就不便存放。在众人协调下，第一次分配到的丰收成果，终于进了陈家院子的知青厨房，用喜上眉梢来形容大家的兴奋是一点不为过的。

　　知青点的第一顿丰收宴，自然是土豆宴了。叶长秀俨然像家长一样，给八个人进行了分工。江彩霞、夏桂岚和她上灶做饭，炒土豆丝，红烧土豆块，青椒炒土豆片外加土豆蒸饭。高保民、徐星晗和刘西安将运回的土豆进行清泥摆放，挑出有伤有疤的土豆当天就下锅蒸炒，柴国庆与张宝贵则负责刮皮清洗。一大家子人分工明确、配合协调，丰盛的晚餐，吃得八个男女那个高兴劲溢于言表。光听大家美滋滋的碗筷撞击声，也能感觉到晚餐的美味。

虽然没有肉，只有土豆，然而自己劳动的果实，实实在在地咽下肚里，真正农民的岁月开始了。晚饭后，叶长秀让柴国庆去给庄丽娟他们送上几十斤土豆，她知道庄丽娟队上生活艰苦。当然这也是给柴国庆与庄丽娟创造沟通的机会。这一点，高保民、徐星晗他们是没有意见的。

中国自古就有"宁栽一枝花，不种一根刺"的古训，成人之美是做人之本分。况且知青的日子还长着呢，谁也无法预料未来的前途和命运，也有可能一辈子在清水湾生活下去。眼前的确实是插队落户，可知青们谁也没有想过当一辈子农民，没有想过男人们整日面朝黄土背朝天、女人们以生儿育女为天职。而日子总是要过的，最终这八个人的家，聚还是散，一切都在未知之中，只能听天由命了。

夏收夏种的农忙开始了。麦穗金灿灿的迎风沙沙作响，饱满的油菜角已迫不及待地要张开翅膀，让黑亮亮的油菜籽迸发出诱人的菜油清香。

几十亩土豆收完了，高保民他们八人共分得了两千多斤，把一个看起来挺大的厨房摆得满满的，没办法几个人只好把床下也堆满了土豆。

清水湾的水清澈甘甜，也滋润着大片的水田，换来足以让村民们兴奋的稻谷。而坡地、山地则种些苞谷，靠老天给个风调雨顺，增加些收成。大忙季节，对学娃子农民的真正考验开始了。

清晨的清水湾，轻雾薄纱，宁静祥和。远看米仓山，青翠叠嶂，山林染黛，白云在山间环绕，轻风在林间轻拂。近看牧马河清澈的河水缓缓流淌，房舍屋脊上飘起袅袅炊烟，村中的公鸡早早地报晓啼鸣，看门狗轻吠着，提醒主人开始劳作。

六天里要完成麦子和油菜的收割。农时是耽误不得的，迟收一天，麦粒可能就有很多蹦到地里，油菜夹就可能炸口开裂。按照安排，前两天妇女们以割麦为主，男劳力集中抢收菜籽。第三天妇女们集中到场院中打菜籽，男劳力集中抢收麦子。六天后，男劳力集中平整土地，做插秧苗的准备。

收割，最重要的工具是镰刀。妇女队长陈秋玲早早地将叶长秀、江彩霞、夏桂岚她们几个女生的镰刀磨到锋利。在她磨刀时，徐星晗是个有心人，站在一旁反复琢磨，也学会了磨镰的手艺，他将男生们的镰刀也磨了个吹草立断。

随着清晨队上的一声哨音，浩浩荡荡的收割队伍，朝着成熟的麦田和油菜地进发了，滚滚的麦浪将在他们的脚下变成粮食进仓入库。叶长秀三人和陈秋玲、吴玉花分在了一块大概有五亩的麦地。陈秋玲给叶长秀、江彩霞、夏桂岚反复做示范，怎么开镰，怎么摆放，叶长秀她们看着陈秋玲熟练的风姿，禁不住跃跃欲试。然而，看起来容易，实际操作又大有难度，第一次割麦，陈秋玲反复强调要注意安全，下手要慢，下镰要准，熟能生巧。按陈秋玲的说法，每人每天最少要割一亩多地，男人们最多时能割两亩以上。

初来乍到，以慢工为主，慢慢地加快进度。叶长秀等几个经过陈秋玲反复示范和指点，逐渐掌握了要领。但开镰没多久，像针一样的麦芒就扎的江彩霞大叫不止，夏桂岚没割几下也是满头大汗，叶长秀怎么也协调不好镰刀与麦秆的关系，割下来的麦茬高低错落。尽管几个人都拼尽了全力，但与陈秋玲比，至少慢了一半，连吴玉花也把她们甩在了后边。看着几个人吃力的样子，陈秋玲、吴玉花又侧转过来割，转头把叶长秀、江彩霞、夏桂岚几个人的麦子放倒。

陈秋玲打趣地说："别看你们个个心灵手巧，但农活还是要慢慢学的，不要急，注意安全就好。"说完招呼几个人坐下休息会。陈秋玲说："下午你们来的时候，每人一定要带条毛巾，准备擦汗。另外一定要把头发扎起来，戴在草帽里，这样就利索一些了。"

下午的麦田里，艳阳高照，烈日当头，低头弯腰在麦田里割麦，汗珠顺着脖颈、头顶一直向下流淌，背上的热汗把裤腰都湿透了。江彩霞割麦的动作明显比上午熟练了许多，她一个劲地飞快挥舞着镰刀，也顾不上擦把热汗，一心想着缩小与陈秋玲的距离，但是差距还是不断地在拉大。稍一分神的当口，脚下麦碴刺到了她的小腿，她手中的镰刀不自觉地向上一滑，"哇"的一声，江彩霞尖叫了起来，镰刀割伤了左手的食指，她扔下镰刀，用右手紧紧地捂住左手食指，一股殷红的血从右手指缝中溢出。

听到叫声，陈秋玲和叶长秀放下镰刀，飞快地来到江彩霞的身旁，当看到她手指缝流出的血，都不安地查看起她的伤口。叶长秀也不顾自己毛巾的雪白，连忙取下来擦江彩霞流血的手指。仔细一看，还好，伤口只是指尖上一点，但半个指甲盖已经被削了下去，叶长秀抓住江彩霞的手指，掏出一块印花手绢，紧紧地包住伤口。江彩霞看到自己左手食指的伤口并不算严重，也长长地舒了一口气，但毕竟十指连心，剧烈的疼痛，让一直很坚强的江彩霞也流出了眼泪，与热汗一起流到了胸前。陈秋玲让江彩霞在树下先休息一会儿，接着吩咐夏桂岚陪江彩霞回去包扎一下，消消毒以防感染。

这时，嫂子提着一个陶罐走了过来，她还不知道江彩霞割伤了手，她大声地招呼："妹子们，歇口气喝点水。"说着来到树下，当看到江彩霞手上包着手绢，手绢上还渗着血时，心疼地说："咋了妹子，伤得重不重？"江彩霞已经缓过劲来了说："不要紧，就是指尖破点皮，谢谢嫂子关心。"嫂子倒了一碗水递到江彩霞面前说："妹子喝一口，这是浆水汤，就是腌浆水菜的水，又解渴又消暑，这可比你们城里人喝的汽水好多了。"江彩霞接过碗喝了一口，真是又凉又酸又解渴。她没想到，在清水湾，人们竟能发明出如此美味的饮品，她大口地喝完了一大碗，顿时感到心旷神怡，全身凉爽舒坦，她缠裹着手帕的指尖也仿佛不疼了。她连声谢过嫂子，站起身来还准备下地割麦。陈秋玲见状说："彩霞呀，你不要硬撑了，先休息吧，回去包扎后，如果可以再来干活吧。"

在农忙季节，队上一般安排三段干活时间。早上天亮出工，九点回家吃早饭；上午十点多上工，到下午两三点收工吃午饭；下午五点上工，晚上天黑收工吃饭。晚上吃饭叫夜饭，不是农忙季节，人们是很少吃夜饭的。即使吃夜饭，也是喝点稀饭或稀面汤之类的。但农忙季节不一样，人们不光要吃干饭，还要吃饱吃好。在牧马河两岸，村民们腌的腊肉只有在农忙季节才拿出来，给壮劳力们补充点营养，也就是说农忙季节要吃硬菜，才能对得起起早贪黑的辛苦劳作。

五十一

　　高保民、徐星晗、刘西安、柴国庆和张宝贵，由陈二狗和几个壮实村民带着收割油菜，这既是力气活又是技术活，既要用力气去割油菜的根，又要轻轻地放下，以免油菜荚在烈日下炸开。这可是全村人一年菜油的指望，是马虎不得的。好在高保民他们身强力壮，经过半年多的磨炼，学会这种活也是分分钟的事，当然要像村民们一样灵巧还是需要时日。两天时间，几十亩油菜已收割完成，运到了打谷场，高保民们仿佛已经闻到了沁人心脾的菜油清香。

　　几天的劳作后，麦子、油菜都进了场院。村民们惋惜地说，要是能再收割几天就好了。但是，生产队的土地是有限的，要是有无限的土地，那么多收割一天，就会多收很多的粮食。

　　但这只能是愿望，生产队不仅土地是不变的，而且人口还在不断增加。知青增加八个人，就要分配十二个人的口粮。村里的婆娘们又都能生娃，家家户户都是五六个小孩。因而，有限的产出和无限的需求，形成了巨大的反差，这也是工分值上不去的根本原因。

　　插秧又是叶长秀、江彩霞、夏桂岚们完全未知的领域。经过十天紧张的平整、翻田、灌水，半个月前还是麦浪滚滚的旱地，现在已经是水汪汪的稻田。在插秧的时节，男人和女人不必分工，凡是劳动力，都要插秧，与时间、与节气抢时间。村民们说："夏至插老秧，只能喝米汤。"就是说，错过了最佳的插秧时节，收成就要大打折扣，尤其不能延误到夏至节气。对于这个时节，村民们只有一个字就是"抢"，前边是抢收，现在是抢种。

水稻的生长周期只有100多天，从插秧到扬花，从抽穗到收割，完完全全都是在盛夏完成的。而且这个季节所生产的粮食，分配到每家每户要占粮食总分配数的六成以上，所以绝对是马虎不得的。

清晨，天刚微微亮，队上的上工哨子已经吹响，告诉人们该上工了。叶长秀、江彩霞和夏桂岚三人还在梦乡，她们翻翻身，真想再睡上一觉。近段时间高强度的抢收，使她们感到了极度的疲劳，但翻了翻身还是坐了起来。哨音代替了鸡打鸣报时，这个哨声就是战斗的命令，第二次哨声，就是人们下田劳作的指令。好在是夏天，套上衣裤、穿上鞋，随时都可以出门上工。

在这个时节，无论是大姑娘还是小媳妇，都没有了对镜贴花黄的时间。叶长秀她们三个将毛巾朝肩上一搭，拿上牙刷鱼贯而出，朝清水沟走去。这日夜川流不息的清水沟是她们洗漱的最佳地点。自从开春以后，陈家院子的学娃子们都改用沟渠溪水洗梳，无论是早上起床或是下工之后，还是晚上睡前，都要在沟渠里洗涮一番。洗衣服、洗菜也都在沟渠里。

当叶长秀她们到沟边时，高保民、徐星晗等人已基本洗漱完毕，正准备离开，看见她们过来，也只是微微地点点头，意思是说，该你们了，我们让地方。说话间刘西安、柴国庆也准备离开，只有张宝贵还在搓洗毛巾。

叶长秀、江彩霞、夏桂岚她们机械地在牙刷上挤上牙膏，用茶杯在沟里舀上水，三下两下地将牙齿清理完毕。毛巾在水里一摆，拧干在脸上脖子上胡乱地擦几下，早上的洗漱就算结束了。

江彩霞擦完脸，正准备搓一把毛巾时，脚下踩着的石头微微滑了一下，她很自然地回手朝地下一撑，手上的毛巾便掉在了沟渠中，顺着溪水向下游漂去。江彩霞大惊失色，大喊起来："我的毛巾掉水里了。"

这条毛巾对江彩霞太重要了，当然毛巾对每个知青都是很重要的。前段时间的抢收，原来使用的那条毛巾天天与汗水为伍，加上已用了小半年，毛巾已经变薄如纱了，而且已出现了网状的洞眼，她不得不将一直舍不得用的这条新毛巾拿出来。再说，一条毛巾要好几毛钱，钱对知青们来说都是极紧缺的，有时连照亮的煤油都没钱买，晚上时常只能摸黑闲聊来打发时光。

江彩霞的喊声，也惊动了已经在岸上的男生。这时只有张宝贵还在沟边，徐星晗大喊："宝贵，快把毛巾给捞起来。"张宝贵看见水里的毛巾，已经漂了有三四米远。他听到喊声后快步下到渠里，蹚着水三步并作两步，但距水里漂着的毛巾，始终都有一米的距离。说时迟那时快，张宝贵一个鱼跃，向毛巾扑去，终于将漂在水上的毛巾紧紧地抓在手里。

好在是夏天，张宝贵只穿了一件背心、一条短裤——这也是男生们的标配。张宝贵浑身湿淋淋地爬上岸，激动地将毛巾拧了拧，双手递到江彩霞的手上。他的双手在不停地发抖，浑身也在不停地颤抖，水滴还不断地随着他抖动的身躯往下流淌，也不知道是冷还是激动。

虽然是农历五月的季节，白天在烈日下人人汗流浃背，但山村的清晨，在凉风习习的沟渠中，从山上流下的水又是冰凉冰凉的，人还是会感到些刺骨之寒。

然而，这一切并不在张宝贵的感觉之中。自从上次砍柴受伤后，他内心中一直对江彩霞有着强烈的爱慕之情，除了感激她对自己伤口的照料，更重要的是被她少女的芳容所倾倒。虽然江彩霞对他是冷若冰霜，从来都没有正眼看过他，虽然至今江彩霞都没有对他正面说过一句话，但他对江彩霞的暗恋之心，是任何人都无法阻拦的。他倾慕江彩霞那青春洋溢的脸庞，他喜欢她那迷人的眼神和白皙的皮肤，他喜欢她走路时像蝴蝶般轻盈的步履，甚至喜欢她发狠盯人的神态，总之在张宝贵的眼里心里，已经满满地装着江彩霞。

每当夜深人静时，舍友们已经鼾声起伏，张保贵仍然辗转难眠。越睡不着越是想，越是想就越是睡不着。有几次张宝贵想接近江彩霞，哪怕说上一句感谢话也好，可江彩霞对他好像是形同陌路，每每让张宝贵热脸贴了个冷屁股。但张宝贵就是喜欢江彩霞、爱慕江彩霞，这有错吗？

今天，天赐良机，给了他一个表现的机会。当时那种情形，任何人都会毫不犹豫地跳下去，但是上天正巧安排他最后一个在沟渠边。他双手将毛巾递上去，江彩霞轻声说了句"谢了"，转身就离开了。他呆若木鸡似的在渠边站了几秒才缓过神来。高保民站在岸边大声喊了句："宝贵，快去换个衣服，上工了。"他才急匆匆地上岸朝宿舍奔去。

五十二

犁田、耙田和平田是插秧前最重要的事情。麦田、油菜田和土豆地都要改造成为稻田。徐星晗最羡慕的是犁田，高保民最羡慕的是耙田。犁田时，牛在前边拉着铧犁，一个人在后边一手扶铧犁，一手扬起鞭子，口中还喊着"驾驾"的指令，看起来就让人跃跃欲试。但这是个技术活，犁得好，田里的麦碴、麦秸都被均匀地翻在地底下，沟壑齐整，深浅如一，插秧时才能得心应手。

耙田则是在犁过的田里，牛拉着带齿的耙，人站在耙上，一手牵着牵牛绳，一手扬着鞭子，指挥牛按照人的指令将犁过的泥块切碎拉平，是插秧前平整稻田的关键步骤。接下来还要人工用锄头将稍有不平的地点挖平补齐。

高保民、徐星晗、刘西安、柴国庆、张宝贵主要是和男社员们一起，站成一排，做插秧前的最后一道工序平田。在大片的田块中，前边犁，中间耙，之后平，就可达到插秧的标准了。

在歇气的当口，徐星晗下到翻犁的田里，铧犁在田泥中立着，牛站在铧犁前喘息。徐星晗一手扶犁，一手扬鞭，也学着村民的样子大喝一声"驾"。牛听到指令后，大步向前走去，感觉犁头很轻，但"驾"的喊声又高亢，牛发疯一样朝前走去，而后边的徐星晗根本就没有把犁头插在泥里，犁头只在泥层表面滑动，进而犁头不听话地倒了下去，牛还一个劲地往前冲，不敢松犁把的徐星晗不知怎么让牛停下，索性紧紧地拉着犁把，想靠他的力气让牛停下。但他口中还"驾驾"的喊叫，牛便更加疯狂地满田里乱跑。徐星晗被拖得在水田里站立不稳，一个趔趄，倒在了田中，浑身上下浸泡在水田的泥水中，站在田边的众人欢笑不止。

还是犁田的人下到田里，轻轻地喊了声"驭"，牛便温顺地停了下来。徐星晗丈二和尚摸不着头脑，他不知道窍门在哪里，不知道自己错在哪里。明明自己是按照犁田的方法操作的，在下田时，还反复琢磨了很长时间，怎么一下到田里，自己就手忙脚乱没了分寸，弄了个落汤鸡的下场。他急忙向沟边跑去，索性趴在水里，连头发也冲洗了个干净。他还自嘲地说："张宝贵早上洗了个冷水澡，我中午洗了个凉水澡，今天我连衣服都不用再洗了，比起张宝贵那可是舒服多了。"

徐星晗虽然没有高保民人高马大，但他却是知青中的智多星。一有空闲他就看书，他明白一个道理，书中自有黄金屋，书中自有颜如玉。他的毛笔字写得好，春节回家前，他为村民们书写了几十副春联。凡遇修房造屋，婚丧嫁娶，邻村邻寨的村民们都跑来求他写对联。他还从家带来一把理发推子，不光为知青理发，还为村民理发。在清水湾，原来流行光头和锅盖头。他来到清水湾后，剃光头的青年和剃锅盖头的小娃娃们一改发型，都变成了只有城里人才有的分头和寸头。村民们，特别是大姑娘小媳妇们，欢喜的没有不说他好的。

为此竟有一些爱管闲事的婆娘，要给徐星晗说媒找媳妇，生怕这个见人腼腆爱笑的小伙，被别村抢去。按村民们的说法，这些学娃子，男多女少，安家落户怎么也配不够数。而徐星晗好像没有发育成熟一样不近女色，无论是女知青或村里村外的大姑娘，他都是见面侧头而过，目不斜视，更无言语交谈。有些婆娘们直说这娃眼高，瞧不上村上的姑娘。

　　其实她们哪里知道，徐星晗早就有了心上人，是原来同住一个院子里父亲同事的女儿。两人家境相同，从小两小无猜地在一起玩耍学习，只是上初中后不在一个学校，随着年龄的增长，两人见面时，少了儿时的随意，而多了一份少男少女的羞涩。插队时，她去了关中农村，徐星晗则和同学来到了清水湾，但距离并没有割断两人心灵上的沟通。

　　徐星晗也曾想要转到关中去，但慢慢适应后，他喜欢上了清水湾。他喜欢清水湾的淳朴民风，喜欢米仓山的深沉厚重，喜欢牧马河水的清澈甘甜。徐星晗终于打消了这个念头，在他心里只有读书才能掩盖对她的思念，只有多做些有意义的事，才能打发那些无聊的时光，故而他在村民中的口碑是不用说的好。

五十三

　　叶长秀、江彩霞、夏桂岚同在一块田里学习插秧，当然老师仍然是陈秋玲、吴玉花。初下田时，只见陈秋玲高卷裤腿，在田中对她们说："左手拿秧苗，右手从左手的秧苗中分出三四根细苗，然后用右手的拇指、食指、中指像拿笔写字一样先抓紧，尔后用食指和中指，夹住秧苗直直地把秧苗插在泥中，同时防止秧苗在泥中未插牢而漂出水面，必要时用无名指再按一下秧苗边的烂泥，使秧苗能牢固地扎根田中。"这样反复地教，反复地学，叶长秀三人很快就出师了，只是进度上稍慢一些。

　　吴玉花还叮咛她们，插秧是退着插，苗的间距要均匀，在水田中退着插秧时，一定要站稳，不小心会摔跤的。

　　忽然，叶长秀感到腿上奇痒无比，便用手一摸，肉乎乎的东西沾在细白的腿上。她大叫了一声："有虫咬我腿了！"说着左腿换右腿地在水田中跳了起来。陈秋玲见状，立即停下手中活计，转过身来一看，叶长秀的腿上粘了足足七八个肉乎乎的蚂蟥，正在拼命地吮吸着叶长秀的血液，叶长秀从来没见过蚂蟥，也不知道它的厉害。这时夏桂岚也喊起来："我腿上也有几个，怎么扯也扯不下来。"

陈秋玲说："别动，都先到田埂上去，我有办法。"说着拉着叶长秀、夏桂岚上到田埂上。叶长秀的两腿上足足有七八条蚂蟥，夏桂岚有五六条，奇怪的是江彩霞腿上一条都没有。

陈秋玲在叶长秀的腿上不断地用力拍打，每拍打一下，一条蚂蟥便掉下来。如此反复，叶长秀、夏桂岚两人腿上的蚂蟥悉数落地。陈秋玲捡起一块石块，将蚂蟥砸了砸，再用树叶包起来说："蚂蟥虽没有毒性，但存活力特别强，就是砸成了碎渣，放在水里也能长出蚂蟥来。要怪就怪你们的腿，长得太白太漂亮了，谁见了谁不爱呢。"

叶长秀的腿虽然奇痒，见陈秋玲还在开玩笑，忍不住破涕为笑。夏桂岚奇怪地问陈秋玲："为啥蚂蟥不咬江彩霞呢？"陈秋玲笑笑说："不是不咬，蚂蟥是不分男女的，你漂不漂亮都会咬，只是有的人被咬得少，有的人被咬得多。这个问题，以前有个农业技术员来队上说过，这与每个人血型有关系。大家有时开玩笑说有的人血甜，其实我也说不清楚。蚂蟥叮在人身上，吸附力很强，越扯蚂蟥就越往肉里钻，得不停地拍打，蚂蟥吸不住才能掉下来。"

这时江彩霞猛地在腿上一拍，轻松地将一个蚂蟥抓在手里，还大声说："谁说蚂蟥不咬我，只怪你们的身子太甜，招蜂引蝶的，谁见谁不爱，连蚂蟥也喜欢你们。"一阵欢笑过后继续劳作，一排排的插好的秧，陆续地在眼前出现。

清水湾的夏收夏种终于告一段落。今年的清水湾夏粮收成特别好，麦子油菜都增收了近三成。村民们盼着分粮到户，娃娃们盼着白面馍馍，江彩霞们盼着捞面条。

按照政策，农村的收成必须先留出上交国家的。交给国家的部分有公粮和购粮之分，公粮是农业税，购粮是卖给国家的。公粮是必须先交的，自古皇粮国税天经地义。公购粮都是上级核定数额后下达的指标，公粮一两都不能短缺，购粮指标也必须完成。但对于收成欠佳的村队，国家先征后返，叫返销粮，这是在上交入库后才能核定的。

今年的清水湾收成好，村民们都想尽快交完公购粮，好分新粮到户。几个月青黄不接，村民们都没有了余粮，大都是"瓜菜带"，稀稠兼做才熬到这夏粮的丰收。知青们早已不再享受国家的定量供应，也期盼着夏粮等米下锅。

交公粮的日子来了。高保民、叶长秀他们很是期盼了一阵，因为交公粮和购粮就要到河口镇的粮站，有许多的同学也要去，正好可以借着交公购粮的机会，看看同学。

河口镇是区政府的所在地，有较大的商店、饭店，还有一个不大的书店。虽然这里比不了省城，也比不了县城，但对半年都没有进过城的新农民们，也算是一种奢侈的向往。每个人腰里那点有毛有分的零用钱，也可以在镇上买一点自己急用的东西，一切都在期待中。

经过反复地晾晒，上交的公购粮和菜油籽，终于打晒扬筛完成，装进了一个个粮袋子，静静地躺在库房里，准备上交到国家粮库。在整个河口区，只有河口镇上的粮站有着大型的粮仓，全区各公社上交公购粮都集中到这里。清水湾要上交公购粮，也要过了牧马河，顺着牧马河的架子车路，走近三十里的山间道路到达粮站。

五十四

　　一个晴朗的日子，清水湾的村民出征了。要过牧马河，队上先安排社员将一辆辆架子车拆掉车轮，然后把车架和车轮分别抬到牧马河对岸的土路上，再由大队人马将一袋袋粮食、油菜籽背过河，集中在大路边装上架子车。社员们背着粮袋，随着交粮队伍前进，浩浩荡荡的队伍，真有些战争年代支援前线的阵式，使人浮想联翩。

　　这次去交公购粮，知青们全体出动。社员则基本是男劳力，因为装好架子车后，推拉都是要把子力气的，特别是到了粮站搬运、过磅、入库、进仓都要人扛肩背。所以每年交粮，女劳力只要背上六七十斤过河，就算完成任务。这次队上同意知青全体出动，也是听了知青们说不完的理由，才由陈秋玲提议同意的。

　　交公粮的前一天，高保民和叶长秀提前给每人准备了一天的干粮，这是村民们出远门的习惯。对于村民们来说，上交公粮无疑是一场硬仗，因为全区基本都集中在这一段时间里交公粮。虽然按照区里的安排，各公社各大队是错峰交售，但一个公社又有多少大队，多少小队，再说入仓只有两个入口，排队等待必不可少。

还有最难的一关——验粮关，要验粮食的干燥度、纯净度、含沙度。如果干燥度不达标的话，只能就地晾晒，而粮站的空场面积是有限的，也得排队等候，要是遇到天气变化，等上几天也是常有的事。如果纯净度、含沙度不达标，对不起，那就要现场风车吹、手工筛子筛。所以队上在装袋前是反复地晾晒、风吹、过筛，生怕到了粮站再走返工的回头路。

不过这几年清水湾还没有遇到过返工的情况，粮站也深信清水湾的信誉。当然在交粮之前，陈学文还是安排专人，到各小队不停地督促检查。

叶长秀、江彩霞、夏桂岚每人用一个背篓背了 60 斤粮，吃力地背过牧马河，来到大路边。高保民、徐星晗、刘西安、柴国庆、张宝贵每人都是背 80 斤。虽然过牧马河只有三四里路，但过了牧马河，还要推车拉绳走三十多里路，所以说交公粮是一场硬仗。

过牧马河桥时，今天最感轻松的是柴国庆了，虽然背了 80 斤的粮袋，但他踏上牧马河上的木桥时，就有种特殊的愉悦。在三队知青点，柴国庆过牧马河木桥是最多的。每次过牧马河，不是给庄丽娟送东西，就是送庄丽娟回去。尤其是当牧马河水上涨时，胆小的庄丽娟走在桥上战战兢兢，柴国庆索性紧紧拉着庄丽娟柔软的小手过河，那种另人心跳加速的幸福感油然而生。尤其每每看见赵明礼怒目冷对，他就更加紧紧地握着庄丽娟的手，那种从内心迸发出的自豪感，像是告诉赵明礼，我柴国庆就是喜欢庄丽娟。

浩浩荡荡的架子车队，行进在去往河口镇的大路上。每辆架子车上还插着一面小红旗，告诉人们这是上交国家公粮的车队。

中午时分，架子车队到了河口区粮站，村民们兴奋地排成一溜，用毛巾擦着满头、满脸、满脖子的热汗。有的村民干脆悠闲地坐在路边，拿出了干粮，等待着粮站验粮人员的查验。幸好队上在之前已做了充分的准备，粮食就没费多少周折地入了库。

陈秋玲知道高保民、叶长秀他们着急上街的心情，便对村民们说："高保民、叶长秀他们还要到区上办事，就让他们先去吧。"村民也附和着说快去吧，晚了赶不回村。于是乎，高保民一众急速地朝街上赶去。

河口镇的街道并不大也不长，仅有的几家店铺也都是区供销社办的，当然人们常用的、常需的油盐酱醋，还是一应俱全。而叶长秀、江彩霞、夏桂岚她们要买的，也无外乎是些女孩儿喜好的东西，因而与男生们很自然地分道扬镳了。

徐星晗拉着张宝贵去了书店，高保民要去看望同是知青的同学。刘西安、柴国庆则自由闲逛，大家约好两小时后在供销社集合返回。

叶长秀、江彩霞、夏桂岚三人结伴而行，出了供销社又进了杂货店，不大的街道很快逛完了，她们又从尽头返回。夏桂岚感到鞋带松了，便对叶长秀、江彩霞说："你们先走，我系个鞋带。"在系鞋带的当口，她看见路边一个农村大娘在卖杏，金灿灿的黄杏，立时馋得她口水直流。她想买上一毛钱的杏，也不枉来了一趟镇上。

突然，在她身后传来一声剧烈的碰撞声，一个骑自行车的毛头青年，撞倒了一个看上去年过六旬的老大娘。随着老大娘手上提的一个醋瓶摔碎在路上的炸裂声，背着小背篓的大娘应声倒地，骑车的青年也摔倒在地上。

夏桂岚急忙转过身去，看大娘腿上流着血，双眼紧闭，已不省人事，慌乱中她赶紧扶起大娘靠在自己腿上。卖杏的大娘也走了过来，一看就直呼道："这不是街西头的周家婶子吗？哪个挨千刀的不长眼睛给撞的？"抬头间，骑车的青年推起车飞驰而去，卖杏大娘还喊了几声："抓住他！"

而此刻夏桂岚想到的是救人要紧。她立刻急促地问卖杏大娘："医院在哪？要赶快送医院呀。"卖杏大娘说："我带你去，不远就到。"夏桂岚此刻也不知哪来的力气，她蹲下身，一下就把被撞的大娘背了起来，在卖杏大娘的指引下，很快来到了河口镇卫生院，直接送到了急救室。

医生们围过来仔细检查一番说："撞得挺严重，家属先交两块钱的押金。"随即将周大娘推走抢救去了。夏桂岚根本没有时间向医生解释，这里没有家属。说话间一个护士拿着一张纸走过来："快去办手续，填病历挂号交押金。"这时夏桂岚才说："我不是家属。"卖杏大娘说："这姑娘是救人的，不是家属。"护士说："不挂个号，医生也没地方写病历呀。"

夏桂岚想先救人要紧，她拿上单子交了 5 分钱的挂号费，取了份病历本。但她身上也只有几毛钱，交两元钱的押金是不可能的，她拿着病例急匆匆地跑回抢救室，对医生说："我是知青，今天交公粮，凑巧发现这个大娘被撞倒，就急忙背她过来抢救的。医生啊，你一定要救救这位大娘。"

医生看了看夏桂岚说："你放心吧，我已经认出来了，这个周大娘可是我们镇上有名的英雄妈妈，我们一定会全力救治好周大娘的。"听到周大娘是镇上有名的英雄妈妈，夏桂岚不由得对周大娘肃然起敬。

五十五

　　周大娘原来挺苦的。丈夫早年因病去世了，留下三个儿子，两个女儿，她硬是一个人把五个孩子拉扯成人。大儿子现在是成都军区的一个连长，在边疆战斗中荣立一等功。小儿子前几年也入伍了，是学雷锋标兵，五好战士，现在也被部队提干当了排长。二儿子现在是生产队的大队长，周大娘就跟着二儿子生活。两个女儿，大女儿在县上邮电局工作，小女儿现在是镇上小学的民办教师。

　　这家人是镇里镇外人人羡慕的光荣之家。这几年，周大娘被镇里镇外的学校单位都请去做过报告，讲光荣故事。所以镇上的医生认识周大娘，也是情理之中的事。

　　夏桂岚知道了周大娘的情况，很是感动，她坚持要等到周大娘家人来了才能放心离去。这时医生出来说："姑娘放心吧，周大娘已经醒来了，腿骨骨折，刚才昏迷是轻度脑震荡，现在已经脱离危险了。"夏桂岚高兴地说："医生，我能去看看吗？"医生说："当然可以，你是救人的活雷锋嘛。"

　　夏桂岚走进病房，看见周大娘腿上已经上了夹板，手上挂着吊针，神态安详。夏桂岚走过去，轻轻地拉了拉周大娘的手，给周大娘掖了掖被子。周大娘微微睁开眼睛说："姑娘，听医生说是你救了我，给你道谢啦。"说着，周大娘双眼浸出了感激的泪花，夏桂岚马上连声说："周大娘，你没事就好，你要好好休息呀。"周大娘说："女子呀，你叫啥名字，是哪个队的呀？你看这女子长得多水灵啊，真是要好好向你道谢呀。"夏桂岚连连说："不用谢，不用谢，这都是应该的。"

刚说完，病房的门帘掀开了，一大群人涌了进来。有周大娘的二儿子、儿媳、孙子孙女，还有周大娘当民办教师的小女儿，大家一下子把周大娘的病床围了个水泄不通，不停地问伤情，问怎么被撞的，问疼不疼，一时间周大娘不知该答哪句？

连夏桂岚也听晕了，她急忙要挤出人群站到外面去，这时周大娘拉住夏桂岚的手，对儿子、儿媳、女儿、孙子孙女们说："这可是我的救命恩人呀。我在街上被一个骑自行车的人撞倒了，是这女子背我到医院的，听卖杏的胡婶说，要不是这女子救我，我怕是见不到你们了，你们赶快向这个女子道谢。"

随着一声声的感激声、道谢声，夏桂岚感到无地自容，她连忙说："既然大娘的儿女们都来了，那我也该走了，再说我还要走三十多里路才能回我们队去。"说完就要走。这时周大娘的小女儿紧紧地拉着夏桂岚的手说："你今天说啥也得吃完饭再走，住一晚明天送你回去。"周大娘听到夏桂岚说还有几个同学时，马上说："把她们都叫过来，明天让人送你们。"推辞不过，夏桂岚只好答应留下，陪着当民办教师的周老师，去找叶长秀和江彩霞。

这边叶长秀和江彩霞左等右等，就是不见夏桂岚的踪影，越等越担心，生怕夏桂岚遇到事情，有个三长两短的。终于看见夏桂岚和一个眉目清秀、微笑可人的姑娘走了过来，江彩霞急切地问："你个小蹄子，乱跑到啥地方去了，让我们等的腿都麻了。"夏桂岚看到江彩霞噘得老高的小嘴也不生气，反而笑嘻嘻地给江彩霞、叶长秀介绍说："刚才遇到点事。这位是镇上小学的周老师，她一定要请我们上她家去吃饭，说是如果晚了，明天送我们回去。而且就算现在回去天黑也到不了了。"

周老师赶忙搭上话茬说："夏桂岚今天救了我娘，我们也不知道怎么感谢才好，就请你们一起到我家里吃个粗茶淡饭。你们也不要嫌弃，这就到家门口了。你们要是不去，我们今后在镇上都抬不起头，人家会说我们连恩人都不请到家里。"说完又紧紧地拉住江彩霞和叶长秀的手，热情得让江彩霞、叶长秀左右为难。

夏桂岚趁机说："就算我们认了个亲戚，今后有空还能走动走动，你们看呢?"江彩霞和叶长秀对视了一眼，会意地相互点点头说："好吧，我们去。不过要给高保民他们打个招呼，他们去饭馆吃面去了。"于是周老师和夏桂岚、江彩霞、叶长秀都兴高采烈的，一边走一边笑着说话，像是久别重逢的姐妹一样，欢言不止。

镇上有三家饭馆，一家是卖面皮、稀饭和核桃馍的，还有一家是卖面条外加面皮、稀饭，最大的一家饭馆，据说是区供销社办的，其实也就是挂个名而已。在小镇上经营难度是很大的，吃主食吧，要粮票，可是有几个人口袋里能掏得出粮票。要是光吃菜吧，三乡五里赶集的农民，又有几个能吃得起炒菜。所以即便是赶集的时光，也没有多少人能光顾饭店。

但这个最大的饭馆，也有吸引人的地方。这个店里的卤肉可是远近闻名。四角钱一斤的猪头肉，馋得赶集的人都要多走几个来回，到这里闻闻香气饱饱眼福，可还是看的人多，买的人少，有时到天黑还要剩一大半。

这家店里货源是有保障的，虽然肉要肉票，可头、蹄、下水是副产品，不需要票，既然是供销社办的，头、蹄、下水供应自然是充足的。那些当天卖不掉的卤肉，一点也不会浪费，加工一下，再低些价钱，卖给供销社和区政府的一些单位，还是很受欢迎的，但要亏点本钱。所以店里还是要千方百计卖完。

今天就来了个大买主，四个人开口就要三斤猪头肉，外加一盘花生米，还要了两斤散装苔干。苔干就是用红苔酿的散装酒，这种酒也是为了节约粮食才出现的，酒虽然不好，但便宜，不要票可以敞开供应。

四个人要了两斤酒，几下子都干完了。其实不是四个人酒量好，而是酒的度数太低了。酒从酒厂出来，经过县副食公司，再经过几次的周转，才到这个偏僻小镇的供销社，再到这家小饭馆。既然是散酒，当然要体现一个"散"字。这个散，就是层层的加水，原来60度的苔干，到小饭馆食客的酒碗里，连40度都到不了，所以喝酒的人也就酒量大增了。

四个人喝了二斤还不过瘾，又要了一斤，正喝的上劲的时候，门口进来四个光彩照人的美女。四个人醉眼蒙眬，但还是认出了叶长秀、江彩霞和夏桂岚。

这四个人是九队的金志强、王大柱，还有刘西安和柴国庆。他们都是交公粮后闻到猪头肉的香味儿，馋瘾大发，经不住色香的诱惑，硬着头皮进了店里。要吃没钱，他们四个人进去又出来，出来又进去，被饭馆当家管事的发现，把他们叫了进来。

当知道四个人都是上交公粮的知青时，管事的恻隐之心油然而生，想赊账给他们。但又发现他们四人虽是一个大队，但不是一个小队，而且在离镇上三十多里地的清水湾，也就放弃了赊账的想法，只好任由他们进进出出，接受腹中无食的煎熬和色香味的诱惑。

四个人在门口又商量好久，后来只有金志强一个人走进店里。他与管事的商量，身上这件九成新的中山装，能值多少钱。经过一番讨价还价，终于以五块钱的价格成交。

对于饭馆来说，卖完肉才是硬道理。再说，这件衣服布料是难得一见的好布，做工精细，在城里十几元还是要的。对于饭馆管事的来说，可谓双收，既便宜买了件衣服，还做了笔大生意，四个人要三斤猪头肉，还要带走四斤，这可是小镇上难遇难求的事情。虽然给那些机关送去，十斤二十斤人家也不嫌多，但结算价只有每斤两毛钱，连成本都不够。只因卖不完也只好忍痛相送。

江彩霞看到四个人大吃大喝，不由得火上心头，大声道："好呀，我们在路口等你们，你们却在这大碗喝酒大块吃肉。从明天开始，你们两人不要在知青点吃饭了，你们自顾自地去吃肉喝酒吧！"

金志强马上站起来，笑嘻嘻地说："姐姐呀，是这么回事……"还没说完，江彩霞厉声道："谁是你姐姐，认错人了吧！"金志强马上改口说："好同学，我叫你大姑姑好吗？刘西安、柴国庆还准备给你们带二斤肉回去呢，我们可不会吃独食。"说完，柴国庆站起来悄悄地对叶长秀说："这是金志强用衣服换的，我们都没钱，谁吃得起肉呀。"听到柴国庆的话，叶长秀惊讶地看了看四人说："你们自己回去吧，我们到同学家去了，明天上午回去。"说完四个人仙女般飘然而去。

五十六

　　河口镇也在牧马河畔。清清的牧马河水，从米仓山的山坳间，汇聚流淌数百里，滋养着两岸万物生灵。清水湾在牧马河的上游，河口镇段的牧马河又汇集了几条山泉河水，所以这里是清流滚滚，万物竞秀，瓜果飘香，比起清水湾的自然地理条件优越了不少。牧马河无私地用它甘甜的乳汁孕育着万物，给两岸带来了无限生机，也滋养了无数可歌可泣的传奇故事。

　　在这片的土地上，红军第二十九军曾安营扎寨，建立了红色根据地。陕南第一个农村党支部在这里诞生，无数英雄先辈用热血和生命，在牧马河畔谱写了悲壮的史诗华章，激励一代一代牧马河人民，传承和续写着英雄的精神。

　　叶长秀、夏桂岚和江彩霞，随着小周老师来到了周家院子。在小院门口，左右门墙上两块红色的牌子，不由得使人肃然起敬——两块"革命军属"的牌匾在告诉人们，这个家庭有两个保家卫国的人民子弟兵。

　　四人进到院中，东西两排青瓦白墙的房子各有四间。干净整洁的院落中，几棵核桃树叶冠茂盛。正中迎面是周家的堂屋，走进屋内豁然映入眼帘的，是一排排安放在玻璃框中的部队立功喜报，整齐地簇拥在毛主席画像的周围。下边贴着几排优秀共产党员、优秀教师、三好学生等奖状，无不在诉说着这个家里的几代人，都是优秀的人。

周家二儿子，已经在堂屋的方桌上摆满了色香诱人的菜肴，香气扑鼻，江彩霞不由得咽下了口水。说实在的，天刚亮就出发，背粮推车走三十多里山路，又等夏桂岚几个小时，她和叶长秀早已腹空难耐。看见满桌的美味，恨不得立刻大嚼大咽一番，但作为客人，还要保持一些矜持和稳重。

周家二儿子是生产队的大队长，自然在待人接物上懂得礼数，一番客套后各就各位。大块红艳艳的腊肉，盘子冒了尖的香椿炒鸡蛋，热气腾腾的红焖竹笋等等，美味佳肴摆了满满一桌。江彩霞、夏桂岚、叶长秀至此也不客气了。几个月来，只吃过一次陈富川送的腊肉，一次队上分的牛肉，她们几个肚中久无油水，清寡的肠胃早已燥枯得很了。几大块腊肉下肚，几个人才慢慢缓过劲儿来。

周大队长清清嗓子开始说话了，问夏桂岚："你们队上的支书陈学文，你们认识吧？"叶长秀、江彩霞和夏桂岚几乎异口同声地回答："当然认识。"江彩霞补充说："他女儿陈秋玲是我们的好姐妹，还是妇女队长呢"。周大队长听后越发显得兴奋地说："陈支书我们算是老交情、老熟人了，论辈分我应该叫他叔。"江彩霞嘴里嚼着一块肉，边吃着边问："你们还是亲戚？"周大队长慢条斯理地说："以前不是，以后就是了。"接着又说，"明天我送你们，去陈学文家混顿酒喝。"叶长秀她们自然是高兴得紧了，一餐有肉有蛋，总算是解馋了。

周大队长又问："陈秋玲今天来了没有啊？她要来了也应该请家来。"小周老师瞪了周大队长一眼说："二哥呀，八字还

268

没一撇的事，就你心急，真是皇帝不急太监急。"周大队长立时无语，自寻台阶地白了妹妹一眼说："这都是妈给交代的，我急什么呀，你不为你三哥急？"

夏桂岚、江彩霞、叶长秀几个终于听明白了，周老师的三哥是陈秋玲的未婚夫。陈秋玲这妮子平时装得不解风情，闭口不谈男女之事，谁知她早已定了婆家，把姐妹几个瞒得死死的，回去就找这妮子算账，让她请客。

第二天一大早，叶长秀几人在小周老师家里吃过早饭，还拿上了周老师准备的一块腊肉和豆腐干，坐上周大队长驾驶的手扶拖拉机，突突突地向清水湾进发。

这一天中发生的事，确实让人感到意外。意外救了周大娘，意外在小周老师家解馋的大吃了一顿，意外知道了陈秋玲有了对象，也意外的平生第一次坐手扶拖拉机。

山路坑坑洼洼，手扶拖拉机在上下颠簸中前行。满目的青山绿水，使叶长秀、江彩霞、夏桂岚心旷神怡，昨晚住在小周老师家，感觉确实房舍很宽敞明亮，大床舒适温暖，还有不太明亮的电灯，使人回味无穷的美食，依山傍水、交通方便的自然环境，使她们深深地沉浸在对未来的想象之中，沉浸在对家里的思念中。不知清苦的日月什么时候才是个头？未来的人生道路该怎么走？清水湾什么时候才能用上电灯？什么时候才能有路让汽车直接开上去？这一切都在她们的遐思之中。

五十七

　　手扶拖拉机在牧马河边停了下来，周大队长提上给陈学文送的礼品下了车。夏桂岚问周队长："手扶拖拉机放在这不用人看吗？"周队长笑说："不用，在我们这一带，可以说是路不拾遗，夜不闭户。"夏桂岚说："那么怎么听说有人偷自行车呢？"周队长笑了笑说："在牧马河流域，过去十多年很少发生偷窃的事情，即便是在自然灾害的那几年，也没有人去偷去抢，只是近两年人口的流动性增加了，偷窃就时有发生了。不过也只听说过农民的菜呀，鸡呀，有时不见了。像你们初到农村，必要的生活物品都缺乏，学娃子们拔点农民的葱摘点菜，那不算是偷。我听陈学文说，他们大队的学娃子们表现就很好，我这次来也想和陈支书交流交流，像你们这么好的学生还是很多的。"

　　说话间已经到陈家院子，只见周大队长大声地喊了一句："陈支书在家吗？"听到声音，一个矍铄的老人走了出来说："谁找学文呀？"周队长一看是陈家二爷爷，便笑嘻嘻地走上前去说："是二爷爷吧，我是河口周家的，来看看你们。"江彩霞、叶长秀发现他们并不认识，连忙上前介绍说："二爷爷，这是河口镇的周大队长，昨晚我们就在他家住的，今天一早是他开拖拉机送我们回来的。"二爷爷盯着周队长看了几眼，若有所思地说："你就是家里有两个当兵的周家吗？我知道，知道，我这就给你叫学文去，他在大队部有点事情。"说完搬来一条小板凳说："你先坐下歇会儿"。说完向院子外走去。

叶长秀、江彩霞和夏桂岚就领着周队长，在院子里四处看看，还走进了知青的厨房。周队长不时地夸上两句。他看到知青点确实简单，除了简单的床铺和灶具农具外，连个坐的地方都没有，不免有些伤感起来。他的队上也有几十个插队的学生，条件相对比这里好一些，从学校淘汰下来的桌椅，修理了一下给学生们免费使用，使知青的家也像个家。他对江彩霞她们简陋的条件，也没什么好说的。周队长一直在想，怎么样才能帮学娃子们一把呢？直到陈学文到来，两人一起离开。

夏桂岚在镇上救周大娘的事情，像风一样很快在清水湾传开了，而陈秋玲要嫁给河口镇周家老三的事，也像风一样在牧马河畔传开了。

夏天的牧马河畔天气多变，一团黑云压在了米仓山上，一河两岸的上空，乌云压顶。正在稻田里除草、挖田的人们惊恐地喊："要下暴雨了！"随即田里的一排排人，急忙从田里走出。

天越来越暗了，随着天空一道刺目的闪电，一声惊雷撕破了天空的黑云，在还没有走出田埂的人们头顶炸响。随即铺天盖地的大雨瓢泼而下，一眨眼的工夫，毫无准备的村民们全身已被暴雨浇透。好在是夏天，人们穿的都比较单薄，光着脚的男男女女们，扛着锄头拎着鞋，深一脚浅一脚地在泥水中向村子奔去。

男人的背心短裤紧贴着脊梁，雨水顺着头顶向脚下流淌。而女人们就显得有些不自然了，雨水把长发浇的精湿，紧贴在头颈后背上，而胸前衣服紧贴胸襟，把本来就突出的胸部勾勒得更是山峰高挺，雨水顺着脖颈向胸部腹部浇灌，把肚子和大腿的线条勾画的层次分明。

但在这一刻谁也无暇去左顾右盼，谁也没有了开玩笑逗乐子的情致，只见泥水中无数条腿，在极速地移动前行。村民们称为白雨的大暴雨，丝毫不给村民们一点面子，也丝毫没有停下或减弱的意思，打到人们的脸上还有些生疼，使人们连眼都睁不开，只能紧跟前边的人影前行，丝毫也不敢东张西望。肩上有锄头，手上有湿透的鞋，稍有不慎的话，不是会碰着人就是会掉进不断涨水的稻田。

好不容易，叶长秀、江彩霞、夏桂岚三人才随着高保民他们进入陈家院子，把锄头扔在了房前的空地上，把湿透的鞋扔在了房檐下，迫不及待地一脚踹开了宿舍房门，连蹦带跳地进了房间。每人的脚下，顿时淌下一摊雨水。

三人连忙拿来毛巾，狠命地擦拭着还在不断流水的秀发，擦去脸上的雨水，使劲地拧着刚脱下的衣衫。也不顾同伴的对视，不约而同地脱去身上的乳罩，同样使劲地拧捏着水。不管是生气还是发火，都没有用，老天爷突降暴雨，丝毫奈何不得，只能认命。三人都在翻找着干衣，急切地想换上，以免受湿浸之苦。

叶长秀、江彩霞、夏桂岚三人终于把上半身收拾停当，要换裤子时才发现，三人的腿脚上全是泥浆，没办法，三人只好穿上已经拧掉水的湿裤子，把裤腿挽到大腿根部，走出房门，对着如注的房檐水，冲刷腿上脚上的泥。这不用拧水龙头的自来水，比自来水冲洗得还要快速彻底。

叶长秀忽然开口说："这雨水要是在渭北旱塬上多好，有很多人家的水窖里能接满水，一个冬天的用水也就解决了。"江彩霞接上话茬说："听说旱塬上娶媳妇，首先要看家里有几窖水。没有三窖水的人家，连媳妇也娶不上。而在这里出门是水，进门脚上淌的还是水，这条件要是放在渭北，能娶上十个八个媳妇。"

夏桂岚对着江彩霞笑着说："你个死妮子，是不是想嫁人了？能娶十个八个媳妇的人家，你嫁过去是第几房呀？是妻还是妾呀？"夏桂岚说完，知道江彩霞肯定要报复，急忙转身进到屋里。江彩霞用双手接了点水，追了回去，硬是给夏桂岚泼在了脖子里，对夏桂岚嬉笑着说："是你又想你的那个表哥了吧？看你嫁过去后，你那个表哥怎么折腾你收拾你。"

五十八

　　冒着大雨回来的高保民、徐星晗、刘西安、柴国庆和张宝贵根本就没进屋，直接下到沟里，尽情地用不断涨起的溪水，冲刷满身的泥浆，后来索性都脱掉背心在水里嬉戏，真可谓是畅快淋漓，自由自在。洗过一番后，徐星晗说："我们赶快上去吧，今天是我做饭，柴国庆烧火洗锅呀。"

　　一句话惊醒梦中人，柴国庆立即从水中站了起来说："我的妈呀，今天上午我看柴火有点湿，就放院子里晒。上午的太阳毒，我还想下午就干了好生火，谁能想到下了暴雨。这下糟了，晚上烧啥呢？"柴国庆急忙上了岸，向厨房跑去。不用说，那些快干的柴火，现在全泡在了水里。柴国庆目瞪口呆，他想坏了啊，今天怎么生火做饭呢？

　　柴国庆看着高保民、徐星晗几个也站在雨地里，大家都一脸的茫然，任凭着雨滴在脸上击打。刘西安这时打趣："反正今天是你俩做饭，没饭吃把你们俩吃掉，还能解馋。"柴国庆对高保民说："老大，你看怎么办啊？"高保民也一时没了主意。

　　还是徐星晗的点子多，他说："吉人自有天相。柴国庆先把你的草垫子拿出来当柴烧，要是不够，还有我们四个人的，活人还能让尿给憋死了？"说完五个人一起向宿舍走去。回到房间大家换掉短裤背心，柴国庆揭起床铺，抱起用稻草做的床垫，正要出门，徐星晗拿起一张蓑衣披在柴国庆身上说："你就这样抱出去，稻草还不又淋湿了，你个瓜娃子。"柴国庆刷完锅，添上水，点燃床草，火苗发疯一般向锅底蹿去。

这几天知青点的饭，基本都是疙瘩汤、汤面条。政府供应的大米早已吃完，现在只能吃队上分配的麦子磨的面和土豆了，而且只能干稀搭配，要是吃油泼面、干馍，粮食怕坚持不到稻米分配下来。

疙瘩汤是每个知青都会做的，烧一锅水把土豆块煮熟，搅点面糊下去，放点菜、放点盐，大家伙吃得依然是有滋有味。有什么办法呢？吃饱是第一要务，谁还能有更多的奢求，再说清水湾的知青点没断粮已经是很好的了。

高保民、叶长秀商量过，每天的粮食必须定量，干的不行就稀的。再说队上给分的菜地里，黄瓜、茄子、辣椒、西红柿长势喜人，吃菜是没有问题的。但菜油就不太富裕了。前几天两个装油的罐子，有一个快吃完了。那天是高保民做饭，当他端着罐子倒油时，竟然倒出一只小老鼠，恶心得他真想把罐子摔了。但又一想，不知道老鼠是啥时候进去的，不也吃了许多天吗？他硬是忍着恶心，没把这事告诉任何人。可他每每想起此情此景，仍然一阵阵恶心、心痛。

自从队上每人分配了十斤油菜籽后，高保民和叶长秀就召集大家商议过。八个人共分配油菜籽八十斤，分配到每月也就六斤多菜籽，换成菜油也就两斤多，合计到每天也只能有八钱油，还不到一两。如果炒菜的话，只能炒一顿。因此大家也同意尽量少炒菜，但油泼辣子是要保证的，无论是吃面条、拌黄瓜、拌茄子，腌制小葱香菜，或者腌青椒，放上一点油泼辣子，那个味道肯定是没说的。如果要炒菜，无论是土豆还是其他菜，量可以大，但只能炒一个菜，这样就可以减少下油锅的次数，减少损耗，细水长流了。

柴国庆眼看草垫子快烧完了，赶紧对徐星晗说："快让他们再抱两床草垫子，否则连饭都煮不熟了。"

雨仍然下个不停，从暴雨到大雨再转到小雨，而后又是大雨。一切活动仿佛在大雨的安排下停止。天黑得也格外早，屋子里也黑了下来。

徐星晗早早地就点起了煤油灯，凑着忽闪忽闪的亮光，看起了《三国演义》。不大会工夫，煤油灯忽闪了几下，渐渐地暗了下来，逐渐地熄灭了，是油枯灯熄。他急忙喊张宝贵往油灯里添油，张宝贵说瓶子早干了，原打算明天赶集去买的，没想到等不到明天了。

徐星晗说："宝贵，你去看看女生们还有煤油吗，拿过来添点。"张宝贵从只有席子的光板床上起来，披上蓑衣出门，向女生宿舍走去。他走到女生宿舍门口，看见窗户黑漆漆的，屋内没有点灯。他想离开又站住了，在窗外左右地晃动了几步。突然里面传来江彩霞的声音说："谁在外面，走开，我们要睡觉了。"

张宝贵听到江彩霞的声音，内心一阵激动，他清了清嗓子，轻声地说："我们宿舍里没有煤油了，想问问你们还有没有，给倒点。"屋里没有再传来江彩霞的声音，却听到叶长秀说："我们也没有了。你们男生一个月比我们两个月点的油都多。我们要是有的话，还能这么早就摸黑上床睡觉吗？明天去买吧。"

听到叶长秀说话，张宝贵失望的站在雨地里愣了愣，又冒雨返回了男宿舍。高保民知道女生们也没有煤油了，便说："还是早点睡吧，明天镇上赶集，我们去转转，顺便买点煤油。"徐星晗说："明天还要买盐，今天我把盐罐都拿水涮过了。"刘西安插话说："没有油，也没有盐。徐星晗，你就给咱讲讲三国演义，说说吃肉喝酒的故事，要不这漫漫长夜可怎么熬呀？"

徐星晗"啪"的一声，打死了个蚊子说："睡觉呀，三国里望梅止渴，我现在要说些吃肉喝酒的事，怕是一晚上都睡不着觉哩。"确实，晚上缺盐少油的面汤，早使这些精壮壮的汉子肚中无食腹中饥了。

五十九

持续的大雨，使牧马河一改往日的平静，上游的山洪下泄到牧马河里，牧马河水也像脱缰的野马，波浪翻滚，水浪拍岸的声音激荡澎湃。唯一连接牧马河两岸的木桥，已经早早的被人拆除，用绳索固定在岸边，以免被汹涌的河水冲走。

高保民和张宝贵一大早就赶到河边，想去镇上买回急需的煤油和盐，但眼前只有还在上涨的牧马河水，木桥固定在河岸边，被牧马河水激烈地拍打着。他们俩在河岸边徘徊了一阵，只好望洋兴叹，回到知青点。

这可怎么办呢？做饭的柴火不能烧，照明的油灯点不着，就连必不可少的食盐也一粒不剩。这还不是最大的危机，最大的危机是麦子磨成的面粉，也最多只能维持一天了。把麦子磨成面，也要过河去磨坊。牧马河水把一切都按下了暂停键。

八个人，八个年轻人要生活要吃饭，难题明晃晃地摆在了高保民眼前。他这个知青点的联系人，怎么来解开这个没有了钥匙的锁扣？他为难了，惆怅了。面对前所未有的困境，高保民看看外面仍然下着的大雨，靠在被子上，沉思了良久。他看看同样倦靠在床上的徐星晗、刘西安、柴国庆和张宝贵，想说点什么，但看着几个人都在无精打采地看着墙壁，注视着发黑

278

的房梁，欲言又止。他对着徐星晗瞅了又瞅，终于忍不住说："星晗，你们几个看看当下的情况，都想想办法，怎么把这一阵熬过去？"说完就向四个人逐个扫了一眼，大家仍然闭口不说话。

过了一会儿，徐星晗终于说："自古兵来将挡水来土掩，活人总不能让尿给憋死了。"话音刚落，刘西安说："别整那些没用的，说怎么将挡？怎么土掩？文绉绉的，有个屁用。"说完屋子里又一片寂静，静得只听见外面的雨声和房檐上的水落地溅起水花的声音。

又过了一会儿，徐星晗终于又开口了。他说："以本人盘算，目前遇到的是几大难题，一是粮食马上就没有了，要等到雨停了才能去磨面。目前还有大概十斤面，我们按每天每人三两面计算，其余的只能瓜菜代了。我想我们的菜地里还有不少茄子、黄瓜，每天的面就打成面糊多加些菜，另外咱们还有大概三十斤麦麸子，把麦麸子贴成饼子，吃起来一定比困难时期要好。困难时期谁家还没有吃过麦麸子呢，反正我们家吃过，那时候到附近农村去拾麦，拾回来后用石窝砸一砸，拌些菜贴饼子、打面糊也是一等一的好饭，我想粮食是够熬个三四天的。当下最要紧的是没有盐，没有煤油可以摸黑，没有盐饭就没法咽了。我们唯一有些盐味的东西，就是一碗腌辣椒，凑合一两天没问题。日子长了怕是熬不下去。还有就是柴火，我们的床垫子就是烧完也维持不了两天。我昨天在灶膛里塞了些湿柴，今天再塞些，看能不能用做饭的余火烤干。每天多打听一下，看怎么过牧马河，只要能过河就能买盐和煤油回来，但我不知道买盐买油的钱怎么解决，对此本山人无计可施，就看各位贤达的高论了。"说完得意扬扬地朝床铺上一躺，舒服地伸伸懒腰，静等大家各献良策了。

高保民停了停，环视了一下说："星晗的想法与我的想法不谋而合。这样吧，我去找叶长秀她们商量一下，看这个办法她们有没有意见。关键是看她们能不能凑点钱，好去买盐买油，我这里只有两毛五分钱，谁还有都凑过来。等会儿雨稍微小一点，刘西安、柴国庆和张宝贵你们三人去菜地，把能吃的菜尽量都摘回来。星晗准备做饭，我来打下手。同时我去找找陈支书，问问怎么能过河，他可是老土地爷了。"说完起身，把另外三床草垫子一一揭了下来，卷成一团，准备抱到厨房，顺便和叶长秀她们商量商量。

叶长秀、江彩霞、夏桂岚三人在宿舍里也是焦急得紧，她们想的办法丝毫不比徐星晗想的差，她们对麦麸子的做法比男生们更加自信。虽然连续的大雨造成了当下的困难，但三人都是经历过困难时期饥荒的当家好手。听到高保民敲门的声音，江彩霞离门最近，她快步打开房门，让高保民进屋来。

高保民进屋后抖了抖身上的雨滴，也没有坐下来说话的意思，就站在门口将刚才商量的意见和盘托出。叶长秀笑了笑说："到底是知青点一家人的事，都想到一起了。我们姐妹三个也商量了很久，还凑了一块一毛钱，不知你们凑了多少钱，算算买油买盐的钱能有多少。去磨面还要钱，我们想要是磨面的钱不够的话，就折几斤面或用麦麸子顶。重要的是这次一定要多买几斤盐，有了盐多难吃的饭食都能咽下去。"

高宝民听了叶长秀的话和江彩霞、夏桂岚的补充，已经十分兴奋了，在这个临时的知青之家里，能不谋而合地心往一处想，真是难能可贵了。他激动地说："难为你们了，刘西安、柴国庆和张宝贵他们已经披上蓑衣去摘菜了，我们大家就一起做饭吧。我还要去找找陈学文书记，看能不能想办法过牧马河解决缺油少盐和磨面的事。"说完向众女生点头致谢，转身而去。

高保民的身影渐渐地在雨中消失，叶长秀看着高保民高大魁梧的身躯，不由得产生异样的感觉，像傻了一样呆呆地站立在床前。江彩霞看看门外不停的雨，返身看看发呆的叶长秀，上前拍了一下她说："还在看呀，人早走了，别看在眼里真出不来了。平时一本正经的像个正人君子，原来是个好色之徒。"叶长秀猛然地从沉思中缓过神来，立即红着脸双手抓住江彩霞说："看我不掐死你这个死妮子，让你胡说八道。"随即几个人笑着扭在了一起。

六十

陈学文书记连日来走乡串户，生怕各个地方出意外。高保民去找他几次都没找到人，只好找到陈秋玲问陈支书的踪迹。陈秋玲看着高保民几次上门，知道肯定是有事情，便问有什么要帮忙的。高保民只说："几天的大雨不知什么时候能停，牧马河上的木桥也拆了，不知道什么时候才能过河。"至于其他的困难，高保民不想说。

从到清水湾开始，知青们受到支书家的关心帮助实在太多了，他们实在不想再麻烦陈家父女了。如果说了困难，陈秋玲自然又会毫不吝啬地倾囊相助，因而高保民欲言又止。

陈秋玲是何等的聪慧，对高保民只说了句："要有啥事你就直说，我会给我爸说你有事找他。"高保民点头离开。

雨还在没完没了地下着，清水湾笼罩在一片灰蒙蒙的雨雾之中。远处的米仓山，云雾已经遮盖了全部山林。从山上流淌下来的各条支流的水，汇集在牧马河中，使牧马河水日夜不息地奔腾而下，一泻千里。

今天的知青厨房异常拥挤，三女五男都一起动手做这次特殊的饭食。江彩霞作为主厨，她把叶长秀、夏桂岚做好的麦麸饼，一个个有序地贴在锅里，不时用勺子滴上几滴菜油，以免粘在锅上。灶头下，徐星晗和刘西安不断地向灶膛里添上柴草，里面还夹杂着半干的木柴。高保民、柴国庆和张宝贵刮净土豆皮，洗好黄瓜、辣椒。一切都显得有条不紊，但本来就不大的厨房人满为患。

这时，江彩霞夹出儿个已经焦黄的麦麸饼，对众人说："大家还是边吃边做吧，趁热吃比较酥软些，凉了味道就不太好了。"话音刚落，徐星晗就抓起一个刚出锅的麦麸饼。火烫火烫的饼，让他一边两只手来回地换着，一边还用嘴不停地吹气，以降低饼的温度。他迫不及待地咬了一口，还来不及下咽，就被麦麸饼烫得张开了嘴，不停地哈气。终于温度适合了，众人都齐刷刷地盯着他的嘴。他终于咽下去了，说："真香，真好吃。"话音刚落，几只手争先恐后地伸到盘子里，一人抓起一个麦麸饼，有滋有味地品尝起来，那个香简直不输给西安回民街上的牛肉酥饼。

正当大家津津有味地吃着麦麸饼时，没人注意到门口站了个人，手里端了只簸箕，里面装了满满的黄灿灿的饼子，饼子上还盖了一条毛巾，兴许是怕被雨水淋湿了。来人在烟雾缭绕的厨房门口站立了许久，也没有人看见，大家就只顾大吃特吃、咬着嚼着清香可口的麦麸饼了。

来人说话了："吃啥呢，这么香，我来了一会儿了也没人看见，也不让我尝一个呀。"大家这才发现陈秋玲端着个盖了毛巾的簸箕，叶长秀和夏桂岚赶快上前接过簸箕，把她拉到灶台边的一张凳子前。江彩霞从锅里铲起一个饼，连盘子递到陈秋玲面前说："我们煎的油饼，你也趁热尝一个。"陈秋玲看着盘子里焦黄的、有些发黑的饼子，仔细端详了良久，才惊奇地说："这是麦麸饼。你们，你们怎么吃这个？"

在人们的观念中，麦麸子就是喂牲口家畜的饲料。陈秋玲拿了一块麦麸子饼，掰了一块放在嘴里，细细地嚼、细细地品、细细地咽。她知道叶长秀他们肯定是遇到非常大的难处，否则在清水湾，这几年谁听说过人吃麦麸的。她眨了眨眼，强忍着眼中快要溢出的泪花，使劲地咽了咽麦麸子饼说："挺好吃的，做得好，粗粮细做，还能忆苦思甜。"江彩霞看到陈秋玲发红的眼眶，豆大的泪珠忍不住溢出了眼眶，顺着脸颊流下来。

六十一

江彩霞会贴饼子，是和奶奶学的，但以前贴的都是粮食饼或肉饼，她有生以来第一次贴麦麸饼，也是第一次吃麦麸饼。要说好吃，那叫苦中作乐，咽起来确实有些梗喉咙。但眼前遇到困难，总不能像有些地方的知青，拿个棍子去要饭吧。

江彩霞发现自己失态，连忙用衣袖擦了擦眼睛说："这柴湿的，光出烟不出火，把人眼泪都呛出来了。"正在烧火添柴的徐星晗听了，又往灶膛里添了一把草，火苗立刻蹿出了灶门，熊熊火焰向锅底蹿去。江彩霞大喊了一声："连火也不会烧，饼都烧焦了。"一句话把徐星晗堵得莫名其妙。

徐星晗苦笑了笑，连忙把湿柴火塞进灶膛，压住了火苗，连烤带烘，使木柴也干得快些。陈秋玲也不想问到底是怎么回事，拉过江彩霞说："我也烙了点饼子，大家尝个鲜，看我有没有彩霞烙的好。"说着揭开搭在簸箕上的毛巾，金黄金黄、香气逼人的饼子，呈现在男男女女的面前。江彩霞惊奇地问秋玲："这是啥饼？闻起来这么香呢。"陈秋玲说："这饼子在我们这里叫浆巴馍，用最嫩的玉米磨成浆烙的饼，你们都尝尝。"说着给大家取出来递到手上，在场的所有人，都没吃过这个叫浆巴馍的玉米饼，连忙大吃大嚼起来。刚吃过麸子饼，接着吃浆巴馍，那味道，香甜可口，真叫一个天上一个地下。

麸子其实就是麦子磨下的一层皮，所以麸子饼又粗又苦涩，但浆巴馍香甜中带着细滑。徐星晗边吃边说："真好吃，怎么做你也教教我们。我还是第一次吃这么美味的玉米饼子呢。"江彩霞可能是泪腺比较发达，吃着浆巴馍，眼泪又流了下来。叶长秀和夏桂岚双眼也是湿湿的。这泪是感激还是伤心，可能只有插过队、下过乡的人才能体会到吧。

吃完饭，陈秋玲和江彩霞、叶长秀、夏桂岚又到女宿舍拉了一会儿家常，她看得出知青点遇到的困境，但她什么都没说，只是东一句西一句，说些女工上的话，尽量不让叶长秀她们再次伤感。

就在陈秋玲告别女宿舍后不一会儿工夫，她又端来了半碗盐，一碗豆腐乳和半瓶煤油。她放下东西，怕江彩霞的泪又出来，赶紧说："雨可能再有一两天就停了，牧马河上的桥又会重新架起来，坚持两天就好了。你们说是吗，姐妹们？"说完头也不回地消失在雨雾中。

其实，陈秋玲家也不富裕，他们家买盐从来都不买加工好的细盐，都是买大块疙瘩的粗盐，回来后砸碎了用手磨磨细。村民们说，这种盐吃起来香，盐味重，当然更重要的是粗盐便宜，每斤盐便宜一分钱，一年下来可节约不少钱。

清水湾的人家，家家户户都是掰着指头过日子。就说点煤油灯，都是收拾完活计就吹灯上床，绝不会白白地浪费灯油。队上每年的工分钱，确实低，这也是没有办法的事。队上唯一能得到的钱，就是购粮款。但每年还要花很多钱去买种子、化肥，到年底基本上所剩无几。娃娃多的家庭，有的多分了些口粮，还要倒欠队上的口粮钱。劳动力多的人家，一年到头也只能分上几十块钱，就这全家人已经欢天喜地了。孩子们盼着能有个新书包，女人们希望能扯上几尺布，多做几双鞋。

谁家娃娃穿了双新鞋，谁家姑娘扯了个花衣裳，全村人都要议论和羡慕好一阵子。不过陈秋玲给大家鼓劲说："今年的劳动工分折的钱肯定要翻个番。"村民们问，为啥呢？陈秋玲对大家伙说道："今年有文化的知青在我们队落户，把好运福气带给咱们了。"她如数家珍地说，"你们看学娃子们来了，春喜娃被蛇咬，起死回生平安无事了。那头已经不能出力的黄牛，不光让大家吃上了肉，肚子里还长了个宝贝疙瘩，一下子给队上增加了二百多元的收入，还得到了两千斤化肥和五百斤返销粮。再者你们看山根下的几十亩地，平时年景不好时，怕连种子都收不回来，今年学娃子们想法架起了渡槽，几十亩地不光庄稼长得好，连茶苗也一个劲地往上长。今年光茶树苗就卖了几百元，你们说哪一样不是学娃子们来了才变化的。"

村民们也一个劲地夸赞知青们好。张三说："我家以前都没钱买对子，今年学娃子们给我送了写好的对子，喜庆得很哩。"李四说："上次我感冒了，那个姓江的女娃给我吃了两次药就好了，比公社的大夫还管用呀！"王五说："那个姓徐的学娃子，今年过年从省上回来给了我三粒打火石，我用到现在，省了不少的洋火钱。"

其实这是陈秋玲有意引导村民们的。最近村民中有些议论，谁家的菜被偷了，哪个队上下蛋的鸡不见了，村上有一股反感学生的情绪，有一些人还算口粮账说，八个学生要按十二个人分口粮，那不都是我们从嘴里、牙缝里抠出来的呀。

陈秋玲听到了这些议论，回家和当支书的爸爸说了。还是陈支书有远见，他希望陈秋玲多总结学娃子的好，只要是学娃子们能沾上边的好事，就朝学娃子们身上说，光一个人说不行，要鼓动大家伙都说学娃子们的好。

陈支书交代，学娃子们体力上肯定不如普通社员，所以在派活时要多照顾点。这一点，陈秋玲一直是这样做的。另外，学娃子们生活上肯定会遇到不少困难，以后不能指着队上的东西照顾，队上的东西，全村人都盯着呢，学娃子们遇到难处，就自己家里多帮衬一点。些许的帮助，可能就会让学娃子们渡过难关，学娃子们出门在外实在是不容易的。

陈支书如此心疼知青还有一点，夏桂岚救了河口的周家大娘。在陈支书的眼里，周大娘可是未来的亲家呀，因此学娃子们有恩于自己家。滴水之恩当涌泉相报，学娃子们就是村里的人，就是清水湾的人。

六十二

天终于放晴了。大雨冲洗过的米仓山，更显得苍翠伟岸。白云在山间环绕，像洁白的纱巾罩着起伏的山峦，秀美壮阔。飞鸟在瓦蓝瓦蓝的天空中欢唱飞翔。

高保民等人迫不及待地走到院子中间，伸开双臂，想要把蓝天白云一起拥抱在怀中。他和徐星晗几个已商量好，只要牧马河上的桥一架起，马上就过河买盐、买煤油、磨面，同时把柴火劈开架起，尽快让夏日的骄阳晒干。

他们还计划着上一次山，主要是砍些柴，更重要的是攀登一下米仓山，追寻一下茶马古道的踪迹，体验一下大山的奥妙和神秘，感受一下大自然的无限美景。

柴国庆、张宝贵是牧马河木桥架好后第一波过河的人。桥架设时，牧马河边站满了人，虽然牧马河水仍然后浪推前浪，但据村民的估计，要不了一天，河水就会平静如常。

柴国庆、张宝贵二人到了镇上，唯一的供销社门口已挤满了人，大都是买盐和打煤油的。今天他们得到的叶长秀的命令是：除了买二斤煤油外，其余的钱全部买成大块疙瘩盐。可能是几天的无盐之伤刺痛了他们。

柴国庆和张保贵从供销社出来，穿过路边摆摊叫卖的人群，突然发现一个人面前放到一只布袋，里面装了半袋麸皮。刚刚吃过几天麸皮饼的柴国庆和张宝贵，对麸皮有了一种特殊的情感，便上前问："怎么卖，多钱一斤？"卖麸皮的人突然高声叫起来："柴国庆，怎么是你们啊？"

说话人是金志强，他站起来高兴地拉住柴国庆和张宝贵说："这不连着下雨，我们已经摸黑好几天了，今天赶集就想来买点煤油。可实在是没有钱，没办法，看能不能把这点麸子卖了，再买点煤油回去。"说着喉咙里有点哽咽了。

柴国庆见状，立刻转移话题说："庄丽娟最近可好呀？"金志强微微地摇摇头说："她整天愁眉苦脸的，半天也不说一句话。都是那个赵明礼死缠的，有时候庄丽娟连上个厕所他都站着等。庄丽娟放狠话说，就是在山上喂了狼，也不会搭理赵明礼的。"听到这话，柴国庆一股无名之火涌上心头，真想狠狠地教训教训这个家伙。金志强马上话锋一转说："你放心，我和大柱都帮你盯着呢，庄丽娟不会有啥事的。"

张宝贵插话："怎么你们比我们混得还惨呀，我们刚吃了几天的麸子呢，你这准备怎么卖呀？"金志强说："我也不知行情，刚来时就看见一个农民四分二厘钱一斤，卖了几斤。我就照猫画虎说四分五厘，可这等了半天也没有个人问，看来我这是卖不出去了。"

柴国庆说："要不这样，我看看还有多少钱，能不能凑点钱，你先去买点煤油。"说着翻开自己的衣袋，把底都翻开了才翻出七分钱，便问张宝贵刚才还剩多少钱，张宝贵说还剩六分，他递到柴国庆手上。柴国庆说："宝贵你再翻翻口袋。"张宝贵说："昨天我都翻了个遍，现在是一分都没有了。"说着把口袋也翻了个底朝天。柴国庆见状，将一毛三分钱递到金志强手上说："兄弟对不住了，就这一点钱，买一斤煤油还差两分。要么你再找找，实在没有的话就能买多少买多少吧，省的今天回去又摸黑。"说完将钱塞到了金志强的手里，扬手对金志强打招呼说："我们先回去了，给庄丽娟说，过几天我去看你们。"说完恋恋不舍地离去，金志强紧紧握住这还带着体温的一角三分钱，看着柴国庆、张宝贵渐渐远去的身影，陷入深深的沉思之中。

六十三

　　几天的晴好天气，让大地彻底舒展开来，每天都是烈日当头，晴空万里。尽管连日在稻田里挖泥除草，高保民、叶长秀他们仍然兴高采烈。高保民的臂膀，顺着背心的遮挡部分起了一层细密的白皮，像是煮过稀饭的锅底卷起的一层薄薄的米油花，脱掉背心，日晒和遮挡的部分黑白分明。不光高保民，徐星晗、刘西安、柴国庆和张宝贵他们的背上都是泾渭分明的印记。他们相互瞅瞅，相互笑笑，相互注视着都已是小麦色的脸颊面庞，这才是农民应有的肤色。

　　叶长秀、江彩霞、夏桂岚三个是比较注重保养的，尽管每次上工前，都是长袖裹臂、草帽压头，但在强烈地紫外线的刺射下，仍然比先前黑了许多。但她们最大的变化还不是肤色，都说牧马河水养人，尤其是养女人。叶长秀她们三人，都长胖了，丰满了，个子也长高了。

　　每次回到宿舍，江彩霞都迫不及待地脱掉内衣，还不断地抱怨说："这布都用了一年了还缩水，把本姑娘勒得都快喘不过气了。"夏桂岚打趣道："怕是要出奶了吧。村上的怀孕媳妇，哪个不是人还没到胸部早挺到前边去了。"江彩霞一把揪住夏桂岚把她压在床上，嘴里不停地说："让你个死妮子嘴贱，整天想你表哥怕是想疯了，我现在就是你表哥，看我怎么收拾你!"说着整个身子都压在了夏桂岚身上，夏桂岚只好求饶说:"好姐姐，亲姐姐，你是我亲姑姑，你饶了我吧。"

叶长秀在一旁看着她俩嬉闹，也笑说:"也不知道咋回事，整天吃粗茶淡饭，连点儿油腥都没有，还光长肉。内衣穿着紧不说，就连短裤也紧的勒肚子。"江彩霞起身整了整衣服说:"前几天下雨时男生说晴了要去山上打柴，我们也一起去吧，就当是夏游了。我真想到米仓山深处去走一走，看看白云深处的人家。"她拢拢秀发继续说，"古代的隐士侠客都喜欢游历名山大川，我一来清水湾时就想到山上走一走，找找牧马河的源头。等到老的时候也不遗憾，可以给我的孙子孙女讲一讲牧马河的故事，那不和游侠名士们一样了吗?"

夏桂岚听完江彩霞的话后，毫不留情地说:"你个小妮子，想的还真远啊，还不知道你那个男人是不是还在婆婆肚子里，就想到自己的孙子孙女了，真不怕说话闪了舌头。我好歹还有个表哥呢。"江彩霞听后又要上去抓扯夏桂岚，夏桂岚见状立刻说:"好姐姐，好姑姑。"江彩霞也嬉笑着说:"长点记性，当心挨打。听好了，我是你姐姐，不是你姑姑。别把我一下子说老了，我还没对象呢，就成了老姑娘了。"宿舍里又一阵嬉闹。

叶长秀低声对江彩霞、夏桂岚说:"我去和男生们商量一下，我们一起去山上打柴，也逛逛米仓山的美景。"叶长秀说完，江彩霞和夏桂岚都上前抱住叶长秀，三人免不了嬉笑了一番。

雄壮的公鸡打鸣的声音，撕破了清水湾的宁静，微微放亮的晨曦降临到牧马河畔的小山村。知青们已整装待发。江彩霞又展示了一把烙饼的绝活，整整十斤面粉，全部烙成了发面的葱花饼。还摘了许多黄瓜，再带一大碗腌的小葱拌青椒，上山的干粮准备齐整了。

高保民吩咐男生们背上全部工具、食物。当然不需要带水，因为山上处处都是甘甜的溪流和没有丝毫污染的山泉水，像琼浆玉液一样滋润着牧马河畔千万民众。

伴着晨曦，一行上山打柴和游山的人出发了。路边含着露水的小草，在微风中点头摇曳，百花在竞相斗艳吐着芬芳，百鸟在林间无拘无束地欢唱飞翔。清澈无瑕的山泉水从高处尽情地奔流，大自然赋予人间的一切自然美景，无私地呈现在上山人的眼前，使人顿时身心舒畅，心旷神怡，仿佛脚下的路是通向仙境。

江彩霞不由得哼起了《朝阳沟》中银环上山的唱段，接着队伍从前到后，大家一起伴和着这优美的旋律。虽然有人的调子跑到了米仓山顶，但杂乱的配唱声，并没有破坏人们上山的兴致。

在山道的拐弯处，有四个人向他们招手。高保民一看是金志强、王大柱他们，叶长秀也认出了庄丽娟和何素华。徐星晗诧异地问高保民："他们怎么也来了？"高保民说："是我让柴国庆去知会了他们一声，同学多了热闹。"徐星晗接着问："那怎么没见赵明礼呀，他们队上可是五个人。"高保民对徐星晗打破砂锅问到底的劲头哭笑不得，便回了一声："你去问问他们吧，我怎么知道呢。"

看见庄丽娟她们，江彩霞、夏桂岚和叶长秀急忙跑上前去，兴奋地拥抱了一番。金志强他们最近已是盐干米尽，无柴生炊。昨天听到柴国庆捎话要结伴上山打柴，激动的几个人一夜都没有睡好。

庄丽娟最近在夜深人静的时候，总想着柴国庆的身影，尤其是在油尽灯枯的时候，仿佛只有柴国庆能给她带来一片光明。可那个让她生厌的赵明礼，总像苍蝇一样在她眼前乱飞。这个家伙好吃懒做，烧火做饭洗锅刷碗等事，他是能推就推，能躲就躲。

前一阵子，庄丽娟实在看不下去，就提出锅轮流洗，自己的碗自己洗。如果不洗，下顿饭还用自己没洗过的碗盛饭。没想到第二顿饭，赵明礼竟然真用没洗过的碗盛了饭。这家伙吃饭还特别快，别人第一碗才吃一半，他第二碗已经装满压实端在手上了。

庄丽娟、何素华本来就吃得慢，经常再去盛饭时已经是锅底朝天。实在没办法，庄丽娟和何素华商量每次第一碗只盛半碗，好快点吃完再去盛一满碗饭，这样就能多吃半碗，也减轻挨饿之苦。

要准备上山打柴的事，赵明礼昨天是知道的。可他却阴阳怪气地说："和他们一起上山，那是没事找事，我恨不得他们有人从山上滚下来，断胳膊断腿才解恨。上山打柴？我这几天腿疼上不了山。"金志强知道他恨的是柴国庆，也就没再吭声。他腿疼倒是实情，听说前几天去河口和人打架，被人打了。

金志强等四人准备天不亮就出发，在山口等着高保民、叶长秀他们，也好上山放松放松。在队上，庄丽娟感觉太压抑了，几次提出分锅吃饭，赵明礼一句话就把庄丽娟她们噎得无言以对。赵明礼说分灶可以，他啥都不要，只要厨房，所有人都搬出去做饭。这显然是不可能的，本来队上给安排的房就紧张，哪还有多余的房腾出来分锅吃饭，他们也只好忍气吞声的维持将就了。

每次见了叶长秀她们，庄丽娟就像见到亲姊妹一样，有说不完的心里话，真想痛痛快快地倒倒苦水，但又怕引起她们的伤心，也只好顾左右而言他。另外她还很想见柴国庆，哪怕只看他一眼，青春少女内心的萌动，就会像火山一样迸发出来，心情也会好许多。

六十四

　　上了山，知青们找到那块林地，高保民希望大家辛苦一下，先打柴，把柴扎捆好了再上山玩，下山时背回来就行了。他像部队的指挥员一样，说捆柴时要掂好分量，男同学都不要超过八十斤，女同学都不要超过四十斤，下山时背着柴可不好走。说完十几个人开始行动，男同学砍，女同学拾，分工协调有序，砍柴的有说有笑，欢声笑语，捡柴的哼着小调，交流着私房话，也自有一番兴致，大家仿佛又回到了无忧无虑的儿时。

　　盛夏的米仓山上，林深木秀，果红柳绿，山花烂漫，百鸟争鸣。野兔在林间穿梭，松鼠上蹿下跳。看到大家进山林后兴致勃发，高保民大声提醒，让大家注意安全。上次春喜被蛇咬，给所有人都敲响了警钟。

　　这次上山前，每个人的裤脚都用绳子扎了起来。为了防止山中的动物侵扰，高保民还让每个人都准备了一条棍子，一边走一边敲打路边的林木野草，打草惊蛇。江彩霞还特意带上了医用胶布、红药水，还有那珍贵的蛇药，以防不测。

　　到山上打柴，不如说是一边砍一边捡。经过多年的风吹雨打，山林间有很多断枝枯木，只一阵儿工夫，十余个人需要的柴火，已整治齐备。男生们两人一组，把柴火扎绑结实。

在大家心里，这只是前奏，重要的环节是去米仓山深处的柿子沟、核桃坪，那才是今天出行的主要目的。若是不去深山浅沟，那么中午时分就可以回到家了。一切准备停当，大家分食一些干粮，喝上几口清甜的山泉水，队伍再次出发了。

山上是没有路的，人走多了才会踩出一条路来。根据村民介绍，要到柿子沟、核桃坪，就要沿着流向清水湾的山泉溪流，顺溪而上。这样路顺道畅，不仅不会迷路，还降低了遇上大型野兽的风险。

按照分工，高保民、徐星晗在前边打头阵带路，柴国庆、刘西安几人断后。叶长秀，江彩霞、夏桂岚几人居中，男生们自然而然地充当护花使者。金志强、庄丽娟四人的加入，让队伍力量加强了，一行人沿着潺潺溪流向柿子沟、核桃坪进发了。

山峦起伏，山林间的鸟鸣悦耳又清脆，他们走在山间的小路上，看着像彩带一般的溪流在青山密林中缓缓穿梭，一下子感到像是进了五彩缤纷的人间仙境。徐星晗忍不住喊起了刚学会的进山号子，高亢的声音，带动男男女女们，不约而同地高声歌唱了起来，激荡的回声此起彼伏，响彻崇山峻岭。

大家充满激情的青春气息，一下子被激发了出来，他们忘记了自己是新时代的农民，忘记了自己是刚出校门的知识青年，人人都觉得自己是游历天下名山大川的旅行家，脚踏在厚重的山石上，准备攀登山花烂漫的山峰，去寻找属于自己的无名高地。这就是神秘而又神奇的茶马古道，这就是巍峨俊秀的米仓山。

前方满山红遍。在百花丛中，一簇簇、一团团火一般的红果，呈现着人们眼前。江彩霞惊奇地呼喊着，大家争先恐后地钻进这火红的海洋。夏桂岚摘下一串红果，仔细地端详着红红的果、红红的豆说："我真想吃，不知道能不能吃。"

徐星晗站在不远处，早已将手里摘下的红果塞入嘴中，说："怎么不能吃，这种果在三国时期，是救过千军万马的救兵粮。传说诸葛亮用兵北伐攻打岐山，失败后退兵至秦岭巴山之间的崇山峻岭时，已是人困马乏，粮草不济。忽然发现满山遍野的红果，诸葛亮便下令三军原地休息，采食红果。将士们饱食解困，进而出其不意地击溃了曹操的追兵，诸葛亮据此给红果取名救兵粮，流传千年至今。"

一行队伍隐于红果密林之中，垂手摘采救兵粮食之，兴致无比盎然。叶长秀突然喊起来："姐妹们快来呀，这里有酸枣。"庄丽娟喊着："姐妹们，这里还有酸溜溜。"大家不约而同围了过来。果不其然，一大片长得不高的酸枣树上，叶繁果茂，已经有些发红的酸枣在枝头摇曳，召唤着这人迹罕至之地的客人采摘。

六十五

在山上，四处都是盛开的鲜花，遍地都有枝繁叶茂的山果，难怪古话说靠山吃山，靠水吃水。山上万物都要开花结果，而这些果实，大部分都是人们可以作为食物的好东西。只要进了山，有的是山珍奇果，有的是甘甜的清泉，大自然就是如此的神奇，创造万物，万物又滋养人。

歇歇停停，快乐的队伍走到了一个狭窄的河谷，眼前的奇观，更使人叹为观止。

满山遍野的柿子树上，挂满了黄黄的像灯笼、半青半黄的像西红柿的果实。江彩霞惊呼："这就是柿子沟吧。"

极目远望，红黄绿蓝色彩缤纷，红的是花，黄的是柿子，绿的是树叶，蓝的是万里晴空，人们不知道什么是仙境？米仓山这满目青黛，俊峰奇秀的山涧，不就是人间仙境吗？

叶长秀说："我们摘一点吃吧。"高保民说："现在柿子还不能吃。我听村民们说柿子在青的时候，要水泡泥腌，大致七八天后才能吃。泡以前苦涩，根本无法下咽，泡过后香脆可口，甘甜无比。要是没人采摘挂在树上，等自然熟透，就像临潼的火晶柿子，咬一口甜如蜜。"

一席话说的人们口水直流。江彩霞说："那我们背些回去，泡一泡再吃吧。"高保民说："不用背，清水湾有的是柿子树。我们刚到队上时还能看见在寒风中摇摆的柿子，我们还是快一点到核桃坪吧，出来一趟不容易，晚上我们还得赶回去哩。"

核桃坪近在咫尺，顺溪流而上转过一道山弯，核桃坪便跃然眼前。高保民一行到了核桃坪，才发现这里简直就是百花园。

这里没有像大家想象的，像柿子沟一样，到处都是核桃树，它只不过有两棵高大的核桃树，而被人们称为核桃坪。两棵核桃树高约五丈许，树冠大得像一把巨伞，茂密的核桃树叶遮天蔽日，满树的核桃沉甸甸地挂满枝头，随着山风轻轻地在树叶中摆动，敲打得枝叶娑娑作响。

树的周边有野枣树、野桃树、野杏树，还有石榴树、樱桃树、红果树、刺梨树。不少猕猴桃树的枝蔓上，已挂满了纯野生的猕猴桃，虽然果实只有乒乓球大小，但色青果鲜，十分诱人。

核桃树上的核桃，则是更加吸引人的眼球。几个男生举起棍子轻轻一跳，核桃便纷纷落地，发出啪啪的响声。叶长秀、江彩霞急忙跑过来，但她们拾起厚厚的青皮包裹着的核桃时，立刻面露难色。夏桂岚和庄丽娟走过来一看，也有些不知所措。

她们以前没少吃核桃，但每次拿到手上的核桃，都是花纹凹凸、皮坚壳硬的形状，用石头一砸，便壳破仁出。而现在的核桃却是厚厚青皮，掉在地上的部分，依然嫩青泛白，哪有硬壳果仁的迹象。

这时金志强走了过来说："村民们说过，要等核桃成熟了，核桃壳外的这层绿皮会自动扎口破裂，核桃自然破壳而出。一般来说，在农历八月十五中秋节前后，人们才把树上的核桃敲打下来，这时核桃才是真正的成熟。"

徐星晗走过来说："金志强只说了其一，少了其二，核桃还有另一种吃法，就是吃嫩核桃。把包裹在核桃仁上的嫩皮轻轻剥掉，还没完全长熟的嫩核桃仁白如玉、脆如素果，清香可口，还带一丝甘甜，使人吃了欲罢不能，我看现在落地的核桃就是如此，不过外面的青皮，是要砸开剥掉的。"随即捡起一块石头，朝着核桃外的青皮一阵猛砸。青皮四分五裂炸开了口，里面的核桃也碎了，就连最里面的核桃仁，也已经碎裂。

金志强马上说："你砸得太用劲了，要用巧劲，先把青皮砸破，才能砸里边的核桃壳。"说着用石头，轻砸一番，果然初见成效，一连砸了数下，基本上满足美女们人手一个。

江彩霞拿着去了青皮的核桃，又用石头轻轻地砸几下，壳破仁出，她急忙小心翼翼地取出核桃仁，又仔细地剥掉裹在核桃仁上的外皮，白生生的核桃仁，让人垂涎欲滴。她迫不及待地放入嘴里，轻轻一嚼，那甘甜、那清香立刻充盈进嘴里，她美美地闭上凤眼，慢动着舌头、牙齿和喉咙，像是细细品尝天宫圣果一般，享受着从未享受过的人间佳肴。

等美味下肚，江彩霞刚要剥另一半核桃时，惊奇地发现双手食指像被墨汁涂抹了一般黑。夏桂岚也伸出被染黑的玉手说："这可怎么办呀？"江彩霞说："赶快去洗，迟了洗不掉就麻烦了。"

说着几个人连忙朝溪流跑去，在水边又是用泥沙搓，又是用指甲抠，但手指手掌发黑的印记，像被纹在肉里面一样丝毫不掉。江彩霞急得眼泪都快出来了说："这可怎么办呀？这可怎么办呀？"不断地重复着一句话，唠叨得像鲁迅笔下的祥林嫂。

徐星晗这时也举着染黑的手走到溪水边说："没关系的，过几天就掉了。这是核桃青皮中的色素。以前我也看到过卖核桃的人，双手被染得漆黑，他们说十天半月就消退了，没有关系。"一席话让江彩霞她们几人破涕为笑，在溪水中嬉闹起来，尽情享受大自然赋予的快乐。

六十六

几个人兴致正高时，突然传来金志强、柴国庆他们惊恐的尖叫声，只见几人在核桃树下四处奔跑，像发疯了一样，用衣服在头顶上挥舞，像是在驱赶什么。

这时只听见高保民，急促地呼喊，让她们不要再到核桃树下，赶快顺原路下山。几个人和徐星晗都不知道发生了什么事，既然让他们赶快下山，肯定有突发的情况。于是几个人啥也不顾，顺河沟的路飞奔而下。跑了一段距离才停下来。高保民等人也很快追了上来，王大柱还背着金志强，金志强头上缠着衣服。

追上叶长秀、江彩霞等人后，高保民才气喘吁吁地说："金志强被马蜂蜇了，脸都肿了。江彩霞你赶快看看有没有药，给金志强涂点，马蜂可有剧毒呀。"江彩霞见状，立即从随身斜挎的"红军不怕远征难"书包里，拿出了红药水和酒精，王大柱解开缠在金志强头上的衣服一看，顿时吓了一大跳。

原来江彩霞她们去溪水洗手后，金志强想多砸下点核桃带回去。大家对核桃喜欢有加，尤其是几个女生喜欢，激发了他多摘的动力。于是他捡起地下的石头，朝着挂满果实的核桃树冠乱砸一气，被砸中的核桃也纷纷落地。但他不知道，在核桃树的树冠中藏着一个足有排球大小的马蜂窝，马蜂正在窝中，躲避着夏日骄阳的灼烤。

突然一块石头打破了舒适蜂窝的安宁，被砸后的马蜂立刻倾巢而出，见到树下的金志强，便对他发起了进攻。金志强见状，立刻挥舞搭在肩头的衣服，边跑、边喊着抵御进攻。有些马蜂应声落地，但更多马蜂发起了更猛烈的攻势。

金志强与马蜂的大战，惊动了正在溪边摘猕猴桃的高保民等人。他们赶快折了一些树枝，也边走边挥着想去解救金志强。这时金志强已跑开一段距离，但仍有五六只马蜂紧追不舍。他见有人赶过来解救，自己又累又怕的，一点儿力气也没有了，索性将衣服缠在头上，蹲在了地下，等待着救兵的到来。

此刻，只听见高保民等人，用树枝乱打乱舞的声音，金志强顿时安下心来。估计马蜂的进攻已经停止了，他悄悄地将衣服扯开一点缝，准备看看外面。这时，一只马蜂直直地朝他额头扑来，说时迟那时快，他用力朝额头拍去，马蜂被消灭了，但他的额头也被马蜂的毒刺刺中，一阵钻心的剧痛朝他额头袭来。

王大柱看见金志强被马蜂蜇了，背起金志强就朝山下跑，要赶快离开这个危险的地方，以免遭受马蜂的再次攻击。

江彩霞看着金志强慢慢肿起的脸，一阵心惊肉跳，她从来也没有经历过这么可怕的情况，但在这种呼天天不应、叫地地不灵的荒山野岭，她只好把看过的或想到的手段，全部用了出来。她先用酒精擦拭了一下，又学着陈二爷爷的办法，在金志强被马蜂蜇的地方，用小刀轻轻地划开一点口，让高保民用力地在他额头上挤。随着高保民双手用力，金志强已经肿起来的额头上流出了暗红的液体，毒液也开始在肿胀的额头流出。流一点，江彩霞急忙用棉纱擦掉，如此反复多次后。江彩霞取出一粒蛇药用水化成糊，涂抹在金志强的伤口处，又扯了一块纱布贴上，还用山泉水让金志强服下了两粒蛇药。

围在一起的同学们，看完这一切后，期待着奇迹发生，然而金志强的脸仍然在慢慢地肿胀，连眼睛也眯成了一条缝。高保民担心的事发生了，他立刻像指挥员一样果断下令："王大柱扶金志强下山，女同学们也紧随下山，其余的男同学下山后去背柴火，女同学们就不要背柴火了，只要平安下山就是最大的幸事。"并叮嘱江彩霞说："下山后找陈二爷爷，看看还有啥办法，可不敢耽误了。"说完，一行人也顾不上采摘的核桃、山枣之类的战利品，拥着金志强下山去。

急促的脚步在山间小道上娑娑作响。这群人没有了歌声，没有了欢笑，甚至连说话声也没有。是担心？是后怕？阴云笼罩着每个人。大家只有一个念头，赶快到山下，去找神医陈二爷爷，看能否药到病除，妙手回春。

六十七

终于，清水湾已在大家的眼前。

下山的人们加快了步伐，争取早一点踏进村里。这时夏桂岚忽然发现，有两个人慢慢地朝山上走去，她认出其中一个是公社苏秘书的小舅子，另一个人似乎也见过，但就是想不起来。她来不及细想，加快了进村的脚步。突然，她想起来了，这就是在河口镇骑车撞倒周大娘的人，他缺了两颗门牙的样子又一次浮现在她的眼前。没错，就是他，得赶快告诉陈支书，抓住这个坏人。

一行人终于进村了，在杂乱而且急促的脚步声中，冲进了陈家院子，惊得正卧在陈秋玲家门口的小黄狗，不停地狂叫。当它看到人们簇拥着一个头部浮肿变形的怪人时，更是狂吠不止。正在屋内做饭的陈秋玲，急忙放下手中的菜刀奔出门外。

当看到是江彩霞他们几个人簇拥着一个头部发肿的陌生人时，陈秋玲当即止住了小黄狗的叫，声问江彩霞："这是怎么回事？"江彩霞也顾不上说细节，只是简单地说："这是九队的金志强，我们同学，你也认识的。我们一起上山砍柴时，他被马蜂蜇了，快看陈二爷爷在不在？请他出来给看看。"

陈秋玲听后急忙回身，大声地喊叫二爷爷。陈二爷爷这时从屋内出来，手上端着那根他从不离手的旱烟袋，烟锅头上还冒着串串白烟，燃烧的烟锅发出滋滋的响声，同时散发出浓烈呛人的烟味。

陈二爷爷走到人群中去，听了陈秋玲言简意赅的复述后，二话没说拉起金志强的手腕，就给他把上了脉。良久，陈二爷爷才说："没有多大的问题，毒性还没有窜到内脏，看来你们已经给他排过一次毒了。"江彩霞说："我给他吃过两片蛇药，还给他在马蜂蛰过的地方用蛇药外涂了。"陈二爷爷皱了下眉头说："我现在也没有啥好办法，调理效果太慢，害怕耽误了病情。再说他现在头肿得厉害，我看最好的办法是连夜送到河口医院，吊上几瓶水很快就会没事的。"

听完陈二爷爷的话，大家稍稍愣了一会儿，江彩霞马上跟陈秋玲说："那你尽快给找个架子车吧，高保民他们马上就背着柴火回来了。他们一回来，就可以送金志强去河口医院了。另外……"江彩霞欲言又止，转头向夏桂岚看了看。夏桂岚主动拉着陈秋玲的手说："我们进屋说点事。"又回头看看叶长秀，叶长秀会意地点点头说："我们大家先回屋吧，好歹做点吃的。男生们回来就是要去医院也得先吃饭吧。"

庄丽娟、何素华随叶长秀进了厨房，王大柱扶着几乎已经没法看清东西的金志强，在院子里的小板凳上坐下。等待，只能等待，等待高保民他们快一点回来，等待叶长秀她们做好饭，填补一下早已空空如也的肠胃，等待陈秋玲安排架子车。

其实最焦急的还是金志强，他现在脑子糊里糊涂，双眼想睁也睁不开，而且眼前全是四射的金花，浑身连一点力气也没有。他烦躁不安地坐在小凳子上，连胡思乱想的情绪都没有了，坐在凳子上像坐在棉花上一样轻飘飘的。

他的脑海里不断地浮现出妈妈的身影，还不断地听到妈妈说："强子，你要挣口气给娘看看。"金志强对着娘一个劲地点头。这时王大柱看到金志强有点不对劲，一摸额头烫得吓人，急忙喊江彩霞。江彩霞随声奔到院内，陈二爷爷与陈秋玲也陆续走到院子里。

陈二爷爷摸着金志强的手腕又开始把脉，片刻后陈二爷爷说："他身上的毒没有排完，发烧是正常反应。这样，我给他煎点中药先稳一稳。"然后又回屋取出几支银针，扎在了金志强的几个穴位上，然后说："你们先扶他在屋里躺一会儿，不要紧的。"

陈二爷爷虽然说不要紧的，但他仍然紧锁眉头。陈二爷爷急促地走进屋里为金志强煎中药去了。针扎上后，金志强躺在床上，仍然感到自己在天上，忽而又落到地上，像一片树叶随风飘来飘去的，迷糊中渐渐地睡着了。

夏桂岚进屋后对陈秋玲说："我在下山的路上，看见那天在河口镇街上撞倒周大娘的那个豁牙子了，他和公社苏秘书的小舅子在一起。"陈秋玲赶紧做了一个低声的手势，对夏桂岚说："当真！你看清楚了吗？"

夏桂岚压低声说："看得真真的，就是他。他那缺了门牙的豁牙子还有错？"陈秋玲对夏桂岚、江彩霞说："这事一定要保密，不要声张。前几天周大娘的儿子和我爸，还和派出所的所长在一起说哩，初步断定就是豁牙子，而且他还牵扯着其他几个案子，可就是抓不到人。"

陈秋玲停了停接着说："我爸马上回来，回来后给他说一下，由他安排与派出所联系，顺便也好把金志强送到医院。"

人都说牧马河地方邪，说曹操，曹操到。屋里几个女娃们还在神秘兮兮低语的时候，陈学文推开了门。他高兴地和江彩霞、夏桂岚打了声招呼准备离开，陈秋玲把他叫住说："我们有急事等你呢。"陈学文惊愕地看看三人："那就快说吧，我还有事哩。"陈秋玲就对他认真严肃地说："陈支书，第一件事是九队的金志强和彩霞他们上山打柴时被马蜂蜇了，彩霞他们在山下给处理了一下，刚才二爷爷也给扎了针，喝了中药，说要立刻送到河口镇医院，否则会有危险，现在人在男宿舍躺着，头肿得像冬瓜，还烧得厉害，就等你回来。你怎么现在才回来，心里还有没有这个家呀？"

陈学文看到女儿好像真的生气了，立刻赔着笑脸说："都怪我，都怪我，那你们怎么还等到现在，不送医院呢？"陈秋玲听后说："怪你有啥用哩，这回你得亲自送，也体现一下党的关怀和组织的温暖。"陈学文见状说："我送，我送。不过今天你们先去，明天我再去看看，我今天确实有事，你知道我这个支书可是全大队人的支书呀。"

陈秋玲也不和陈学文卖关子了，说："还有一件非常重要的事情，让桂岚给你说吧。"于是夏桂岚就把碰见豁牙子的经过，又给陈学文说了一遍。说着说着，一声不吭的陈学文脸色变得异常的严肃，他知道这件事非同一般。

前几天派出所所长来通报了辖区警情。去年发生在管区的恶性强奸杀人案，所有线索都直指豁牙子，也牵扯到苏秘书的小舅子。由于怕苏秘书知道后从中作梗，所以警方没有抓到豁牙子前是严格保密的。

听了夏桂岚说的情况后，他紧锁的眉头显得越发紧张，眼睛睁地大大的，注视着夏桂岚，再次问，看得没错吧？得到肯定的答复后，陈学文一脸严肃地说："这件事不能对任何人说，一定要管好嘴，谁说出去，我就拿谁是问。"斩钉截铁的语气，当即把夏桂岚、江彩霞、陈秋玲吓了一大跳。

陈学文缓缓神说："秋玲，你去安排陈二狗把架子车抬过牧马河，我带上高保民、王大柱他们连夜送金志强住院治疗，你再给我准备十块钱住院用。"说完头也不回地出了家门，消失在已经降临的夜幕中。

高保民、徐星晗等五个人背着柴火，回到了陈家院子。放下柴火后，五个人都快步向宿舍奔去。叶长秀听到脚步声，走出厨房道："喂，都赶快吃饭了，吃完了好上河口镇。"

高保民大声应着，仍然着急地推开了宿舍门，看到一脸焦急的王大柱和躺在床上的金志强，俯下身摸了摸仍然发着烧的金志强，对王大柱说："我们赶快吃饭吧，吃完好送强子去河口医院。"王大柱默默地点点头，随着高保民一起到厨房去了。

六十八

陈学文让高保民、王大柱背着金志强过了牧马河的木桥，又让徐星晗抱了一床被子垫在了架子车上，和陈二狗一行五个人护送着金志强，在夜幕中向河口镇出发了。三十多里的山路凹凸不平，坑坑洼洼，大家要连推带拉。

好在今晚夜色格外明亮，高悬的明月将通往河口的路照得通亮。月色中，牧马河水仍然在哗哗流淌，偶尔传来的几声狗叫，刺破山林的寂静。远处层层叠叠的山峦，在月色中尽显着迷人的雄姿。

但一行人谁也无暇去顾及这明月山峰的美，也无暇去听牧马河水悦耳的欢歌声。陈学文一直默默地沉思着，沉思着。他的脑海中，在构思着如何配合派出所拘捕豁牙子。

他深知，公社的苏秘书还是很有些本事的。听公社书记说过，他这个人很会弄权，计划不好的话，后果会很严重的。虽然苏秘书现在还不是公社党委委员，但他在公社革委会里还是排名靠前的委员，掌握着革委会的大印，也算是个实权派人物。

所以，一路上陈学文一直低头不语，偶尔点上一支只有八分钱一包的"羊群牌"香烟，清理一下思路。一行人迈着急促的步子，在弯曲的小路上行进，高保民不时去摸摸金志强的额头，看是不是还在发烧，烧的有多厉害。然而躺在架子车上的金志强完全是昏睡的状态，无法理会坑坑洼洼、崎岖不平的颠簸道路，任由车下的人不停地推拉前行。

夏日的夜晚，微风习习，疾步前行的人们，丝毫感觉不到闷热。不知不觉中，皎洁的月光已经高悬到了头顶，晴空中的繁星闪烁透亮，陈学文才说了一句话："快到了。"一句只有三个字的话，赶走了一行人的疲惫，继而不由自主地加快了脚步。

陈学文在河口卫生院的门口，让高保民、王大柱扶起了金志强。或许是这会儿金志强感觉轻松了，他一坐起来，就缓缓地睁开了已经长时间睁不开的眼睛，左右看看。他看到自己躺在架子车上，身下还垫着稻草和被子，立刻问高保民："这是在啥地方？"高保民说："你白天被马蜂蜇了，脸肿得像皮球一样，江彩霞和陈二爷爷给你治了治。陈支书急坏了，他亲自带我们送你到医院。这是河口卫生院，已经到门口了，你小子可把我们都吓坏了。"

说话间陈学文也走到金志强身边，摸了摸金志强的头，发觉已经不怎么烫了，就说："你们先去敲门，一会儿我去找院长，先把住院办了。这几天高保民你们三个就陪金志强，陈二狗就拉车先回去吧。你们几个人的饭食，我等会儿去找个朋友，给你们安排好，你们就不用操心了。"

其实陈学文说的朋友，就是河口镇大队的周大队长，被夏桂岚救了的周大娘的儿子。他这次来送金志强，一来是救人；二来是好安排高保民他们几个人的饭食；三就是要和周大队长一起去派出所，通报豁牙子的行踪。

说起周大娘，还是陈学文未来的亲家。于公于私陈学文都不敢马虎，但这些话都是不能给高保民他们说的，这也是他定要亲自来的最主要原因。

　　医院的门很快就开了，刚好卫生院的院长值夜班，给金志强安排了病房后，值班护士也熟练地给金志强做了皮试，挂了吊瓶，一切都是那么有序高效。这里是乡村医院，没有大医院那么多的程序步骤，有了病人，一切手续从简。更主要的是，医生护士的责任心强，用时髦的话语是比较敬业，救死扶伤是医护人员的天职。

　　等一切就绪了，院长才对陈学文说："也怪了，今天已经收了三个被马蜂蜇了的病人，往常也有被马蜂蜇的，涂点药水，最多吃几次药就好了。今年的几个被马蜂蜇了的病人，都是肿胀发烧，特别严重。听防疫站的人说，好像有沙漠毒蜂的毒素，还是很可怕的。"陈学文接着说："病人可就交给你了。"院长说："不碍事，最多两天就可以回去了。"

　　显然院长对病人是胸有成竹、信心满满，有妙手回春的把握。与陈学文握别时，院长又说了一句："陈大支书呀，你那亲家母已经出院回家了，杵根棍子已经勉强下地了，你不看看去？"陈学文说："感谢你了大院长。"说完掏出十元钱给高保民说："你们几个精心些，明天用这十元钱把住院费交了吧。"说完走出医院，直奔周大娘家去了。

　　从医院出来，拐了几道弯，陈学文熟门熟路地来到了周家院子门口。还没等陈学文敲门，院子里的狗就狂叫了起来。陈学文重重地敲了几下大门，怕敲门声轻了被狗叫声盖住，屋里主人听不见。这时只听见周大娘叫："涛子，你看看谁来了，

314

可能是找你的吧？"

周大队长名叫周见涛，家族中他是见字辈的，长辈习惯叫他涛子。周见涛急忙走到院门口，呵斥住了狗，问了声："谁？"陈学文立刻回答："我，陈学文！涛子快开门。"周见涛急忙打开门问陈学文："叔呀，大半夜的是不是有啥急事呀？你还亲自上门，捎个口信我跑去不就行了吗，还劳你大驾。"陈学文拉着周见涛急促地说："有急事找你，进屋再说吧。"

进屋后，陈学文怕影响周家一家人睡觉，趴在周见涛的耳边说："撞倒你妈的是豁牙子，上次救你妈的夏桂岚今天碰见豁牙子了。他和我们公社苏秘书的小舅子在清水湾山上，今天可能就住在清水湾，所以我就连夜过来了，怕打草惊蛇，夜长梦多。"

周见涛听后，睁大了眼睛说："当真！"陈学文说："当真，夏桂岚说看得真真切切，绝对没有错。上次派出所的夏所长，是不是通报那起强奸杀人案时说凶手可能是豁牙子？"周见涛听完马上说："那我们现在就去找夏所长，这次不能让那个龟孙再跑了。"

说着他急忙穿上鞋，拉着陈学文就朝外走。在院子里，周大娘的声音又传来了："涛子，是谁呀，半夜的你们又要去哪里？"周见涛立刻回应说："妈，是学文叔来了，找我有急事，你就睡吧，不要起来了。"陈学文见状立刻说："老姐姐呀，我是陈学文，我们有点事情，是队上的事，就不打扰你了，改日我再来看你。"周大娘说："学文呀，半夜的，你连口水都没喝，不要怪老姐姐失礼了。"陈学文对着周大娘的门说："不敢当，不敢当，我们这就走了。"

六十九

河口镇派出所里还亮着灯，值班的民警还在连夜审理一个偷盗耕牛的嫌疑人。周见涛向门卫通报要找夏所长，夏所长听到外边的动静主动出来了。他一看是周见涛和陈学文，满脸堆笑地说："哪股风把陈大支书吹到我们这座小庙来了，还有周大队长陪同。稀客稀客，快请到里面办公室坐下谈。"

陈学文、周见涛随着夏所长到了他的办公室。所长的办公室陈设极其简单，一张桌子，一个文件柜，几张木椅和一张单人床。但墙上却挂满了各种各样的相框，把狭小的房子的墙面布置得满满当当——各种规章制度、办案程序、三大纪律八项注意，最显著的位置挂着毛主席的画像。满房子全是涉及工作的挂件，唯独靠近床头的地方，挂着一个威武的解放军军官的相片，正是所长本人。

夏所长抗美援朝时参军入伍，一九六五年已经是中国人民解放军某部的副营长，后来转业到西城县公安局，继而被任命为河口镇派出所的所长。刚到河口时，夏所长真有些不适应。虽然侦察兵出身的他，也算是专业对口，但基层派出所条件的艰苦让他不敢想象。

全所五个人的编制，所长带着四个干警，每周轮流值班，一轮都排不下来。没有厨师，得自己做饭；没有水喝，得自己烧；没有勤杂工，只能内勤的同事兼着；没有门卫只有让每天值班的同事兼职门卫。所里只配了两辆自行车，要出任务时，只能让一人值班，其他人两人一辆车。没有电话，有事只能到区政府去打。遇到案子只能口头汇报，怕会泄密。但困难是难不倒这位当过侦察营副营长的夏所长的，从他那刚毅严肃的面容就知道，这是位不怕苦、不怕死的硬汉子。

把陈学文、周见涛请进屋后，他急忙对外边喊："小方，快倒两杯茶，顺便把我的茶缸也端过来。"已经是深更半夜了，派出所里仍然没有要休息的意思。夏所长望了望陈学文、周见涛两位深夜到访的意外之客，猜测着他们的来意，想来想去估计与周见涛的母亲被撞有关。

等到两杯茶放到了两位客人的手上后，夏所长才不紧不慢地端起自己那个印有"最可爱的人"字样的大搪瓷茶缸喝了一口，又把喝到嘴里的茶叶，吐回茶缸里。他的动作引起了陈学文的注意，夏所长知道他刚才吐回茶叶的动作，有失大雅，给自己解围似的赶紧说："陈大支书，快喝茶，这可是你们上河镇山上的绿茶，有口劲、耐泡，提神得很。"说着又喝了一口茶，这次没有吐茶叶。他轻轻地问："两位土地爷半夜到访有什么事，我们慢慢说事。"陈学文知道该他发言了。

在基层，派出所也算是区级单位编制。下级对上级要等该讲话时才讲，这算是官场的规矩，这个当了十几年支书的陈学文当然清楚。陈学文轻轻地呷了一口茶，慢慢地说："今天我们发现豁牙子了，我们村的知青夏桂岚亲眼看见豁牙子和我们公社苏秘书的小舅子天黑时往山上走。她肯定豁牙子就是那天

317

撞了周大娘后逃逸的人。"

听完陈学文简洁的讲述，夏所长瞪大了眼睛从椅子上站了起来，一脸严肃地看着陈学文，等了足足有十秒钟。夏所长问陈学文："你说的话当真？"陈学文肯定地说："当真！"夏所长听到肯定的答复后慢慢地坐回到椅子上，略有沉思地说："这事就对上号了。"接着夏所长走到文件柜边，打开文件柜取出一个牛皮纸的文件袋，又取出文件袋里的资料，慢慢看了起来。

在基层派出所，偷鸡摸狗是最常见的案子。为人民服务，就是要解决基层人民群众的安宁问题，急群众所急，保一方平安。虽然对偷鸡摸狗的事，处理大部分是批评教育，但显示着政府法制的公平正义。

但这起案件却是个连环案，先是供电所电工自行车丢失，再是偷车人撞到周大娘后逃逸。周大娘可是远近闻名的模范军属，又是战斗英雄的母亲，她受伤县里都非常重视。县公安局局长还为这事专门来所里几次，说部队也来函追问情况。但就这么个案子，河口派出所几个月都没破了，让这个当过营长的派出所所长倍感压力。

最让夏所长头疼的是在他辖区里，去年冬天发生的强奸杀人案，至今还没有头绪。虽然很多线索都指向那个叫豁牙子的嫌疑人，但办案是要讲证据的，而且豁牙子就像人间蒸发了一样，根本找不到人。

还夏所长颇为头疼的是，这个豁牙子的哥哥还是县革委会里的人，和苏秘书一样，靠着"文革"中造反起的家。

这个案子夏所长给局长汇报了几次线索，局长却对他说，一定要谨慎再谨慎，要有铁证，把案子办成铁案，否则就不能轻举妄动。可受害人家属三天两头找派出所询问，他这个所长都接待解释了不知道有多少次了。

只要案子没破，就没法给群众做出满意解释。有时候，他都感到自己窝囊没本事，没法给人民群众交代。但这事又急不得，万一办错了，后果不堪设想。

他轻轻地用铅笔敲着办公桌，发出轻微的咚咚声。夜很静，所长办公室也很静。陈学文、周见涛看着夏所长艰难的表情，也一言不发，静静地等待着夏所长的决定。

夏所长沉思了好一会儿，看了看自己手腕上的表，指针已经指向了两点。他深深地呼出一口气，站起来说："我们现在就出发去清水湾。"他话音刚落，陈学文和周见涛都刷的一下站起来。

夏所长见状忙说："二位先坐一会儿，我安排一下。"说着向门口走去，忽然又转过身来说："你们怎么来的呀？去清水湾要三十多里地，走路去天亮也到不了，等天亮去人跑了，黄花菜都凉了，现在所里只有一辆自行车。"周见涛看见夏所长为难，说："我去开手扶拖拉机，保准两个小时就到清水湾。"

在牧马河畔，从上河镇到河口镇没通汽车，拖拉机已是很现代的交通工具了。夏所长听后急忙对周见涛说："你现在就去开，所里现在连我共三个人，我们全员出动，要是顺利的话，争取天亮赶回来，但愿案子能有突破。"

周见涛听后急忙出了门。夏所长打开文件柜，在最下面的一个铁匣子里，取出了所里配备的唯一手枪，熟练地退下弹夹，在铁匣子里取出一盒子弹，一粒一粒认真地填进了弹夹，又在铁匣子里取出一个本子，详细地记录了时间、用途、子弹数量等。他把本子放回铁匣，锁好铁匣，锁上文件柜才转身对陈学文说："就这点秘密让你都看到了，保密呀我的大支书。"说完对陈学文笑笑走出房门。

七十

　　周见涛的手扶拖拉机很快就停在了派出所的门口，夏所长带着两名干警和陈学文一起爬上了拖拉机的车斗，又回头看了看已经生锈的铁门。

　　手扶拖拉机的车灯亮了，像两道探照灯柱，把通往上河镇的道路照得通亮，连路面上的坑洼都照得一清二楚。车上的人都不说话，夏所长对周见涛大声说了句："注意安全呀，我们先眯一会儿，到地方了再叫我们。"

　　不一会儿，夏所长就鼾声大作起来，与手扶拖拉机发动机发出的吼声，和谐地交织在一起，在静寂的山间小路上，此起彼伏。陈学文点了一支羊群牌香烟，为了提神，也是为了和周见涛做伴，以保证他能安全驾驶。

　　车在不断前行，山峦和树木不断向后移动，车厢在上下左右不断剧烈地摇晃，车斗不时地在路上跳起舞来。发动机声和鼾声始终没有停止，直到周见涛把手扶拖拉机停在牧马河木桥岸边的空地上，熄了灯，熄了火。

　　夏所长的鼾声戛然而止，他习惯性地摸了摸腰间的铁家伙，翻身坐了起来，低沉而有力地问了声："到了？"陈学文说："到了。"夏所长像是战场上的指挥员一样，下达了战前的作战命令："陈支书你在前边带路，我断后。"又对两个干警说："检查一下你们的家伙，把它掖紧了，不要发出声响。"干警们知道所长说的家伙就是手铐，这是他们唯一的硬装备。两人在腰间撞了撞，一行人随着陈学文出发了。

夜幕下的牧马河畔平静极了，只有牧马河水在流淌，发出有节奏的哗哗声。夜幕下的清水湾，同样平静极了，只有稻田里的青蛙在不知疲倦地欢歌。远处的米仓山更是平静极了，山里偶尔传出几声鸟叫。今晚的皓月格外的明亮，它无私地把碎银子一样的月光洒在大地上，使得沟沟坎坎清晰无比。

陈学文熟门熟路，带着一行人来到了苏秘书的老婆家。在距他家不远处的路口，夏所长轻声问陈学文："他家有没有后门?"陈学文答道："没有。"夏所长再问："有没有后窗?"陈学文答道："有一扇。"夏所长又问："他们家对外面有几个门?"陈学文说："有两个门，一个是正房堂屋门，另一个是厨房门。"陈学文说完，夏所长对一个干警说："你和周队长到后边去，把住窗户。我们三个去正门，陈支书去敲门。如果苏秘书在家的话，我们就不要和他纠缠，带上豁牙子就走;如果苏秘书不在家的话，把他小舅子一起带上询问一些情况，能少些麻烦。"陈学文说："苏秘书今天在公社值班，要是不值班我就能通过公社的电话和见涛谈下情况的。"夏所长闻讯，手一挥:"行动。"一声令下五个人慢慢地向苏秘书的老婆家围去。

苏秘书的老婆叫胡爱香，平日里仗着苏秘书的权势，根本没把邻里乡亲们放在眼里。她那个弟弟叫胡金虎，听说因为属是虎年所生，小名虎子。平日里横行乡里，"文革"初还游过行打过人。回到乡里后，他经常带着三两个人在村庄里游荡，美其名曰治安保卫，不干活也要给记上些工分。村民们不叫他虎子，直接叫他虎狼。他听到也不觉得不好听，虎狼就虎狼，反正是些吃人的动物，久而久之也就习惯了。

虎狼经常四处游窜，结交了一些狐朋狗友，打架斗殴、调戏妇女无恶不作。豁牙子就是他的铁哥们，经常一起偷鸡摸狗、强吃偷拿，弄到值钱一点的物件，就到黑市上去换钱挥霍。前不久又去变卖了豁牙子偷的一辆自行车，虽然只卖了二十几块钱，但也足足让他们吃喝放荡好几天。

这次豁牙子在县里的铁哥们儿让他出去躲一阵子，他在河口镇强奸了个少女、又把少女掐死的事情，县上追查得紧。他在山里躲了一阵，想想应该和虎狼在一起，也有个伴。再说虎狼虽没有亲手掐死，但他也睡了那个女孩。因此豁牙子来到清水湾，虎狼只能笑脸相迎，好吃好喝地招呼，但他们知道犯的是天大的事，故而只能昼伏夜出，听到点风吹草动，就做好逃跑的准备。

七十一

　　夏所长一行人悄悄地、慢慢地靠近这个平日里人少马稀、无人光顾的山村小院。尽管每个人的动作都是那么轻盈稳健，但还是惊醒了虎狼家那条黑白相间的小花狗。可能由于是夜间，小花狗狂吠不止，但不敢靠近来人。陈学文大声地呵斥了一声，短暂停顿后狗又狂叫了起来。夏所长也不知用了什么办法，从口袋里掏出一个东西向狗扔去，狗立刻叼着夏所长扔去的小玩意乖乖地跑了，停止了狂吠。

　　陈学文上前大声叫："苏秘书，苏秘书。"过了一会儿，胡爱香的声音才传来："是陈支书找苏秘书吗？苏秘书在公社没回来，你有事明天到公社去找他吧。"

　　陈学文看这招不行，说："你把门打开吧，我们找虎子有急事，想让他叫几个民兵去执行点任务。"胡爱香立刻说："你找虎子呀，他不在，去镇上了，明天回来再说吧。"就在陈学文和胡爱香有一句没一句地对话时，夏所长耳朵放在门上听里边的动静。不愧是侦察兵出身，他很快贴在另一位干警耳边说："里面的人可能要逃跑，你去屋后面支援一下。"

　　随即夏所长又让陈学文一边不断地喊话开门，一边不停地敲门，把胡家的门敲得山响。夏所长也加了一句："要是不开门就把门砸了，看他开不开，今天非把虎狼抓了不可。"夏所长的这一句敲山震虎的话还真的管用，里边的人开始行动了。

后墙上的窗户轻轻地开启，一个人的头伸出来左右看看，没什么动静，就轻轻地跳落在地下，接着另一个身影也从窗户里跳到地下。他们正准备逃跑时，两个人被几双有力的大手紧紧按在地上，明晃晃的手铐迅速地紧扣在两个人的手腕上。为了不引起其他村民的注意，两个干警分别一只手封住了他们的嘴，另一只手用指头顶着两个人的腰间，两人听话地朝路边走去。

周见涛立即跑过去给夏所长说："两人都被抓住了，已经朝大路上押了。"夏所长向陈学文挥挥手，陈学文会意向房里说了声："既然不在，我们就先走了，等虎子回来你给他说我找过他。"里边胡爱香"嗯"了一声，清水湾又恢复了夏夜的寂静。

夏所长一行人过了牧马河，来到手扶拖拉机旁。夏所长用手枪在豁牙子和虎狼的眼前晃晃，虎狼吓得尿了裤子。夏所长一句："你们知道为什么抓你们吗？胆子大得很呀，人都敢杀！"刚说完，平日里威风八面的胡金虎，立即变成了一只病猫，咕咚一声，双膝跪下说："我没有杀人呀，警察叔叔，人是他掐死的呀。"夏所长惊得口都有些合不拢了，顿时激动得脑门上冒出了一层汗花，半年没能破的案子就在眼前解开了答案。

夏所长又从腰间掏出一副手铐，把两人的手铐铐在了一起，让他们坐在拖拉机车斗正中，对周见涛说："辛苦你了，回所里吧。"手扶拖拉机又开始欢歌了，这时的声音在夏所长的耳朵里是那么悦耳动听，他不由自主地哼出了"我们的队伍向太阳"的小曲，与发动机的吼声一起在牧马河畔回荡。

夏所长的心脏剧烈地跳动着，他紧握手枪的手，一刻也没有离开应该指向的地方。他的脑海中，回想着才14岁的少女惨死在水沟里的悲惨画面，他的眼前浮现着少女的父母哭得死去活来、呼天喊地的场景。这个案子是他脱下军装转业后接手的第一个大案，他知道应该感谢支持他工作的人民群众，感谢县局局长的支持鼓励，感谢陈学文周见涛的鼎力相助，还要感谢提供宝贵线索的知识青年，尤其是那个是一家子的夏桂岚。

七十二

今年的牧马河畔风调雨顺，各个队的庄稼都长势喜人，丰收在即。清水湾的人们更是喜上眉梢，都在悄悄地准备着秋收开镰的工具和用品。上河古镇的赶集日也格外热闹，熙熙攘攘的村民们，把本来就狭小的古街道，挤了个水泄不通。秋收真正开始后，村民们便没有时间来凑这个热闹了。在街上，相识相熟的村民们见面后，少不了客套几句，寒暄一下庄稼长势，也聊些海阔天空的闲话，互相敬一下旱烟，双手递上长短不一的烟袋锅，也算是亲近和谐的举动。

街上最拥挤热闹的地方，莫过于供销社。这个唯一的商品集散地，是每个赶集人都要去的地方。无论针头线脑、油盐酱醋茶，还是农具工具、煤油火柴都离不开供销社。

赵明礼好不容易才提着刚买的二斤大块盐从人堆里挤出来。平日里他是不操心这些事的，总是饭来张口。但今天不来不行，没有盐的饭菜怎么能咽下去。再说，金志强被马蜂蜇了，在河口镇住院，王大柱在那陪着。当庄丽娟把钱给他，让去集上买二斤盐时，他假意推脱不去，实际上心里乐开了花。

几个月来庄丽娟第一次主动与他说话，他有话没话地对庄丽娟说："那就多买几斤，反正是跑一趟。"庄丽娟抢白他说：

"你出钱呀，买二斤盐的钱还是我和何素华凑的，你要有钱就多买几斤吧。"随即庄丽娟狠狠地白了他一眼，转身回房去了。赵明礼只好揣着钱，朝镇上走去。其实他不知道是有多高兴哩，出去逛逛转转，说不上还能碰见同学朋友，在一起开心地聊聊，倒倒苦水，其乐无穷。

赵明礼从供销社的人堆里挤出来，已是一身的臭汗。夏秋之交的骄阳，依然烤晒似火，虽然牧马河畔早晚凉风习习，但中午的太阳依然不减威风。他用衣袖擦了擦额头的汗水，准备找个阴凉地方凉快凉快。突然听到有人在喊他的名字，随声音望去，是同学也是街坊，插队在其他大队的一位小学同学。

赵明礼快速走了过去，热情地与同学及另两个人打了招呼。那两个也是知青模样，他是不认识的，但也客气着掏出从来不舍得抽的羊群牌香烟递了上去。谁知引起了一阵哄笑："赵明礼呀赵明礼，你也混得太差了，怎么能抽羊群牌烟呀，来抽我的宝成烟。"

其实赵明礼是不抽烟的，只不过有必要的时候，应付村民换点实惠。赵明礼一脸尴尬，也只好装模作样地点燃了同学递过来的宝成烟。四个人坐在树下有一句没一句地胡吹海聊。

说到谁有男朋友谁有女朋友的话题时，几个人聊得更是热烈。同学问赵明礼："你不是说庄丽娟是你女朋友吗？现在咋样，好过没有呀？"赵明礼一脸的难堪，他重重地叹了口气说："狗屁女朋友呀，手都没摸过，早让人抢走了。"说着急忙挤出了几滴泪珠。

一个知青见状气愤地说："这是哪个秃孙，竟敢抢明礼的媳妇，去打这个秃孙。"赵明礼说："就是清水湾三队的柴国庆。"那个刚才还气大冲天的人立马低声说："他是我的小学同学。"赵明礼说："算了，不说了。走，到馆子里去，我这还有一块钱，今天我请客。"

说完赵明礼先站了起来，其他三个人好像没有去的意思。在他们眼里，赵明礼就是个铁公鸡，能拿出一块钱都让人不敢相信。一块钱能买好几斤盐，能买几十斤醋，这年头，谁能掏出一块钱也算是有钱人了。

赵明礼见状，显然几个人是不相信他，小看他，觉得十分没面子。他在衣服里掏来掏去，总算在衣缝里摸出了一张叠得细长，还带些汗臭味的一块钱，把钱展开，递给同学说："这下你们相信了吧。钱我给你们，由你们来花，花不完不准走。"三人互相看看，也没人接过那一块钱，只是都站了起来，随赵明礼向街上的食堂走去。

尽管赶集的人很多，但小饭馆依然冷清。在村民们看来，面皮可以自己煮，馒头可以自己做，何必费那个钱让别人赚。赵明礼带着三个人找了个清静的四方桌，各把一方坐下。跑堂的服务员立刻上来热情地说："请问几位吃点啥？墙上贴的菜谱上的菜我们这里都有。还有今天现做的猪头肉，味道好得很。要不你们去看看，看上啥就先去买牌子，我们厨房很利索，马上就可以上菜。"

四个人一听有卤水猪头肉，八只眼睛立刻放出了贪婪的光，一起站了起来。兴许是很久都没有闻过肉味了，八条腿一齐迈向了摆放猪头肉的橱窗。说是橱窗，其实就是一个长方形的纱罩，架在一张桌子上，猪头肉及一些日常的凉菜放在罩子里，防苍蝇蚊虫之类的，也给食客也增添了良好的卫生印象。

一个铝盆里红艳艳的猪头肉还冒着缕缕热气，诱人的肉香随着热气直接飘进四个人的鼻腔，四人随即口水在嘴里回荡了几下，又咕咚一声咽下喉咙。四人相视一下后，赵明礼咬咬牙说："来一斤吧，四毛钱一斤和西安的价格一样。"其他三个人不假思索地附和着说："来一斤。"再看凉菜，五分钱一盘的花生米、五分钱一盘的红油泡菜各来了一份。

　　赵明礼快步走到柜台去买了牌子，共计五毛钱。他向服务员递上那张几乎藏了一年的一块钱时，手微微地抖了一下。

　　赵明礼家境是比较困难的。他是老大，后边还有五个弟弟妹妹，只靠父亲一个人在铁路上做扳道工一个月五十几元的工资。所以下馆子在赵明礼家里，是从来都不敢想的事。有时候实在抵挡不了诱惑时，硬着头皮进到饭馆里转上一圈，饱一下眼福，闻一闻肉香，也在心理上得到了极大的安慰。

　　同学们说他是铁公鸡，其实他也不愿意当铁公鸡一毛不拔，只是他这个铁公鸡没毛可拔。上次回家坐火车，他硬是没舍得掏钱。今天把这一块钱掏出来，也是没有办法的事，好钢就要用在刀刃上，他朝思暮想的庄丽娟，竟然投进了别人的怀抱，是可忍孰不可忍。

　　昨天队上四个男女，都随高保民上山野游，金志强那个给柴国庆拉皮条的家伙，被马蜂蜇了，这是上天给他的惩罚呀，没有个两三天怕是不能回来。听说高保民、徐星晗两人也去了河口医院。清水湾就剩下了三个男生，这样就可以好好教训一下那个柴国庆了。

　　想到这里，赵明礼又静静地思量着，这一块钱还是值得花的。买好牌子，猪头肉和花生米、泡菜端上了桌，几只手都来不及拿筷子，便抓起了猪头肉塞进了各自的嘴里，那个香味赛过一切山珍海味。

突然有人说："要是再有一口酒，那就更是神仙过的日子了。"有人便喊服务员："有酒吗?"服务员闻声过来说："有的有的。"接着说，"是昨天刚从供销社打来的，两毛五分钱一斤，你们要多少?"赵明礼说："供销社里才卖两毛三分一斤，你们这贵两分钱。"服务员看看赵明礼说："我们卖是有损耗啊，涨两分钱是供销社定的价，再说我们好歹也是国营的，挣多挣少是公家的，怎么也不能让我们赔着卖吧。"说完转身离开了。

赵明礼看了看三人说："怎么，喝不喝?""喝呀，怎么不喝呀，好菜就得有好酒配，就先来一斤吧。"赵明礼到了柜台说："四个碗，每个碗先打二两。"买了牌子打了酒，服务员送到桌上，四个人开始举杯相碰。有道是酒壮怂人胆，赵明礼借着酒劲，壮着胆子说："我恳请几位兄弟，帮我教训一下清水湾的柴国庆，这里我先谢过各位了。"大家端起酒碗，一个人说："打他个秃孙，打就打了，我反正不和你们是一个学校的。"另一个人也开口说："帮赵兄是理所当然的事，怕个球。"只有一个人沉默了一下说："柴国庆我们虽然不是一个学校，但住在一条街上，日后让他认出来不好说话。"赵明礼见状立即说："先干了吧，我们再来一碗。"主动举碗先干为敬，其余三人也仰头干完。

赵明礼的小九九清楚着哩，买肉买菜已花了五毛钱，刚才买酒花了两毛钱，如果再花两毛钱买酒，兴许饭钱都不要再花了。他叫来服务员说："照刚才的每人再打一碗酒。"每人又是二两酒端在了桌上。赵明礼站起来说："兄弟我敬各位了，一定要帮兄弟这个忙，兄弟我是实在咽不下这口气了。"说着眼泪差点流了下来，三人见状立刻也端起酒碗站了起来说："兄弟放心，今天我们就随你去，教训教训那个叫柴什么国庆的，让他知道知道朋友妻不可欺的道理，来，大家干一下。"

推杯换盏之下，气氛一下子热闹起来。都是刚出社会、血气方刚的汉子，在酒桌上根本就没有人考虑未来，没人考虑后果，一次危险的决定就在这两毛钱五分一斤的苕干酒的催化下达成了。

七十三

夕阳的余晖慢慢散去，夜幕悄悄地开始笼罩大地，牧马河水依旧哗哗地流淌。四个精壮的男人慢慢地向清水湾的陈家院子靠近。

按照事先商量好的，赵明礼带路到知青点，他在外面先望风看人，没有异常时三人再进去，每人一根木棍打完就走。如有情况，赵明礼急吹口哨，三人立即离开，从不同方向逃跑，争取做到神不知鬼不觉。

到了陈家院子边上，赵明礼给三人一指，就是那个刚亮了灯的房子，三人点头悄悄向门口靠近。听听门里没有什么响声，轻轻地推开门，见里边三人分别靠在自己的床上无所事事，小煤油灯忽闪忽闪地发着微弱的亮光。

三人进门后问：“谁是柴国庆？”在里边床上的柴国庆一下坐了起来，警惕地看看来人答道：“我是，你们有啥事？”来人从门口靠近柴国庆，虽然室内灯光昏暗，但从来人的表情看，透着一股杀气，而且每人手上都提着一根半米多长的木棍，这也引起了相对在外面的张宝贵的警觉。来人中一人低沉地说道：“有人说你欠了他的债，我们是来讨债的。”柴国庆满脸惊愕地说：“我从不欠别人的债。”三人就一齐上去说：“那就让你明白明白。"说时迟那时快，三人的棍棒便开始对室内的柴国庆、刘西安和张宝贵打去。

张宝贵见势不妙，他的床靠门，他立刻一步向门口跨去，但背上还是被木棒重重地打了一下，张宝贵夺门而出，大声地呼叫："有土匪。"他边朝陈学文家奔去边喊："高保民，快来呀，有土匪打人啦。"不断地大声凄惨地喊着。

高保民、徐星晗是下午回来的。金志强经过一晚上的治疗，肿渐渐消退，估计再有一天也就可以出院了，高保民想快点回去，以免再给周见涛家添麻烦。四个大小伙子不断地由周见涛家人给送饭送水，高保民实在觉得不好意思，便和王大柱商量，让他再陪一天，自己和徐星晗先回队上。

听见张宝贵撕心裂肺的喊声，正和陈学文聊在兴头上的高保民、徐星晗立刻奔出房门，陈学文闻声也抄起一个小板凳奔了出来。陈二爷爷正在房里抽烟喝茶，一听有土匪，他顺手拿起那根一米多长的铜烟袋锅，也朝院子里走去。

陈家院子的院坝不算大，陈学文的门与知青的门也就有十几米的距离。高保民拉着张宝贵问："现在有几个土匪？"张宝贵喘着粗气，用手比画着，嘴里断断续续地说："三，三个。"

站在墙角望风的赵明礼，一听是高保民的声音，急忙吹起口哨，这是约定好的紧急撤退信号。屋内五个人激战正酣，三个外来人手中不断地挥棒乱砸，柴国庆用一个枕头左挡右遮，而刘西安则从床边拿起自己平时健身用的三节棍，一人抵两乱打一气，两个拿木棒的人，也重重地挨了几下铁棍。

这时，听到紧急撤退的口哨声，三人感到事态变化，也无心恋战了，一起向门口奔去。两人率先跑出去，一人向东一人向西，可能是踩过点的缘故，向西的顺着房檐夺路而逃，一溜烟消失在夜幕中。

向东的就没有那么幸运，与高保民他们几乎撞了个满怀，但还是灵活地躲了过去，正想拔腿狂奔时，脚后跟重重地被什么砸了一下，一个恶狗扑食摔到地上，不等爬起来已被陈学文狠狠地摁在地上，有力的大手像铁钳一般，使他动弹不得。

最后跑的那位注定是个倒霉蛋，他见前边两人已经跑了，也准备跑，柴国庆一个鱼跃把他扑倒，不巧的是摔下去时，嘴正好和门槛来了个亲密接触，嘴和牙齿重重地磕在了门槛上，顿时血流如注，两颗牙齿也从嘴里掉下来，落在门槛边上。高保民、徐星晗和柴国庆狠狠地把他摁住，柴国庆还不解气地朝地上的人又踢又打，刘西安举起自己的双节棍，不停地在地上的人屁股上腿上腰上招呼，凄惨的叫声不断从门槛边传出。

高保民说了声："好了，拉起来看看是何方怪物"？柴国庆和刘西安才停下来。灯点着时，柴国庆的脸上全是血污，这是三人刚进屋时，他防备不够头被棍子打破弄的，刘西安则是肩上胳膊上挨了几下，倒也没有大碍。

七十四

清水湾的夜，仍然静悄悄，皓月当空，星光璀璨，起伏的山峦间，风吹的山林在沙沙作响，田间的蛙声此起彼伏，它们根本没去理会刚刚发生过的激战。陈学文让高保民他们把两个人带到院子中间，要认真地询问原委。

两人委屈得直流眼泪。撞掉门牙的人脸已有些变形，嘴肿得像发面馒头，嘴上还不停地渗着血，任由眼泪无情地冲刷。另一个则站不稳，一条腿用脚尖支撑着，勉强歪斜地站在院子里，好在他嘴没受伤，能说话。

陈学文便对他说："我是清水湾大队的支部书记，你们说说吧，如果不老实的话，我就连夜让民兵把你们押到河口镇派出所，你们到那里去说吧。"

其实陈学文已经知道他们也是知青。年轻人血气旺盛，打架斗殴在知青中，也是常发生的。好在本队的知青还没有大伤，打人的也受到了惩罚。但事情一定要问清楚，显然这是行凶斗殴，性质是恶劣的。

这时站在人群边上的陈二爷爷，心里有些后悔，刚才他用烟袋锅打了这小伙的脚后跟，虽然只用了三分力，但他的脚后跟怕是半个月也不能很好地走路。就是这只烟袋锅，上山采药时，没少打那些小动物，连蛇闻到这个烟袋锅浓烈的气味，也是远远躲开。

高保民看见两人的模样，忍不住端来两个小凳说："坐下吧，慢慢说。"兴许是感动、兴许是害怕、兴许是后悔，两人的眼泪又止不住地流了下来，没伤着嘴的开始慢慢说了："我叫何至华，是029厂子弟学校的，现在在井田大队插队。他叫柯瑞，是你们学校的，也和我在一个大队插队，跑了的那个也是你们学校的。"

何至华用衣袖擦了一下泪水接着说："今天我们在赶集时，碰见了你们大队的赵明礼。他说他的女朋友被你们队的柴国庆抢了去。"说着声音又有些哽咽了，他详细地说了今天在上河镇的前后经过。突然他双膝跪在了地上说："都怪我们没脑子，轻信了赵明礼的话，才干出了今天的傻事，请求你们原谅，一定不要送我们去派出所。"

何至华停顿了一下接着说："我父亲还关在牛棚里，他因为出过国，被打成黑帮，我被定为可以教育好的子女，才来插队的。我不想让父母再为我操心，要是把我送到派出所，我不就要成为不能教育好的人了吗？求求你们，求求你们。"说着又像鸡啄米一样不停地磕头。

一席话让人伤感无比，站在边上的江彩霞、叶长秀、夏桂岚也为之动容。叶长秀对高保民说："都是知青，相煎何太急，今天就原谅了他们吧。"江彩霞对陈学文说："我看两人伤得不轻，快给他们治治吧。"柴国庆则很有怨气地说："他们打人时的狠劲，真不值得同情。"刘西安说："现在看到可怜了，刚才要是保民他们不及时赶到，怕是躺在地上的就是我们了。说不定明年的今天还成了我们的祭日呢，可怜个屁。"说完还不停揉着自己被打的肩颈胳膊。

徐星晗这时说："唉，可怜之人必有可恨之处，最可恶的是赵明礼那个龟孙，真应该好好地教训教训这个猪狗不如的东西。"说完场院里一下子又静了下来，静得掉根针都能听到响声。陈学文打破了此刻的寂静说："保民，你们几个商量一下怎么办吧？明天大队通知赵明礼队上，让赵明礼到大队来说清楚，大队一定会严肃处理的。"

高保民看了看柴国庆、刘西安，又瞅了瞅叶长秀她们，沉思了一会儿说："我看现在已经天晚了，不如现在让何至华和柯瑞到大队去写个经过，作个书面检查，明天大队叫来赵明礼后再做处理。你们没有意见吧？"柴国庆看来还是余气未消，对着刘西安说："真便宜了这两狗东西了。"刘西安点点头又摇摇头，不知是不赞同柴国庆的话，还是反对高保民的提议。陈家院子又陷入一片寂静中。陈学文见状说："高保民，你领他们俩和我到大队部吧，一切事情明天再说。"

知识青年争风吃醋打架的事，在高保民的坚持下不了了之了。但此事在几个大队甚至几个公社都传得沸沸扬扬。

七十五

有人说牧马河畔入秋以后，天气是属狗脸的，说变就变。金志强要到清水湾去，当面感谢高保民他们的搭救帮助之恩。他顺着牧马河岸慢慢行走，一边哼着刚刚和村民们学会的两句巴山号子，一边用手背抹着汗水。今天的阳光毒得像要把大地烤焦，热得树上的蝉此起彼伏地叫个不停。忽然一阵山风吹来，金志强感到无比的凉爽惬意，他抬头看看米仓山间缭绕的白云，又低头看看正在慢慢流淌的牧马河潺潺流水，心情大好。

回想到农村来一年时间的是是非非和经历的往事，金志强的心情又变得无比的惆怅。一幕幕热血与汗水，生与死，使他的脑门子上热汗翻滚。他想到了快乐的时刻，也想到了饥饿时的无奈。想到了同学间的互相帮助，又想到了血气方刚带来的口角纷争、甚至棍棒相加。人生啊，就是这么的折磨人，也是如此来磨砺人。

他想到了家人对自己的殷切希望，又想到了自己常常冒出的邪恶意念。在多日不见荤腥的时候，他偷过老乡的鸡，还没等煮熟就狼吞虎咽下了肚。甚至他看见稚气未脱的小姑娘放的小羔羊，都想偷来变成羊肉汤泡馍。想着这些可怕的念头，他浑身又是一阵燥热。

这时，山风又顺着牧马河吹来，头顶一片黑云遮住了似火的骄阳，金志强感到了一缕凉意。继而大片的黑云压顶，慢慢地笼罩了整个牧马河的上空，大有乌云压城城欲摧之势。天也变得越来越暗，一道刺目的闪电，穿破乌云直刺大地，震耳欲聋的响雷，此起彼伏地炸响在牧马河谷，在米仓山崇山峻岭间回荡。

金志强感到暴雨马上会从天而降，他急忙加快脚步向前奔跑，奔跑。这时打在他脸上生疼的大雨点，哗啦一下瓢泼而下。他下意识地双手抱头，踩着被大雨砸在地上翻起的遍地水花，不由自主地加快了步伐，任由雨水从头到脚流淌。忽然他看到雨雾中有一所房子，便不假思索地冲了过去。如注的暴雨使他深一脚浅一脚地在泥水中挣扎，而天也黑得像是夜幕降临一般。好不容易来到房门口，他冲过水帘，站在了屋檐下。

这时一个扎着小辫，戴着红领巾的小姑娘叫了声："哥哥，你看你被淋得浑身都湿透了，赶快进屋脱下衣服来拧拧水，到灶房里来烤烤，当心着凉了。"说完递上一条已经用得发黑，四边已经磨成丝絮的毛巾。金志强感激地接过来，擦擦脸又擦擦头。

这时他才发现脖子上系红领巾的小姑娘，正是他想偷羊吃羊肉汤泡馍的那个牵羊放牧的小姑娘，刹那间羞愧写满了全脸。小姑娘拿来一件看不出颜色的衣服，对金志强说："这是我爸的衣服，你先穿上吧，要不真的会受凉的。我给你煮一碗姜汤去，防受凉可灵了，要是放点红糖就更好了，可惜我家没有红糖。"

说完，小姑娘熟练地朝锅里舀了两碗水，洗了一块生姜连皮切完放在锅里，又利索地向灶膛里加了一把柴，灶膛的火苗呼啦啦地蹿了起来，直舔锅底。她一边加柴一边对金志强说："哥哥，听大人们说，煮姜汤时生姜是不能去皮的，连皮煮的生姜红糖水能去湿除寒，可管用了，喝了保准不感冒。我们这一带的村子里，家家都会煮，要是放点红糖就更好喝了。"

　　她再次说到红糖时，那种无比遗憾的表情，一下子把金志强说得心里暖暖的。他急忙说："小姑娘，哥哥下次从西安给你带红糖来。"小姑娘说："哥哥，我不叫小姑娘，我的名字叫焦桃红，小名叫桃子。大人们说我爱吃桃子，就给我起了个桃子的名。"

　　锅里的水在滋滋啦啦地响，带皮的生姜正在锅里翻滚，桃子接着说："我还有四个姐姐，大姐姐上中学一年就回村子了，说是返乡知青，哥哥也是知青吧？"金志强还沉浸在纷繁的思绪中，没有反应过来桃子的问话。桃子睁大了眼睛看着金志强问："哥哥，你怎么了？"金志强才反应过来说："没什么，姜汤好了吧？"桃子提着在灶门口烤着的金志强的湿衣服说："姜汤可以了，只是哥哥的衣服还没有烤干。姜汤熬的时间久一点才有劲道，保管你不会感冒了。"

　　金志强听完桃子的话，从一个八岁的孩子身上，感受到了牧马河畔的温暖，深深感到村民的质朴厚道。确实，在这片土地上，不管是陌生人还是熟客，无论到谁家里，你只要到家门口，到饭点时会给你盛饭端水，不是饭点会给你刷锅做饭。在桃子身上，深深体现了大山深处人家淳朴民风的厚重。

七十六

其实桃子家，是这片土地上的不幸人家。桃子的父亲憨厚淳朴，前年冬天上山捕猎时受了重伤，至今还只能撑着单拐行走。一个家里的顶梁柱站不起来，就像这个家的天塌了一样。再说，桃子家里没有男孩，虽然五朵金花都像出水芙蓉一样的水灵，但没有男劳力，无疑是生活压力是巨大的。

大姐的衣服小了给二姐，二姐又得给三姐，轮到桃子穿的时候已经打了许多补丁。她现在穿的衣服，已经破的把领子都剪了。所以她只能光着脖子，系上她无比珍爱的红领巾。

家里没有男丁，女孩也得撑起一片天，勤奋节俭的艰难度日。三个姐姐都要下地干活挣工分，四姐虽然只有十岁，也不能继续上学，而是挑起了全家的家务，喂猪做饭打柴洗衣服。

桃子的妈妈操心一家老小，近两年也累出了一身病，天天不离药罐子，只能靠几个女儿养家糊口。在农村，挣工分是唯一的收入来源，几个姐姐起早贪黑地干，到年底也挣不回七个人的口粮钱。桃子从小就开始随姐姐们打猪草干杂活。都说穷人的孩子早当家，桃子从小都不闹，也从来不向爸爸妈妈提任何一点要求。

村上来了知青后，桃子内心那个羡慕呀，经常从梦中惊醒。她看到叶长秀的花尼龙袜，看到江彩霞那粉红的花衬衣，看着夏桂岚头上的蝴蝶结，那个美呀，眼睛盯着都快拔不出来了。她梦想着自己长大了，一定要穿一双解放鞋，再配上一双大红的尼龙袜，也体会一下穿鞋和袜子的幸福。

桃子家原来养了两只羊，一公一母。母羊可以挤奶，给缺乏营养的父母补补身子。今年春天母羊给桃子下了个小羊，桃子高兴地跳着抱着。小羊从小都是由桃子割嫩草精心喂养，她有时还把自己碗里的稀饭倒给小羊吃。今年夏天为了给妈妈看病，也为了桃子还能上学，腿脚不好的父亲，忍痛把两只羊都卖掉了，留下了唯一的小羊。

当父亲卖掉羊时，桃子哭了，抱着小羊躲到了房后，她生怕这个命根子被人抱走。小羊与羊妈妈羊爸爸分别已经很残酷了，如果再把小羊抱走，桃子肯定会伤心得死去活来的。父母看到桃子伤心，便安慰她说："留下，留下小羊羔和桃子做个伴吧。"父亲说这话时也转过身去了，家里的顶梁柱就是再心痛，也不能当着孩子的面哭出来。

两只羊卖了，桃子家的生活并没有丝毫的改善，卖羊的二十几块钱，除了还债和给父母看病，也仅仅剩下了买十几斤咸盐的钱。但桃子还是得到了一些安慰，毕竟小羊留下来了。从此，只要桃子放学，她第一件事就是拉着羊去吃草，还专门挑最好最嫩的草地。一天天的，小羊长大了许多，桃子对小羊更加珍爱，生怕有一天这只可爱的小羊，这只与桃子生死相伴的羔羊被人抱走。

七十七

雨终于停了。乌云全部散尽，牧马河上空又是蓝天白云，晴空万里，瓦蓝的天空中太阳露出笑脸，把炽热的阳光洒向大地山川。金志强穿上被桃子精心烤干的衣服，喝过桃子给他熬的姜汤，浑身轻松。他精神抖擞地向桃子告别，向清水湾走去。

当他走到牧马河木桥时，发现有几个人正在用铁钉加固木桥，听修桥的人说："最近雨水较多，山洪随时可能到来，加固木桥是怕桥被洪水冲走。真正秋洪到来时，木桥还是要拆掉的。"

金志强看着修桥人们忙碌劳作，转头又看到远处一个小孩正牵着一只小羊到河边吃草。远远的虽然看不清面容，但那条鲜红艳丽的红领巾格外醒目。远处青山叠翠，头顶上天空蔚蓝如洗，近处牧马河水流淌在草青水碧的大地上，这万顷之中的一点红，把美丽的牧马河畔，勾画得更加美妙。

就在金志强欣赏着这无限好的美景时，只听到牧马河的上游传来轰隆隆的水声，一个修桥工大声喊道："快上岸，山洪来了。"几个村民手忙脚乱地收拾起了家伙，奔上河边的滩涂。

金志强注视着系红领巾的小女孩和小羊，他知道那是桃子。他大声喊："桃子，桃子快跑，快跑，洪水来了。"说着他拼命向桃子跑去。脚下被石头一绊，金志强重重地摔倒在乱石河滩上。他顾不了许多，爬起来又向桃子跑去。而远处的桃子和羔羊根本不知道危险正在临近。小羊仍然悠闲地吃着河边的嫩草，桃子仍然在唱着"我们是共产主义接班人"。

金志强拼命跑着，山洪咆哮着汹涌而下。一个浪头，小羔羊被卷进了汹涌的山洪里，而桃子还紧紧地抓着绳子，拼命想把小羊拉上岸。山洪巨大的冲击力把小羊卷到了河底，使劲拉着绳子的桃子，怎么也抵不过山洪的力量，瞬间也被山洪的波浪卷进了牧马河。

羔羊在山洪中一上一下地翻滚，那条鲜艳的红领巾在水中沉浮，而羔羊和红领巾始终保持着一定的距离。金志强看看在水中挣扎的桃子，仍是紧紧地抓着牵羊的绳子，他的心都快碎了。他顾不了许多，连奔带跑地扑下河去。本来就水性不好的金志强，被水浪打得根本站不稳，游不起。一个又一个的浪，使他根本无法接近桃子，眼看着桃子在他身边被浪头卷走，他又急忙转身向桃子扑去。

他找不到桃子，但他看得清楚那条上来又下去的红领巾，在激流中向下游漂去。在水中他是追不上了，他急忙爬上岸向桃子冲走的地方奔去，他寻找着那鲜艳夺目的红色，当他再次看到被水浪卷起的红色时，奋不顾身地向河中扑去。

终于，他一把抓住了桃子细瘦的胳膊，一把紧紧地把桃子拉进了自己的怀中。这时，一个浪头又打过来，金志强再次被卷进激流中，金志强只有一个念头就是要救起桃子。他被呛了几口河水后，终于站了起来。河边跑过来几个人，七手八脚地把他和桃子拉上了岸。

然而脸色苍白的桃子，却永远睁不开眼睛了，她稚嫩的小手上，依然紧紧地攥着那条已经被洪水撕断的半截牵羊绳，没有衣领的脖子上依然系着她心爱的红领巾。

她还没有来得及穿上尼龙袜和解放鞋，没有在头上扎上漂亮的蝴蝶结，她的人生定格在了八岁。八岁呀！才八岁，平日里温顺的牧马河水，夺去了一个幼小的生命。

金志强瘫坐在河滩上，号啕大哭了起来。就在刚才，桃子亲手给她熬了姜汤，桃子亲手给他烤干了衣服，他还没来得及从西安给桃子带来红糖，而桃子却走了。她是要保护那只没有父母的羔羊，她是离不开那只与她朝夕相伴的羔羊。这只羔羊满载着桃子对未来的希望，满载着桃子对幸福人生的憧憬。

桃子死了，按照当地的习俗，被草草地埋葬在了她常放羊的后山坡上。桃子的家人伤心欲绝，而金志强也受到了极大的打击。虽然桃子死前，仅仅是给他煮了碗姜汤，仅仅是给他烘烤过衣服，但这个幼小的善良的心灵，却感动着，慰藉着金志强。

金志强深深地自责，没有本事把桃子救活。他自责曾经还有用这只小羔羊做羊肉泡馍的邪念。他发誓今后再也不吃羊肉。他暗自下了个决心，一定要用自己的能力和双手帮助桃子一家。

可眼下，他又有什么能力呢？他又一次走到桃子的坟前，插了些野花，又在坟的四周堆上了一圈石头，怕时间久了人们会忘记这里埋着只有八岁的桃子，一支过早夭折的艳丽花朵。

七十八

金志强不知道他每次到桃子的坟前去，远处总有一双美丽的泪眼，一直注视着他的一举一动，还不停地抽泣着。

她是桃子的大姐焦玉红。曾听陈秋玲说过，她也是初中毕业的返乡知青，在学校曾经也是唱歌非常好听的"百灵鸟"，是学习成绩优异、长相出众的一支班花。焦玉红一直有当医生的梦想，原因是父母一直摆脱不了病魔的折磨，如果自己当医生，就能精心治疗，使父母能像村里的正常人一样，能跑、能跳、能肩挑背扛，一家人也能幸福地摆脱贫困。而这一切只是一场梦，一场很难实现的梦。

焦玉红的父母一直想生个男孩，在农村没有男丁，不仅是物质上艰苦，更重要的是心理上的压力。所以当桃子出生后，焦玉红的父亲就高兴地向外人说是个男孩，而这种高兴只是为了掩饰自己无子的痛苦。他虽把桃子当男孩子养，但用不了一年时间，全村都知道桃子是个女孩了。

在这个重男轻女的男权社会，桃子妈受不了村人的嘲讽，加上操劳过度，一病不起。在桃子的眼中，妈妈始终离不开药罐子和又苦又难闻的药汤子。

焦玉红返乡后，她心中的梦被打碎了，她只能把自己当个男人，拼命地干着家里男人应该干的体力活。当她看到金志强抱着从水里捞起的桃子，撕心裂肺地哭嚎，当她一次次看到金志强在桃子坟前插上小花，细心地在坟地周围摆上石头，焦玉红的心，突然迸发出了一股莫名的萌动。虽然她信誓旦旦地说不嫁人，虽然她已经把自己当成男人，但她一次又一次看到金志强在她眼前的举动，她意识到，自己确实是个女人。

焦玉红看看自己高耸的胸脯，看看自己乌黑发亮的小辫，她的心脏都快要蹦出来了。她看着金志强那已经发黑的脸庞，看着他嘴边黑乎乎的小胡子，看着他搬石头时那有力的臂膀，焦玉红的心都快碎了。

难道这就是上天给自己送来的依靠？每当金志强的身影出现在路边，向山坡上走去时，她都会默默跟上，远远地注视着这个男人。

这个男人无论走路的姿势，还是劳动干活的一招一式，她都感到是那么的完美。尽管每次她都会面红耳赤地责怪自己没出息，没见过男人，但她的心已摆脱不了这个男人了。一天看不到金志强，干活时小心脏总会走神，狂跳不止。金志强已经完完全全、彻彻底底地走进她的心里了。

而焦玉红所想的一切，金志强浑然不知，在金志强的心里，还从来没有想过要找女朋友。虽然他看到别人在谈论谁和谁结伴同行，谁和谁花前月下，但他清楚，贫寒的家境和清苦的知青生活，干不完的农活和完全未知的前途命运，让他不敢奢望太多。

金志强经常想，插队落户可能要一辈子扎根农村，最终也只能找一个村妇生儿育女，男耕女织过一辈子的田园生活，日出而作、日落而息。但眼下自己还整天饥饿难饱，哪有能力、精力和条件去谈情说爱，他甚至还做好了打一辈子光棍的准备。但他却不知，一个姑娘，一个漂亮的姑娘，一个像桃子一样纯净善良的姑娘，已经深深爱上了他。

不过金志强不是木头做的，他还记得在牧马河畔，桃子静静躺在岸边时，她的大姐狂奔过来，紧紧抱着桃子的身体哭天喊地。第一次见到焦玉红的金志强，内心被深深地震动了。尽管她泪流满面，尽管她穿着有补丁的衣衫，但在金志强的眼里，世上竟有如此美丽动人的姑娘。她的双手尽管不太白皙，但也是纤细可人宛如玉璧一般，尽管她的脚上没有穿尼龙袜和解放鞋，但她的双腿双脚都是那样的悦目入眼，他甚至看到了她胸前一道深深的乳沟和硕大高挺的乳房。金志强惊呆了。

这时他瘫坐在河滩上，任由人们评论他如何英勇地舍己救人？至于自己如何几次跳下去救桃子，他全然不知。此时他甚至自责，都出了人命，还能有这些邪恶的念头，真是猪狗不如。直到焦玉红要给他下跪磕头致谢时，他才回过神来，拒绝了繁复的礼节后，执意双手抱着桃子送她回了家。

从桃子的葬礼后，金志强像变了一个人一样，整天沉默寡言。干完活吃完饭后，他不是早早地躺在床上，就是独自去山坡上坐着，任由蚊虫叮咬。桃子的死，让他感受到生命的渺小和脆弱。他甚至责怪苍天不公，为什么好人的命短？

而等夜深人静之时，金志强却在床上翻来翻去难以入眠。不是因为蛙声不止，不是因为蚊虫肆虐，是桃子那稚嫩的双手向他捧上的姜汤，有时还是桃子的姐姐那深深的乳沟。一有空闲，金志强就管不住脚地向埋葬桃子的山坡走去，看看桃子，也许能平复一下他那狂躁不安的心。

七十九

  又一个夕阳西下的傍晚，金志强下意识地向桃子的坟前走去。到了坟前，他四周看了看，然后蹲下来，从衣服口袋里掏出一个纸包，一只漂亮的蝴蝶结安静地躺在纸上，像蝴蝶展翅欲飞的姿态。这是他今天赶集时特意给桃子买的，他知道桃子一定会很喜欢的。他仔细端详着这只质地虽然一般，但做工仍算精巧的蝴蝶结，当他发现蝴蝶有一只翅膀给压扁了，他一只膝盖下意识地半跪在坟前，双手拿起那只蝴蝶结，仔细地平整起来。

  突然，身后边一个女人大声喊道："你，你在干什么？"他被吓了一大跳。是谁在这荒山野坡上，在桃子的坟前，在这寂静的山林里？他不由得流出一身冷汗，全身起了一层细密的鸡皮疙瘩。

  金志强壮壮胆子，慢慢地回过头，发现是桃子的大姐，也就是让他夜不能寐的焦玉红，正快速向他走来。

  金志强故作镇静地说："我还以为是谁呢？"焦玉红大声对他说："起来，你站起来。"金志强慢慢站了起来，一脸茫然地看着焦玉红，他看到她那张挂满泪珠的脸，依然楚楚动人，显然不像是生气的样子。焦玉红看着他说："你刚才怎么跪下了？

男儿膝下有黄金，只能跪天跪地跪父母，是不能给小孩和晚辈下跪的。"

金志强恍然大悟，他见到从天而降的大美人，顿时有些语塞："我，我没有跪呀。"说完又拿起那只蝴蝶结说，"我想桃子一定喜欢的。"一句话没说完，焦玉红又触景生情地哭了起来。金志强手忙脚乱地不知所措，是不是他又说错什么了？他急忙说："你，你别哭呀，你别哭呀。"说着轻轻地拍拍焦玉红的肩头，这时焦玉红哭着扑在了金志强的胸前，头靠在他的胸膛上不停抽泣，金志强感觉得到，热泪已经浸湿了他的背心。

突然间他感觉到一种从来没有过的幸福。于是他壮了壮胆，咽了一口口水，冲动地一把紧紧抱住焦玉红。焦玉红的身子颤抖了一下，一种莫名的安全感油然而生。于是她又向金志强靠了靠。金志强仿佛得到了某种指令一样，双手紧紧地抱着焦玉红，嘴不安分地在焦玉红的额头上、脸颊上、鼻子上、脖子上来回地亲个不停。

焦玉红的泪水更多了，哭泣声也更大了。她是激动？是幸福？快二十岁了，第一次被一个男人抱着、亲着。她不反感，反而迫切需要这种安慰。

那个已经被公安局抓走的胡金虎，曾三番五次地来纠缠她，还仗着有公社秘书的姐夫给小队干部施压前来提亲。她断然拒绝，她对上门提亲的人说，谁要再提的话，她就去死。

但是在牧马河救起桃子的金志强，却用憨厚的行动无声地融化了她这颗已经冰冷的心。慢慢地她开始接受他，想他，连做梦也常梦到他。有时夜晚睡觉，内心焦躁，只有想到他才慢慢平复安静下来。

此时此刻，她任由金志强紧紧地抱着她、抚摸她，用他嘴边的小胡楂扎她，她感到浑身舒服、安全。

突然，焦玉红的哭泣声，像刹车一样戛然而止。她一把推开金志强，睁大圆圆的杏眼看着金志强，结结巴巴地说："你，你想干什么？"金志强被这突如其来的变化吓了一大跳，一脸无辜地看着焦玉红说："我，我，我……"原来焦玉红突然感到腹部上有个硬硬的东西顶着，焦玉红说："你什么，你看你……"金志强稍一低头，愧疚立刻写在了他涨红的脸上，他马上赔着笑脸说："对不起，对不起。"说着举起右手准备打自己的脸说，"我自己打，你就别生气了。"

手刚举起，焦玉红双手紧紧抓住金志强的手说："不能打，男人的脸面是最金贵的呀。常言说，伤人不揭短，打人不打脸。"金志强有些发蒙："刚才是我的错，是我不对。"焦玉红红着脸偏过头说："你没有错，只是时间错了。"

金志强仿佛没有听懂一样说："那我到底有没有错？"焦玉红给了金志强一个甜甜的笑："傻子，到时候你就知道对错了。"焦玉红说的没错，在这片土地上，人们把贞操看得比生命还重要，在没有婚嫁洞房花烛夜之前，男女授受不亲是铁律。

八十

今年的牧马河畔可谓是风调雨顺，万物繁荣。清水湾迎来了几年来最好的收成，粮食总产量增长了超过三成。家家户户都沉浸在丰收的喜悦之中。陈秋玲向社员们透露，今年的工分值，每个劳动日可能超过三毛钱，比上一年翻了近四倍。

这个大好的消息在清水湾炸开了锅。村民们盘算着过年时，给孩子们做双新鞋，添件新衣服。而高保民他们的知青点，也一改整天面食的枯燥，改吃大米饭，知青们因此着实高兴了一阵。清水湾的变化远不止这些，接着的一件件事情，让这个知青点平添了几分波澜。

公社小学建在牧马河畔。说是公社小学，其实生源主要还是以清水湾大队为主，这就叫近水楼台先得月。而两岸一些大队只有零星生源。由于有些队经济不富裕，一些家境不好的人家，都不愿意让孩子去上学。特别是前几年闹得学校停课。所以很多庄户人家都认为，识几个字有个啥用，还不是要从土里刨食，挣工分吃饭，所以学校复学近两年还是毫无生气。

自从知识青年到了牧马河畔，孩子们看着这些城里来的哥哥姐姐们，能说会道，能唱会跳，衣着光鲜时尚，走路步履轻盈。没有上学的孩子，都在家里闹腾着要上学，长大后要和知青哥哥姐姐们一样有文化，有知识，也想穿得像知青们一样洋气，再不像村民们一样，衣着颜色老三样，光脚走路省鞋袜，大腰裤子一二三，空心棉袄秋到春。

经常有一些邻村的小子丫头，结伴到高保民、叶长秀他们住的陈家院子，看知青们走路的样子，瞧他们的神态，观察他们的衣着鞋袜，小丫头们还羡慕地盯着叶长秀她们的头绳蝴蝶结。

今年丰收后，一些村民受知青的感染，也经不住孩子们的闹腾，都争相给孩子们报名要上学。牧马河小学的人数，一下子增加了百分之三十，原来空着的教室显得人满为患，但最发愁的是缺老师。

公社专管教育的书记对这种现象当然高兴得不得了，人们终于意识到了读书的重要。他便急忙到河口区委去求援增添老师。

可是，区上也没有办法解决当下的困难：一则经费跟不上，二则这几年国家就没有培养出师范生，三则现没有人愿意到偏远的乡村来教书，交通也不便利。一句话，无人可派。虽然公社书记死磨硬缠，也无济于事。

但好在争取到了一些教育经费和政策：每增加一个学生，学校每年能向上级争取到五元经费，用于改善硬件设施；同意增加五名兼职的民办教师，由区上和公社拨款，按照以工代赈的方式支付劳务；按现行规定，民办教师半脱产，每人每月补贴三元，其余的公社自己解决。

所谓的以工代赈，是上级对农村的一种扶持政策，以工作劳动的形式，获取上级的一些补贴。每年各村各队都有一些以工代赈的任务指标，这些问题对于公社来说，解决起来都是轻车熟路了。

公社书记连夜召开会议，研究解决方案，最终决定：在公社小学方圆五里的范围内，挑选民办兼职教师，可以在返乡知青和插队知青中择优录用。其中一个硬条件是，全年出工在两百八十天以上的人，才有资格参与推荐。

这个天数是扣除国家规定的节假日，也就是全年五十二个星期天之后计算出来的。这个硬杠杠，无疑会把一些平时偷奸耍滑的人，限制在门外。这次选拔民办兼职老师，公社还半公开地放出了一个信息，如果被选调的民办兼职教师，表现突出，可以转正为公办教师。

此话一出激起千层浪，尤其是知识青年，看到了鲤鱼跳龙门的希望。如果能迈出第一步，可能就会脱离面朝黄土背朝天、整日与泥土打交道的生活，为自己的前程开辟一条星光大道。

当初插队落户时的口号是：扎根农村一辈子。眼下有了改变人生的希望，谁又不想去试试呢？

于是乎各个大队、小队的队长家里门庭若市。从来没人给送过礼的一些小队干部们，也喝上了不花钱的瓶装鹿龄特曲酒，抽上了高级的宝成牌香烟。这些队干部们耳中也听到了自己如何好、如何有能力、如何比别人强的自夸之词，以及谁的品行不好、偷过别人家的鸡、摸过别人家的狗等等是非。本来是在一个锅里搅马勺的哥们儿兄弟，不惜翻脸，为的是让队上能举荐自己当民办教师。

但这次公社选调的民办兼职教师，其实小队干部很多都不知道咋回事，他们手上的权利根本就够不着插手，然而既然送上门，那东西不收白不收，也就不断地点头迎合。你说支持我点头，他说推荐我点头，说谁不好我也点头，其实是一句也没往心里去，只希望你把豆子倒完赶快走。

八十一

　　对民办教师的事，知青们根本不清楚事情的原委和程序。公社明确规定，由于地理位置上要方便兼职老师们回村干活和吃饭睡觉，分配的名额以清水湾大队为主，其余五个大队中只有两个大队可以选派。然而各个大队的近百名知青和几十名返乡知青都闻风而动了。

　　高保民、叶长秀的两个知青宿舍里，也在热烈议论着这个话题。江彩霞对叶长秀说："叶姐，我看这次选你比较合适。你唱歌好，算账也有条理，教音乐、数学绝对是个好老师。"夏桂岚也附和着说一些鼓励的话。在江彩霞的心目中，要是公社选派卫生员，她是肯定要报名的，她就想当名医生。而夏桂岚根本就没有凑这个热闹的心思，上次周大娘的儿子周见涛悄悄地跟她说："妹子呀，你的事县里领导都知道了，派出所夏所长和区里书记都说要重点培养你，看来你是前途无量呀。"

　　高保民他们男宿舍里的意见却是空前一致。刘西安直接说："我看这个老师，最合适的人莫过于徐星晗了，他字写得好，看的书比我们都多，还喜欢画画，当个语文老师绝不会误人子弟，再兼代个美术课、体育课也没有问题。"柴国庆接着说："星晗呀，你要真的当了老师，每月可有三块钱补助，今后我们知青要吃的盐、点灯的煤油可就指望你了。再说你费的煤油最多，经常晚上看书，害得我们经常灯里没油摸黑睡觉。"

其实柴国庆还想推荐金志强，但沉默很久还是没有说出来。柴国庆心里其实挺矛盾的，金志强是他和庄丽娟之间的一座桥梁，捎个信带个话，也只能靠金志强了。再说金志强还可以盯着赵明礼，那家伙可是啥事都能做出来。在这穷乡僻壤，一不小心庄丽娟羊入狼口那就麻烦大了。

可金志强现在天天朝焦玉红家跑，连大队支书陈学文都知道这事。但陈学文却看得开，睁只眼闭只眼。他还听女儿陈秋玲说，其实金志强和焦玉红还挺般配的，焦家倒霉事不断，主要也是缺少男丁，劳力不够。金志强或许是改变焦家困境的最佳人选。再说金志强在洪水中勇救桃子的事，七村八寨没人不说好，没有不举大拇指称赞的。连公社都把金志强的这件事，上报给了县上，还想树立为知青典型呢。

高保民一直沉思不语，他是真心支持徐星晗去当老师的。论年龄、个头、力气，徐星晗都是五个人中最小的，而且徐星晗为人诚实，干活从不偷奸耍滑，又热心助人，肯学习脑子灵活，是天生的老师的料。他考虑的是，据说全公社报名的人数超过五十人，知青中已经出现了相互挤对的苗头。本是同根生，都是从城里来的，相煎何太急。

大家沉默了一会儿，高保民问徐星晗说："星晗，你是咋想的？想不想去当个兼职不脱产的民办教师？其实我觉得大家说得没错，你最适合，这样每天还能挣十分工，体力活相对轻松些。"徐星晗看看几个舍友慢慢地说："我看这件事，是个难过的独木桥，五十多人争夺五个名额，也是十里挑一，要硬争硬抢这事我做不来。要说论条件，我感觉我还是符合的，听天由命吧，不要为这事和同学们伤了和气，下地种田也没有啥了不起的。"高保民说："这样，推荐归推荐，能不能当又是一回事，把这事看淡些。我就不相信我们会都当一辈子农民。就是当一辈子农民，我也要当出个样子来。"

最终，每个大队都推荐了三至五名，只有清水湾推荐是按照公社分配数等额推荐的三名。公社拿到名单后，召开了各大队支部书记联系会。

会上，公社苏秘书首先拿出清水湾推荐的三名候选人名单。他一脸严肃地说："清水湾推荐了三人，其中一人是返乡知青焦玉红，这个人条件就不行嘛。"他干咳了一声，左右看了看各大队的支书们，唯独不去看清水湾的陈学文。他又说道："清水湾大队的知青金志强在牧马河洪水中捞起了她妹妹，这件事本身说明，知青见义勇为是光荣的，但据村民们的反映，这个焦玉红竟然要以身相许，这显然就是破坏知识青年上山下乡革命运动的行为。城里下来的知青是不能和农村户口的人谈恋爱的。"他的这句话，惊得在座支书们目瞪口呆，上边的政策精神上，根本没有哪一条规定说城乡不能恋爱结婚。

陈学文一听马上就要发作，但还是忍了忍，他知道这是苏秘书的报复行为。谁都知道他的小舅子胡金虎，三番五次到焦玉红家纠缠提亲，被严词拒绝。这次胡金虎被派出所抓了，由于涉及河口镇发生的强奸杀人案，他这个只当了个公社秘书的姐夫，实在是无能为力。

可他的老婆就不干了，整天在家哭天喊地，厮打叫骂，让他救人，折磨得他苦不堪言。他越解释，老婆越是不听，甚至躺在地上满地打滚，气得他左右为难。这个女人撒起泼来，一身的肥肉油盐不进，苏秘书想拉都拉不动，无可奈何之下，苏秘书只好住在公社的宿舍不敢回家。

苏秘书看到名单上有焦玉红的名字时，气就不打一处来，说啥也要给她拉下来。陈学文在推荐焦玉红时，也是很慎重的。焦玉红与陈秋玲是小学到初中的同学，学习成绩一直名列前茅，是被县里中学破格录取的，再说焦玉红唱歌跳舞都很有天分，当时还是班级里的文体委员，各方面都具备一名兼职民办教师的条件。但此刻苏秘书为了泄私愤，要拿焦玉红开刀，陈学文也无可奈何。

苏秘书接着扬了扬手上的名单说："还有那个徐星晗，虽然能写会画，也经常帮助村民，是个热心肠。但是有人反映，他偷农民的烟叶当菜吃，这不是偷窃行为吗？我们选拔推荐的一个硬条件，就是不能有打架斗殴、偷鸡摸狗的行为，你说是吗？陈学文支书。"

陈学文强压怒火，平静了一下心情，慢条斯理地说："这次推荐名单，我们是自下而上推荐，又自上而下摸底调查，支部开了几次会讨论后才推荐的。知青把烟叶当菜吃，我知道此事，当天我就在场。是别队的知青经过主家同意去摘菜，但又把烟叶当成菜误摘了送到徐星晗他们知青点，这事我们也调查了主家，我可以用党性担保没有问题。关于焦玉红……"话刚出口，就被苏秘书打断了。

苏文革清楚地意识到，自己刚才说知青不能和农村青年谈恋爱的话，显然是违背政策的。陈学文稍一点透，大家就明白他的私心了，于是他打断陈学文的话，来了个借坡下驴，借汤下面，接着陈学文的话茬说："既然陈支书做了深入调查，徐星晗和叶长秀就通过了。至于焦玉红，先放一放再说，请陈支书再到群众中去调查，现在就不再讨论了。现在讨论其他大队的人选。"一语结束，彻底让陈学文无语了，谈情说爱的事情，是男女双方自己的事，谁也不能干涉，再去调查个鬼呀。陈学文摇摇头，苦笑了一下。

八十二

    面试是在公社小学的一间大教室里。公社书记、公社秘书、文教干事、学校校长、教导主任都是评委。考虑到民办兼职教师都是从小学一年级教起,所以考评的题目也很简单。男教师第一题是写字:用粉笔在黑板上写"为人民服务,跟共产党走"十个字,接着用毛笔在纸上书写这十个字,毛笔书写必须用两种字体。第二题是每人用五分钟的时间,在一张纸上画一座房子。两道试题做完后,现场立刻评判,决定出男教师的人选。女教师的考评,第一题和男教师一样,后一题是现场唱一首歌曲,唱完后立即评判。

    按照计划,男教师主要负责语文、体育、美术课程,女教师主要负责算术和音乐课程,因此测评的重点有些不同。

    男教师的测评首先进行,各位候选人对写字一题没有问题,对只用五分钟在纸上画画一题,确实有些为难。但小学校长说:"一节课只有四十五分钟,如果五分钟还不能画一个图案,那么学生学画还有时间吗?"于是乎应考人也就无话可说了。

    男教师的作答很快完成。只见徐星晗的字笔画工整、如行云流水,毛笔字用了楷书和行书两种字体,笔锋苍劲有力,评委们交口称赞。而那张素描，徐星晗只用了数笔，就画出了一座依山傍水的农家小院。山峰起伏，小院悠悠，炊烟袅袅，溪水潺潺，一幅绝美的农家院落图跃然纸上，评委们连口称奇夸赞不绝。所以当场拍板决定：徐星晗以第一名的成绩，成为牧马河小学民办兼职教师。

女教师的应试，前边的书写不分高低，伯仲相当。关键的清唱歌曲，才能一较高下。叶长秀轻轻用手指顺了一下耳边的秀发，微微前倾身体致敬观众，接着用银铃般的声音说："我演唱的歌曲是《唱支山歌给党听》。"

教室里坐满了观众。除去评委、各大队的支部书记、应考人员之外，教室外面还站了七八十个知青，黑压压的一片。他们是来看热闹的，见证一下别人知青生涯的转折，看看知青前途和命运如何被改变。教室内外，鸦雀无声，所有人都静待着叶长秀的那首《唱支山歌给党听》。这里没有音乐，没有伴奏，只有不是观众的观众。

叶长秀优雅地抬起右手，歌声响起，略带舞姿，犹如在舞台上一般，那清澈得像流水一样的歌声，把所有人带到了雪山、带到了草原、带到了天安门城楼前。还没等最后一个音符结束，教室内外响起了潮水般的掌声。小学校长激动地走到叶长秀面前说："谢谢你，小叶老师，我们山里的孩子爱唱歌，今后孩子们在你的带领下，会更爱唱歌，希望我们牧马河畔能飞出金凤凰。"接着又是一阵潮水般的热烈掌声。

八十三

　　初冬的牧马河，没有了夏秋时节的水花奔腾，水量一日比一日减少，无精打采地向下游流去。牧马河畔的人家，经过一年的忙碌享受着难得的清闲。村民们在腰间扎根稻草绳，以使空心黑棉袄更加保暖一些，双手筒在袖子里，三三两两的靠着向阳的山墙，沐浴着冬日暖洋洋的阳光，海阔天空地海吹瞎聊，知道的不知道的，道听途说的，说得有滋有味。

　　有人说，公社刚来个书记，人高马大，一看就像个当大官的料。有人说，那个头梳的溜光的苏秘书调走了，听说到小河公社农技站去了，还是个站长，站长也是个不小的官吧？还有人说，苏秘书不是当站长，是他包庇他那个小舅子被处理了。也有的说，听说他那个小舅子把人家个女娃娃给奸了，完事后又把人家才十几岁的小娃娃给活活掐死了。更有人说，你们都不知道吧，那天晚上抓他小舅子时，你们没看到那阵式，据说有一个排的解放军架着机关枪抓走的，那阵式大的，黑压压一片。

　　高保民和柴国庆想到镇上去，走到山墙边也听到了这些话，但不知道哪一句是真，哪一句是假。不过他们听陈学文说，公社的书记调到区上当副书记了，新调来一个书记，原来是二里公社的社长，叫李剑刚，是个老干部的后代。近期他父亲被恢复名誉了，他也升了一级，当上了河公社的书记，还听说这个书记头脑清楚，能说能干。

同时还调来个副书记，是个女的，叫冯雪梅，原来是县妇联的副主任，刚被恢复工作，这可是一个工作雷厉风行的老资格女干部。听说这个冯书记和李剑刚的父亲曾长期共事，这次调动，李剑刚的父亲还特意找到冯雪梅，让她带一带李剑刚，也有些传帮带的意思。

冯雪梅是土改时参加工作的，政策水平强，有人情味，尤其是见不得下面的人受委屈，为此还经常与上级争吵，是出了名的妇女们的贴心人。整个县里的山山水水她都走了个遍，访贫问苦，为受欺负虐待的妇女儿童伸张正义鸣不平。

就在高保民和柴同庆要离开时，陈秋玲把他们叫住说："明天公社召开知青工作座谈会，公社点名我们大队你和江彩霞、夏桂岚、金志强参加，我也一起去，你们别忘了通知一下金志强。"

站在一旁的柴国庆，立刻对高保民说："那我现在就去通知金志强。"高保民答应了一声，柴国庆就大步流星地去了。柴国庆的心思，高保民其实一清二楚，他是想去见见庄丽娟，这是柴国庆瞌睡了，高保民给他递了个枕头。

自从赵明礼叫人打了柴国庆后，柴国庆和庄丽娟只见过一面。每当夜深人静的时候，他都无法入眠，总是想着庄丽娟那红润的小嘴和白皙的双手，彻夜难眠的滋味实在是煎熬难耐。听到通知金志强参会的机会，柴国庆哪能放过。一路上他总是反复哼着"天上掉下个林妹妹"。

柴国庆哼着小调很快就找到了庄丽娟。因为农闲，庄丽娟正在屋里补袜子，何素华看柴国庆来了，也不愿当电灯泡，就借故出去了。一见到庄丽娟，柴国庆把告诉金志强开会的事，早忘到了九霄云外，他直勾勾地看着庄丽娟那张俊俏的脸，看着她那黑亮的眸子和立挺的鼻梁，以及那红红的小嘴和白里透红的脸庞。庄丽娟也一句话不说，和他四目相对，火花四溅。

柴国庆今天也不知道哪来的胆量，一双手拙笨地捧住了庄丽娟的头，毛茸茸的嘴立刻凑向前去，在庄丽娟的脸上胡啃乱咬，慌得庄丽娟面红耳赤。但她没有丝毫的反抗，任由柴国庆肆无忌惮地乱摸乱啃，两人都开始喘起了粗气。

突然柴国庆"啊"了一声，把庄丽娟吓了一大跳，庄丽娟急切地问："怎么啦？怎么啦？"她不知所措地看着柴国庆。柴国庆说："你，你手上拿的啥，扎得我好疼。"庄丽娟才反应过来，或许是太投入，忘乎所以，或许是柴国庆胆大包天的举动太突然，庄丽娟补袜子的针还没来得及放下。她连忙说："让我看看扎得重不重，伤着没有？"说着掀起柴国庆的衣服，看到柴国庆肚皮上有一个小红点，红点上一个圆圆的像红宝石一般的小血点。柴国庆再次把庄丽娟揽在怀中，口中不停地说："不碍事，不碍事的。"

正当柴国庆把庄丽娟搂得喘不过气来时，何素华在外也大声叫："庄丽娟，你出来一下。"柴国庆闻声立刻松开手，庄丽娟向外答应了声，急忙站起来，理理已经有些蓬乱的头发和衣服，往门外走去，脸上仍然写满了幸福。出门后她问何素华怎么了，何素华说："看中午吃啥饭，你那个他在不在这吃？"说完不忍再看庄丽娟那羞红的脸。

何素华怎么能想不到他们干了些啥，庄丽娟的头发衣服和脸庞已经说得清清楚楚。哪个青春期的女孩子能想不到呢？庄丽娟傻傻地靠立在门框上，她恨何素华叫她叫的不是时候，但又感谢她在最关键的时刻提醒了她。

如果今天没有何素华的提醒，她可能会干出非常出格的事情。当柴国庆紧紧抱住她的那一刻，她多么想做一回真正的女人呀。庄丽娟冷静下来真有些后怕。在这里，作风可以是极大的问题。很可能一时的冲动，就让她一辈子受影响。

这时柴国庆走到庄丽娟身边，还想有一些亲近的动作，庄丽娟一脸严肃地看了他一眼说："你今天来有事吗？"柴国庆猛然想起："哎呀，差点忘了，明天公社刚调来的书记召开知青工作座谈会，点名要金志强参加，我是专门来通知他的。"庄丽娟看了看柴国庆说："那你去趟焦家吧，他可能去找焦玉红了。你现在就去吧，等会儿撞上赵明礼又不对付，走吧。"说着推了推柴国庆。这次庄丽娟推柴国庆，脸上写着温柔，手上带着暧昧，俨然是妻子对丈夫的做派，充满了关心和体贴。

八十四

　　金志强现在已经没有了睡懒觉的习惯，今天一大早他就到了焦玉红的家里。这几天他一直在帮焦玉红家修猪圈和厨房的土墙。自从焦玉红的父亲受伤后，家里本该男人干的活都给耽误了下来，猪圈的一面墙，风吹雨淋的都垮了一半，厨房的墙也快垮塌了。金志强没有学过泥瓦工，他便请陈二狗来给帮忙指导了半天，基本掌握了要领。到底是上过中学，他连琢磨带实践，猪圈的墙砌得有模有样，把焦玉红的父亲感动得差点掉眼泪。

　　焦玉红的妈妈更是反复打量着这个叫金志强的小伙子，心里暗暗思量，女儿的眼力不错。如果金志强能和焦玉红喜结百年，那真是焦家上辈子修来的福分。但她又一想，金志强毕竟是城里的学娃子，迟早是要离开农村的，想到这些，她又在没人的地方抹眼泪，只念道女儿的命苦。

　　自从小女儿走了后，她的心病就更重了。家里穷得连苦药汤子都喝不起了，哪还敢奢望城里的学娃子当女婿。金志强对这些是一无所知的，他只知道他喜欢焦玉红，他就应该帮焦玉红家干些活。

　　自从在桃子坟前的山坡上，两人无限亲密的接触后，焦玉红便把金志强当作了可以托付终身的人，每天都盼着能看到金志强的到来，她经常还梦到金志强背着她进洞房。

每次金志强来到焦玉红家，焦玉红也像城里人一样，没人的时候在金志强的脸上亲一口。金志强当然也不是一个不解风情的人，每当此时，金志强都紧紧把焦玉红抱在怀里，用粗壮的手抚摸她。

但到了关键时刻，焦玉红便不会让金志强胆大妄为下去，而是坚定温柔地对金志强说，等到那一天，会把自己全部都给他。

公社知青工作座谈会在元旦前召开。会议的规模不算小，有各大队支部书记和大队长，各大队知青联系人和知青代表，还有一些特别邀请的知青中表现突出的人员。全公社参会的知青就有几十人，大约占了知青总数的四分之一。

公社书记李剑刚拿着几页稿纸照本宣科，但也讲得津津有味。李剑刚很会渲染气氛，时而高亢有力，时而催人泪下，会场上的气氛总体上显得凝重而沉闷，在座的知青们个个眉头紧锁，都在痛苦地思索着未来的人生旅途。

终于，李书记的讲话在不太热烈的掌声中结束了。接着冯雪梅副书记走上了讲台。说是讲台，也就是面前摆了小学校里的一张课桌。冯雪梅没有客套话，也没有大道理的开场白，她说："我是个妈妈，我是两个插队知青的妈妈，我两个孩子都插队在大垻公社。在座的可能有人知道，大垻是全县最偏远、山也最大的公社。我以前在那工作过，出门是山，喊人靠吼，四季粗粮，靠天吃饭。他们和你们一样都是刚出校门的孩子呀。苦不苦，肯定苦。但看看红军两万五，革命前辈当年革命更苦。"

冯雪梅停了停，她看了看在座的知青，又缓缓地说："刚才李书记说了一些事情，我也感到不好听。以前有首歌说，没有吃、没有穿，自有那敌人送上前，没有枪、没有炮，敌人给我们造。可有的人却说，没有吃没有穿，老乡地里翻；没有鸡没有鸭，老乡圈里抓。听到这句话我很难过，我们是知青，我们并不是鬼子汉奸。"

冯雪梅环顾一下四周，提高了声调说："这里我非常赞赏李书记表扬的几位知青：清水湾的陈春喜被蛇咬，在生命垂危的关键时刻，高保民江彩霞他们及时抢救，一条鲜活的生命得救了。河口镇的军属周大娘被撞晕倒在地，危急时刻夏桂岚同学及时抢救送医，成为我们区的拥军模范，过几天夏桂岚同学还要到县里去接受表彰。更值得表扬的是金志强同学，当洪水来时，他第一时间下水救人，可他不会水，听说只会个狗刨沙（一阵哄笑），他顾不得多想，我想当时他也没有时间想，他只想到救人。结果人捞起来了，他也受了伤。虽然人没救活，但他救活了一种精神。孩子们呀，我不是说只有救人才是英雄，无论何时何地，只要关系人民的利益，我们都应该勇往直前。"

接着她语重心长地说："你们就是这一代最能勇往直前的人。离开城市生活确实很艰苦，但一年下来，我听说有的队的知青种的菜都吃不完，还给老乡送。有的队的知青还养了猪，把它交给了国家。我们就是要倡导这种克服困难的精神。反过来说，我在这说个没有政策依据的话，在座的知识青年朋友们，孩子们，到了农村就要安下心，准备扎下根，但我想你们有一天，都会到祖国的四面八方去参加建设。这里我负责任地说，今后无论招干、招工、参军、上学等等，我们的原则就是不断选送优秀分子。我也希望你们都能成为优秀的孩子，早日奔赴祖国最需要的地方。"掌声，雷鸣般的掌声，发自知识青年内心的掌声，经久不息。

八十五

　　金志强春节回了趟家，未过正月十五，就急忙赶回了清水湾。这次回去，他除背了四十斤自己亲手种的大米外，还给妈妈了一个惊喜——一张大红的表彰奖状。

　　在上山下乡知识青年表彰大会上，他和高保民、夏桂岚、江彩霞四人都被评为知识青年先进个人。在奖台上戴上了大红花，由区领导亲自颁发荣誉奖状。

　　那一刻，金志强想起了妈妈的嘱托，"把胳膊上的肉咬一口，也要给我活出个人样来。"他想到在插队之前，自己在街上被人视为小混混。而现在，他平生第一次上台领奖，他有一种莫名的满足感和荣誉感。

　　然而这一切都源于桃子。站在奖台上，他想起桃子躺在冰冷的山坡上，心中的苦楚油然而生。也因为桃子，他认识了焦玉红，从而在感情世界中收获了一份真诚的爱情。回到家他每天都在想着焦玉红，他感受到的不仅仅有爱情，更重要的是一份责任。他明白自己长大了，也成熟了，应该帮焦家承担一份义务、一份责任。

　　想起焦家生活的困苦，想起桃子父亲撑着拐杖的艰难，他就恨不得立刻飞回牧马河畔，让牧马河清澈的河水来见证，他金志强是个有血性的男儿。

回到队上，他第一个找的就是高保民。他给高保民说，要搬到桃子家，承担起一个男人，一个男子汉的责任和义务。但直接说要搬到焦玉红家，显然不合适。他一个大男人和焦玉红一家是什么关系？村上人又会怎么看？知青们又怎么看？想来想去只有找高保民，让他给出个主意。

金志强的想法，着实让高保民有些犯难。焦玉红家不是知青点，金志强搬到她家去，也应该有个由头，理由要能站得住脚，一时间高保民也是一筹莫展。

还是徐星晗点子多，他慢条斯理在宿舍里踱了几个来回后，抬起头来说："以本人的拙见，最好的理由就是分灶吃饭。"一句话点醒梦中人，几个人同时睁大眼睛看着徐星晗。徐星晗看着大家的神态说："只有分灶一个理由站得住脚。"高保民追问："还有呢？"徐星晗说："完了，就是分灶。金志强可以提出单独开火做饭。现在没有分灶的知青点也只剩一半了，有一半的知青点早都散伙分锅了，这有啥稀奇的。"他顿了顿，又迈着方步，说起了《三国演义》开篇第一句："天下大势，分久必合，合久必分。"

徐星晗自从当上了民办兼职教师，学问似乎见涨，走路说话，也比以前都斯文多了。平时闲暇他总是捧着一本书，知青点里也数他费的灯油最多，好在他现在每月有三块钱的补贴。

高保民低头想了一阵说："我看星晗说的理由成立，但焦玉红家有住的地方吗？你不能过去就和焦玉红住在一起吧？那可是要犯众怒的事呀。"金志强这才说："这个大家都不用担心了，年前我帮她家修猪圈厨房时，顺便把连着厨房的柴房修缮了一下，现在干净敞亮，连床都安排好了，只等我去就寝了。"

高保民听完金志强的话，像不认识一样看着他，真是士别三日，当刮目相看。在大家心目中，金志强是莽撞不动脑子的人，没想到这家伙还挺有计划，早早地把事情都安排妥当了，才来告诉他们。这小子的确是长大了，也成熟了。

分灶的事情说大不大，但说小也还挺能引起人们议论的。一男一女合灶，人们会认为是一起生活。男女分灶则会认为是夫妻离婚分道扬镳。男人们之间分灶，则认为是拳脚不和。总之，村民们在这件事上一点也不缺乏想象力。像金志强的这种情况，人们则会认为是上门女婿入赘。

金志强和焦玉红的事，已经在村里传得沸沸扬扬了，所谓是好事不出门，绯闻传千里。就连金志强和焦玉红同床共枕的话，也被传的有鼻子有眼。还有些好事的人，假借看望焦玉红的父母，打探金志强与焦玉红关系的虚实。没想到焦玉红的父亲说："我就喜欢金志强这娃，可惜人家是城里人，我们玉红怕是高攀不上。谁要是能把这门亲事给撮合成了，我送他十八个大猪蹄。"

本来大家以为焦家听到传言会上火生气的，没想到焦家在盼着这门亲事能成。所以村上又多了一种传言，是焦家看上金志强，让女儿霸王硬上弓，巴不得早早给焦家生几个外孙子，好拴牢金志强这个城里的学娃子。

但无论何种传言，又有多少个版本，金志强心中只有一个念头，他爱焦玉红是他自己的事，全然不去理会那些咸吃萝卜淡操心的人胡嚼口舌。反过来说，传言越多，金志强反而心里越踏实，焦玉红这下要成为他金志强跑不掉的媳妇了。

在金志强心目中，焦玉红美丽大方、端庄贤惠、温柔可人、勤劳善良，他金志强何德何能，今生能娶上如此貌美的贤妻。这是他金家上辈人烧高香换来的福。论家庭条件，金志强家的情况，在城里也是最贫寒的一类，比焦家好不到什么地方去。他金志强哪怕是一辈子在农村过男耕女织的生活，他也要把这种生活过成天仙配。

八十六

　　金志强搬到焦玉红家的事迅速传开了，牧马河两岸都在热议一个城里学娃子入赘焦家的事。在公社书记的办公室里，李剑刚书记正在仔细地看一封举报信。信中渲染了知青金志强怎样骗取焦家信任，怎样和焦玉红干那些苟且之事，怎样……李剑刚书记越看越气，不由拍案而起，大怒道："真是没有王法，无法无天了。"

　　他随即推开冯雪梅的办公室，直接把信拍到冯雪梅的办公桌上说："你看看，你看看，这就是我们刚刚表彰过的知青，太不像话了，太不像话了！"李剑刚显然是被这封信彻底激怒了。他刚到这个公社当书记，掌管全社数千人的衣食饭碗，工作还没有丝毫建树，就出了丑闻，如果传到县里，他这个书记还有何颜面。

　　冯雪梅拿起李剑刚扔在桌上的举报信，仔细反复看了几遍。她微笑着站了起来，对余怒未消的李剑刚说："这是好事呀，要没有这封举报信，我们真还发现不了这么个扎根农村的好青年呀。"说着又看了一遍信，和颜悦色地对李剑刚说："八分钱，查半年，这种教训还少吗？没想到这种恶劣行为，在我们公社也上演了。我被关到牛棚两年没有工作，不就是造反派污蔑我在土改时期有作风问题吗?"冯雪梅把信递到李剑刚手上说:"对人民群众反映的问题,我们作为党的干部,不应该首先发火,而是调查研究,毛主席不是说,没有调查就没有发言权吗?我们这些基层干部,就应该下沉下去,好好走一走,调研一下,才能知道人民群众的疾苦,才能了解人民群众心中所想。我看就从这封信入手吧。"说完拉着李剑刚朝清水湾村走去。

冬日的牧马河依然流水潺潺,山风从米仓山口吹来,让人感觉到阵阵寒意。李剑刚不由得裹了裹毛领棉袄,冯雪梅打趣地说:"是不是感到有点冷呀?就看你这个书记怎么把温暖送到牧马河两岸的群众心中了,这是对我们基层同志的考验呀。"

李剑刚并不理解冯雪梅拉他出来的真正用意。李剑刚虽然当过一年多的公社社长,但一直是谨小慎微、如履薄冰,由于怕犯错误,因此一直是听汇报多,了解群众真正疾苦少。

李剑刚和冯雪梅到了陈家院子。陈学文知道两位书记的来意后说:"焦家确实是我们大队最贫困的人家,他家唯一的男人也伤残几年了。去年小女儿又被淹死,这家人真惨呀。"说着仿佛眼圈也有些湿润了。

陈学文是这个大队的支书,但这样的贫困户,他也没有更多的办法去帮助。常言说,救急不救贫,他家贫的主要原因是家中没有男丁,没有劳动力。每年大队的救济粮救济款,都是优先给他家,但经不住要看病要还债,老债未还新债又起。

陈学文内心感慨了一阵,对李剑刚和冯雪梅说:"两位书记得想想办法,看能不能对焦家帮上一把。"冯雪梅说:"那我们先去他家看看吧。"

陪同公社书记们一起去的是支书陈学文、妇女队长陈秋玲，自然还少不了全大队的知青联系人高保民。

现在的知青点只有高保民一个人了。年初时县里通知，夏桂岚被破格录取到了县妇联工作，今后可能下派到区或公社做妇女工作；江彩霞当了赤脚医生，被选派到县医院学习，听说还要到地区卫校去深造学习，县里急需加强基层卫生医疗力量，江彩霞今后可能就是公社卫生院的医生。徐星晗和叶长秀仍然是民办兼职教师，这几天在学校准备春季开学。刘西安、柴国庆、张宝贵三人去了牧马河上的一个水利工程当民工，虽然是干体力活的小工，也让三个人也高兴了好一阵子，这样不用下田上坡，不用砍柴做饭，每个月还有几块钱零花钱。

八十七

　　焦玉红的家，坐落在米仓山山根下，近临牧马河，是一座三间草屋两间偏房的独家小院。仔细看看，小院好像很多年没有修理过一样，房顶上的稻草有些塌陷，整个屋顶凹凸不平，还长了草，显得十分荒凉破败。

　　李剑刚和冯雪梅一行人，围着房前屋后看了个仔细，房后的墙面已经大面积脱落，只有猪圈的围墙有刚修理过的迹象。猪圈里没有猪，空空的圈舍里放满了农具和杂物。院子倒是扫得很干净，院子边上架着一块石板，离地不到一尺，四周摆着一些光溜溜的石头，显然这是经常有人围坐的石桌，有几只鸡在满院子跑着觅食。

　　三间正房中间有一扇木门，木门板好像没有刷过漆，原色的木板已经发黑，像是朽了一样。木门下面，还烂出了几个锯齿状的豁口，可能是防止老鼠进屋，主人在门里边钉了块木板。

　　几个人看了一圈，不用进屋也能知道这户人家的破败。冯雪梅盯着看了看李剑刚，小声问道："李书记有什么感想吗？"李剑刚回头看了冯雪梅一眼，好像非常难受的样子，欲言又止。

这时虚掩的门里传来了一个显得有些虚弱的声音说:"外边是谁呀?你找谁呀?"说完咳嗽了两声。这时陈学文望望李剑刚和冯雪梅,朝屋里说道:"老焦大哥呀,我是陈学文,也没啥事,公社几位领导在村里到处看看,你就歇着吧。"里边立刻回声道:"是陈支书呀,你说是公社领导来了?你别急着走呀,怎么也不能让公社领导在门口干站着,我这就出来。"说完只听见房里一阵窸窸窣窣,接着是拐杖顿地的嗒嗒声,房门吱呀一声打开了。

只见焦老大撑着拐杖,靠在门框上双手抱拳施了个抱拳礼,便乐哈哈地说:"难怪一早上喜鹊都在叫哩,原来是大领导们来了,失礼呀失礼,外边冷,快进屋吧。"几个人互相看看,依次进到屋里。

房间清扫的倒是干净,屋里没什么家具。焦老大想让座,但又难为情地说:"你们都累了吧,坐里边床边上吧。"显然家里连给客让座的板凳都没有。李剑刚也没说话,冯雪梅对焦老大说:"焦大哥身体还硬朗吧?"焦老大急忙说:"身体好着哩,就是这条不争气的腿,害得我下不了地。"冯雪梅说:"嫂子呢?"焦老大不好意思地朝里边努努嘴说:"哎呀对不住,我那个婆娘是个病秧子,还在床上躺着呢,真对不住了。"

冯雪梅又问:"现在光景过得还好吧?"这话一问,焦老大就打开了话匣子,他高兴地说:"现在日子过得好着哩,今年二三月不会没粮吃了,家里还腌了两坛子盐菜,够吃到端午节哩。现在啥都不缺,要说缺的就是劳力,有劳力就能多挣工分。今年工分涨到了三毛多钱,可惜我是没命挣呀。"

停了停,焦老大又说道:"今天对我们家来说,可真是大喜事呀，这么大的领导都来看望我们，我知足了。记得土改时工作队长也来看过我，还给我送来了一张八仙桌。哎呀，工作队的人来我家，高兴得我几天都睡不着觉。今天你们来了，我高兴呀，谢谢你们。"

连续的几声谢谢，把冯雪梅的眼泪都快要感动出来了，她想不到这个家庭这么困难，而焦老大始终笑哈哈的，没有一点抱怨和一丝诉苦，他憨厚朴实的生活态度，怎么会不让人动容。

高保民站在房子里，看到眼前的一切，深深地为金志强的举动所感动。刚才看金志强住的小屋，黑黑的连扇窗户都没有，摆了一张床后，就没有了多余的空间。没有其他家具，只有一个小木箱上放着一个用墨水瓶做的小油灯。而就是他，想实实在在地帮助焦家，不会泥瓦工，边干边学，硬是修起了将要倒塌的猪圈和厨房。显然他有着常人难以理解的毅力和志向。

这时高保民忍不住问焦老大说："金志强到哪去了?"焦老大立刻眼睛一亮，对众人说："这个学娃子真是个好娃，今天上山给我打柴去了。"说着叹了口气接着说，"可惜呀，他是城里的，迟早是要走的呀，我真想把大闺女许配给他，只要人家不嫌弃，我焦家也就烧高香了。"说完动情地低下头，又低声地说，"我焦家欠他的呀，那么大的洪水，跳下去救我的桃子。这娃还不会水，要是有个三长两短的，让我怎么过意的去呀。都是爹娘生养的呀，唉，唉……"几声长叹后，焦老大忍不住咳嗽了起来。

李剑刚打断了焦老大的话说："金志强是好样的，县上、

381

公社都表扬了他。可是焦大哥，我要提醒你，千万不要动把女儿嫁给他的心思，这是不允许的。"听到这里，焦老大睁大了眼睛，看着李剑刚说："不允许？为什么不允许？只听说过清朝时汉人不能嫁给满人，也没听说过城里人不能娶乡下人。"说完撑着拐杖也不向众人打招呼，径直向里间走去。一声叠一声的叹息中，没有撑拐的一只手，不停地在眼眶上抹来抹去。

冯雪梅见状，立刻打圆场说："焦大哥，我们还有事，就不打扰你了。"说完一行人向外走去。只听得里边焦老大高声说："谢谢你们呀，对不住了。"

出了焦家，一行人都沉默不语。

李剑刚看看陈学文后轻声地说："你们大队怎么不帮帮他家？你看连个桌椅板凳都没有。没想到解放都二十多年了，还有这么贫困的人家。"陈学文有些委屈地说："我们帮了，有了救济粮救济款，我们先考虑的就是他家，但救济不长久呀。"冯雪梅说："你们大队再想想办法，我们回公社后再商量商量，不能看到焦家这样的人家再贫困下去。"

八十八

　　公社李剑刚办公室里，冯雪梅显然有些生气，她对李剑刚说："你刚才怎么能说出这么没水平的话呢？为什么乡下人不能嫁给城里人？看看城里的人，翻上去几代，哪家人不是农村的？金志强他们如果真的是自由恋爱，又犯了哪家的王法了？"

　　李剑刚没敢吱声，他也意识到自己刚才说话有些冒失，连声对冯雪梅说："冯姐，是我的错，今后我说话一定注意。但是现在我们怎么才能帮到焦家？"冯雪梅看看李剑刚说："我们共产党的任务是什么？就是让天下劳苦大众得到解放。我理解的解放，就是让他们都过上好日子，不再受穷。解放都二十多年了，他们的生活和土改时期没有什么两样。焦家让我心酸心痛呀，我们是共产党的公社书记，是全公社人民的书记，如果他们继续穷，继续苦，还要我们这些人干啥？"

　　冯雪梅想了想又对李剑刚说："我有几点意见和你商量商量，帮贫帮困要刀下见菜，不来虚的。第一是找个木匠把小学校淘汰下来的桌椅修几件，给焦家送去。再摸摸底，还有焦家这样的贫困户也要送点去。第二跟供销社联系一下，能不能协调一点布票，你没看见焦家盖的被子，烂的棉花都在外面了。第三我们公社几个人捐点钱，我首先捐五块钱，帮帮焦家。最

383

近县里有几个工厂轮换工的名额，我想让焦玉红去，这样既解决了她家的一些困难，还能让她和金志强暂时分开一下。至于以后能不能有情人终成眷属，这要看他们的缘分了。分开一下，免得年轻人在一起做些冲动的事情，这也是我们对知青的一种保护，你看呢？"

李剑刚听着冯雪梅的话，不住地点头。等冯雪梅说完，李剑刚接着说："还是冯姐想得周到，我都同意。以后冯姐可要经常给我提个醒、把把关呀。"冯雪梅满意地笑了笑，拿起电话机接通了县委书记的电话，简明扼要地将情况做了汇报，并反复强调，一定要给上河公社两个轮换工指标，而保证焦玉红的指标又是重中之重。电话那头的县委书记肯定并且表扬了他们的做法，然后让李剑刚接电话。

李剑刚拿起听筒叫了声"爸"，电话那头便语重心长地说："和你冯姐好好学着点，我们共产党的天下，就是要让老百姓都过上好日子。刚子，你给我记住，时时刻刻都要牢记，为人民服务，要是记不住，你就回家来抱孩子吧。"

几张修理好的桌子和凳子都送到了焦家。还有一个信封，焦老大拆开后激动得老泪纵横——三十块钱还有三十尺布票。他激动地说："还是共产党好呀。"焦玉红拿着一张轮换工报到通知，高兴地对焦老大说："我要去城里当工人了，以后我每月都给你们寄钱，你让妹妹们都去上学吧。"

其实冯雪梅会推荐焦玉红去当轮换工，也是经过反复思考的。她在焦家的堂屋里看到，正中毛主席画像的两边贴了六张奖状，都是焦玉红的三好学生奖状，从小学到初中都有。

在去焦家之前，她听陈秋玲说过，焦玉红是保送到县中学的。在学校里还是尖子生，可惜学校停课把这样好的苗子给荒废了。按照她初中毕业的学历，做轮换工是够条件的，这样焦家就有一个有固定收入的人，虽然每月只有三十多块钱，但对农村家庭来说，已经是非常高的收入了。除去焦玉红自己正常的开支外，每月至少可以给家里十几块钱，那就能解决焦家很大的困难。

这一夜注定是个难眠之夜，金志强和焦玉红难舍难分地坐在一起。焦玉红坐在金志强的床边，头靠在金志强的胸前，金志强紧紧地搂住她的肩。焦玉红说："明天一早我就得到县里去报到，我会天天想你的。你会想我吗？"金志强用嘴堵住了焦玉红的嘴，不停地点着头，两张嘴唇随着点头碰撞着。焦玉红的一只手紧紧地抱住了金志强的脖子，像是要生离死别一样紧紧不放。金志强双手紧紧把焦玉红抱住，连说话的声音都有些颤抖。

焦玉红发现金志强某个地方有了强烈的反应，连忙推开金志强说："让我们共同等待这美好的一天吧。"金志强克制着自己的情绪说："明天起你就是工厂的工人了，我要是一辈子都是农民，你还会嫁给我吗？"焦玉红在金志强脸上亲了一口说："那我工人也不当了，就回来嫁给你。我要给我们焦家多生几个男孩，让我爸我妈他们好好高兴高兴。"说着焦玉红的眼泪又流了下来，"我走了，就可怜他们了，他们身体都这个样子，真不知道该怎么办了？"

金志强动情地说："你就放心走吧，都说一个女婿半个儿，我就给他们当整个儿子，照顾他们。"听到这话，焦玉红的泪水更汹涌了，哭泣声充满了这个原来是杂物房的小屋，回荡在牧马河上空。满天的星光和牧马河水，见证了这对有情人的离别誓言。

八十九

又一个春去秋来，春耕秋收，牧马河畔又迎来了一个丰收年。高保民早早地就联系了已经是妇女干部的夏桂岚，还有在卫校进修的江彩霞，他希望在中秋节时，知青点来个家庭聚会。当然他还通知了金志强和庄丽娟他们。近两年的知青生涯，让高保民和知青们有道不完的辛酸苦辣，也说不尽的喜怒哀乐。牧马河水冲刷了他们身上的污泥浊垢，米仓山见证了他们在泥土中的摸爬滚打。昔日稚气未脱的姑娘小伙，变成了腰圆膀大的庄稼汉和日渐丰满成熟的农民佳丽。这些人的身上沾满了泥土的芬芳，也在身后留下了一串串磨灭不了的故事回忆。

中秋节到了，清水湾的知青点格外热闹。高保民和徐星晗提前准备了牧马河畔土生土长的核桃、板栗、甜梨、秋枣，又准备了米仓山上才有的猕猴桃、柿子、刺梨和难以忘怀的红果，更少不了知青茶园的茶叶。

曾经的知青茶园，其实已经名不副实。知青们都各奔东西了，有去学校讲课的，有在救死扶伤的，有走乡串户做妇女工作的，柴国庆、刘西安和张宝贵一直在牧马河的水电工地上。已经没有知青去修剪茶园的枝叶，也没知青去采摘翠绿的茶叶了。但毕竟这个茶园是知青们建议发起、又建起引水浇地的设施的，所以大家仍然叫它"知青茶园"。听说今年茶叶上市后深受欢迎，还取了个好听的名字叫"米仓仙毫"。

人到齐后，高保民烧了一锅水，抓了两大把米仓仙毫放进热水瓶，十余个家庭成员围坐在放着擀面板的餐桌四周。高保民依然熟练地在每个人面前摆上一只碗，还大声说道："先让你们尝尝咱们村的米仓仙毫，那个茶香沁人心脾、润泽肺腑，实乃品茗佳品。"

正要倒茶，江彩霞站了起来，把碗一个个又收拾起来。在座的人都惊奇地睁大眼睛，不明白江彩霞这是要干啥。只见她收起碗放入面盆，在锅里舀起两大勺开水，把碗浇烫了个透。叶长秀见状说："这妮子才去医院几天，就染上了洁癖呀。"夏桂岚也说："就你个死妮子爱干净，要是你饿的时候，怕是站在茅坑边上也能吃下去。"江彩霞见夏桂岚这样说，惊得快掉了下巴，才几天呀，原来细声慢语的乖乖女，现在居然也大大咧咧直言快语了。

夏桂岚看江彩霞有些不理解，便又说："有一次我去一个山里的镇子上，当时饿极了，看见一个面皮摊，坐下就狼吞虎咽。这时正在调面皮的女人，听见儿子叫她，说屁股上有个虫。原来是她三岁多的孩子跑肚拉稀，屁股上拖着一根蛔虫，一边喊一边向面皮摊跑。那女人走上前去，用手扯出蛔虫，随手向草丛里一扔，对孩子说，没事了去玩吧。刚抓过蛔虫的手在围裙上一抹，又开始抓面皮了。你说这时你还吃不吃，所以眼不见为净。"

江彩霞从来都不是让人的主，她接过话茬，很专业地说：

"显微镜知道吧？我一次去化验室送血样，送去后很认真地用肥皂洗了手，拿出手绢擦干净。看到化验师忙其他的事，我就坐在显微镜前，伸出一个手指头在显微镜的镜头里。当时就给我吓了一大跳，我刚洗完的手指头上，密密麻麻的全是爬动的细菌，就像夏天茅坑里的蛆一样，你说脏不脏。平时认为只要洗了手就干净了，这下我才知道了，洗了手也不算干净，所以我要用开水烫碗。"

刘西安接着说："有一个故事，说是两夫妻吵架。女的说眼不见为净，男的说见水为净，争得不可开交。第二天男人下地干活，女人为男人送饭，男人一看装饭用的竟然是尿罐子，立刻大发雷霆。女人马上说，你不是说见水为净吗，这罐子我刷了三遍，洗了三遍，又冲了三遍，有什么不干净的？你说的见水为净，你输了。"

徐星晗说："什么干净不干净的，不干不净吃了没病。今天我看呀，是我的眼睛不干净，你们看在座的六个美女，个个穿的花枝招展，胸脯高高的，屁股又翘，这不是引诱人犯罪吗？所以你们说什么水洗呀，眼不见呀，我看不是眼不见为净，是看了这些盛开的鲜花，眼睛里才不干净。希望你们都不要插到牛粪上了。"说完还诡异地笑笑。

夏桂岚听后说："徐星晗这是想当陈二狗呀，今天我们就剥他个原形毕露，看他这张臭嘴以后还贱不贱。"说着站起身来喊，"姐妹们上呀。"

一句话吓得徐星晗躲在柴国庆身后说："姑奶奶们呀，我是在夸你们，好话坏话你们都听不出吗？世界上只有男人和女人，古人说女为悦己者容，女人好看不都是为了给男人看的吗？如果世界上只有女人或者只有男人，大家见面不是跟进了澡堂子一样吗，赤条条的谁还关心你大了小了，长了短了，美了丑了的。"徐星晗的话，越说越走样，气得几位佳丽马上就要动手。

其实大家都知道，徐星晗话糙理不糙，也看得出来，知青点的俊男靓女们，已经没有以前那么封建，渐渐地已经融合在一起，像真正一家人一样的和谐友好了。

但夏桂岚还是有些不依不饶的，徐星晗赶快对陈秋玲说："姐姐呀，你还不说句公道话。"陈秋玲两年来已经和叶长秀他们相处的像一个整体。她见徐星晗向她求饶，还假装不帮忙地说："看来姐妹们要收拾你，我可不能帮。刚刚叫大家是姑奶奶，转身就叫我姐姐，我这辈分马上就矮了，我才懒得帮你。"徐星晗马上改口说："姑奶奶，陈秋玲姑奶奶。"陈秋玲见状，拉了一下夏桂岚，扯开了话题说："你们看，今天金志强穿得像新郎官似的，怎么样？是新娘子焦玉红给你买的新衣服吧？"

九十

金志强正在想着焦玉红，今天是中秋节，每逢佳节倍思亲。他想到焦玉红远在外地工作，更是挂念她是不是吃月饼了，怎么过的节。见金志强没有反应，刘西安大声说："金志强，是不是又在想媳妇了？"金志强立刻回过神来。

自从焦玉红走后，金志强有了一种莫名的孤独感，尽管每周都能收到焦玉红写来的信，每月都能收到让他转交给焦家的钱，还不时收到寄给焦玉红几个妹妹的衣服物品。焦玉红不断寄来的钱款和物品，已经让焦家的状况有了一些改观，几个妹妹的衣着变得光鲜了许多。焦玉红的妈妈经过不断地治疗，现在已经能下床，有些时候还能搭把手做做饭。尤其是焦玉红的大妹妹，女大十八变，经过打扮，清水出芙蓉一样，活脱脱一个小焦玉红。

今天来参加同学聚会，金志强特意穿上焦玉红寄的藏蓝色中山装，出门时还特意把风纪扣给扣齐整了，显得既庄重，又精神抖擞。

刘西安接着说："志强这小子艳福不浅呀，刚走了一个焦玉红，就有一个她妹妹顶替上来。前几天我去找金志强，看到焦玉红的妹妹。开始我还挺吃惊，难道焦玉红没走几个月就回来了？看那身形，也是前凸后翘，便叫了声焦玉红。谁想那姑娘转过身来对我说：'我姐姐到外边工作了，我是焦玉红的妹妹，你是找志强哥的吧？'一句话把我说得目瞪口呆，那个哥叫的甜呀。"

王大柱在边上一直微笑着，听着同学们拌嘴取乐，听到刘西安的话，他忍不住地说："那就让志强哥把志强妹许配给你，志强也有个连襟做伴。"没想到一直看起来憨厚的王大柱，也能语出惊人，大家惊奇地互相对视一番，立刻哄堂大笑起来。

金志强也算彻底回过神来了，他可不想作为靶子，便有意引开话题："大柱说得对，饱汉子也要想着饿汉子饥。刘西安，要不我帮你给焦家提提？你就当个上门女婿，我们也可做个伴。"对于他和焦玉红的关系，金志强从来都不隐瞒，他知道越描越黑，就干脆承认和焦玉红的关系，甚至在同学中说，就是当一辈子农民，也非焦玉红不娶。这下彻底断了大家的口舌之嘲，他刚才的一句话，果然把焦点引到了刘西安身上，大家七嘴八舌的又热闹地讨论个不停。

刘西安经过几年的磨炼，嘴也不笨。他看到柴国庆龇牙咧嘴地笑个不停，便说："你看你柴国庆，今天一天，你的眼睛都老盯着庄丽娟，你也不要太重色轻友了，要看要抱的，也找个没人的地方。"一句话把只顾低着头不语的庄丽娟说了个面红耳赤，她立刻反击说："大家在说你呢，你把话又扯到我这里，明明是看上了人家金志强的小姨子，还装模作样的东拉西扯，真是有贼心没贼胆。有本事像金志强一样，大胆向前告白，也省了金志强去当媒人。"坐在她身边的何素华，没想到庄丽娟这样伶牙俐齿，笑得前俯后仰。

今天，叶长秀很少说话，而眼睛却没有闲着，时时盯着高保民看。江彩霞说："叶姐呀，你今天眼睛受累了。今天中秋节，不如我们大家共同当个月下老人，把你和高保民的事挑明算了，也省得你光盯着他了。"叶长秀的脸唰地红了。高保民却好像没听明白，问江彩霞说："我的什么事？"江彩霞憋着笑，没有回答。几秒钟后，大家共同哄堂大笑起来。

热烈的气氛，直把白天的艳阳推下了米仓山，夜幕笼罩了整个清水湾的小山村。高保民破天荒地在四周都点起了油灯和蜡烛，大家在烛光中共享自制月饼、自采水果和最硬的菜——土豆块红烧肉。享受着插队以来最和谐融洽的美好时光。

高保民说："前几天我去公社，冯雪梅书记给我说了两件事，一是要从阳平关修一条到安康的铁路，需要大量的民工，来打一场'人民铁路人民修'的人民战争，可能我们都能去修铁路。这样我们可以不用做饭，还可能有点零花钱。二是冯书记说，上面已经开了口，大量的工厂要建设，听说大多是第三个国家五年计划的三线建设项目，都是些大工厂，需要大量的工人，知识青年可能是招工的重点。修这条铁路也是为了这些大工厂服务的。冯书记还说，要我告诉知识青年们，不要干一些出格的事，要学会保护自己，最好的保护就是争做先进，不当后进。话不能说得太明，让我们好好管住自己的言行。"

高保民的话，一石激起千层浪，立刻在牧马河畔的知青点炸开了锅。希望的曙光已经洒向了大地，它如同中秋的月光铺遍了牧马河两岸，洒满了米仓山下的阡陌田园。

九十一

　　人民铁路人民修，人民铁路为人民。一条为三线建设需要，为川陕百姓出行便捷的战略铁路，开始修建了。这条三百多公里长的铁路，惠及沿线八个县市的数百万民众。这条铁路完全采取了人民战争的建设方式，调集了沿线八县市的五十万民工参加修建，人员完全按照准军事化进行管理，它将是中国铁路建设史上的一个创举。这条铁路西起宝城铁路的阳平关东站，东至陕南重镇安康，这就是陕南首条横贯东西的战备铁路——阳安线。

　　修铁路的战前动员声势浩大。每个县都成立了民兵师，由县里主要领导和武装部首长组成指挥部，每个区组建一个民兵团，每个公社组建一个民兵营，每个参战大队组建一个民兵连。这股热风吹遍了牧马河两岸，也在清水湾掀起了激荡的浪潮。

　　从祖辈就很少出门的村民们，绞尽脑汁地想象着铁路的样子和火车的真容。其实在整个清水湾，也就一个人坐过火车，也就两个人见过火车。坐过火车的是清水湾大队支书陈学文，还有一个见过火车的是跑过马帮，去关中、四川运输过茶叶和土产的陈二爷爷。

听说要修铁路，陈家院子热闹非凡。陈二爷爷对乡亲们说，修铁路就是把路面修平整了，再架两根长长的钢架，火车像风一样快地在钢架上边跑。那家伙力量可大了，拉着很多很多的车厢，一个车厢能装下我们队一年生产的粮食。陈学文也说不清坐火车是个啥感觉，只能说这家伙跑得快，拉得多。的确，陈学文坐火车已经是二十年前的事了，只好给村民们说，要问就问高保民他们，他们住在铁路边上，是经常坐火车的。

村民们又围着高保民问长问短，高保民还挺有兴致地慢慢说："要先把路基平整踏实了，铺上铁轨，火车才能在上边跑。光平路基还不行，要逢山打洞，遇水架桥，把路基、桥梁、隧道都连接起来了，铁路才算修好了。在铁路上跑的货车，一个火车头可以拉十五六节车厢，每个车厢能装十二万斤货物。还有一种是客车，硬座车厢可坐一百多人，卧铺车厢还能睡觉，可以在火车上吃饭、睡觉、上茅房。我们这次去了修铁路，今后大家就可以坐上火车。上西安到北京，去湖广下四川，那是又快又方便了。"

一席话说得村民们瞠目结舌，有人舔舔嘴唇说，我的天啦，一节车厢就能拉十二万斤货，那得换多少架子车拉呀。又有人问火车是咋跑的，火车头长啥样，五花八门，问啥的都有。

这时春喜放学了，挤进人堆里，翻开课本说："你们看，这就是火车，正在跑哩。"人们便争相传看火车头的样子，这更引起了大家对火车的无限幻想，等待修好铁路一睹真容了。因而村民要求报名去修铁路也是十分踊跃。

陈学文对大家说："这次修铁路不是说谁想去就能去的，

每个队都有名额，整个大队才一个连，一个连总共也只有一百多号人，你们都等待通知吧。通知谁去谁才能去，不能乱来，中途还可以换人，但各个队的指标不能改变。"

清水湾大队的民兵连一天之内便组建好了。连长兼指导员由陈学文担任，主管妇女和后勤的是陈秋玲。高保民身兼数职，负责联系知青的青年突击队长兼任副连长，还主管安全。他还接到公社刚组建的民兵营部的通知，担任营部的联络员和统计员，可谓重任在肩。

九十二

清水湾大队修建铁路民兵连的主要任务有三项。第一项是开挖路基。按照规划，近两百米的路基要劈去一座山的边坡，在边坡上开建一条铁路路基。这个任务由高保民带队的清水湾青年突击队主导完成。全部的男知青和大队的青壮年，都是突击队队员。第二项主要的任务是采石挖沙。靠近铁路规划线路的牧马河，是天然的沙石场，又适逢冬季，河水干枯，宽阔的牧马河床上，有取之不尽的良好沙石。这些沙石都是修铁路、建隧道、砌护坡最好的材料。这个任务便由陈秋玲带领的清水湾娘子军突击队来完成，每天筛选沙石，按细沙、粗沙、小石、大石分类堆放量方。考核好每天的工作量，当天便由施工车辆拉走运入工地。第三项任务是配合铁路工程队，做一些打隧道、砌护坡的辅助工作。

高保民的青年突击队上阵后，队员顺山坡一字排开，真有阵地战的架势。初期的山坡上杂草丛生，树木纵横，施工前需挖坡清障。上不了机械，只能手砍锄刨，遇到挡道的崖石，便打凿炮眼放上炸药炸开，正是开山劈石。

陈二狗担任爆破组的组长，在山坡上来回地比画，在岩石上确定炮眼位置。每天中午放工时和下午收工后，是两次爆破的重要时间。全部人员撤离清场，东西南北四个方向设立警戒哨，插上红旗，在几方口哨回应，确定人员都已安全撤离后，陈二狗便点上一支烟，同时还点燃一支香，和另一个爆破手迅速点燃导火索，又迅速地躲进安全掩体，静等着震耳欲聋的炮声响起。

炮响的时刻，清水湾民兵连的全体人员，包括在工棚做饭的炊事员，都竖起耳朵数着炸响的炮声，只有听到最后一声巨响后，人们才轰然散去，急切地拿着筷子，蜂拥向工地厨房挤去。

俗话说兵马未动粮草先行，一百多号人的清水湾民兵连，在离路基几百米的山坡上，搭建了五个临时工棚，其中有两个是安置男女知青的工棚。工棚是木桩骨架，油毛毡盖顶，芦苇竹排抹泥当墙，可以说是只挡雨不遮寒。工棚内用原木架床，一长溜的大通铺，铺上稻草，再铺上各自带的被褥，确实有战争年代的感觉。虽然条件很简陋，但初次进行如此规模的集体生活的知青和村民们，也感到无比新鲜和快乐，所以工棚里倒也是异常热闹。

一到晚上，山风呼啸，寒风刺骨，工棚里的湿毛巾都冻成了冰块，而男女知青们，仍然在寒冷中有说不完的话题。当然主要的话题还是饿，男生饿女生也感到饿。在知青点，虽然缺油少肉，但终究是能填饱肚子的；而在工地上，虽然一日三餐都是半斤米的笼蒸碗饭，但对于重体力劳动的青年人，似乎还没吃几口饭就没了，半夜醒来就盼天明，盼天明吃上早饭。

在这深山野岭的地方，一百多号人的后勤供应是个大问题。虽然民兵连每天派四个精壮汉子去镇上采买菜蔬，但每天一架子车的菜蔬也挡不住一日三餐的消费。加上十里八乡的民兵连，都集中在一个镇子上买菜，因而菜也供不应求，菜价天天涨。民工伙房本来钱就少，只能买些价钱便宜的菜蔬。因而清水湾民兵连的伙食，也只能天天不变样，不是南瓜糊就是冬瓜汤，好一点的也是白菜萝卜一锅烩。就这样的菜饭，一百多号人也是半夜盼天明，午时盼日西。

高保民的突击队，在整个河口区民兵营中，成绩是最突出的。这里边最突出的，是知识青年小队。在村民眼里，这伙学娃子有文化，脑子反应快，学啥像啥，手脚麻利。就说打炮眼，学娃子两人一组，轮换持钎抡锤，一个炮眼能比其他人足足快十分钟。知青们好像都铆足了干劲，村民们说这些学娃子干得欢，是想早一点修通铁路，好坐上火车回家。

其实，知识青年也有自己的想法，比干农活是比不过村民的，但农活以外，知识青年是个顶个的利索，不会输给村民们。更重要的是，知青中悄悄流传着各种各样招工的消息，要在表现好的知青中择优招录。这在男女知青的工棚里，已经是每天都要热议的话题。

边坡路基以惊人的速度在推进。开山放炮的频率已由原先的每天十几炮，增加到了每天三十炮。工地上土石方挖运，已由以前的人铲手提，变成了机拉车运，宽阔的地方，已经架上了轻轨，用上了滑轮车，工效也是成倍的提升。

在工地上，柴国庆、刘西安、张宝贵、王大柱则成了出众的明星。他们不光炮眼打得快，土石方拉得快，还善于动脑筋，不断革新掘进方式，大幅度提高了工效，不断受到工地的表扬。

更突出的莫过于金志强了。自从焦玉红出去工作后，金志强活脱脱地变了样，干活精神头足了，见人也喜庆得紧，连公社的冯雪梅书记，都在大会小会上表扬了好几次。

其实高保民知道，冯雪梅恨不得尽快把这些下乡知青安置了，这样才能减轻知青们的精神负担。作为知青的家长，她能体会到知青们的切身感受。知青们在这荒山野岭里，饱受风雪严寒，更要忍受繁重的体力劳动和艰苦的生活环境。

冯雪梅最近心情比较沉重，几次和高保民谈起对知青的忠告和担忧。有的知青在饿的时候，又干了偷鸡摸狗的事，还有的知青，半夜跑到铁路工程队的职工食堂，偷取职工食堂的饭菜。对这些不愉快的事情，冯雪梅能压则压，能沟通则沟通，能协调就协调解决，以免知青们在心灵上受到更大的伤害。

这些事，高保民在工棚里分别与知青们进行了深入的沟通，因而从外表上看，突击队在情绪上没有受到影响，反而生龙活虎地投入到工地生产中，个顶个的表现突出，光鲜可人，但这中间又隐藏了不少的心酸和悲苦。

九十三

米仓山上的雪越来越厚，牧马河上的风，也越来越刺骨。清水湾民兵连工地上的条件，也越来越艰苦。山坡已削去了好大一截，山下的路基也越来越宽阔，但施工条件却越来越差，被削去的山上，不时有滚石落下，开山打炮眼不得不在半山腰上进行。这就要从山顶的树上拴紧绳索，抛下来捆在人的腰上，人挂在半山上打凿炮眼。在这种情况下，最先报名的便是金志强、柴国庆、刘西安和王大柱，这种把危险留给自己的玩命活，让村民们打心眼里佩服。

在半山腰上打炮眼，不仅考验胆量，更要灵活的技巧。刘西安手挟钢钎，柴国庆抡起大锤，在寒风中，他们各自站好位置，紧了紧身上的安全吊绳，大锤准确地砸在钢钎上，溅射出微微闪光的钢花，钢钎在刘西安的手中不停地变换着方位，炮眼在一寸寸向深处掘进。

忽然，在路基上有人喊了声："江大夫来了，江彩霞大夫来了。"柴国庆稍稍分神，大锤便偏离了方向，顺着钢钎的边沿滑落了下去，好在刘西安反应神速，双手脱开钢钎，但力大无比的八磅大锤，还是擦过刘西安的手指重重地砸落下去。刘西安痛得大叫一声，左手紧紧地握着右手，一股股红的鲜血，从手套中慢慢地渗出。随着刘西安的惨叫，工地上顿时乱成了一锅粥，人们七手八脚地一阵忙活，刘西安才从半山上被拉了下来。

已经来到工地的江彩霞，急忙推开人群，来到刘西安的跟前，熟练地用剪刀剪开手套，用酒精消毒清创。真是不幸中的万幸，江彩霞经过一阵忙活后抬起头说："没伤着骨头，就是砸破了手指上的一块皮，养几天就会好的。"说完还在刘西安的手上缠上了纱布。

柴国庆十分内疚地对着刘西安说："实在对不住，都是我大意了。"刘西安显然已经好了许多，苦笑着说："不怪你，要怪就怪江彩霞。她不早不晚来到工地，穿上这么漂亮的大褂，是个男人都会分神的。"一句话说得江彩霞丈二和尚摸不着头脑，喃喃地说："怎么怪在我头上了？"说完瞪了刘西安一眼说："真是狗咬吕洞宾，刚才我就不该给你包扎，疼死你个龟孙。"

刘西安看着江彩霞的那张俏丽精致的脸，黑黑的眸子弯弯的眉，大大的眼睛长长的睫毛，高挺的鼻子下那张微微上翘的小嘴，要多迷人有多迷人，要多美有多美。一阵紧盯猛看，把江彩霞看得香腮泛红，对着刘西安就喊道："看什么看，收起你的狗眼。"虽然一副生气的样子，其实心里还是挺受用的。刘西安索性厚着脸皮说："哎哟哟，咱们队上的美人，当了大夫都六亲不认了，看你长得好看，多看几眼能把你看丑了呀？"不等刘西安说完，江彩霞假装生气地举起粉拳要砸过去，吓得刘西安连忙躲开。

半年前江彩霞被抽调到了公社卫生院。在县医院实习和在地区卫校进修后，医术确实大有长进。这次放假就到民兵团报到，每天到各工地上巡察，包扎个伤口，看个小伤小病，倒也是个合格的赤脚医生。

离开知青点虽然时间不长，但江彩霞的心中，着实还挺想念清水湾的知青点，想念在一个锅里搅马勺的同学们。当她听说三线建设的一些国有大企业最近准备在知青中招一些工人，她就急切地想把这个消息告诉同学们。所以一大早就火急火燎地往清水湾民兵连的工地上赶，谁知还差点引起一场工伤事故。

刘西安虽然手上受了伤，但还是给高保民说要安排个活干。高保民也知道，病假是不能记全工分的，便安排他跟着买菜车到附近镇子上去买菜，也算是合情合理的照顾。

清晨，买菜的两辆架子车顺着便道出发了。一路上，山虽然和清水湾的山长得一个模样，山下的河，也和清水湾的牧马河一样潺潺流淌，河边结着厚厚的冰，但刘西安的心情却格外愉悦。昨天见到江彩霞时，她悄悄地透露一个消息，说是看见公社的招工推荐名单上，有他刘西安的名字。

刘西安当时兴奋得心脏都快要蹦出来了，但江彩霞再三嘱咐他，不能告诉别人，省的节外生枝。因而他走在崎岖的山间便道上，感到格外的舒坦，他不由得想着江彩霞那白皙地面庞和自带微笑的嘴唇。心里想着，张宝贵呀张宝贵，你盯着江彩霞没有结果，她却无意间跑进了我的心里边来了。

人啊，真是个奇怪的物种。谁不爱美？谁又不爱漂亮？在刘西安的心中，突然升腾起了一个奇怪的念头，他突然觉得，江彩霞是知青中最美最漂亮的一个。想着想着，不由得口水咕咚一声咽下了喉咙。

九十四

天越来越冷了，民兵连的几个工棚里，人也越来越少了。再过半个月，就要过春节了，想提前回家准备年货的村民们，以各种借口和理由请假回家了，而两个知青点的工棚却是满员齐整，照样顶风冒雪，战斗在铁路工地上，照样使清水湾青年突击队的红旗，飘扬在铁路路基工地上。

正当路基工地上干得热火朝天的时候，公社副书记冯雪梅和公社武装干事冒着寒风来到了工地。人们诧异地看着他们，都停下了手中的活计，急切地想知道两位公社领导突然来工地的意图。

高保民倒是心里明白。前几天公社号召适龄青年应征入伍，在工地上掀起了争先恐后的报名高潮。不用动员，知识青年全部报了名，尽管不招收女兵，女知青们也挤到报名桌前，非常认真地签上了自己的名字。

参军似乎比当工人还要受欢迎，知青们知道，招工是改变命运的一条路，但参军才是跳出农门的最好途径。谁不想穿上草绿色的军装，一颗红星头上戴，革命的红旗挂两边，那是无上荣光的事，再配上钢枪照张相，那可就是要多威武有多威武了。

应征报名结束以后，在男生工棚里，每个人都数着自己的小九九，盘算着能不能被批准。入伍首先是政治审查关。凡是与地富反坏右分子沾上边的，即便是旁系亲属，也通不过政审。然后就是在农村的表现，公社的征兵宣传的提纲里，明确写着优秀分子才能进入解放军的大熔炉进行锻炼。最后，也是关键的是大队推荐。公社调查审核，这一关是很多知青心里最担心的。

两年多的艰苦生活环境和繁重的体力劳动中，有的同学管不住自己，常有一些偷鸡摸狗、打架斗殴的事情。虽然村民平时与之称兄道弟，嘻嘻哈哈，但到了关键时刻，谁知道村民们会不会记恨那些不愉快的往事？

今天公社来人肯定要公布结果，想到这一层，大家都静下来，工地上出现了少有的安静——没有了人们的劳作声，没有了石头与工具的碰撞声，也没有了平日里的嬉笑叫骂声。

只见公社武装干事站在一块大石头上高声地说："乡亲们，经过清水湾大队党支部的推荐，再经过公社的初步政治审查，清水湾大队今年应征入伍的初审名单已经确定。名单宣布后，入选的人明天早上八点钟到县城医院进行体格检查。当然这只是初选，如果身体合格、政审合格，最后由接兵部队正式下达入伍通知书。现在我宣读初选名单。"

名单宣读后，工地上立刻炸开了锅。清水湾大队去参加体检的共十人，其中六人是村里的青年村民，四名是知识青年。按上边的要求，十个人中，最多也只能有三四个正式入伍名额。清水湾大队在全公社中名额还算是比较多的，有的大队才一两个体检名额。

工地上围成了两个大圈子。一拨人是村民，另一拨人则是男男女女的知青。知青们都在恭喜金志强、张宝贵和另外队上的两个知青。这中间没有嫉妒，没有抱怨，虽然有人有失落感，但也不轻易流露出来，也不愿把为什么没有审查合格说出来。政审是个关，由不得自己选择，表现是道坎，谁也不愿喊醒装睡的人，回忆起那些不值得提起的往事。不一会儿，工地上又恢复了往日的工作状态，只有参加体检的人随公社武装干部离开了工地，为明天的体检做准备，毕竟工地距离县城还有几十里的路程。

　　到县城体检后，金志强几人当天就返回了工地。在工地上，金志强感受到了无比的煎熬，能不能穿上绿军装这个疑问，使他夜里睡不着，白天在工地上也时常走神。

　　体检时，金志强遇到了一个接兵部队的首长，听有战士叫他营长。这位可亲可敬的营长，特意走过来问了金志强的名字，还拍了拍他的肩膀说："是个当兵的材料。"就是这句话，让金志强像是怀里揣了个兔子，食不知味。

　　两天了，金志强满脑子都是绿军装，当然还有焦玉红。想起焦玉红离开的前夜，差一点点，焦玉红就变成了女人，而他金志强也就告别了童子之身。但他要等，等到真正迎娶焦玉红的洞房花烛夜。金志强想，如果他真的当了兵，那么他和焦玉红就是军婚，那就真正把焦玉红锁进了自己的保险柜，再也不用担心年轻汉子们，看焦玉红时火辣辣的眼神。金志强每每想起焦玉红，一颗滚烫的心，都快要从嗓子里蹦出来了。

九十五

终于，几天的煎熬结束了。公社派专人给金志强和张宝贵送来了印有八一军徽的入伍通知书，金志强一颗悬着的心终于落地了。在工地上，知青们传看着金志强的入伍通知书。

金志强和张宝贵凑钱去山下买了两瓶酒和汽水，在知青的工棚里，与知青们一起举行了告别宴会。虽然只有厨房的南瓜汤，但激动的场面也使知青们热泪盈眶。最使人感动的莫过于庄丽娟几个女生，她们满含热泪地嘱咐金志强，不要忘了一同上山下乡的姐妹们，不要忘了牧马河，不要忘了清水湾。

一夜的山风过后，工地上被一片白雪覆盖。金志强只带走了几件衣服，被褥留给了同学们。他告别了一起摸爬滚打的知青战友们，抹着泪踏着雪，迎着寒风，朝牧马河畔的清水湾走去。

张宝贵回西安去了，他先去家里报喜。而金志强只给家里寄了一封信，便急匆匆地向清水湾焦玉红家走去。这里是他的第二故乡，这里同样有他的亲人，他要向焦玉红的家人告别，他要向长眠在米仓山坡上的小桃子告别。

一年来，焦玉红的父母把他当成了儿子，当成了女婿。焦玉红的三个妹妹，一口一声叫着哥哥，二妹焦玉凤则一口一声

406

地叫姐夫，温暖的家庭亲情完全融化了金志强这个硬汉子的心。

焦玉红的家尽管贫寒困难，但不管是寒冬酷暑，还是夏种秋收时节，金志强再没有挨过饿，再也没有洗过衣服，妹妹们都是抢着给他洗净缝好。金志强暗下决心，一定要干出点名堂，不光孝敬自己的父母，也要尽心尽责地孝敬好焦玉红的父母，让他们都能过上好日子。

两年前，金志强和同学们来到了牧马河畔的小山村。两年后，在即将离开这片土地时，金志强仿佛感觉到清水湾发生了翻天覆地的变化。还是这条只能走架子车的泥土路，他觉得是那样的平坦宽阔，走在上面感到无比轻快；还是这样寒冷的冬季，冷风依然像带了刺一样的咆哮扎人，而今天金志强却感到浑身热乎乎的，山风像少女的手一样轻轻摸抚着自己的脸庞。

山依旧是那些山，今天看来重峦叠嶂，苍翠养目。他记起在山上砍柴割草，想起在山下爬树摘果。这一切，仿佛是童年愉悦的回忆。他想起在山间田园中的劳作，满手的老茧和蚊虫叮咬留下的疤痕，换来了强壮的体魄和顽强的意志，满目的阡陌，像是陶渊明笔下的世外桃源，看起来是那样的亲切。

牧马河水轻轻地向远方流淌，牧马河上的木板桥，依旧平静的飞架在河上。今天他走在桥上，感觉像在欣赏姑苏水乡的小桥流水一般，观赏着大自然的山水画卷。河边的柿子树上依旧有红红透亮的柿子，像红灯笼一样喜庆地在树梢上摇摆，他的心醉了。

两年了，他突然发现清水湾竟然如此的美轮美奂。牧马河两岸，竟是如此的人间仙境。今天的离别，将带走深深的念想。

　　经过了半天的路程，金志强终于来到了那座熟悉而亲切的茅屋小院。院子前后，几只公鸡母鸡在满院子的刨食，猪圈外，能听到猪吃食的哼哼声。就是这个小院，有他的亲人。在后山坡上，也躺着他的亲人。

　　进到院子，看见一个熟悉的身影，正背对着他在扫地，紧身的棉袄上，套着洗得非常干净的碎花布上衣，那美丽的身姿，有节奏地前后摆动，俨然像舞台上翩翩起舞的蝴蝶，美得让人心醉。

　　金志强不由自主地松开手，手上提的小包袱，也听话地掉在地上。他突然感到恍惚，莫不是焦玉红回来了？怎么回来也不打声招呼？而在胡思乱想的当口，扫地的少女转过了身，突然看到金志强，也惊得张大了嘴，半天没有合拢。少女先缓过神来，高兴地说："姐夫，你咋回来啦？"金志强才惊醒，怎么就这么像，完全和焦玉红是一个模子刻出来的。

　　焦玉凤又立刻转身对着屋门大喊说："爸呀，妈呀，我姐夫回来了。"说着提起金志强掉在地上的提包向家门跑去。

九十六

随着焦玉凤的喊声，焦玉红的两个妹妹跑了出来，亲热地拉着金志强，姐夫、姐夫叫个不停。焦玉红的父母也随即满脸笑容地走了出来，一时间，家里的气氛显得无比的温馨，金志强实实在在地有了回家的感觉。

焦玉红自从被推荐出去当工人后，每个月都寄钱回来，焦家的生活好了许多。加上有了金志强这个让全家人满意的未来女婿，焦玉红父亲的身体也好了很多，原来走路要扶墙撑拐，现在也能迈步前行了。原来整天不离药罐子的焦婶，也基本恢复了健康，看着跟没病一样，喂猪做饭样样行。一家人的日子，越来越舒心了。

而让焦玉红父母最担心的，还是焦玉红的婚事。金志强毕竟是城里的学生，迟早是要回城的，到底能不能看上我们乡下丫头？在焦玉红父母心里，金志强不仅是打着灯笼都难找的好女婿，还是福星。

自从金志强来了，焦家的变化简直是翻天覆地，是金志强给他们带来了好运，带来了希望，带来了对美好的未来的信心。

焦玉红的父母为这婚事，没少找陈学文和陈二爷爷商量，但总怕城里学生今后会变心，所以也没有个准确结论。陈二爷爷反复说着一句话："男婚女嫁，这要看缘分。"

金志强给焦玉红的父母送上了入伍通知书，说三天后就去县里报到。焦玉红父母手捧着入伍通知书，那叫一个高兴呀，翻来覆去地看个不够，然而忧虑随之而来。焦老大对金志强说："你参军的事给玉红说了吗？她知道了吗？"金志强立刻说："玉红知道了，前天公社冯书记给玉红打了电话，听说玉红马上就要回来了。我急着回来也是等玉红回来见上一面，到了部队上怕是几年不能回来的。"

听到这话，焦婶不由得眼睛湿润，流下了两行热泪，她怕金志强看见，急忙用衣襟擦了擦。金志强看了也是心里一酸，立刻明白了焦婶的意思说："焦婶，你就放心吧，等我从部队回来，一定要娶玉红为妻，好好孝敬你们二老。"说着站了起来，给二位老人深深地鞠了一躬，以此为誓，以便让二老放心。

这次回清水湾，金志强心里其实也是很矛盾的。张宝贵回西安跟家人告别了，按理说他也应该回去，和养育自己的父母共享喜悦，但权衡再三他还是回到了清水湾，回到了牧马河畔。

两年来的风风雨雨，摸爬滚打，他没有辜负临离家时父母的嘱咐，实现了自己的誓言。遇到焦玉红一家后，小桃子的死，彻底震撼了他的心灵。是小桃子短短的人生，让他做人有了更高的理想，是小桃子一家，给了他异乡的温暖，是焦玉红，给了他爱情和力量。所以他踏上了回到第二故乡的山间小路，回到了牧马河畔这个温暖的家。

金志强的到来，让焦家洋溢着喜气。一家人忙活着杀鸡煮肉，招待这个未来女婿。

金志强临回来之前，陈秋玲悄悄地给他支了五十元钱，说是今年的分红还没有决算，提前支给他。今年队上的收入好，在去年的基础上还能上涨，尤其是今年修铁路，每人每天给队上交了七角钱，算下来每个劳动日工分值，可能达到六角钱。陈秋玲还给他说，等工分结算后，多余的钱就给他寄到部队，金志强却果断地说，就送给焦家吧。

五十块钱，那可是一笔巨款呀。公社的干部中，只有冯书记的月工资才能到五十元多元。在回清水湾的路上，金志强几次去摸了摸装钱的衣袋，生怕不小心弄丢了。这是他下乡以来，也是他有生以来，第一次拿到这么多钱。

他多想把这五十块钱交给妈妈，让爸爸也能买上一瓶好酒，吸上一盒好烟。但现在他要回的是清水湾，那个更需要他的家。

一路上，金志强反复盘算着这五十元要怎么花，好钢一定要用在刀刃上。到了镇上，他直奔全镇最大的供销社，在不大的店铺里，他来回走了七八趟，东看看西瞅瞅，什么都想买。

终于，他看好了也想好了要买的物品。先是给焦玉红的父亲买了两瓶鹿龄特曲酒、两盒大雁塔牌香烟、两盒黄金叶牌香烟。这种烟放在平时，金志强也只有看的份，而今天却大方地买了好几盒。供销社的服务员看着金志强这个大买主，自然高兴地合不拢嘴，不断地给金志强介绍东介绍西。

听说金志强要给三个妹妹买礼品，售货员立刻取出几枚色彩鲜艳的蝴蝶结和发卡，还在自己头上比画给金志强看。金志强眼花缭乱地买下了三个蝴蝶结和三个发卡，小心翼翼地分别包好。他还买了三双女式尼龙袜。一双是孝敬丈母娘的，一双是给焦玉红的，当然也不能少了快手快嘴的二妹焦玉凤，这丫头什么话都敢说。

焦家今天的晚饭太隆重了，像过年一样，有腊肉、有鸡、有蛋，还有当地的特产松花皮蛋和牛肉干。更重要的是多了两位重要的客人，一位是支书陈学文，一位是德高望重的陈二爷爷。

在清水湾，但凡村民们有大事小情的，都要请村里威望最高的陈二爷爷到场，这样就显得隆重且有面子。而今天老焦一家人为金志强这个未来女婿送行，当然更要郑重一些。再说这个女婿，未来可能发生的变数，还一直在焦玉红父母心中打鼓。今天请陈二爷爷和支书来家喝杯酒，是希望金志强亲口说个准话，两人也能给做个见证。

金志强拆开烟、打开酒，像真正的女婿一样，恭恭敬敬地给两位尊贵的客人和老丈人点上烟、敬酒。他红着脸，清了清嗓子，正要客客气气地寒暄上几句肺腑之言，房门突然吱呀一声被推开了。一个端庄秀丽的姑娘站在了门口，她身上穿了件粉红色的粗呢大衣，脚上穿了双高帮的回力牌球鞋，头上高高地扎起一条马尾辫，红扑扑的脸上，大大的一双黑珍珠般的眼睛，楚楚动人。

满屋的人眼睛齐刷刷地看向这个美若天仙的姑娘。几秒钟的寂静后，门口的姑娘大声喊道："大，妈，我是玉红，我回来了。"三个妹妹闻声向门口跑去，姐妹几个热烈拥抱在一起。

一番热闹过后，焦玉红说："本来还有几天才放假，接到公社冯书记的电话，我就立刻往家赶，生怕耽误志强入伍报到。"说着两行晶莹的泪花，从黑亮的眼眸中流下。一句话，说得金志强差点落泪。

还是二爷爷久经沙场，他端起金志强敬的酒说："我看志强和玉红两个孩子是有缘分，不如今天就给两个孩子把婚事定了。新事新办，订了婚，志强也能安心在部队站岗放哨，玉红也能安心工作。"说完站起身来高举酒杯，环视四座。

他的话说到了焦玉红一家人的心坎上，也说到了金志强的心窝里。金志强急忙拉了拉焦玉红的衣袖，示意她快回礼。谁知焦玉红推开自己的小凳子，咕咚一声跪在了地上，金志强见状也立即跪下说："二爷爷，陈支书，谢谢你们，我会一辈子对玉红好的。"结结巴巴地把几句话说完，金志强再也控制不住自己，眼泪哗哗地从眼眶流出。焦玉红父母也激动得老泪纵横。焦玉红更是不能自已，泪水像断线的珍珠。

还是焦玉凤有眼色，对金志强说："姐夫，今天你和我姐订婚了，该改口了吧？"两个妹妹也不断地敲着边鼓："改口、改口。""叫大，叫大。""叫妈，叫妈。"金志强红着脸，看了看满脸期待的焦玉红，低声叫道："大，妈。"一阵哄笑把酒桌上喜庆的气氛推向了最高潮。

自古的人生幸事，莫过于洞房花烛夜，金榜题名时。金志强的入伍，比起金榜题名也不差分毫。晚上，焦玉红告诉金志强，她们这批轮换工，可能会转正的。这样一来，金志强复员后，便和焦玉红都是城市户口了，而且都有了工作。金志强更是没有了丝毫后顾之忧。

俩人说着私房话，动作也更加亲密起来。如今横在他们之间的一切障碍都不存在了，他们要在这一夜，将自己完全交给对方。

九十七

在牧马河畔，村民们有正月不下地的习俗，据说已经延续了千年。而公社化后，集体下地劳动打破了这个习俗。正月十六日，清水湾大队民兵连的铁路路基工地上，已经是人头攒动，清水湾青年突击队的红旗和清水湾娘子军突击队的红旗，也已飘扬在工地上。

一切都是按部就班。不过，人数显然少了许多，知识青年工棚里有许多床位上，只有铺床的稻草而没有了被褥。据说有十几名知识青年因参军和被招进工厂而离开了。

庄丽娟从西安回到工地后，一直没有见到柴国庆的身影。她去了男生工棚，柴国庆的床位上，不见了她熟悉的被褥。她转身回到工地，高保民正在给工地上的民兵安排工作，她不管三七二十一地把高保民拉到路边问道："柴国庆怎么没出工呀？"高保民一脸错愕，反问庄丽娟："你不知道呀？柴国庆已经被招工走了呀，难道他没给你说吗？"

听完高保民的话，庄丽娟两行泪珠立时哗啦啦地流了出来，她扭身向山坡下的河边跑去。高保民知道事情不好，忙叫何素华说："你跟上去看看。"

何素华好不容易才在河边追上庄丽娟，安慰说："你可能误会柴国庆了，他不是这样的人。听说这次全公社有十几个知青都被招工走了，通知书都是寄到西安的，我们上工是正月十六，他们报到是正月初八，如果迟到了就被取消招工资格了。"

庄丽娟还是一个劲地流泪。她想起与柴国庆互诉衷肠的日子，想起曾经的山盟海誓，没想到柴国庆连声招呼都不打就走了。

难道你就是当代陈世美？有了工作就嫌弃我了吗？王八蛋，我真恨不得撕了你，咬碎你！庄丽娟越想越气，越气越哭，最后索性坐在沙石滩上，号啕大哭了起来，站在边上的何素华怎么劝也劝不住。

这时，赵明礼走了过来，阴阳怪气地对庄丽娟讥讽道："人走了吧，凉了吧？你那么上赶着投怀送抱落空了吧。还是跟我吧，我靠得住。"庄丽娟一听，止住哭声大声呵斥道："靠得住你娘的脚指头，别在那放驴屁狗屁猪马屁，老娘一辈子不嫁人，也不会嫁给你这种猪狗不如的东西。"说完又号啕大哭起来。那哭声在山谷河道上空回荡，哭的人心酸断肠。

人生的初恋是珍贵的。尤其当一个女孩将自己美好的憧憬全部奉献给心上人的时候，这段感情无疑会让女孩终生难忘。而当美好变成泡影，变成海市蜃楼后，这种打击是任何人都难以承受的。

当庄丽娟把自己托付给柴国庆的时候，她感到了希望，感到了安全，感到了美好未来。现在这一切都打碎了，她的梦碎了，她的心碎了，怎能不让她撕心裂肺。

终于庄丽娟哭累了，嗓子哭哑了，她浑身没有一点力气地瘫坐在冰冷的沙石上。渐渐地，她开始浑身发抖。何素华见状吓了一大跳，急忙喊叫附近的人，把庄丽娟背回了工棚。

其实，庄丽娟确实冤枉柴国庆了。大年初四，柴国庆和刘西安都在西安家里收到招工通知书。通知要求正月初八必须赶到县城报到。柴国庆计划初五去找庄丽娟，初六回公社办理户口迁移手续，初八早上十点前，赶到县城的报到集合点，十二点准时乘车去工厂。

对柴国庆来说，庄丽娟是他生命中最重要的人。在一起插队的日月里，可以说是风雨同舟、甘苦共享，多少个身心疲惫的时候，是庄丽娟给他了温暖、给他了希望。

初五早上，柴国庆把自己尽可能地收拾利索，还带了点小点心之类的礼品，满怀兴奋和激动地向庄丽娟家走去。按照庄丽娟给的信息，门牌号没错，门和窗户的式样没错，连门口摆着的一块大理石上的花纹也没错，可就是铁将军把门。

柴国庆坐在大理石上，等呀，等呀，期盼着早一点看到庄丽娟的倩影。可中午过了，下午过了，大理石被柴国庆坐的暖热了又凉了。他脚冻麻了，起来跺跺脚，来回走几圈又坐下。饿了，真想拿出带来的点心吃上几块，可一想到庄丽娟又忍住了。

直到天快黑了，才有一个老大娘过来看见大理石上坐着的柴国庆说："你是找庄家的吧？我是他家邻居，帮他们看一下门，他们全家都回河南老家了，听说初十才能回来。小伙子，过几天再来找吧。"说完不等柴国庆搭句话就头也不回地走了。

柴国庆望着邻居大娘离去的背影，无奈地从大理石上站起来，提起网袋恋恋不舍地离开了庄家。

416

九十八

　　庄丽娟的病终于好了。按中医说，她是风寒入骨火毒攻心，按西医说就是伤风感冒。其实庄丽娟自己知道风寒是外表，伤心才是根本。她恨死了柴国庆这个狼心狗肺的东西，就算报到时间紧，现在都过了十几天了，仅仅几百里的路程，要写信怕是几个来回也到了。可柴国庆连封信都没有。

　　庄丽娟恨恨地咬咬牙说，好马不吃回头草。他柴国庆就是再求我，老娘也不理睬他，等我也招工出去了，我一定要在他面前放几串鞭炮气气他，气死这个当代的陈世美。

　　江彩霞看到庄丽娟的情况，想到这中间肯定有些误会，但怎么说怎么劝，庄丽娟还是痛骂柴国庆是陈世美。她没有跟庄丽娟说的是，夏桂岚才真遇上了陈世美。

　　几年来，夏桂岚朝思暮想曾取得她初吻的表哥。而让夏桂岚想不到的是，表哥根本没把她当回事。初到农村时，她还能收到表哥的来信，海誓山盟，肉麻的表白，经常让夏桂岚夜不能寐。

　　然而就在前几个月，表哥的妈妈来信说，表哥要结婚了。夏桂岚无疑如五雷轰顶，她怎么也不能接受这个残酷的现实。经过妈妈打听，夏桂岚才知道，表哥已经看不上整天在山乡农村和婆娘媳妇打交道的夏桂岚了，他看上了自己科长的女儿，很快陷入了爱情的深潭。而且表哥已经和科长的女儿种下了爱情的种子，所以不得不火速结婚。这个打击对夏桂岚来说实在是无法接受的，但又能怎么样呢？夏桂岚把这股怨气，这种恨，深深地埋在了心底里，同时她也暗自庆幸自己这朵鲜花，还没有真正插在牛粪里。

清水湾民兵连的路基工地上，仍然热火朝天。十几个知青的空缺，很快被其他村民顶替。所以人是不缺的，但难就难在缺少了十几个打炮眼的熟练能手。高保民除安排一些知青顶替外，还挑选了一些精壮强悍的青年农民，担任起了打炮眼的任务。

清水湾的路基工程进展很顺利，已接近完成工程总量的八成。最后一段也是最艰苦的，有一块像小山一样的巨石，必须通过反复爆破，削掉这块顽石，路基才能完整地和隧道对接。

高保民知道，最近不断有招工的消息，知青们情绪也非常不稳定。要说起来，按高保民的条件，应该是最早被招工的。但公社冯雪梅书记多次找到他，希望他能再坚持一段时间，带好清水湾突击队，给这段路基工程有个漂亮的交代。

冯雪梅也不是只开空头支票的人，她对高保民说："如果你愿意留在县里当干部，我马上会要来指标。"她爱惜高保民这个人才，一定要给他选择一个适合的机会，适合的岗位。冯雪梅心里装着的，还有在公社小学当民办教师的徐星晗和叶长秀，决心一并给他们解决招工招干的问题。

初春的路基工地上，太阳暖暖的。山花小草都争相吐芳斗艳，工地上方的山林绿叶，在晨露中苍翠欲滴。工地上的人们放开手脚，向顽石发起最后的冲锋。陆续有知青被招工而离开，又有村民替补了上来。工程没有受到丝毫的影响。每天中午放工后和晚上收工后，都有十几炮或更多的炮声，震耳欲聋地在山间回荡。

这天中午，陈二狗熟练地点燃了导火索，而后迅速地撤回了掩体，作为突击队长和工地安全员的高保民，自然也是最后离开工地的人。他和陈二狗静静地等待着炮响，冷静地数着炮响声，生怕出现哑炮或延迟炸响的雷管。一、二、三、四……炮声停了。陈二狗说："十五炮都响了。"高保民却说："我怎么数着只有十四声？"陈二狗说："我明明听到的是十五炮呀。"高保民被陈二狗说的有些糊涂了，难道自己数错了？高保民仍然坚持说："再等等吧。"路基工地上随着炮声的余音散去，被炸开的山石恢复了咆哮后的平静，尘烟也渐渐消失。

陈二狗饥饿的肚子再次不耐烦地叫起，他站起身来对高保民说："没错，就是十五响。我去查看一下。"说完走出掩体，朝顽石方向奔去。高保民还在疑惑着，也站起身，紧随陈二狗朝炮火方向走去。突然，高保民看见炮位的地方，冒出了一缕青烟。他心下暗叫不好，说时迟那时快，高保民一个鱼跃把陈二狗扑倒在地。终于，最后一炮地动山摇般地炸响了。被炸飞的石块像天女散花般飞落下来，有几个石块砸落在高保民的头上身上。

陈二狗用力从高保民的身下挣脱出来，站起来抖抖身上的灰土。发现高保民浑身是血，昏了过去。他急忙大声呼喊着，哭嚎着，是高保民救了他一命，要不现在躺在这儿的，是他陈二狗。陈二狗急忙呼喊着村民们，他的喊声凄惨悲痛，村民们闻讯都飞奔了过来。看着昏迷的高保民浑身流血，口鼻里还在喘着粗气，立即有人喊，赶快救人，抬到医院去。

在不远处的铁路隧道工地上，有个临时救护站。人们七手八脚地把高保民抬进去。里边的医生迅速检查一下，揭开已被砸的有些变形的藤条安全帽，发现头上竟没有一点伤，有些兴奋地说："简直是奇迹呀，头上没伤就好，马上联系送医院。"医生立刻联系指挥部医院，派救护车来抢救伤员。

九十九

俗话说，吉人自有天相，好人一生平安。高保民被送到铁路指挥部医院后，经检查，一根肋骨骨折，两条腿多出砸伤，皮开肉绽。虽然出血较多，但都没有伤及骨头。手术后早已清醒过来的高保民，直喊肚子饿，把医生护士逗乐了。护士喂了他两碗稀饭才停下来，高保民打趣地和护士说："你们医院真抠门，光是稀饭，要有几块肉多好。"

高保民舍身救人的事迹，传遍了整个铁路沿线的大小工地，指挥部的简报、黑板报、广播里，连续好几天都是高保民的事迹宣传。公社书记冯雪梅也忙得够呛，她专门把徐星晗从学校抽调过来，照顾高保民。

叶长秀听说高保民受伤后，难过的连饭都吃不下。直到知道高保民没有大碍时，心里才一块大石头落地。叶长秀心里想着，看我怎么收拾你。但又想，我凭什么收拾他呢？他又是我什么人呢？然而，少女的心是藏不住的，她对高保民的好感，高保民看她的眼神，两个人早就心领神会。她知道，高保民心中有她，她的心中也放不下高保民，可能这就是爱情吧。

高保民能吃能睡，不到十天工夫，简直就像没事人一般，只是腿上还缠着纱布，身上还裹着绷带，按医生的要求必须卧床静养。俗话说伤筋动骨一百天，但耐不住寂寞的他，时不时让徐星晗扶他出去走走。

这几天来看他的人真不少，从冯雪梅作为陪同者，有时只能站在身后、连话都插不上来看，有些是级别很高的领导。不过大领导来看望，真让高保民有点拘束，有时回答领导的问题难免磕磕绊绊的。好在领导们都知道他舍身救人的事迹，并不挑剔，只是不断地夸赞他。有一个大领导还夸他说："这孩子真有前途。"

高保民的伤日渐好转，在医院里有营养丰富的美食，有徐星晗的贴心陪伴，伤还没好利索，人倒是养胖了许多。这日正是无聊寂寞之时，他突然又想到了叶长秀，那高挑的身材、亮丽的歌喉，俊俏的瓜子脸上一对会说话的大眼睛，还有那性感诱人的嘴唇。叶长秀的一切，是那么让高保民着迷，他闭上双眼美滋滋地回味着叶长秀的点点滴滴。

突然他感到一股香气扑面而来，多么熟悉而沁人心脾的芳香。他睁开眼睛，简直不敢相信，真是应了清水湾人常说的一句话，牧马河，地方邪，想着王八来个鳖，想谁来谁。

一百

叶长秀听说高保民受伤后，早想来看她。叶长秀的脑海里，整天都是高保民的影子。

昨天学校校长通知她，她不用再上课了，招工通知已经到了公社，让她今天一定去医院看看高保民，公社冯书记会把通知书送到病房里。

听到让人兴奋的消息后，叶长秀激动了一夜，她也伤感了一夜。两年前，陈家大院的八个同学，成为一个锅里吃饭的伙伴，五男三女，今晚却只有她叶长秀一个人，孤单地守着这个大院子。没有了往日的嬉闹，没有了往日的争吵，没有了争食抢饭的场景，没有了上山下地的蹚风冒雪。两年多的时间里，缺油少盐的苦日子，反倒成了她甘甜的回忆。严寒酷暑的肩挑背扛，反倒成了她人生的财富。她想好好地感受一下这最后一个晚上，明天去见朝思暮想的人。

而她又有些忐忑，自己不会是单相思吧，高保民从来没表示过什么，不要见面后自己自作多情的举动，让高保民耻笑。因而她决定悄悄去医院，女人的第六感是很厉害的，只要见面几秒钟就能完全了解对方的真实心意。

叶长秀悄悄走进病房时，看见闭目静养的高保民，便想贴

423

近点，看他是不是真的睡着了。哪想到这家伙竟然醒着，近距离的四目相对，让叶长秀脸一红，举起粉拳说："你这家伙，这么大的事情也不告诉我！"说着就要举拳打去。高保民一手抓住她的拳头，另一只手在叶长秀腰上一搂，叶长秀顺势趴在了高保民身上，两张脸紧紧地贴在了一起。高保民可不是见肉不张嘴的人，把叶长秀又紧紧一抱，嘴紧紧地贴在了叶长秀的嘴上。这个时刻，他们都不用语言来表达思念，也无需表白心迹，一切都让两人的唇舌之间交流，一切都在两颗滚烫的心融合。

徐星晗从外面进来，正撞见二人激情的一幕。徐星晗暗笑着识趣地走出病房，老远就看到一群花枝招展的人，向病房走过来。最显眼的莫过于穿着白大褂的江彩霞，几日不见，仿佛更加光彩照人。身边是提着一袋水果的夏桂岚。她见到徐星晗也笑得面若桃花，经过一年翻山越岭、走乡串户的磨炼，夏桂岚更加成熟，女人味十足。紧随着的是庄丽娟和何素华，她们今天好像是刻意打扮了一番，衣着光鲜亮丽，明眸秀发，香气四溢，五官端庄，秀丽可人。

徐星晗看着几个美人，简直有些目不暇接。看徐星晗盯着几位美女目不转睛，走在最后的公社书记冯雪梅高声地说："徐星晗，怎么光顾着看年轻貌美的人了，也不和我打个招呼呀。"徐星晗见状连忙说："冯书记，在下怎敢无视你这个大领导呀。"说着走过去恭恭敬敬地给冯书记鞠了一躬说，"忘了谁，一辈子也不能忘了你，你可是我们知青的贴心人呀。"

确实，徐星晗说出了知青们的心里话。为了让知青们都能出去工作，冯雪梅竭尽所能。不管是遇到上级，还是招工单位的人，总要千方百计多争取一些名额。为了不让知青们的身心受到伤害，她像是妈妈一样慈爱，整个公社的知识青年无不感激。

为了打破自己的尴尬，徐星晗没话找话地转向庄丽娟说："庄姐呀，听说你招工后要放鞭炮，炸炸那个陈世美，什么时候放？也让我听听响。"庄丽娟立即面红耳赤。江彩霞截住话说："放什么鞭炮呀？哪有什么陈世美，对柴国庆那全是误会，现在人家好得像一个人似的，你还是想想你自己吧。"徐星晗说："山人自有妙算，美人急等山人归了。"说完大家一片欢笑。

说着笑着，一群人已经到了病房门口，正要进去时，徐星晗忙拦住众人说："里边正忙着哩，等一会儿再进去吧。"大家不解地望着徐星晗，徐星晗说："高保民和叶长秀正在里边那个哩。"江彩霞不解地问："正在哪个呀？"徐星晗说："别心里揣着明白装糊涂，正在里边那个哩。"说着用嘴做了个猪嘴拱食的动作，惹得大家哄堂大笑。

这时冯雪梅从包里掏出三张招工通知书，递给徐星晗说："这是你和高保民、叶长秀的通知书，我还有事就不进去了。希望你们今后不要忘了米仓山，不要忘了清水湾，更不要忘了牧马河。"

看着冯雪梅渐渐远去的背影，大家仿佛看见了山峦苍翠、林深木秀的米仓山，仿佛看见了勤劳纯朴、和善亲切的清水湾村民，仿佛看见了日夜川流的牧马河水，用她的琼浆玉液，滋养两岸稻丰民乐，茶香果甘。

渐渐地，知青们的眼睛湿润了。

二〇二〇年七月二十八日完稿
二〇二一年一月三十一日第五稿定稿

425

后记

每次翻看采访知识青年的笔记，都有沉重的感觉。每每想起知识青年在边疆、在农村、在黄土高坡上的苦乐年华，总是心潮起伏，久久无法平静。

他们与恶劣的自然环境抗争，与艰苦的生活环境抗争，有时还不得不与死神抗争。

然而，这一代人无怨无悔，他们没有抱怨国家，没有抱怨社会，他们知道儿不嫌母丑的道理。

在农村，不管是缺油少盐，还是天寒地冻，他们把这一切看成了人生宝贵的经历和财富。

经过了上山下乡的磨炼，他们更知道了感恩。在国家发展经济的过程中，他们更懂得艰苦奋斗的真谛。奉献精神是这代人的主旋律，勤勤恳恳地甘作国家发展的基石。

我去过许多省、市、县，听过数以百计的老知青讲述知青故事。这促使我想写点关于这一代人的文字。

记得多年前在甘肃的一个县，我采访了一对知青夫妇。这是几千万知青中最平凡的一对，他们干着平凡的工作，过着普普通通的生活。但透过他们，闪现了这代人朴实无华的品行和生活。

男主人公叫高坡，女主人公叫叶桂霞。他们同在黄土高坡上一个村子插队落户。这个村很缺水，完全靠天吃饭，他们曾靠着在河沟里担回冰碴化水做饭。

下乡几年后，高坡和几十个知青，被招到县里的农机厂当学徒工，叶桂霞当了日杂商店的售货员。从此，叶桂霞就长期在商店值班室值班，她把每天两毛钱的值班费，分给商店的四位同事。直到他们的女儿出生前，他们才租了间民房。

租的民房只有13平方米。没有自来水，他们放了个能装三担水的大水缸，没有厨房，他们生了个蜂窝煤炉，天晴时在门口做饭。家里也没有厕所。

我在农机厂见到了高坡，已经是机修车间副主任的他，穿着一身油污工作服，正在和工人们调试机器，他抱歉地约我晚上见。

傍晚华灯初上时，我如约找到他家。女主人叶桂霞对我们的突然造访，有些手足无措。高坡还没下班，她就搬出几只小凳，我们在她家门口聊起来。

我问叶桂霞："听说你背着小孩上班三四年，还背着小孩下乡送货，那段日子难为你了。"叶桂霞笑着说："这有啥呢，比起插队那会已经是天上地下了。我们商店五个女人，都是拖家带口。我年轻，要是一个娃都拉扯不了，还不让人笑话。再说送货下乡，一来我们完成了销售任务，二来农村确实需要。我们插队那会，买个针买个线都要跑到镇上，我们送货下去，大家都高兴。"

我说："高坡帮你做家务吗？"叶桂霞说："男人嘛，重事业，我不拖他后腿。前些年天天晚上熬夜学习，他说不学连图

427

纸都看不懂。我们这些插过队的，工作了才知道文化少。高坡他们单位的知青，有很多人都自学拿到了文凭，我不能让他落在后面。"

我又问："你能说说你们的收入吗?"叶桂霞开心地说："我们现在是双职工，虽然几年都没涨工资，但每月近90元的收入，我们知足了。以前高坡每天加班，还有三毛钱的补贴，自从当了干部补贴也没有了，上班更早了，下班也更晚了。他攒了一百多天的加班换休条，也让他撕了。他说厂里工资总额都是上面核定的，也没有加班工资。回想插队时没钱买盐，没钱买煤油，现在生活很好了，啥难事我们都能挺过去。"

这时，她的女儿在屋里说："妈，我作业写完了，先睡了。"我不好意思地看看表，起身告辞。

后来，听说他们的女儿考上了研究生。再后来，听说高坡提前退休了，是因为劳累过度身体不好。

他们是广大知青的一个缩影，这代人不和别人比吃、比穿，不比生活条件好坏和物质条件的优劣，比的是吃苦耐劳、拼搏奉献，比的是踏实奋进、诚实善良。

几十年过去了，当年的俊男靓女知识青年，现在已是古稀老人，所以，我更想写点这代人的故事。

2018年，是知识青年上山下乡五十年。我有幸在陕西省西乡县骆家坝镇，观看了一场知青下乡五十周年文艺演出。这是当年在这片热土上插队的西安市第38中学知青所组织的。

当主持人激昂开场后，舞台上欢快的红扇歌舞，立刻把庆典推向了高潮。台上，红扇翻飞，舞姿妙曼，宛如红色的蝴蝶翩翩起舞。台下，群情振奋，掌声雷动。几百名知青热泪盈眶，还有人老泪纵横。骆家坝的乡亲们说："当年的学娃子们又回来了。"

当看到欢歌曼舞，当听到气质高雅的主持人器宇昂轩的对白，谁会想到，这些现在都已是爷爷奶奶、外公外婆的人，也曾有过天真的童年，有过跌宕起伏的青年，有过拼搏奋斗的壮年。他们中有工程师，有公务员；有工人，有售货员；有画家，有书法家；有医生，有教师；有子弟兵，有政法干警；有各行各业第一线的精英。但他们共有一个值得永远记住的名字：知识青年。

在我写作的前两年，一些老知青给我提供了大量鲜活的素材，讲述了很多生动的知青往事。最让我感动的是，一些老知青放弃休息，与我一起长途跋涉，翻山越岭，去探觅当年的踪迹。不管是密林竹海，还是农家院落；不管是当年知青住过的茅屋，还是曾经饮用过的潺潺溪流；不管是当年劳作过的田园，还是知青们奋战过的铁路工地，都再次留下了老知青们的足迹。我在此特别要感谢张作斌、姚全福、冯新华、蔡元昕、陈宗堂、刘长发、张清河、朱宏华、张宝玲、丁小凤、万爱莲、郭翠莲、孙淑杰、莫玉梅、高培玲、张宝珍、司全兴、吴林安、郭来平、巴中喜、樊金锁、胡天怀、张长海、刘和根、刘群亮、赵君祥、姚立仁、孙永炜等众位知青的支持帮助，感谢所有向我提供素材和线索的各界朋友们。

傅庆荣

2021 年 2 月 1 日于深圳

图书在版编目（CIP）数据

牧马河畔／傅庆荣，欧浩然著. —济南：山东文艺
出版社，2021.9
ISBN 978 - 7 - 5329 - 6449 - 9

Ⅰ.①牧…　Ⅱ.①傅…　②欧…　Ⅲ.①长篇小说—中
国—当代　Ⅳ.①I247.5

中国版本图书馆 CIP 数据核字(2021)第 181446 号

牧马河畔

傅庆荣　欧浩然　著

主管单位　山东出版传媒股份有限公司
出版发行　山东文艺出版社
社　　址　山东省济南市英雄山路 189 号
邮　　编　250002
网　　址　www.sdwypress.com

读者服务　0531 - 82098776(总编室)
　　　　　　0531 - 82098775(市场营销部)
电子邮箱　sdwy@ sdpress.com.cn

印　　刷　山东新华印务有限公司
开　　本　890mm×1240mm　1/32
印　　张　13.5
字　　数　290 千
版　　次　2021 年 9 月第 1 版
印　　次　2021 年 9 月第 1 次印刷
书　　号　ISBN 978 - 7 - 5329 - 6449 - 9
定　　价　49.00 元
